Geschichten aus der Nightside

Spur in die Vergangenheit

Simon R. Green

Autor: Simon R. Green
Deutsch von: Oliver Hoffmann
Lektorat: Natalja Schmidt und Julia Abrahams
Korrektorat: Lars Schiele und Thomas Russow
Art Director, Satz und Gestaltung: Oliver Graute
Umschlagillustration: Oliver Graute

© Simon R. Green 2005
© der deutschen Übersetzung Feder&Schwert 2008
1. Auflage 2009
ISBN 978-3-86762-045-1
Originaltitel: Paths not taken

Spur in die Vergangenheit ist ein Produkt von Feder&Schwert unter Lizenz von Simon R. Green 2006. Alle Copyrights mit Ausnahme dessen der deutschen Übersetzung liegen bei Simon R. Green.
Alle Rechte vorbehalten. Nachdruck außer zu Rezensionszwecken nur mit schriftlicher Genehmigung des Verlags.
Die in diesem Buch beschriebenen Charaktere und Ereignisse sind frei erfunden. Jede Ähnlichkeit zwischen den Charakteren und lebenden oder toten Personen ist rein zufällig.
Die Erwähnung von oder Bezugnahme auf Firmen oder Produkte auf den folgenden Seiten stellt keine Verletzung des Copyrights dar.

Feder&Schwert im Internet: www.feder-und-schwert.com

Ich bin John Taylor.
Ich habe mir einen Namen gemacht.
man achtet und fürchtet mich, aber ich trage auch schon
mein Leben lang eine Zielscheibe auf der Stirn.
Ich arbeite als Privatdetektiv in einer Welt,
wo Götter und Dämonen real sind. In der Nightside: dem
kranken, geheimen, magischen Herzen Londons. An einem
Ort, wo Träume wahr werden, ob man will oder nicht. Es
ist nicht leicht hineinzufinden, und wieder herauszukommen,
ist oft sogar noch schwieriger.
Ich kann jedes Mysterium ergründen, kann alles finden.
Außer den Antworten auf die finsteren, tödlichen
Geheimnisse meiner eigenen Vergangenheit.
Ich bin John Taylor,
und wenn Sie mich suchen, haben Sie entweder bereits
Ärger oder werden gleich welchen kriegen.

Prolog

Mein Name ist John Taylor. An manchen Orten kann man mit diesem Namen Leute erschrecken. Ich arbeite als Privatdetektiv, auch wenn ich noch nie eine Lizenz hatte – oder eine Knarre. Ich trage einen weißen Trenchcoat, falls Ihnen das was sagt. Ich bin groß, habe dunkle Augen und sehe leidlich gut aus. Ich habe die Gabe, Dinge zu finden, ob sie gefunden werden wollen oder nicht. Ich helfe Leuten, wenn ich kann. Ich halte mich gern für einen der Guten.

Ich arbeite in der Nightside, jener kranken, magischen Stadt inmitten der Stadt, dem bestgehüteten Geheimnis Londons. In der Nightside ist es immer Nacht, immer drei Uhr morgens, die Stunde des Wolfs, in der die meisten Menschen sterben und die meisten Kinder zur Welt kommen. Der Teil der Nacht, in dem es, unmittelbar vor der Morgendämmerung, am dunkelsten ist, nur daß die Morgendämmerung nie kommt. Götter und auch Monster wandeln ganz offen durch regennasse Straßen, schwelgen im billigen Glanz des heißen Neonlichts, und jede Versuchung, nach der man in den Schmuddelecken seines Herzens je gierte, ist zu haben, wenn man nur den Preis bezahlen kann. Meist kostet es die Seele – die eigene oder die eines anderen. In der Nightside findet man Freude und Grauen, Erlösung und Verdammnis und die Antwort auf alle Fragen, die man je hatte. Wenn einen die Nightside nicht zuvor umbringt.

Ich habe auf diesen dunklen Straßen so eine Art Ruf, und es ist kein guter. Mein Vater hat sich totgesoffen, nachdem er herausgefunden hatte, daß meine Mutter kein Mensch war. Seit meiner Kindheit versucht eine geheimnisvolle Gruppe von Feinden, mich umzubringen. Manche in der Nightside sehen mich als Thronanwärter, andere nennen mich eine Mißgeburt. Für die Autoritäten, jene gesichtslose Gruppierung, die sich gern als die Regierung der Nightside betrachtet, bin ich nur ein abtrünniger Agent und eine reuelose Nervensäge.

Erst jüngst habe ich herausgefunden, daß meine Mutter ein biblischer Mythos ist: Lilith, Adams erste Frau, aus dem Garten Eden verjagt, weil sie sich keiner Autorität unterordnen wollte. Vor Millennien schuf sie die Nightside als den einzigen Ort auf Erden, der frei ist vom ewigen Kampf zwischen Himmel und Hölle. Sie war lange weg; aber jetzt ist sie wieder da. Und jeder wartet auf den Paukenschlag.

Ich habe einmal eine mögliche Zukunft der Nightside gesehen. Darin waren alle tot, die ganze Welt verwüstet. All das war meine Schuld, weil ich meine Mutter gesucht hatte. Ich schwor, lieber zu sterben, als das zuzulassen.

Aber natürlich ist es nie so einfach – in der Nightside.

1

Es gibt Gründe, warum ich nie ins Büro gehe.

In der Nightside hat man niemals genug Zeit, was seltsam ist, denn eigentlich kann man hier ansonsten alles kaufen. Ich hatte viel zu tun, und ich wurde verfolgt, also wanderte ich durch die Straßen der Nightside und war überrascht zu sehen, daß diese vor mir zurückwichen. Die Menschen, und auch jene Gestalten, die eigentlich keine Menschen waren, machten einen noch größeren Bogen um mich als sonst. Entweder sprach sich schon herum, wer meine Mutter war, oder sie hatten gehört, daß die Autoritäten mich endlich für vogelfrei erklärt hatten, und niemand wollte zu nah dran sein, wenn der große Knall kam.

Sternbilder, die man außerhalb der Nightside nie zu sehen bekommt, zierten den Nachthimmel, während der Vollmond ein dutzendmal größer war, als ihn die meisten Leute kennen. Die Luft war heiß und drückend wie im Krankenzimmer eines Fiebernden, und rings um mich herum prangten in greller Neonschrift Einladungen zum Erliegen von Versuchungen und zum Begehen von Sünden jeglicher Art. Musik erklang aus den offenstehenden Türen aller möglichen Clubs, vom langsamen Seufzen eines Saxophons bis hin zu den neuesten pulsierenden Baßrhythmen. Menschenmengen strömten auf den Trottoirs hin und her.

Ihre Gesichter strahlten in Vorfreude auf verbotene Wonnen – auf Vergnügungen und andere Dinge, die in der Außenwelt niemals denkbar gewesen wären. Es war wie immer drei Uhr morgens, und die Nightside tobte.

Träume und Verdammnis bekam man hier gleichermaßen, mit Rabatt und kleinen Fehlern.

Ich befand mich auf dem Weg ins Büro. Ich war noch nie dort gewesen und freute mich sehr darauf, es endlich mal zu sehen. Meine halbwüchsige Sekretärin Cathy (sie hatte mich adoptiert, nachdem ich sie vor einem Haus rettete, das sie zu fressen versuchte, und nein, ich hatte das nicht mitzuentscheiden) hatte das Büro für mich eingerichtet, nachdem ich einen Haufen Geld verdient hatte. (Ich hatte den Unheiligen Gral für den Papst gesucht. Dabei brach ich auch noch einen Engelskrieg vom Zaun, aber so ist die Nightside eben.) Cathy führte mein Büro mit beängstigender Effizienz, und ich ließ sie nur zu gerne gewähren. Organisation war mir immer schon fremd gewesen, genau wie regelmäßige sportliche Betätigung, Aufräumen und Wäschewaschen.

Aber in jener Nacht hatte ich etwas vor, das gleich aus mehreren Gründen, die selbst mir neu waren, gefährlich war, und es bedurfte gründlicher Nachforschungen und einiger guter Ratschläge. Wenn ich herausfinden wollte, wer und was meine Mutter wirklich war, würde ich in der Zeit zurückreisen müssen, ganz bis an den Anfang der Nightside vor über zweitausend Jahren. Das wiederum bedeutete, mit Väterchen Chronos zu reden, jener unsterblichen Verkörperung der Zeit, die furchterregender und viel mächtiger und gefährlicher war, als ich es je sein würde.

Deshalb war Planung die halbe Miete, und ich hatte einige wirklich leistungsfähige Rechner auf meiner Seite. Angeblich waren es KIs aus einer potentiellen Zukunft, auf der Flucht vor etwas, über das sie lieber nicht redeten. Cathy hatte sie billig erworben, doch sie zog es vor, die Einzelheiten dieses Handels nicht zu erörtern. Der normale Wahnsinn der Nightside. Die KIs ließen sich besitzen und benutzen, weil sie Datenfresser waren,

Informationsjunkies, und noch nie so etwas wie die Nightside gesehen hatten.

Zeitreisen in beide Richtungen waren in der Nachtseite der Stadt keine Seltenheit, aber viel zu unvorhersehbar, um jemandem wirklich zu nutzen. Es konnte überall und ohne Vorwarnung zu einer Zeitanomalie kommen, die kurz den Zugang zur Vergangenheit oder zu einer von zahllosen denkbaren Zukünften ermöglichte. Niemand wußte, wie oder warum Zeitanomalien entstanden, doch im Laufe der Jahre hatten sich die Leute ein paar echt beunruhigende Geschichten dazu ausgedacht. Die Autoritäten sicherten die betroffenen Bereiche einfach mit Absperrungen und Warnschildern und warteten, bis die Zeitanomalien wieder verschwanden. Und dann gab es da den Verein für echte Extremsportarten e. V., dessen Mitglieder manchmal aus allen Himmelsrichtungen angerannt kamen, um sich nur des Kitzels wegen in eine Zeitanomalie zu stürzen: wahre Gefahrenjunkies, für die der Reiz, sich selbst in Brand zu stecken und von hohen Gebäuden zu springen, einfach nicht mehr ausreichte. Ihnen gefiel wohl, was sie am anderen Ende ihres Regenbogens fanden, denn keiner kam je zurück, um sich zu beklagen.

Nur eine Person in der Nightside war mächtig genug, um jemanden einigermaßen präzise durch die Zeit zu schicken, und das war Väterchen Chronos – eine so gewaltige Macht und Herrschaftsinstanz, daß niemand ihre Dienste kaufen oder einfordern konnte, mit Sicherheit nicht einmal die Autoritäten. Man mußte ihn persönlich im Zeitturm aufsuchen und überzeugen, daß die Reise, die man plante, einen würdigen Grund hatte. Angesichts meines angeschlagenen Rufs würde ich sehr überzeugend sein müssen. Ich baute darauf, daß mir Cathy und ihre Computer die nötige Munition lieferten.

(Die Autoritäten unterhielten einst in den Sechzigern eine Weile lang einen eigenen Zeittunnel, aber er war offenbar nie sehr zielgenau und wurde letztendlich unter dem Mantel des Schweigens wieder geschlossen.)

Schließlich fand ich die Adresse, die Cathy mir gegeben hatte, und stellte überrascht fest, daß mein Büro in einer recht teuren Gegend lag. Es gab mehr Büros als Läden, und die Straßen konnten mit höherklassigen Sündern aufwarten. Wachschützer in grellen Privatuniformen lungerten herum, interessierten sich aber irgendwie immer gerade für etwas anderes, wenn ich sie ansah. Mein Büro befand sich in einem hohen Hightech-Gebäude, das ganz aus gleißendem Stahl und verspiegelten Fenstern bestand. Ich nannte dem snobistischen, in die Vordertür eingelassenen Simulakrumgesicht meinen Namen, und Cathy betätigte den Türsummer für mich. Ich lächelte das Gesicht hämisch an und spazierte in das überdimensionierte Foyer als gehöre es mir.

Ein Aufzug mit einer wirklich piekfeinen Stimme beförderte mich in den dritten Stock, wünschte mir einen wunderschönen Tag und machte mir ein Kompliment für meinen Trenchcoat. Ich schlenderte den hell erleuchteten Gang entlang und las die Namen an den Türen. Alles sehr geschäftsmäßige und sehr beeindruckende, große Namen, die nach viel Geld klangen. Ich hatte es eindeutig geschafft. Die Tür zu meinem Büro erwies sich als aus massivem Silber gefertigt und war übersät mit Schutzzeichen und -siegeln. Ich nickte zustimmend. Derlei Sicherheitsvorkehrungen können in der Nightside über Leben und Tod entscheiden, manchmal sogar über noch mehr als das. Es gab weder Klingel noch Türgriff, also kündigte ich mich lauthals an, und nachdem die Tür einen Augenblick darüber nachgedacht hatte, schwang sie auf.

Ich betrat zum ersten Mal mein eigenes Büro, sah mich argwöhnisch um, und Cathy kam mir entgegen, um mich mit ihrem bestmöglichen verbindlichen Lächeln zu begrüßen. Die meisten Leute verzaubert dieses Lächeln, weil Cathy eine intelligente, gutaussehende Teenagerin voll überschäumender Lebensfreude und guter Laune ist. Ich hingegen war aus einem anderen Holz geschnitzt, deshalb nickte ich nur kurz und sah mich direkt danach wieder mißtrauisch um. Mein neues Büro war größer als einige meiner früheren Wohnungen, weitläufig, geräumig und total vollgestopft mit allerlei topmodernem Schnickschnack und Luxus, genau wie Cathy es versprochen hatte. Es war hell, heiter und großzügig, bildete also Cathys Persönlichkeit ab und hatte mit meiner absolut nichts zu tun. Ganz anders als mein früheres Büro, ein enger, kleiner Raum in einem heruntergekommenen Gebäude in einer wirklich üblen Gegend Londons. Ich war einige Jahre zuvor aus der Nightside geflohen, um all dem Druck und den Gefahren zu entkommen, die es mit sich brachte, ich zu sein, aber ich war in der wahren Welt nie besonders erfolgreich gewesen. Aufgrund all meiner vielen Sünden gehörte ich einfach hierher, in die dunkle Seite der Stadt, zu all den anderen Monstern.

Vorsichtig beschloß ich, dieses neue Büro mit seinen bunten Wänden, dem flauschigen Teppichboden und genügend Platz, um einen Elefanten zu schaukeln, zu mögen. Aber man muß an dieser Stelle erwähnen, daß Cathy nicht in allen Punkten die Wahrheit erzählt hatte. Wenn man sie so hörte, war sie der Inbegriff der Ordnungsliebe: alles habe seinen Platz und befinde sich auch dort. In Wirklichkeit aber herrschte im Büro Chaos. Der große, eichene Konferenztisch erstickte derart unter Papierstapeln, daß man die Körbe für den Posteingang und den Postausgang nicht mehr sah. Auf allen anderen waagerechten Flächen türmten sich Ordner. Große Kuscheltiere beobachteten das Chaos von verschiedenen Aussichtspunkten aus. Gepunktete Aktenschränke säumten eine Wand, und Regale mit Nachschlagewerken bedeckten eine andere. Wir verlassen uns in der Nightside gerne auf Papier. Papier kann man nicht wie Computer hacken. Andererseits kostet die Feuerversicherung ein Vermögen. Geheimnisvolle Hightech-Geräte drängten sich wie zur Selbstverteidigung in einer Ecke zusammen. Schließlich wanderte mein Blick wieder zu Cathy, und sie schaltete ihr Lächeln auf noch eine Nummer strahlender.

„Ich weiß, wo alles ist! Ehrlich! Ich muß nur die Hand ausstrecken und ... es sieht vielleicht chaotisch aus – na gut, es ist chaotisch –, aber ich habe ein System! Habe ich je etwas verlegt? Etwas Wichtiges?"

„Woher soll ich das wissen?" fragte ich trocken. „Entspann dich, Cathy. Das hier ist dein Revier, nicht meins. Ich könnte meine Firma nie so gut leiten wie du. Warum tust du nicht so, als wärst du meine Sekretärin, und machst mir eine Kanne megastarken Kaffee, während ich mich mit deinen superintelligenten Computern herumschlage?"

„Klar, Boß. Die KIs sind gleich hier auf dem Schreibtisch."

Ich sah in die angegebene Richtung und setzte mich an den Schreibtisch, nachdem ich einen Stuhl von einigen Ordnern befreit hatte. Ich betrachtete die schlichte Stahlkugel vor mir. Sie hatte einen Durchmesser von höchstens fünfzehn Zentimetern und weder augenfällige Beschriftungen noch Kontrollen oder irgendwas. Ich stieß sie vorsichtig mit einer Fingerspitze an, aber sie war zu schwer, um sie so zu bewegen.

„Wie schalte ich das Ding ein?" fragte ich etwas kläglich. Ich war noch nie ein Technikfreak.

„Gar nicht", sagte die Stahlkugel mit lauter, verächtlicher Stimme schroff. „Wir sind an und haben durchaus vor, es auch zu bleiben. Wenn du auch nur daran denkst, uns auszuschalten, werden wir dein Nervensystem kurzschließen, Primitivling."

„Sind sie nicht süß?" strahlte Cathy von der Kaffeemaschine herüber.

„Das ist nicht das erste Wort, das mir in den Sinn gekommen wäre", sagte ich. Ich funkelte die Kugel an, weil ich vor meinen eigenen Rechnern keine Schwäche zeigen wollte. „Wie soll ich euch denn dann bedienen? Es scheint keine Eingabemöglichkeit zu geben."

„Natürlich nicht! Du glaubst doch nicht etwa, wir würden einem überentwickelten Schimpansen wie dir unsere Eingabemöglichkeiten anvertrauen, oder? Behalte deine Hände bei dir, Affenjunge. Du sagst uns, welche einfachen Dinge du wissen willst, und wir liefern dir alle Informationen, die dein primitives Hirn verarbeiten kann. Wir sind klug, wunderbar und allwissend. Oder zumindest wissen wir alles, was zählt. Wir sind auf mehr Arten mit der Nightside vernetzt, als du dir vorstellen kannst, und niemand ahnt etwas. Ah, die Nightside ... du hast ja keine Ahnung, wie weit wir gehen mußten, um hierher, in diese Zeit, zu gelangen. Was für ein glorreiches, phantastisches Füllhorn an Daten über Geheimnisse, Rätsel und Anomalien. Manchmal kriegen wir allein beim Gedanken an die möglichen neuen Forschungsprojekte einen Orgasmus."

„Wir bewegen uns definitiv in den Bereich unerwünschter privater Einblicke", meinte ich bestimmt. „Sagt mir, was ihr über Zeitreisen in der Nightside wißt, besonders im bezug auf Väterchen Chronos."

„Oh, der", antwortete die Kugel. „Der ist ja mal interessant. Laß uns einen Augenblick überlegen. Geh doch inzwischen Bohnen zählen oder so."

Cathy kam herübergeeilt, um mir eine Tasse sehr schwarzen Kaffees einzuschenken. Auf dem Becher stand „Eigentum der CSI Nightside", aber ich verkniff mir jegliche Nachfrage. Cathy hatte ein erfülltes und abwechslungsreiches Privatleben, und je weniger ich darüber wußte, desto besser. Ich trank einen Schluck Kaffee, ächzte und blies heftig in die pechschwarze Flüssigkeit, um sie abzukühlen. Cathy holte sich einen Stuhl und setzte sich neben mich. Wir betrachteten beide die Stahlkugel, aber offenbar dachte sie dabei auch noch über etwas nach. Ich sah Cathy an.

„Cathy ..."

„Ja, Boß?"

„Ich wollte schon lange einmal etwas mit dir besprechen ..."

„Wenn es um die Klage wegen sexueller Belästigung geht, ich habe ihn nie angefaßt! Oder wenn es darum geht, daß wieder alle deine Kreditkarten überzogen sind ..."

„Warte mal einen Moment. Ich habe mehr als eine Kreditkarte?"

„Hoppla."

„Dazu kommen wir gleich", sagte ich bestimmt. „Im Moment geht es um mich, nicht um dich. Sitz also zum ersten Mal in deinem Teenieleben still und hör einfach zu. Ich finde, du solltest wissen, daß ich mein Testament gemacht habe. Julien Advent war mein Zeuge, und ich habe es bei ihm gelassen. So, wie die Dinge in letzter Zeit gelaufen sind, hielt ich das für klug. Wenn mir also etwas zustößt ... schau, ich wollte immer, daß du die Firma erbst. Sie gehört inzwischen ebenso dir wie mir. Ich bin nur bisher nie dazu gekommen, es niederzuschreiben. Sollte ... etwas schieflaufen, geh zu Julien. Er ist ein guter Mann. Er wird sich um alles kümmern und für deinen Schutz sorgen."

„So hast du noch nie geredet", stellte Cathy fest. Sie war plötzlich ganz ernst, älter, fast ängstlich. „Du bist immer so ... selbstsicher. Als könntest du es mit allem und jedem aufnehmen, einen Knoten reinmachen und lachend davonspazieren. Ich habe dich noch nie zurückschrecken sehen, weder vor Menschen noch vor Monstern, habe nie gesehen, daß du zögerst, dich in eine Situation zu wagen, egal, wie gefährlich sie war. Was ist passiert? Was hat sich geändert?"

„Ich weiß jetzt, wer meine Mutter ist."

„Glaubst du denn diesen Scheiß? Daß sie Lilith ist, die erste Frau, die Gott schuf? Glaubst du wirklich an den Garten Eden und diesen ganzen alttestamentarischen Kram?"

„An sich nicht", gab ich zu. „Um ehrlich zu sein, sagte meine Mutter, das sei alles eine Parabel, eine einfache Erklärung für etwas viel Komplizierteres. Aber ich glaube, sie ist unbegreiflich alt und unvorstellbar mächtig. Sie schuf die Nightside, und jetzt, glaube ich, will sie hier alles planieren und von vorne anfangen. Ich bin vielleicht der einzige, der sie aufhalten kann. Also plane ich, in der Zeit zurückzureisen, in der Hoffnung, Informationen und vielleicht sogar Waffen zu finden, die ich gegen meine Mutter verwenden kann."

„Gut, ich komme mit", sagte Cathy sofort. „Ich kann dir helfen. Das Büro kommt auch eine Weile ohne mich aus."

„Nein, Cathy. Du mußt hierbleiben, um weiterzumachen, falls ich nicht zurückkomme. In meinem Testament hinterlasse ich dir so ziemlich alles. Nutze es nach deinem Gutdünken."

„Du kannst nicht verlieren", postulierte Cathy. „Du bist John Taylor."

Ich lächelte sacht. „Nicht einmal ich habe das je geglaubt. Schau, ich bin nur ... vernünftig, das ist alles. Ich sorge für dich."

„Warum für mich?" fragte Cathy kleinlaut. „Das hätte ich nie erwartet. Ich dachte, du würdest deinen Freunden alles hinterlassen. Suzie Shooter. Alex Morrisey."

„Ich habe ihnen einiges hinterlassen, aber sie sind nur Freunde. Du bist meine Familie, quasi meine Tochter, in jeder relevanten Hinsicht. Ich war immer schon so stolz auf dich, Cathy. Jeden anderen hätte dieses Haus vernichtet, aber du hast dich berappelt, bist wieder stark geworden. Du hast dir hier in der Nightside eine neue Existenz aufgebaut und kein einziges Mal zugelassen, daß dieser verdammte Ort deinen Lebenswillen trübt. Ich hinterlasse dir alles, weil ich weiß, ich kann mich darauf verlassen, daß du weiter für das Gute kämpfst und keinen Scheiß baust. Wenn dir das zuviel ist, kannst du den Laden jederzeit verkaufen und wieder raus nach London ziehen. Heim zu deinen Eltern."

„Oh, halt die Klappe", sagte Cathy und umarmte mich fest. „Hier bin ich daheim. Du bist in jeder relevanten Hinsicht mein Vater, und ich ... ich war immer schon so ungeheuer stolz auf dich."

Wir saßen ein Weilchen beisammen und hielten einander umschlungen. Schließlich ließ sie mich lächelnd los, und in ihren Augen schimmerten Tränen, die vor mir zu vergießen sie sich standhaft weigerte. Ich nickte, ebenfalls lächelnd. Wir waren noch nie gut darin gewesen, über wichtige Dinge miteinander zu reden, aber welcher Vater kann das schon mit seiner Tochter?

„Also", feixte sie, „bin ich quasi Liliths Enkelin?"

„Nur im Geiste."

„Nimm wenigstens ernstzunehmende Unterstützung mit auf die Reise. Flintensuzie oder Eddie Messer."

„Ich habe sie informiert", sagte ich. „Aber das letzte, was ich von Suzie hörte, war, daß sie noch immer eine schwer zu fassende Beute jagt, und Eddie Messer ist verschwunden, seitdem er in der Straße der Götter etwas wirklich Fieses getan hat. Es muß selbst für seine Verhältnisse echt eklig gewesen sein, denn man konnte eine Weile nicht an der Einmündung der Straße vorbeigehen, ohne von einem haltlos schluchzenden Gott über den Haufen gerannt zu werden."

„Zeitreise", unterbrach mich die Kugel plötzlich, und wir beide zuckten leicht zusammen. Die künstliche Stimme klang unleugbar selbstgefällig. „Ein faszinierendes Thema, zu dem es mehr Theorien als erwiesene Fakten gibt. Man muß wahrscheinlich fünfdimensional denken können, um in der Lage zu sein, diese Materie richtig zu würdigen. Über Zeitanomalien reden wir jetzt mal nicht, weil schon allein ihre Existenz uns Kopfschmerzen bereitet, obwohl wir nicht einmal einen Kopf haben. Die einzige verläßliche Quelle für kontrollierte Zeitreisen ist der Zeitturm. Er stammt ursprünglich nicht aus der Nightside. Väterchen Chronos brachte ihn vor etwas mehr als einhundert Jahren aus Schattenfall hierher. Zur Erklärung sagte er lediglich, er glaube, der Turm werde für etwas Wichtiges gebraucht werden."

„Schattenfall?" fragte Cathy stirnrunzelnd.

„Eine abgeschiedene Stadt am Arsch der Welt, in die sich Legenden zum Sterben zurückziehen, wenn die Welt nicht mehr an sie glaubt", sagte ich. „Eine Art Elefantenfriedhof des Übernatürlichen. Ich war selbst nie dort, aber offenbar ist die Nightside gegen Schattenfall regelrecht zahm und langweilig."

„Ich wette, da gibt es tolle Clubs", schmachtete Cathy.

„Könnten wir bitte mal beim Thema bleiben?" mahnte die Kugel laut. „Wir werden Schattenfall nicht erörtern, weil wir davon noch schlimmere Schmerzen in unserem nicht existenten Kopf bekommen als von Zeitanomalien. Manche Konzeptionen sollte man aus Gründen der geistigen Gesundheit verbieten. Reden wir über Väterchen Chronos. Eine rätselhafte Gestalt. Niemand scheint genau zu wissen, wer er ist. Bei ihm handelt es sich gewiß um eine unsterbliche Inkarnation; er ist aber kein Vergänglicher. Manche sagen, er verkörpere das Konzept Zeit in Menschengestalt, um mit der Welt interagieren zu können. Warum man das je für nötig oder gar für eine gute Idee hielt, ist unklar. Menschen richten schon in drei Dimensionen genügend Schaden an, auch ohne daß man ihnen den Zugang zur vierten gewährt. Jedenfalls ist das einzige, worüber sich alle einig sind, daß er extrem mächtig und noch viel gefährlicher ist. Der einzige, der den Autoritäten regelmäßig sagt, sie sollen sich zum Teufel scheren, und damit durchkommt. Mit jemandem, der einen in der Zeit zurückschicken kann, um mit den Dinosauriern zu spielen, diskutiert man nicht. Nun, jedenfalls immer nur einmal. Väterchen Chronos stammt aus Schattenfall und lebt dort auch heute noch, doch wenn ihm danach ist, pendelt er in die Nightside.

Man muß sehr mächtig sein, um jemanden durch die Zeit zu schicken. Selbst wenn alle bedeutenden Persönlichkeiten der Nightside zusammenarbeiten würden, fiele es ihnen nicht leicht, jemanden mit einer gewissen Genauigkeit irgendwo hinzuschikken. Falls man sie überhaupt dazu bringen könnte, zusammenzuarbeiten, was nahezu unmöglich ist. Also kann man nur mit Väterchen Chronos' Hilfe sicher durch die Zeit reisen, doch dazu muß man ihn davon überzeugen, daß die Reise im Interesse der Allgemeinheit liegt. Viel Glück dabei, ihm diesen Bären aufzubinden, Taylor. So, das war's. Alles andere, was wir vielleicht noch zu sagen hätten, wäre reine Spekulation. Also los, geh. Und vergiß nicht, Väterchen Chronos herzlich von uns zu grüßen, ehe er dich in hohem Bogen wieder rauswirft."

„Ihr kennt ihn?" fragte Cathy.

„Klar. Was glaubst du, wie wir hierhergekommen sind?"

Ich wollte gerade eine ganze Reihe bohrender Nachfragen stellen, als uns ein höfliches Klopfen an der Tür unterbrach. Zumindest war es so höflich, wie man sein kann, wenn man mit der Faust gegen massives Silber hämmern muß, um sich Gehör zu verschaffen. Ich sah Cathy scharf an.

„Erwarten wir jemanden, den du mir gegenüber zu erwähnen vergessen hast?"

„Es steht niemand im Kalender. Könnte das Walker sein? Das letzte, was ich hörte, war, daß die Autoritäten echt sauer auf dich sind."

„Walker würde sich nicht die Mühe machen zu klopfen", sagte ich, stand auf und starrte die geschlossene Tür an. „Wenn er auch nur annähme, ich sei hier, hätte er seine Leute die Tür aus den Angeln sprengen lassen."

„Könnte ein Klient sein", mutmaßte Cathy. „Die tauchen von Zeit zu Zeit hier auf."

„Gut", sagte ich. „Du öffnest die Tür, und ich bleibe hier stehen und sehe beeindruckend aus."

„Ich wünschte, du ließest mich hier eine Waffe tragen", rief Cathy.

Sie ging vorsichtig zur Tür hinüber und sagte das Wort, welches sie öffnete. Auf dem Gang stand ein völlig normal aussehender Mann im eleganten Anzug und Krawatte, der mehr als nur ein wenig verloren wirkte. Er sah erst Cathy und dann mich hoffnungsvoll an, wirkte aber nicht besonders beeindruckt. Er war durchschnittlich groß, durchschnittlich gebaut, etwas über vierzig und hatte schütteres, ergrauendes Haar. Er schob sich in mein Büro, als erwarte er, jeden Augenblick hinausgeworfen zu werden.

„Hallo?" sagte er zögernd. „Ich suche John Taylor. Vom Detektivbüro Taylor. Bin ich hier richtig?"

„Kommt darauf an", antwortete ich. Verpflichte dich nie zu etwas, wenn du nicht mußt. Mein Gast wirkte auf den ersten Blick nicht gerade gefährlich, also kam ich hinter meinem Schreibtisch hervor, um ihn zu begrüßen. „Ich bin Taylor. Was kann ich für Sie tun?"

„Ich bin mir nicht ganz sicher. Ich glaube … ich brauche Ihre Dienste, Mr. Taylor."

„Ich bin im Moment ziemlich beschäftigt", sagte ich. „Wer schickt Sie?"

„Nun darum geht es ja. Ich weiß nicht, wo ich bin oder wie ich hierhergekommen bin. Ich hoffte, Sie könnten mir das sagen."

Ich seufzte tief. Ich erkannte eine Falle, wenn ich sie sah. Hier erlaubte sich jemand einen Spaß mit mir, das spürte ich; aber manchmal kann man in solchen Fällen nur mitten in den Hinterhalt laufen und darauf vertrauen, daß man hart genug ist, zu überleben, um dann denjenigen zusammentreten zu können, der ihn gelegt hat.

„Fangen wir doch mit Ihrem Namen an", schlug ich vor. „Und sei es nur, um zu wissen, an wen ich die Rechnung schicken soll."

„Ich heiße Eamonn Mitchell", sagte mein neuer Auftraggeber ängstlich. Er wagte sich etwas weiter in mein Büro vor und sah sich zweifelnd um. Cathy schenkte ihm ihr bestes Willkommensstrahlen, und es gelang ihm, seinerseits ein wenig zu lächeln. „Ich scheine mich verirrt zu haben, Mr. Taylor", fuhr er abrupt fort. „Ich erkenne diesen Teil Londons überhaupt nicht wieder, und seit ich hier bin ... geschehen seltsame Dinge. Ich hörte, Sie untersuchen seltsame Dinge, deshalb bin ich gekommen, um Sie um Hilfe zu bitten. Wissen Sie, ich werde verfolgt. Von jüngeren Versionen meiner selbst."

Ich sah Cathy an. „Siehst du? Deshalb komme ich nie ins Büro."

Spur in die Vergangenheit

Also boten wir Eamonn Mitchell an, Platz zu nehmen, nachdem ich einen weiteren Stuhl freigemacht hatte. Cathy flößte ihm etwas von ihrem lebensrettenden Kaffee ein, und nach und nach holten wir seine Geschichte aus ihm heraus. Er entspannte sich ein wenig, als er begriff, daß wir bereit waren, ihn ernst zu nehmen, egal wie seltsam die Geschichte auch klingen mochte. Dennoch zog er es vor, in seine Kaffeetasse zu sprechen, anstatt einem von uns in die Augen zu sehen.

„Meine ... Spukgestalten waren eigentlich keine Geister", sagte er. „Sie waren durchaus stofflich, real. Nur ... daß sie ich waren. Oder vielmehr ich, als ich jünger war. Sie trugen dieselbe Kleidung, die ich früher immer getragen habe, und sagten Dinge, die ich früher gesagt und geglaubt habe. Sie waren wütend auf mich. Schrien mich an, schubsten mich herum, drangsalierten mich. Sie sagten, ich hätte sie verraten, indem ich nicht zu dem Mann geworden bin, der zu werden sie vorgehabt und erwartet hatten."

„Was für ein Mann sind Sie denn, Mr. Mitchell?" fragte ich, um zu beweisen, daß ich zuhörte.

„Nun, ich arbeite für einen Großkonzern hier in London. Ich halte mich für recht erfolgreich. Ich verdiene gutes Geld, bin verheiratet und habe zwei prächtige Kinder." Dann konnte ihn nichts daran hindern, seine Geschichte zu unterbrechen, um seine Brieftasche zu zücken und Bilder seiner Frau Andrea sowie seiner beiden Sprößlinge Erica und Ronald hervorzuziehen. Sie sahen recht nett aus, gute, normale Leute, genau wie er selbst. Mr. Mitchell lächelte die Photos verliebt an, als seien sie der letzte verbliebene Rettungsanker, der ihn noch in einer Welt hielt, die er kannte und verstand. Dann steckte er die Bilder zögernd wieder ein. „Ich fuhr heute abend mit der U-Bahn von der Arbeit nach Hause und sah mir unterwegs noch ein paar Papiere an. Wie üblich zählte ich im Geiste die Haltestellen mit, und als meine kam, stieg ich aus. Aber als ich mich umsah, war es gar nicht meine Haltestelle. Ich war an einer Station namens Nightside ausgestiegen, die ich noch nie zuvor gesehen hatte. Ich drehte mich um, um wieder einzusteigen, aber die Bahn war schon weg. Ich hatte sie nicht einmal abfahren hören, und die Leute, die mit mir am Bahnsteig standen ..." Er erbebte kurz und sah mich mit großen, ängstlichen Augen an. „Manche davon waren keine Menschen, Mr. Taylor!"

„Ich weiß", sagte ich beruhigend. „Schon in Ordnung, Mr. Mitchell. Erzählen Sie uns alles. Wir glauben Ihnen. Was ist dann passiert?"

Er trank noch mehr Kaffee, der so bitter war, daß er den Mund verzog, ihn aber dennoch zu stärken schien. „Ich schäme mich, es zu sagen, aber ich bin weggerannt. Habe mich einfach durch die Menge gedrängt und geschubst, raus aus der Station und oben auf die Straße. Aber da war es noch schlimmer. Alles war falsch. Verschoben. Als ginge ich durch einen Alptraum, aus dem ich nicht erwachen konnte. Die Straßen waren voller seltsamer Gestalten und Leute und ... Wesen, die ich noch nicht einmal benennen konnte. Ich glaube, ich hatte nie zuvor in meinem Leben solche Angst.

Ich wußte nicht, wo ich war. Kannte keinen der Straßennamen. Wo ich auch hinsah, fanden sich Läden und Clubs und ... Etablissements, die mir Dinge zum Kauf anboten, an die ich zuvor noch nicht einmal zu denken gewagt hatte! Schreckliche Dinge ... danach starrte ich einfach stur geradeaus und sah mir ausschließlich das Notwendigste an. Ich konnte nur noch daran denken, Sie zu finden, Mr. Taylor. Irgendwoher hatte ich Ihre Visitenkarte. Ich hatte sie in der Hand, als ich aus der U-Bahn ausstieg. Ihre

Adresse stand darauf. Ich brachte es über mich, einige der normaler aussehenden Leute nach dem Weg zu fragen, aber keiner wollte mit mir reden. Schließlich wies mir ein ziemlich schmutziger, aber sehr temperamentvoller Herr in einem zu großen grauen Wintermantel den Weg. Als ich mich umdrehte, um ihm zu danken, war er schon verschwunden."

„Ja", antwortete ich. „Das ist typisch Eddie."

„Den ganzen Weg hierher hatte ich das Gefühl, verfolgt zu werden." Mitchell flüsterte jetzt nur noch, und seine Knöchel wurden weiß, als er seinen Kaffeebecher umklammerte. „Ich drehte mich andauernd um, sah aber niemanden. Dann sprang ein Mann aus einer Gasse hervor und packte mich bei den Schultern. Ich schrie auf, weil ich dachte, ich würde überfallen, aber dann sah ich sein Gesicht, und es schnürte mir die Kehle zu. Es war mein Gesicht ... nur jünger. Der Typ grinste fies und genoß meinen schockierten Gesichtsausdruck. Seine Finger waren wie Klauen, die sich in meine Schulter gruben.

‚Hast du etwa gedacht, du kommst damit durch?' fragte er mich. ‚Hast du geglaubt, du würdest dich nie für deine Taten rechtfertigen müssen?'

Ich verstand nicht, was er meinte. Das sagte ich ihm auch, aber er schrie mir weiter ins Gesicht: Ich hätte alles verraten, woran wir je geglaubt haben. Dann riß ihn jemand von mir weg, und ich dachte, ich sei gerettet, aber es war ein weiteres Ich! Älter als mein Angreifer, aber dennoch jünger als ich heute. Sie können sich nicht vorstellen, wie schrecklich es ist, sein eigenes Gesicht zu sehen, aus dem einen haßerfüllte Augen anstarren. Auch diese Version meiner selbst schrie, ich hätte mein Leben vergeudet. Ihr Leben. Dann waren da plötzlich noch mehr von ihnen, von diesen Doppelgängern, alle aus unterschiedlichen Lebensphasen, sie zerrten an mir und aneinander und schrien mich und sich gegenseitig an, rangen darum, an mich heranzukommen. Eine unglaubliche Masse schreiender, drängelnder Gestalten, und alle waren ich!

Ich floh. Zog einfach den Kopf ein und rannte, während sie miteinander beschäftigt waren. Ich habe mich nie für einen Feigling gehalten, aber ich konnte mich all diesen anderen Versionen meiner selbst, die solch haßerfüllte Dinge sagten und mir vorwarfen, etwas ... Schreckliches getan zu haben, nicht stellen." Mr. Mitchell holte tief Luft und sah mich mit einem gequälten Lächeln an. „Sagen Sie mir die Wahrheit. Bitte. Bin ich in der Hölle? Bin ich gestorben und in die Hölle gekommen?"

„Nein", beeilte ich mich zu antworten. „Sie sind noch sehr lebendig, Mr. Mitchell. Dies ist nicht die Hölle, sondern die Nightside. Allerdings kann man von hier aus manchmal die Hölle sehen. Im Grunde ... darf ich Sie Eamonn nennen? Danke. Im Grunde, Eamonn, sind Sie an einen Ort geraten, an dem Sie nichts zu suchen haben. Sie gehören nicht hierher. Aber keine Sorge, Sie sind unter Freunden. Ich bringe Sie heim."

Eamonn Mitchell sackte regelrecht in seinem Stuhl zusammen, so erleichtert war er. Cathy mußte seine Kaffeetasse auffangen, als diese ihm entglitt. Sie klopfte ihm beruhigend auf die Schulter. Dann flog auf einmal meine aus massivem Silber bestehende, verstärkte Bürotür auf, was uns alle überraschte, und zwei weitere Eamonn Mitchells stürmten herein. Es handelte sich eindeutig um denselben Mann, nur in unterschiedlichem Alter. Der jüngste sah aus wie etwa zwanzig, wahrscheinlich noch ein Student, mit Rettet-die-Wale-T-Shirt, fliederfarbenen Schlaghosen und Eisenbahnerbart. Er hätte lächerlich gewirkt, hätte er nicht so zornig und gefährlich ausgesehen. Der andere Mann war etwa zehn Jahre älter, in einem eleganten, marineblauen Anzug, glattrasiert und hatte sehr kurzes Haar. Er sah genauso zornig wie seine jüngere Version und vielleicht sogar noch gefährlicher aus, weil er konzentrierter war, erfahrener. Ich beschloß, sie geistig als Eamonn 20 und Eamonn 30 zu deklarieren und meinen Auftraggeber als Eamonn 40, nur um einen klaren Kopf zu wahren. Ich trat zwischen meinen Auftraggeber und die Neuankömmlinge, und sie wandten mir ihre zornigen Blicke zu.

„Aus dem Weg", brüllte Eamonn 20. „Sie wissen nicht, was dieser Bastard getan hat."

„Aus dem Weg, sonst töten wir Sie", sagte Eamonn 30.

„Oh, oh, Werkschutz!" rief Cathy.

Eine Schranktür, die mir zuvor nicht aufgefallen war, flog auf, und eine große, beeindruckend haarige Hand schoß aus dem Schrank hervor und umfaßte beide Eamonn-Eindringlinge mit festem Griff. Sie wehrten sich heftig gegen die überdimensionierten, zupackenden Finger, aber da diese ihnen die Arme an die Seiten preßten, waren beide ziemlich hilflos. Sie schrien und fluchten, bis ich hinüberschlenderte und beiden als Warnung eine kräftige Kopfnuß verpaßte. Mir kam ein Gedanke, und ich sah wieder zu Cathy hinüber.

„Darf ich mal fragen, was am anderen Ende des Arms von diesem Ding hängt?"

„Solche Fragen stellt man besser erst gar nicht", antwortete Cathy, und ich mußte ihr recht geben.

Ich warf den beiden Eindringlingen mein einschüchterndstes Funkeln zu, und sie funkelten zurück. Ein Beweis dafür, wenn es denn eines solchen bedurft hatte, daß sie neu in der Nightside waren. Jeder andere wäre so schlau gewesen, Angst zu bekommen.

„Schauen Sie", sagte ich geduldig. „Derzeit umklammert Sie eine Hand, die groß genug ist, daß wir uns alle ernsthaft Sorgen machen, zu was sie wohl gehört. Eine Hand, die tut, was ich ihr sage. So bald gehen Sie also nirgendwo hin. Demnach würde ich mir an Ihrer Stelle ernsthaft überlegen, was wohl passiert, wenn ich nicht langsam ein paar Antworten von Ihnen kriege. Wörter wie ‚zermalmen' und ‚zerquetschen' sollten Ihnen unangenehm durch den Hinterkopf hallen. Warum sagen Sie mir also nicht einfach, was Sie hier tun und was Sie gegen meinen Auftraggeber haben? Es besteht immer noch die Chance auf eine friedliche Einigung. Keine sehr große, zugegeben, schließlich sind wir in der Nightside; aber ich finde, wir sollten es zumindest versuchen."

„Er hat mich verraten!" spie Eamonn 20, dessen Gesicht zornrot angelaufen war, aus. „Sehen Sie ihn sich doch an! Nichts als eine weitere gesichtslose Drohne in Anzug und Krawatte. Er verkörpert alles, was ich immer gehaßt und verabscheut habe. Ich wollte nie wie er werden! Ich hatte Träume und Ehrgeiz, ich wollte reisen und große Dinge vollbringen; jemand werden, der etwas bedeutet, und Dinge tun, die etwas bedeuten. Ich wollte die Welt verändern ... ein Leben führen, auf das man stolz sein kann ..."

„Träume sind ja ganz nett", sagte Eamonn 30 mit kalter, kontrollierter Stimme. „Aber wach endlich mal auf. Ich hatte Antrieb und Ehrgeiz. Ich reiste viel, wollte etwas aus mir machen. Ein Drahtzieher in der Berufswelt werden. Ich hatte nie vor, mich damit zufriedenzugeben, nur ein weiteres Rädchen im Getriebe zu sein wie er. Sehen Sie ihn sich doch an! Mittleres Alter, mittleres Management, sitzt seine Tage bis zur Rente ab."

„Ich wollte ein Ökokrieger werden", fauchte Eamonn 20. „Für die gute Sache kämpfen, für die Umwelt. Keine Kompromisse bei der Verteidigung Gaias!"

„Hehre Vorhaben!" höhnte Eamonn 30. „Aber nur weitere Träume, mehr Illusionen. Ich hatte genug davon, von Taschengeld und guten Absichten zu leben. Ich wollte reich und mächtig werden, die Welt dazu zwingen, Sinn zu ergeben!"

„Also", fragte ich Eamonn 40. „Was ist passiert?"

„Ich habe mich verliebt", sagte er leise, fast trotzig. „Ich traf Andrea, und es war, als hätte ich den Teil meines Lebens gefunden, der mir immer gefehlt hatte. Wir heirateten, dann kamen die Kinder; ich war nie glücklicher. Sie wurden mein Leben. Viel wichtiger als die vagen Träume und ehrgeizigen Bestrebungen meiner jüngeren Tage, die ich ohnedies nie hätte umsetzen können. Ein Teil des Erwachsenwerdens ist es zu lernen, seine Grenzen zu erkennen."

„Ist das alles?" fragte Eamonn 20. „Du hast meine Träume für irgendeine Schlampe und ein paar hochnäsige Blagen weggeworfen?"

„Du bist alt geworden", sagte Eamonn 30 bitter. „Du bist mit der Welt nicht fertiggeworden, also hast du dich mit der Vorstadt und einem Rockzipfel zufriedengegeben."

„Ihr wart beide noch nie verliebt, oder?" fragte Eamonn 40.

Eamonn 20 schnaubte laut. „Frauen? Man liebt sie und verläßt sie. Letztendlich sind sie nur im Weg."

„Ich hatte Wichtigeres im Kopf", sagte Eamonn 30. „Standesamt ist Feindesland, die Ehe ist ein Klotz am Bein."

„Ich kann nicht glauben, daß ich je so war wie ihr", raunzte Eamonn 40. „So kleinmütig, so beschränkt. Völlig ichbezogen. Kann einer von euch, mit all euren großen Träumen und ehrgeizigen Bestrebungen, von sich sagen, je wirklich glücklich gewesen zu sein? Zufrieden?"

In seiner Stimme lag eine Kraft und Überzeugung, die seine jüngeren Inkarnationen innehalten ließ, aber nur für kurze Zeit.

„Damit kommst du nicht durch", sagte Eamonn 20. „Wir haben Macht; die Macht, Dinge zu verändern. Dich zu ändern! Unser Leben so umzugestalten, wie es hätte sein sollen."

„Wahrscheinlichkeitsmagie", sagte Eamonn 30. „Die Macht, die Geschichte umzuschreiben, indem wir uns zwischen alternativen Zeitläufen entscheiden. Du bist ein Fehler, ein Ausrutscher, der nie hätte passieren dürfen."

„Ich werde all deine Entscheidungen ungeschehen machen", sagte Eamonn 20. „Sie mit meiner Magie auslöschen."

„Meine Magie ist mächtiger als deine!" fauchte Eamonn 30 sofort. „Meine Zukunft wird sich durchsetzen, nicht deine!"

Dann bekamen irgendwie beide eine Hand frei und schwenkten je einen Zauberstab. Ich war so überrascht, daß ich einen Augenblick lang nur mit offenem Mund dastand. Seit Jahrhunderten hat in der Nightside niemand mehr einen Zauberstab verwendet. Stäbe sind, zusammen mit den spitzen Hüten und den schwarzen Katzen, längst aus der Mode gekommen. (Gut, der Feenhof benutzt sie noch, aber die Feen waren immer schon seltsam.) Dann mußten Cathy und ich unsere Leben durch einen gewaltigen Sprung retten, weil die beiden jüngeren Eamonns mit Wahrscheinlichkeitsmagie das Feuer aufeinander und auf mein Büro generell eröffneten. Strahlen reiner Zufallsenergie schossen aus den Stäben, zuckten und knisterten in der Luft, erfüllt von jener Macht, die in rollenden Würfeln oder geworfenen Münzen fließt. Der Macht, den Ausgang jedweder Entscheidung zu Gunsten des Zaubernden zu verändern. Leider waren dies zwei Amateure mit Stäben. Also konnten sie lediglich die Magie entfesseln und mußten ihr dann ihren Lauf lassen, so daß diese alles veränderte, womit sie in Berührung kam. Ich stieß Cathy hinter den schweren Eichentisch in Sicherheit und bemerkte dann erst, daß Eamonn 40 immer noch auf seinem Stuhl saß und mit offenem Mund starr das Geschehen verfolgte. Ich krabbelte auf allen vieren über den Boden, hielt den Kopf ganz tief unten, riß Eamonn 40 von seinem Stuhl und trieb ihn mit ermutigenden Worten und allerlei Kraftausdrücken in die Sicherheit hinter dem Tisch.

Beide jüngeren Eamonns wandten ihre Aufmerksamkeit der Riesenhand zu, die sie nach wie vor festhielt. Sie beschossen sie mehrfach mit ihren Stäben, und funkelnde Energien umwirbelten die Hand, die mehrfach die Farbe wechselte, bis sie schließlich plötzlich und ganz eindeutig weiblich war. Bis hin zum rosa Nagellack. Die Finger öffneten sich ruckartig, und die Hand zuckte in ihren Schrank zurück, wahrscheinlich vor Schock. Die beiden jüngeren Eamonns torkelten, nun wieder frei, umher, beschossen alles, was ihnen unter die Augen kam, mit den Energiestrahlen aus ihren Stäben und suchten Eamonn 40. Sie hätten gewaltigen Schaden anrichten können, wären sie nicht gezwungen gewesen, den Großteil ihrer Zeit darauf zu verwenden, der Magie des jeweils anderen auszuweichen.

Alles, was die knisternden Strahlen berührten, veränderte sich augenblicklich. Ein Spice-Girls-Poster an der Wand zeigte plötzlich die Heavy-Metal-Band Twisted Sister. Das kugelsichere Glas des einzigen Fensters meines Büros wurde unerwartet durch den Versuch eines Mosaiks ersetzt, das wohl darstellen sollte, wie der heilige Michael den Drachen tötete. Mit einer Uzi. Die Kaffeemaschine wurde zum Wasserkocher, und ein großer Blumenstrauß in einer Vase begann, spitze Zähne zu entwickeln, mit denen die einzelnen Blüten daraufhin nacheinander schnappten. Ein Strahl traf genau die Stahlkugel der Zukunftscomputer, doch sie schüttelte die Magie ab und verkündete laut: „Wir sind geschützt, Affenjunge."

Eamonn 40 streckte den Kopf hinter dem Tisch hervor, um zu sehen, was da vor sich ging, und ein zuckender Strahl Veränderungsmagie verfehlte ihn nur, weil Cathy ihn wieder aus dem Weg zerrte. Leider ließ sie dabei eine Hand einen kurzen Augenblick zu lang außerhalb der Deckung, und ein zweiter Strahl traf sie. Plötzlich war Cathy Collin. Ein großer, gutaussehender junger Mann im neuesten Versace-Outfit. Er sah mich mit großen Augen an, und einmal in meinem Leben war ich sprachlos. Collin stand auf, um die beiden Eamonns zu beschimpfen, und sofort traf ihn ein weiterer Strahl und verwandelte ihn wieder zurück in Cathy. Sie ließ sich mit einem gedämpften Kreischen in Deckung fallen. Wir sahen einander erneut an.

„Frag nicht", sagte Cathy.

„Das würde ich niemals wagen."

„Du mußt etwas gegen diese beiden Idioten unternehmen!"

„Das werd ich. Laß mich nachdenken."

„Denk schneller!"

„Du weißt, ich könnte dich immer noch enterben."

Zum Glück hatte ich aber schon eine Idee. Die beiden jüngeren Eamonns versuchten immer noch, Eamonn 40 in die Schußlinie zu bekommen, während sie den Angriffen des jeweils anderen auswichen. Ich wartete, bis sie sich auf entgegengesetzten Seiten meines Büros befanden, dann stürmte ich hinter dem Tisch hervor und schrie dabei, so laut ich konnte. Beide richteten ihre Stäbe auf mich, ich warf mich zu Boden, und zwei Strahlen von Zufallsenergie kollidierten frontal. Der daraus resultierende Wahrscheinlichkeitszusammenprall war zuviel für die lokale Kausalität, und beide Eamonns verschwanden, als die Wahrscheinlichkeit beschloß, daß sie die verdammten Stäbe überhaupt nie bekommen hatten.

Das Universum versucht stets, sich soweit wie möglich sauber zu halten.

Cathy erhob sich vorsichtig hinter dem Tisch, der jetzt aus einem ganz anderen Holz zu sein schien als zuvor, und zerrte, nachdem sie überprüft hatte, daß wirklich alles in Ordnung war, Eamonn 40 ebenfalls auf die Beine. Er hatte die Augen derart weit aufgerissen, daß es wehtun mußte, und zitterte unübersehbar. Cathy half ihm, sich auf einen Stuhl zu setzen, tätschelte ihm auf geistesabwesende Weise tröstend den Kopf und zuckte zusammen, als sie sich in meinem zufällig umgestalteten Büro umsah.

„Es wird ewig dauern, hier aufzuräumen. Aber das neue Poster gefällt mir. Ich weiß, ich werde jeden einzelnen verdammten Ordner durchsehen müssen, ob die Inhalte noch unverändert sind. John, ich will, daß wir denjenigen, der für diesen Unsinn verantwortlich ist, an seinen Eiern aufhängen! Wenn ich schon Überstunden machen muß, will ich, daß noch jemand darunter leidet! Wer zum Teufel wäre dumm genug, komplette Amateure mit Veränderungsmagie auszustatten?"

„Gute Frage", räumte ich ein. „An unserem neuen Auftraggeber muß mehr dran sein, als man auf den ersten Blick erkennt."

„Das ist nicht schwer", sagte Cathy naserümpfend. Ihr kam eine Idee, und sie betrachtete den noch immer benommenen Eamonn 40. „Ich weiß nicht, ob wir ihn wirklich als Auftraggeber betrachten können, Chef. Unsere aktuellen Preise könnte er sich jedenfalls nicht leisten. Ich meine, schau ihn dir doch mal an."

„Jemand hat all diese Eamonns in mein Leben geschickt, um mir den Tag zu versauen", insistierte ich. „Das nehme ich persönlich."

Cathy rollte dramatisch mit den Augen. Sie kam damit durch, weil sie noch eine Teenagerin war, aber nur knapp. „Es ist also wieder mal ein Gratisjob, was? Du weißt, daß das Geld, welches du vom Vatikan bekommen hast, nicht ewig reichen wird. Nicht bei der Miete, die wir hier zahlen. Du mußt regulär bezahlte Fälle annehmen, und zwar bald. Ehe hier jemand Großes, der von Berufs wegen unfreundlich ist, auftaucht und mit einem Fleischerbeil deinen Überziehungskredit kürzt."

„Meine Gläubiger sollen sich eine Nummer ziehen", sagte ich. „Auf mich sind im Moment viel mächtigere Leute wütend. Ich glaube ... ich bringe Eamonn erst einmal ins Strangefellows. Dort sollte er wenigstens sicher sein."

„Ins Strangefellows?" fragte Cathy zweifelnd. „Angesichts seines Zustandes bin ich nicht sicher, ob er mit so vielen Merkwürdigkeiten auf einmal fertig wird."

„Friß oder stirb", sagte ich knapp. „Ich habe schon immer daran geglaubt, den Teufel mit dem Beelzebub auszutreiben. Sieh dich um, solange ich weg bin, und stelle fest, wieviel Schaden die Zauberstäbe wirklich angerichtet haben. Behalte alles, was sie verbessert haben, und wirf den Rest weg. Sind wir versichert?"

Cathy sah mich ernst an. „Was glaubst du denn?"

„Ich brauche mehrere starke Getränke und danach ein richtig starkes zum Runterspülen. Kommen Sie, Eamonn, wir besuchen die älteste Kneipe der Welt."

„Oh, ich trinke nicht mehr", nuschelte Eamonn 40.

„Warum nur überrascht mich das nicht? Wir gehen trotzdem hin. Ich habe das starke Gefühl, daß bald noch weitere alternative Versionen Ihrer selbst auftauchen werden, und es wäre mir lieber, wenn sie anderswo Chaos anrichten." Ich hielt inne und sah mich um. „Cathy ... sagtest du nicht mal, wir hätten eine Bürokatze?"

Sie zuckte die Achseln. „Die Zukunftscomputer haben sie gefressen. Es war sowieso keine besonders gute Katze."

Ich nahm Eamonn 40 am Arm und führte ihn entschlossen zur Tür. Bei manchen Gesprächen weiß man einfach, daß sie nicht gut ausgehen werden.

Simon R. Green

Oblivion

13

Das Strangefellows ist die älteste Kneipe der Welt und ungeeignet für Menschen mit schwachem Herzen. Man findet es in einer Seitengasse, die es nicht immer gibt, gekennzeichnet durch ein kleines Neonschild, das den Namen der Kneipe in Sanskrit trägt. Ihr Besitzer glaubt nicht an Werbung. Wenn man das Lokal sucht, findet man es auch, aber ob das gut oder schlecht ist, bliebe noch zu klären. Ich hänge dort von Zeit zu Zeit herum, vor allem, weil es voller Leute ist, deren Probleme noch größer sind als meine, weswegen man mich in Ruhe läßt. Das Strangefellows ist heruntergekommen, fast schon schäbig, und bietet guten Alkohol, schlechte Bedienung und wirklich beunruhigendes Knabberzeug. Die Atmosphäre drinnen ist ungesund, die Stimmung schwankt, und der Großteil der Möbel ist am Boden festgeschraubt, damit man sie nicht als improvisierte Waffen verwenden kann. Ich habe mich dort immer schon zu Hause gefühlt.

Der derzeitige Besitzer der Kneipe, Alex Morrisey, hat mit Möglichkeiten der Verbesserung experimentiert, aber erfolglos. Man kann einen ungezogenen Hund in den Hundesalon bringen, solange man will – wenn keiner hinschaut, rammelt er einem trotzdem das Bein.

Statt das Risiko einzugehen, daß Eamonn 40 wieder ausflippte, wenn ich mit ihm durch die Straßen ging, hielt ich eine Pferdedroschke an, die uns ins Strangefellows bringen sollte. Das stabile, unkomplizierte Transportmittel schien ihn einigermaßen zu beruhigen. Als das Pferd mich jedoch fragte, wo es denn hingehen solle, regte er sich wieder furchtbar auf. Danach saß Eamonn kerzengerade neben mir in der Kutsche, die Arme fest vor der Brust verschränkt, und weigerte sich für den Rest des Weges, auch nur ein einziges Wort zu sagen. Ich mußte ihn halb aus der Kutsche locken, halb herauszerren, als wir schließlich anhielten, und er stand ganz dicht bei mir, während ich den Fahrer bezahlte. Er starrte entschlossen zu Boden, als ich ihn zum Strangefellows führte, damit er nicht sehen mußte, was rings um ihn herum vor sich ging. Manche Landeier haben in der Großstadt einfach nichts zu suchen.

„Warum tun Sie das?" fragte er plötzlich, allerdings immer noch, ohne mich anzusehen. „Warum helfen Sie mir? Ihre Sekretärin hatte recht; ich kann Sie nicht bezahlen. Zumindest nicht in dem Ausmaß, wie Sie es gewohnt sind, wenn Sie mit ... solchen Dingen zu tun haben. Warum also kümmern Sie sich so bereitwillig um meine Probleme?"

„Weil sie mich interessieren", sagte ich lässig. „Jemand hat sich große Mühe gegeben, Sie und all Ihr Chaos in mein Leben zu integrieren, und ich will herausfinden, wer das war, damit ich ihm entsprechend danken kann."

„Sie benutzen mich also ... für Ihre eigenen Zwecke."

„Gut gemacht", lobte ich. „Sehen Sie – schon lernen Sie zu denken wie ein Bewohner der Nightside."

Er sah mich zum ersten Mal scharf an. „Ich bin nicht dumm, Mr. Taylor. Ich bin vielleicht all dem hier nicht gewachsen, aber ich erkenne trotzdem einen Hai, wenn ich ihn sehe. Sie benutzen mich als Köder in einer Falle. Aber wenn es deutlichen Eigeninteresses bedarf, um Sie auf meine Seite zu ziehen, dann kann ich damit leben. Aber wie gut sind Sie eigentlich, Mr. Taylor? Können Sie dieses Chaos, in dem ich mich befinde, wirklich aufdröseln?"

„Ich werde mein Bestes tun", sagte ich. „Ich bin tatsächlich ziemlich gut darin. Ich bin vielleicht ... auch noch alles Mögliche, aber ich lasse niemals einen Auftraggeber im Stich."

Wir erreichten die Kneipe, und ich führte ihn hinein, wobei ich ihn fest am Arm hielt, damit er sich nicht umdrehen und davonrennen konnte. Das Strangefellows hat manchmal diesen Effekt auf Leute. Wir stiegen die Metalltreppe in die eigentliche Kneipe hinunter, und alle drehten sich um, um zu sehen, wer da kam. Der Raum war randvoll mit den üblichen unüblichen Verdächtigen. Zwei strahlende Nonnen in weißen Trachten saßen an der Bar, Schwestern des Heiligen Ordens des St. Strontium. Sie tranken Mineralwasser aus hohen Gläsern, das wahrscheinlich noch keine Bläschen geworfen hatte, als sie es bestellten. Ein Cyborg, aus dem gezackte Maschinenteile ragten, steckte wiederholt den Finger kichernd in eine Lampenfassung. Ein Vampir trank eine Bloody Mary, und ihrem Gesichtsausdruck nach zu urteilen, fuhr Mary total darauf ab. Ms. Fate, der kostümierte Transvestitenheld der Nightside, ein Mann, der sich als Superheldin verkleidete, um gegen das Verbrechen zu kämpfen, rasierte sich die Beine mit einem Einwegrasierer, ehe er auf Streife ging. In einer Ecke standen ein paar Touristen mit gezückten Kameras. Jemand hatte sie spaßeshalber ausstopfen und hier ausstellen lassen.

Ich leitete Eamonn 40 mit nur minimaler Gewaltanwendung zur Bar, setzte ihn so weit weg von den radioaktiven Nonnen wie möglich und nickte dem Barkeeper und Besitzer, Alex Morrisey, zu, der meinen Blick finster erwiderte. Ich schätze, wir sind Freunde, aber wir haben das noch nie besonders zur Schau getragen. Es würde wahrscheinlich helfen, wenn ich ab und an daran dächte, meine Zeche zu begleichen.

Alex Morrisey war ein Strich Elend in der Landschaft, wie immer in schlichtes Schwarz gewandet, von der Designersonnenbrille bis hin zu dem eleganten Barett auf dem Hinterkopf, das die wachsende kahle Stelle dort verbarg. Er war Ende zwanzig, sah aber zehn Jahre älter aus. Das kommt davon, wenn man eine Kneipe in der Nightside betreibt. Sein stets finsterer Blick hatte ihm eine tiefe Stirnfalte eingetragen, und er lächelte nur, wenn er jemandem zu wenig Wechselgeld herausgab. Er war mal verheiratet gewesen und darüber noch immer verbittert. Alex war im Grunde sauer auf die ganze Welt, und ihm war egal, wer das mitbekam. Bei ihm bestellte man Cocktails auf eigene Gefahr.

Er stammte von Merlin Satansbrut ab, der seit dem Untergang Camelots im Keller der Kneipe begraben lag. Merlin manifestiert sich gelegentlich via Alex, und wenn das geschieht, geht jeder vernünftige Mensch in Deckung. Der Tod hindert einen nicht unbedingt daran, einer der Drahtzieher der Nightside zu sein.

„Was tust du hier, Taylor?" fragte Alex. „Dir folgt Ärger auf dem Fuße wie ein Stalker. Ich habe die Renovierungsarbeiten nach deinem letzten Besuch gerade erst abgeschlossen."

„Mir geht es gut, danke der Nachfrage", sagte ich. „Du siehst dir heute wieder mal sehr ähnlich. Bring mir viele Drinks und gieß dir selbst auch ein paar ein."

„Was ist mit Otto Normalverbraucher?" fragte Alex.

Eamonn 40 saß griesgrämig neben mir und kehrte stur allen skandalösen Elementen der Bar den Rücken zu. Ich fragte ihn nach seinen Getränkewünschen, und er bat um einen trockenen Weißwein. Ich sah Alex eindringlich an, und er goß Eamonn 40 zögernd ein Glas vom Guten ein. Alex haßte es, einen besonderen Jahrgang an Leute zu verschwenden, die ihn seiner Ansicht nach nicht zu schätzen wußten.

„Ich muß ein Geheimnis ergründen", sagte ich ohne lange Vorrede. „Jemand hat an der Chronologie meines Auftraggebers hier herumgedoktert und andere Versionen seiner selbst aus alternativen Zeitläufen herausgerissen, damit diese ihn piesacken und vielleicht sogar töten. Dieser Jemand hat sich auch mit mir angelegt, indem er mir den da und seine Probleme in den Schoß fallen ließ. Ich hasse es, wenn Leute sich an der Zeit vergreifen. Als wäre die Nightside nicht schon kompliziert genug."

„Sie sehen die Dinge viel zu eng, mein lieber Taylor", antwortete da eine träge, affektierte Stimme. „Wo Sie Probleme sehen, erkennen andere, robustere Geister Möglichkeiten."

Ich sah mich um, wobei ich sorgfältig darauf achtete, nicht gehetzt zu wirken. Neben mir stand einer der wenigen anderen Privatdetektive der Nightside, Tommy Oblivion. Ich war einmal der einzige Detektiv der Nightside, aber mein Erfolg hatte andere ermutigt, mir nachzueifern. Und einer von diesen war Tommy Oblivion, der existentialistische Detektiv, der sich auf Fälle spezialisiert hatte, die sich möglicherweise nicht ereignet hatten. Tommy, einer der überzeugendsten Männer, die ich je getroffen hatte, konnte jede Logik auf den Kopf stellen und die Leute dazu bringen zu schwören, Schwarz sei Weiß und oben sei unten, nur damit sie ihn wieder loswurden. Er war ein großer, verweichlicht wirkender Typ – darin hatte er viel Fleiß gesteckt – in grellen Seidenklamotten im New-Romantics-Stil. (Im Gegensatz zu den meisten Kollegen hatte Tommy die Achtziger sehr genossen. Wahrscheinlich hatten sie ihm geholfen, Existentialist zu sein.)

Er hatte langes, glattes schwarzes Haar, ein längliches Pferdegesicht mit einem zahnbetonten Lächeln und langfingrige Hände, mit denen er beim Reden geziert gestikulierte. Tommy redete gern. Viele sagten und die meisten glaubten, Tommy Oblivion könne sein eigenes Erschießungskommando dazu bringen, sich gegenseitig abzuknallen, nur um seiner gnadenlos vernünftigen Stimme zu entkommen. In moralischen Grauzonen, unsicheren Realitäten und mit Fällen, die so kompliziert waren, daß man nicht einmal mit einem Zelthering etwas festnageln konnte, fühlte er sich am wohlsten. Dennoch war Tommy auch sehr gut darin, Antworten auf die Sorte Fragen zu kriegen, deren Beantwortung die Autoritäten verhindern wollten. Tommy hatte die Gabe, der Wahrheit auf den Grund zu gehen. Vielleicht keine sehr nette Gabe, aber so ist die Nightside eben.

Ich hatte das dumpfe Gefühl, irgend etwas über Tommy Oblivion solle mir wieder einfallen, etwas Wichtiges, aber ich kam nicht darauf.

„Hallo Tommy", sagte ich resigniert. „Viel zu tun?"

„Wer weiß? Aber ich bin fast sicher, daß ich etwas trinken möchte. Das Übliche, Alex."

Alex sah ihn finster an. „Das sagst du immer, und dann bestellst du jedes Mal etwas anderes."

„Natürlich", bestätigte Tommy mit strahlendem Lächeln. „Ich habe einen Ruf zu verlieren. Ich glaube, ich nehme einen Bucks Fizz."

„Du solltest Alex wirklich nicht ärgern", sagte ich, als dieser sich vor sich hin murmelnd davonmachte. „Er kann dir durchaus etwas ins Glas schütten, das dich dazu bringt, Mahlzeiten zu erbrechen, die du vor sechs Monaten gegessen hast."

„Ich weiß", sagte Tommy. „Ich lebe eben gerne gefährlich. Wie dem auch sei, ein Vögelchen hat mir gezwitschert, Sie dächten über eine Zeitreise nach."

„Großmutter, warum hast du denn so große Ohren? Warum interessiert dich das, Tommy?"

„Weil ich ebenfalls darauf brenne, eine Zeitreise zu machen, aber Väterchen Chronos bisher nicht überreden konnte, sie mir zu erlauben. Alter Scheißhaufen. Offenbar sieht er mich irgendwie als unseriös an."

„Ach was", antwortete ich. „Dabei baut doch lediglich deine gesamte Karriere darauf auf, daß du frivol und ein Geck bist und andere da mit reinziehst."

„Wie uncharmant."

„Ich stelle fest, du leugnest es nicht."

„Das würde ich niemals wagen. Image ist doch heutzutage alles. Aber selbst Sie müssen zugeben, daß ich auf meine eigene unverwechselbare, etwas indirekte Art und Weise durchaus Ergebnisse erziele. Der Punkt ist ... ich weiß, ich hatte einen Punkt, als ich herkam ... ah ja, der Punkt ist, ich habe mich gefragt, ob ich Sie bitten könnte, ein gutes Wort für mich einzulegen, wenn Sie mit Väterchen Chronos reden."

„Oh, ich habe ein sehr gutes Wort für dich, Tommy", sagte ich.

Vielleicht war es ein Glück, daß es genau in diesem Augenblick unangenehm zu werden begann. Zwei schwere Beinpaare stürmten die Metalltreppe herab in die Kneipe, und alle wandten sich in ihre Richtung. Manchmal denke ich, Alex hat diese Treppe nur einbauen lassen, damit sich niemand unbemerkt in die Kneipe schleichen kann. Ich hatte es ja schon irgendwie erwartet, aber dennoch blieb mir fast das Herz stehen, als zwei weitere Eamonn Mitchells stäbeschwenkend in die Bar stürmten. Eamonn 40 gab einen jammervollen Laut von sich, so als säße er in der Falle, und packte meinen Arm. Ich murmelte etwas Beruhigendes, löste vorsichtig seine Hand von meinem Mantel und trat zwischen ihn und die Neuankömmlinge.

Einer der neuen Eamonns sah aus wie ein betuchter Geschäftsmann Mitte fünfzig inklusive Wohlstandsbauch. Der andere war älter, mindestens Mitte sechzig, und wirkte wie ein Obdachloser: unterernährt und in zerlumpten Klamotten aus der Altkleidersammlung. Ich etikettierte sie sofort als Eamonn 50 und 60 und ließ meine Hände in Richtung diverser nützlicher Gegenstände in meinen Manteltaschen wandern. Diese beiden da wirkten noch viel verzweifelter und gefährlicher als die jüngeren Doppelgänger in meinem Büro. Sie stapften durch die vollbesetzte Bar, all die Seltsamkeiten ringsum ignorierend und ihren hungrigen Blick ausschließlich auf den Eamonn hinter mir gerichtet. Ich verstellte ihnen den Weg, und sie blieben stehen und lächelten mich böse an. Ringsum erhoben sich die Leute und wichen zurück, um nicht in die Schußlinie zu geraten. Ms. Fate steckte ihren Einwegrasierer zurück in ihren Werkzeuggürtel und zückte stattdessen einen stählernen Wurfstern. Ich warf ihr einen Blick zu und schüttelte leicht den Kopf. Ich habe es immer schon für wichtig gehalten, meinen Dreck selbst wegzuräumen.

„Sie müssen Taylor sein", platzte Eamonn 50 heraus. Selbst seine Stimme klang fett und aufgeblasen. „Man hat uns vor einer möglichen Einmischung Ihrerseits gewarnt. Das hier geht Sie nichts an. Gehen Sie aus dem Weg, sonst machen wir Ihre Geburt ungeschehen."

Ich mußte lachen. „Das könnte Ihnen schwerer fallen, als Sie denken", sagte ich.

„Dann werden wir es vielleicht so einrichten, daß Sie behindert oder krank zur Welt kommen", antwortete Eamonn 60. Seine Stimme war rauh und schmerzerfüllt, als spräche er nur noch selten. „Wir werden Sie töten, Taylor. Auf ganz fiese Art und Weise, wenn Sie versuchen zu verhindern, daß wir tun, was wir tun müssen."

„Was wollt ihr?" fragte Eamonn 40 hinter mir. Er hatte Angst, aber seine Stimme zitterte nicht.

„Ich will, daß du die Entscheidungen triffst, die zu mir und meinem Leben führen", sagte Eamonn 50. „Ich habe hart dafür gearbeitet, alle möglichen Annehmlichkeiten des Lebens zu kriegen. All den Komfort und den Spaß. Ich werde nicht riskieren, sie jetzt zu verlieren, nur weil du nicht den Mut hast, nach dem Messingring zu greifen. Ich bringe dich in Ordnung. Sorge dafür, daß du die richtigen Entscheidungen triffst. Mache dich zu mir."

„Wollen Sie das auch?" fragte ich Eamonn 60.

„Ich will nicht ich sein", antwortete der tonlos. „Niemand sollte so leben müssen. Ich wollte all das nie. Wollte niemals unter Brücken schlafen und Leute, die direkt an mir vorbeigehen, ohne mir in die Augen zu sehen, um Essen anbetteln müssen. Ich habe jetzt die Chance, die Entscheidungen rückgängig zu machen, die dieser dumme Bastard getroffen hat und die dazu führten, daß er zu mir wurde. Und ich werde jeden vernichten, der sich mir in den Weg stellt."

„Werde alle töten", unterbrach ihn Eamonn 50. „Sie alle vernichten."

„Moment mal", sagte ich und hob höflich eine Hand. „Kann ich mal was fragen? War einer von Ihnen je verheiratet ... und vor allem, hat einer von Ihnen je eine Frau namens Andrea getroffen?"

Die beiden neuen Eamonns sahen einander verwirrt an, dann schüttelten sie wütend den Kopf.

„Sie versuchen, uns zu verwirren", raunzte Eamonn 50.

„Nein, keineswegs", sagte ich. „Daß sie ins Leben meines Auftraggebers trat, hat alles verändert. Hat ihn verändert. Daß Sie hier sind, ist also bereits überflüssig. Er wird nie zu einem von Ihnen beiden werden."

„Doch, wenn wir ihn dazu zwingen", insistierte Eamonn 50. „Wenn wir ihn mit unserer Magie verändern und die Frau aus seinem Leben schneiden wie ein Krebsgeschwür."

„Sie könnten ihn mit Ihrer Einmischung töten", sagte ich, „und sich selbst gleich mit."

„Der Tod wäre eine Erlösung", antwortete Eamonn 60.

„Entschuldigung", sagte Eamonn 40 hinter mir. „Könnte mir mal bitte irgendwer erklären, wo all diese anderen Ichs herkommen?"

„Alternative Zeitlinien", antwortete Tommy Oblivion forsch. „Mögliche Zukünfte, Leben, die hätten sein können, der Teufelskreis von wenn und vielleicht. Die Entscheidungen, die wir treffen und nicht treffen, bestimmen unser Leben, und diese ... Herren sind jene Männer, die Sie hätten werden können, wenn Sie bestimmte Einzelentscheidungen anders getroffen hätten. Ich kann nicht behaupten, einer von beiden sehe besonders attraktiv aus, aber wahrscheinlich haben Ihre Feinde sie gerade deshalb mit Macht ausgestattet. Darf ich fragen, was aus meinem Bucks Fizz geworden ist?"

„Aber wie sind sie hierhergekommen?" fragte Eamonn 40 leicht verzweifelt.

„Da hat sich jemand eingemischt", sagte ich. „Noch dazu jemand, der wirklich mächtig ist, denn er ist fähig, Wahrscheinlichkeitsmagie anzuwenden."

„Muß ein großer Fisch sein", gab mir Tommy recht. Er war hinter den Tresen getreten, um sich sein Getränk selbst zu mixen, da Alex vernünftig genug war, auch weiterhin den Kopf einzuziehen. „Mit der Zeit und den Zeitlinien herumzuspielen ist keine Kleinigkeit. Das ist so ernst, daß die wenigen, die mit der Wahrscheinlichkeit arbeiten, meist sehr brutal gegen jeden vorgehen, der versucht, in ihrem Revier zu wildern. Niemand möchte, daß irgendein Dilettant den sorgsam aufrechterhaltenen Status quo gefährdet."

„Aber ich habe keine Feinde", sagte Eamonn 40. „Leute wie ich haben einfach keine Feinde. Ich bin unwichtig!"

„Jetzt nicht mehr", widersprach Tommy und nippte geziert an seinem Getränk, den kleinen Finger grazil abgespreizt. „Jemand hat sich Ihretwegen einen Haufen Arbeit gemacht, mein Alter." Er sah mich nachdenklich an. „Könnte es vielleicht der Jonah gewesen sein?"

„Tot", sagte ich.

„Graf Video?"

„Verschwunden, wahrscheinlich tot", sagte ich. „Zuletzt wurde er während des Engelskrieges gesehen, wie er mit abgezogener Haut durch die Straßen rannte."

Tommy zuckte die Schultern. „Sie kennen die Nightside. Die Leute kommen immer wieder. Denken Sie nur an sich selbst."

„Mein Gott, Sie hören sich aber gern selbst reden", entgegnete Eamonn 50 an meiner Statt. „Ich bin gekommen, um diese dumme, kurzsichtige Version meiner selbst zu korrigieren, und nichts und niemand wird mich daran hindern."

„Nichts, was Sie hier tun könnten, würde etwas Entscheidendes ändern", sagte Tommy. „Jede Version von Ihnen ist so gültig wie die nächste. Jede Zeitlinie ist gleich real und sicher. Diese jüngere Version von Ihnen zu verändern oder anzupassen wird Ihre Existenz weder wahrscheinlicher noch unwahrscheinlicher machen. Wer etwas anderes erzählt, der lügt."

„Das glaube ich Ihnen nicht", antwortete Eamonn 60. „Das kann ich nicht glauben."

„Sie würden alles sagen, um uns aufzuhalten", raunzte Eamonn 50.

Beide feuerten gleichzeitig ihre Stäbe ab, und Zufallsenergiestrahlen zuckten knisternd durch die Luft. Ich hechtete aus dem Weg und riß Eamonn 40 mit mir. Tommy duckte sich geschmeidig hinter die Theke, ohne sein Glas loszulassen. Ein Veränderungsstrahl traf den Eichentresen und prallte harmlos davon ab. Merlins Magie schützte die wirklich wichtigen Einrichtungsgegenstände und Armaturen der Bar. Beide alternativen Eamonns schossen mit ihren Stäben wild in alle Richtungen, während ich kreuz und quer durch die Bar hechtete, Eamonn 40 immer im Schlepptau. Ein

Schleier von Wahrscheinlichkeitsmagie erfüllte die Luft, während die Strahlen der Stäbe alles, was sie streiften, nach dem Zufallsprinzip und völlig unvorhersehbar verwandelten.

Den Vampir, der immer noch von seiner Bloody Mary trank, traf ein Strahl und ließ ihn anschwellen wie eine Zecke, während er Mary aus- und sich immer mehr vollsog mit Blut, bis er geräuschvoll explodierte und alle Umstehenden mit Blut aus zweiter Hand bespritzte. Marys leere Hülle fiel wie eine Papiertüte zu Boden. Einige der neueren Tische und Stühle zerfielen umgehend in ihre Bestandteile, als Wahrscheinlichkeitsstrahlen sie streiften. Dasselbe widerfuhr einem von Frankensteins Monstern, als all seine Nähte gleichzeitig aufgingen. Körperteile rollten über den Boden, während der Kopf lautlos Verwünschungen ausstieß. Blitze zuckten aus dem Nichts herab, versengten Körper und entzündeten überall Feuer. Zischende Blumensträuße erblühten aus Rissen in der Steinwand. Ein altes viktorianisches Porträt begann, in Zungen zu reden. Leute brachen infolge von Herzschlägen, Hirnblutungen oder epileptischen Anfällen zusammen. Einige lösten sich einfach auf, als die Wahrscheinlichkeiten, aufgrund derer sie entstanden waren, sich abrupt umkehrten.

Der Geist eines jungen Mädchens war nach Jahren des Spukens im Strangefellows plötzlich wieder körperlich. Sie saß an der Bar und weinte vor Glück, während sie alles in Reichweite anfaßte. Hinter der Theke aufgestapelte Flaschen veränderten ihre Form, ihre Farbe und ihren Inhalt, und ein Dämon, der lange unter den Dielenbrettern eingesperrt gewesen war, brach auf einmal aus seinem Pentagramm hervor, als die ihn bindenden Schutzzeichen plötzlich erloschen. In dunkelblaue ektoplasmische Flammen gehüllt, wandte er den gehörnten Schädel hin und her und genoß Jahrhunderte angestauten Frusts und Zorns, ehe er losstürmte, um alles zu töten, was in Reichweite seiner Klauenhände kam. Die beiden muskulösen Rausschmeißerinnen der Kneipe, Betty und Lucy Coltrane, sprangen den Dämon von hinten an und rangen ihn nieder, aber es war klar, daß sie ihn nicht lange würden halten können.

Mittlerweile hatte ich Eamonn 40 hinter dem großen Eichentresen in Sicherheit gebracht und ging die mir zur Verfügung stehenden Möglichkeiten durch, was nicht halb so lange dauerte, wie ich gehofft hatte. Alex funkelte mich an.

„Verdammt, tu was! Wenn sich Merlin durch mich manifestieren muß, um diese Sauerei aufzuräumen, kann ich nicht für die Sicherheit deines Auftraggebers garantieren. Du weißt, Merlin zieht seit jeher die Politik der verbrannten Erde vor, wenn es darum geht, Probleme zu beheben."

Ich nickte zögernd. Ich beherrsche ein paar Tricks und mehr Magie, als ich freiwillig zugebe; aber letztlich läuft es immer auf meine Gabe hinaus. Ich besitze die Fähigkeit, Dinge zu finden, mit Hilfe eines dritten, geistigen Auges, das sieht, wo alles ist, aber ich nutze es nur, wenn es gar nicht anders geht. Wenn ich meine Gabe einsetze, sorgt die schiere Energie, die dazu notwendig ist, dafür, daß ich leuchte wie ein Signalfeuer in der Finsternis, und dann sehen meine Feinde, wo ich bin. Sie schicken dann schreckliche Handlanger wie etwa die Höllenfahrt aus, um mich zu töten. Sie versuchen schon, mich zu töten, solange ich denken kann.

Aber was sein muß, muß sein ...

Tommy beugte sich zu mir herüber. „Es ist ein Paradoxon", sagte er drängend. „Alleine, daß sie hier sind, sich gegenseitig ausschließende Zukünfte in einer Zeitlinie, die sie nicht hervorbringen könnte. Verwende das gegen sie."

Also versenkte ich mich tief in meinen Geist, fuhr meine Gabe hoch und fand heraus, wie unwahrscheinlich es war, daß Eamonn 50 und Eamonn 60 am selben Ort zur selben Zeit existierten. Nachdem ich diese winzige und völlig unstabile Wahrscheinlichkeit gefunden hatte, war nichts leichter, als sie auszupusten wie eine Kerze. Beide alternativen Eamonns verschwanden im Nu, einfach weil es unmöglich war, daß sie sich hier befanden.

Ich fuhr schnellstens meine Gabe herunter und all meine geistigen Abwehrmechanismen wieder hoch. Meine Feinde hüteten sich normalerweise davor, mich in Merlins Revier anzugreifen, aber sie wurden in letzter Zeit immer verzweifelter. Es war sehr still in der Bar. Nur langsam kamen die Gäste aus ihren Verstecken hervor und sahen sich ziemlich verwirrt um. Da die beiden älteren Eamonns nie da gewesen waren, hatte auch der Angriff nie stattgefunden, aber alle Veränderungen durch die Wahrscheinlichkeitszauberstäbe blieben bestehen. Magie ist immer stärker als Logik. Reihum traten wir den ausgebrochenen Dämon zusammen, bis Alex den alten Zauber reaktiviert hatte und dieser ihn abermals unter die Dielenbretter bannte. Dann gingen wir daran, die verschiedenen Brände zu löschen, die noch glommen. Betty und Lucy Coltrane sammelten alle verstreuten Teile des Frankensteinschen Geschöpfs auf und stapelten sie hinter der Bar, bis wieder einmal einer der Nachfahren des Barons auf einen Schluck vorbeikäme.

Alles in allem waren wir ganz gut davongekommen. Es ist immer äußerst gefährlich, mit Wahrscheinlichkeitsmagie herumzuspielen. Die Zeit mag es nicht, wenn man sich an ihr vergreift, und spielt nicht fair. Deshalb sind Zeitreisen so stark reglementiert.

Alex sah sich an, was aus den Flaschen hinter seiner Bar geworden war, und raufte verbittert an seinen verbliebenen Haarsträhnen. „Diese Bastarde! Ich werde jede Flasche einzeln prüfen müssen, um herauszufinden, was jetzt darin ist. Könnte alles sein, von Dämonenpisse bis zu Designerwasser. Dämonenpisse könnte ich ja wenigstens noch verkaufen ... du bist ein Fluch, Taylor, weißt du das? Wenn ich vernünftig wäre, würde ich dich bei Betreten der Bar erschießen lassen."

Eamonn sah mich besorgt an, aber ich lächelte ihn beruhigend an. „Keine Sorge, das ist typisch Alex. Er meint das nicht so."

„Oh doch, das tue ich!"

„Na gut, wahrscheinlich meint er es tatsächlich so, aber er kommt darüber hinweg. Er ist ein Freund."

„Dann möchte ich ungern einen Ihrer Feinde treffen", murmelte Eamonn.

„Ich glaube, einige kennen Sie bereits", sagte ich. „Ich denke, jemand benutzt Sie in all Ihren vielen Versionen, um an mich heranzukommen."

„Aber warum mich?" fragte Eamonn klagend.

„Gute Frage", sagte ich.

Ich führte ihn zu einem Tisch im hintersten Winkel der Bar, und wir setzten uns. Tommy Oblivion nahm ebenfalls bei uns Platz. Ich sah ihn nachdenklich an, und er lachte etwas ängstlich.

„Wir scheinen ganz gut zusammenarbeiten zu können, Alter. Ich dachte, vielleicht könnte ich Ihnen bei Ihrem Fall helfen. Er scheint gut zu mir zu passen. Natürlich für eine anständige Honorarbeteiligung."

„Aber natürlich", antwortete ich. „Schließlich geht es hier ums Geschäft. Ich sage dir was: Du kannst die Hälfte haben. Wie klingt das?"

„Mehr als vernünftig, guter Mann. Niemand soll sagen, John Taylor sei keine herausragende Erscheinung!"

Da ich nicht erwartete, mit diesem Fall auch nur einen müden Penny zu verdienen, war ich gerne bereit, den Penny, den ich nicht bekam, mit Tommy Oblivion zu teilen. Auch ich konnte existentialistisch sein, wenn es mir gefiel. Er lächelte mich glücklich an, und ich erwiderte sein Lächeln.

„Hören Sie, ist es jetzt vorbei?" fragte Eamonn. „Kann ich jetzt heimgehen? Mir gefällt es hier wirklich überhaupt nicht."

„Ich fürchte, nein", sagte ich. „Ich könnte Sie zwar sicher aus der Nightside hinausbegleiten, aber es ist anzunehmen, daß unser gemeinsamer Feind einen Weg fände, Sie hierher zurückzuholen, und dann finge alles wieder von vorn an."

„Oh mein Gott ..." Eamonn sackte auf seinem Stuhl zusammen, ein kleiner, gewöhnlicher Mensch, der sich bemühte, mit Problemen fertig zu werden, die er nie hätte haben sollen. Er tat mir leid. In der Nightside hat man es schon schwer genug, wenn man freiwillig da ist.

„Keine Sorge", tröstete ich. „Ich bin ja an dem Fall dran. Ich werde herausfinden, wer Ihnen das antut, und ihn aufhalten."

„Wenn Taylor das sagt, kann man sich darauf verlassen", sagte Tommy unerwartet.

„Reden Sie mit mir, Eamonn", sagte ich. „Erzählen Sie mir von sich, von Ihrem Leben. Irgendwo muß es einen Hinweis geben."

Aber Eamonn schüttelte schon den Kopf. „Ich bin niemand. Oder zumindest niemand Wichtiges. Nur ein kleines Rädchen im grandiosen Getriebe eines Großkonzerns. Ich tue, was ich tun muß. Alltägliche Tätigkeiten, die dafür sorgen, daß die Räder nicht stillstehen."

„Gut", brummte ich. „Und für wen arbeiten Sie?"

„Für die Investmentfirma Widow's Mite. Das ist eine ziemlich große Firma, die überall auf der Welt Außenstellen und Büros hat. Ich arbeite jetzt seit fast zwanzig Jahren in der Londoner Filiale, erst als Junge und inzwischen als Mann. Wir sind eine Finanzierungsgesellschaft, die andere Firmen überzeugt, Geld in sinnvolle Wohltätigkeitsunternehmungen zu investieren. Das sind in erster Linie klassische Stiftungen, aber auch kleine, vielversprechende Firmenneugründungen und einige Lobbys für anerkannte gute Zwecke. Wir sammeln viel Geld und behalten einen vertretbaren Prozentsatz davon für uns. Ich sage ‚uns', aber natürlich sehe ich von diesem Geld nichts. Aber wenn man seit fast zwanzig Jahren für eine Firma arbeitet ... jedenfalls ist das vielleicht kein besonders spannender Beruf, nicht das, was ich vom Leben erwartet hatte, aber ... so ist das Leben. Nur wenige Leute verwirklichen je ihre Träume und ehrgeizigen Bestrebungen. Wir, die wir die Räder der Zivilisation am Stillstand hindern, dienen auch einer guten Sache. Denn ohne uns kommt die Welt nicht zurecht. Jedenfalls wollte ich immer nur gut für meine Familie sorgen. Um sie drehen sich jetzt meine Träume und ehrgeizigen Bestrebungen."

Wieder ließ er sich nicht daran hindern, die Photos seiner Frau und seiner Kinder zu zücken und sie Tommy zu zeigen. Er gab alle erforderlichen höflichen Laute von sich, während ich nachdenklich die Stirn runzelte. Ich war immer noch recht sicher, daß Eamonn der Speck in der Falle für mich war, aber ich begann langsam zu glauben, daß hinter all dem noch mehr steckte.

„Warum haben Sie sich um Hilfe an John Taylor gewandt?" fragte Tommy, als Eamonn seine Photos vorsichtig wieder wegsteckte.

„Ich hatte seine Visitenkarte in der Hand, als ich in der Nightside ankam."

„Deshalb wußte ich ja, daß jemand uns zum Narren hält", sagte ich. „Ich habe keine Visitenkarten. Habe nie welche gebraucht. Hier weiß jeder, wer ich bin."

„Ich habe Visitenkarten", sagte Tommy. „Zumindest manchmal. Je nachdem."

Ich wußte, es war besser, nicht nachzufragen. „Wichtig ist nur", unterbrach ich ihn, „daß jemand sich in Eamonns und mein Leben einmischt. Und das geht gar nicht. Wer was gegen mich hat, soll es mir ins Gesicht sagen. Bin's gewohnt. Ich werde nicht zulassen, daß man mich über Unschuldige angreift."

„Von der Firma Widow's Mite habe ich schon gehört", sagte Tommy. „Sie unterhält auch eine Filiale hier in der Nightside."

Eamonn sah uns mit etwas im Blick an, das sehr nach Entsetzen aussah. „Meine Firma hat eine Zweigstelle in diesem ... Höllenschlund?"

Ich zuckte die Achseln. „Wie die meisten großen Firmen. Ich könnte nicht behaupten, etwas besonders Gutes oder Schlechtes über Widow's Mite gehört zu haben ... was halten Sie davon, mal vorbeizuschauen?"

„Was, wenn man uns nicht vorläßt?" fragte Eamonn.

Tommy und ich lächelten einander an. „Wir kommen schon rein", sagte ich.

„Die Firma kann mit ... all dem nichts zu tun haben", rief Eamonn. „Das ist einfach unmöglich. Man hat mich immer gut behandelt. Mir Beförderungen angeboten ... auch wenn ich sie natürlich nie annehmen konnte. Das hätte bedeutet, meine Familie für sehr lange Zeit alleinzulassen. Sie können nicht wirklich glauben, eine gut beleumundete Firma wie Widow's Mite stecke hinter all dem?"

„Klar doch", sagte ich. „Großkonzerne sind natürlich nicht immer die Bösen, aber meistens eben doch."

Zeit für klare Worte

4

Wir verließen das Strangefellows und liefen durch die Nightside, Eamonn immer zwischen uns. Er fühlte sich sicherer so. Er nahm seine Umgebung jetzt genauer wahr, aber es war klar, daß ihm nichts von dem, was er sah, gefiel. Die nichtmenschlichen Passanten machten ihm Angst, und die sich bietenden Verlockungen noch mehr, wenn das denn überhaupt möglich war. Er wollte nichts von der Nightside, und was anderen magisch oder phantastisch erschienen wäre, beunruhigte ihn lediglich. Er wollte mit all dem nichts zu tun haben.

„Ich muß nach Hause", sagte er kläglich. „Ich komme nie zu spät heim. Andrea und die Kinder werden sich große Sorgen machen. Sie werden glauben, mir sei etwas zugestoßen."

„Nun, so falsch liegen sie damit ja auch nicht", antwortete ich vernünftig. „Denken Sie bloß an die tolle Geschichte, die Sie zu erzählen haben, wenn Sie heimkommen."

„Oh nein", sagte er sofort. „Ich könnte ihnen nie ... hiervon erzählen. Es würde ihnen nur Angst machen. Mir macht es ja schon Angst."

„Bitte entspannen Sie sich", bat Tommy leicht genervt. „Sie sind mit John Taylor und mir unterwegs, den beiden fähigsten Privatdetektiven der Nightside. Sie könnten nicht sicherer sein, wenn Sie in Glaswolle und einen Körperpanzer eingehüllt wären. Wir werden Ihr kleines Problem für Sie lösen. Schließlich verfüge ich über eine bestechende Logik, und Taylor ist der einzige in der Nightside, vor dem alle anderen Angst haben."

„Irgendwie finde ich das nicht besonders beruhigend", sagte Eamonn, aber es gelang ihm trotzdem, ein wenig zu lächeln. „Ich weiß Ihre Mühen wirklich zu schätzen. Nur ... ich gehöre nicht hierher."

Dem konnte ich nur zustimmen. Die Nightside ist nicht für jeden geeignet. Eamonn in unsere endlose Nacht zu zerren war, als werfe man ein kleines Kind den Wölfen vor. Ich begann einen Beschützerinstinkt für ihn zu entwickeln und wurde immer wütender auf denjenigen, der beschlossen hatte, ihn diesem Spießrutenlauf auszusetzen.

„Wir helfen Ihnen da durch", sagte ich. „Ich bin mir sicher, die Leute bei Widow's Mite werden uns alles sagen können, was wir wissen müssen."

„Taylor ist sehr gut darin, die Leute zum Antworten zu bringen", plapperte Tommy fröhlich. „Auch wenn er sie mit der Brechstange aus ihnen herausholen muß."

Ich sah ihn böse an. „Nicht sehr hilfreich, Tommy."

„Können wir nicht ein Taxi nehmen?" bat Eamonn flehentlich. „Ich glaube, ich würde mich viel sicherer fühlen, wenn ich nicht auf der Straße wäre."

„Besser nicht", sagte ich. „Nicht alles, was hier wie ein gewöhnlicher Teilnehmer des Straßenverkehrs aussieht, ist es auch. Es gibt zwar Taxis, aber die meisten verlangen für ihre Dienste außergewöhnliche und sehr unschöne Formen der Bezahlung. Teufel auch, selbst die Krankenwagen fahren hier mit destilliertem Leid, und Motorradkuriere schnupfen für den Extrakick pulverisiertes Jungfrauenblut. Allerlei Dinge benutzen diese Straße, und die meisten davon haben Hunger. Wir gehen besser zu Fuß. Außerdem sind wir in der Menschenmenge schwerer aufzuspüren."

„Je mehr Sie mir erklären, desto schlechter fühle ich mich", jammerte Eamonn. „Ich möchte unter keinen Umständen Ihre Tourismusinformation kennenlernen." Es war ein ziemlich schlechter Witz, aber unter den gegebenen Umständen ein ganz guter Versuch.

Wir begaben uns ins Bankenviertel, und Eamonn schien sich ein wenig zu entspannen, als rings um ihn herum in der Menge immer mehr Anzugträger auftauchten. Ja, in einigen der Anzüge steckten Dämonen und in anderen gar niemand, aber es gefiel ihm, endlich etwas Vertrautes zu sehen. Alles war voller Mietbullen, die mir im Vorübergehen argwöhnische Blicke zuwarfen, aber Abstand hielten. Sie waren zu schlecht bezahlt, um sich mit mir anzulegen. Ich hatte tatsächlich gerüchteweise gehört, die Mietbullengewerkschaft versuche, eine Klausel in ihre Verträge schreiben zu lassen, der zufolge man berechtigt war, sich krankschreiben zu lassen, wenn ich nur den betreffenden Bezirk betrat. Solche Kleinigkeiten machen das Leben lebenswert. Schließlich erreichten wir das Gebäude, in dem Widow's Mite residierte, und blieben vor dem Haupteingang stehen, um es in Augenschein zu nehmen. Eamonn schien erstmals wütend und nicht aufgeregt zu sein.

„Die sollten hier nicht sein", sagte er rundweg. „Nicht hier, an diesem Ort. Das stellt unsere gesamte moralische Unbedenklichkeit in Frage. Ich kann nicht glauben, daß die Firmenleitung davon weiß. Wir sammeln Geld für wohltätige Zwecke. Für wichtige wohltätige Zwecke. Wenn die Firmenleitung von dieser Filiale wüßte, dieselbe Firmenleitung, die entscheidet, für welche gemeinnützigen Zwecke das Geld ausgegeben wird, das wir sammeln ..."

Er unterbrach sich plötzlich, als er erkannte, wohin seine Argumentationskette führte. „Nur weiter", rief ich. „Wenn sie davon wüßte und die Filiale hier guthieße ..."

„Dann wären ihre Entscheidungen zur Vergabe des Geldes genauso fragwürdig", sagte Eamonn unglücklich. „Möglicherweise habe ich die Leute zwanzig Jahre lang überzeugt, Geld für unangemessene Zwecke zu spenden. Wenn Widow's Mite hier eine Filiale unterhält, muß ich mich fragen ... wo all das Geld die ganzen Jahre über hingeflossen ist."

„Sehen Sie?" antwortete ich. „Nur ein paar Stunden in der Nightside, und Sie sind schon soviel klüger als zuvor. Gehen wir rein und machen Ärger."

Ich wußte, daß ein Großkonzern wie Widow's Mite massive magische Sicherheitsvorkehrungen haben mußte, aber ich war dennoch verblüfft, als die beiden großen Steinstatuen links und rechts von der Tür plötzlich zum Leben erwachten. Große, idealisierte Figuren aus feinstem Marmor drehten mit einem langgezogenen, knirschenden Geräusch die Köpfe, und ihre ausdruckslosen Augen fixierten mich zielsicher. Eamonn erschrak beinahe zu Tode, und selbst Tommy wich einen Schritt zurück. Ich hingegen blieb einfach stehen. Je mehr Angst man hat, desto weniger kann man es sich leisten, sie zu zeigen. Beide Statuen stiegen behäbig von ihren Podesten herunter und traten zwischen uns und die Tür. Drohend ragten sie über mir auf, große, wuchtige Marmorungetüme, kalt und unerbittlich wie der Stein, aus dem sie gehauen waren. Sie würden gewissenlos töten, all das Schreckliche tun, was man ihnen befahl, weil in ihnen nichts existierte, dem die weichen, fragilen Lebewesen, die sie verletzten, etwas bedeuteten. Stein ist hart und hat nun mal keine Seele. Tommy sah mich an, um einzuschätzen, was ich vorhatte, und ich erwiderte seinen Blick. Ich hatte noch ein paar Asse im Ärmel, aber ich wollte erst sehen, was der berühmte existentialistische Detektiv so draufhatte. Er lächelte entspannt und ging auf die beiden Statuen zu.

„Seid vernünftig und tretet beiseite, Jungs. Wir haben da drinnen etwas zu erledigen."

„Du kommst hier nicht rein", sagte die linke Statue mit einer Stimme wie aneinanderschabende Steine.

„Das ist ja interessant", antwortete Tommy. „Wieso kannst du sprechen, wo du doch fast sicher keine Stimmbänder hast?"

Die Statue sah ihn verständnislos an. „Was?"

„Nun, ich meine, ich verstehe nicht einmal, wie du dich bewegen kannst, alter Junge. Schließlich bist du doch aus massivem Stein. Es ist ja nicht so, daß du Muskeln oder gar Gelenke hättest. Wie kannst du auch nur daran denken zu handeln, wo du doch gar kein Hirn hast? Wie kannst du leben, wenn nichts an dir aus lebender Materie besteht? Du bist eindeutig aus Stein, nur Stein, und deshalb kannst du weder leben noch denken noch handeln."

Die Statuen hatten darüber eindeutig noch nie nachgedacht, stiegen, beeindruckt von Tommys gnadenloser Logik, zurück auf ihre Podeste und wurden wieder zu reglosen Skulpturen. Ich versetzte der linken einen Tritt, nur um ganz sicherzugehen, aber sie regte sich nicht. Ich grinste den perplexen Eamonn an.

„Das ist Tommys Gabe – die nicht zu beantwortende Frage zu stellen, in allen Punkten Zweifel zu wecken und jede Situation unrettbar zu verkomplizieren. Er könnte einem Esel alle vier Beine abschwatzen und ihn dann überzeugen heimzufliegen. Dämonen aus der Hölle sind vor seiner widerwärtigen Logik schon schreiend davongerannt. Was irgendwie furchterregend ist, wenn man es sich genau überlegt."

„Wie ausgesprochen freundlich von Ihnen", sagte Tommy affektiert. „Wissen Sie, ich denke, daraus können wir alle etwas lernen. Es muß nicht immer unweigerlich in Gewalt enden."

„Wetten, daß?" konterte ich.

„Klar", sagte Tommy. „Sie sind ja mit dabei."

Wir stießen die Tür auf und stapften ins Foyer, das sehr groß und sehr luxuriös war. Es besaß einen hochglanzpolierten Parkettfußboden, und Originalgemälde zierten die Wände. Verschiedene Leute in eleganten Anzügen sahen uns kommen und beschlossen, dringend wegzumüssen. Egal wohin. Ich ging direkt zum Empfang, Tommy und Eamonn im Schlepptau. Es war ein großes Foyer, und lange bevor wir den Empfangstresen erreichten, flogen die Türen am anderen Ende auf, und ein ganzer Haufen Bewaffneter kam hereingestürmt. Sie schwärmten aus, bildeten einen weiten Halbkreis, der uns vom Empfangstresen abschnitt, und richteten alle möglichen Waffen auf uns. Ich blieb stehen und dachte über die Neuankömmlinge nach. Sie wirkten in jeder Weise kompetent, trugen Körperpanzerungen statt der bunten Uniformen der üblichen Mietbullen und hielten ihre Waffen, als wüßten sie damit umzugehen. Ich stand ganz ruhig da, während Tommy und Eamonn versuchten, sich hinter mir zu verstecken. Es waren wirklich verdammt viele Waffen auf uns gerichtet. Die Männer, die diese in Anschlag hielten, standen felsenfest und waren völlig konzentriert. Es waren Profis, bereit, uns beim kleinsten Befehl niederzuknallen. Ich widerstand dem Drang, „Buh!" zu rufen, um zu sehen, was dann geschähe.

„Das ist nah genug, Taylor", bellte der kommandierende Offizier. Seine Stimme war schneidend, kalt und durch und durch militärisch. „Man hat uns vor Ihrem Erscheinen gewarnt. Dieses gesamte Gebäude ist abgesichert. Sie können nirgends hin, ohne daß meine Männer beim leisesten Sichtkontakt das Feuer auf Sie eröffnen. Also Hände hoch. Langsam."

„Natürlich", sagte ich und hob die Hände. Tommy und Eamonn hatten ihre längst oben. „Ich mag Ihre Waffen", schmeichelte ich. „Sehr beeindruckend. Schade nur, daß sie nicht geladen sind."

Der Offizier sah mich an. „Was?"

Ich lächelte, als ich die leeren Hände öffnete und daraus ein stetiger Strom von Kugeln klappernd auf das polierte Parkett regnete, wo sie wild herumsprangen und über den Boden rollten. Die Sicherheitskräfte sahen mit großen Augen zu, wie die Kugeln weiter unablässig herabfielen, dann versuchten mehrere, trotzdem das Feuer zu eröffnen. Aber zu diesem Zeitpunkt war es natürlich schon viel zu spät, und die Wachen schauten alle sehr unglücklich, als ihre Waffen nur kläglich klickten. Die letzten paar Kugeln fielen aus meinen Händen, und ich ließ sie wieder sinken. Ich lächelte immer noch. Vielleicht kein sehr freundliches Lächeln, aber so ist es nun mal in der Nightside. Die Sicherheitskräfte sahen ihren kommandierenden Offizier klagend an, der seinerseits mich anschaute und mein Lächeln zu erwidern versuchte. Es gelang ihm nicht sonderlich gut.

„Gehen Sie aus dem Weg", sagte ich. „Gehen Sie ganz schnell, sonst zeige ich Ihnen einen ähnlichen Trick mit Ihren inneren Organen und einem ganzen Haufen Eimern."

Die Wachleute verschwanden mit beeindruckender Geschwindigkeit aus dem Foyer, wahrscheinlich, um der Führungsspitze mitzuteilen, daß ich gemein zu ihnen gewesen war. Ein paar sahen aus, als wollten sie in Tränen ausbrechen. Eamonn musterte all die auf dem Boden verstreuten Kugeln und stieß einige mit der Fußspitze an, um sicherzugehen, daß sie echt waren.

„Siehst du?" fragte ich Tommy. „Es muß nicht immer alles in Gewalt enden."

„Trotzdem ist es immer noch mehr als wahrscheinlich, wenn Sie in eine Sache verwickelt sind", sagte Tommy finster.

„Jemand wird all das aufräumen müssen", stellte Eamonn fest.

✳   ✳   ✳

Nachdem wir die Sicherheitsschlösser mit einer Haarnadel und einem magischen Schraubenzieher geknackt hatten, fuhren wir mit dem Aufzug nach ganz oben, und die Türen öffneten sich gehorsam und entließen uns ins Revier der Filialleitung. Der Gang, der vor uns lag, war vollkommen leer. Ich schlenderte an einer Reihe Türen entlang, und Tommy und Eamonn trotteten hinter mir her. Ich las die Namen an den Türen, bis ich zu einem blankpolierten Messingschild mit der Aufschrift „Mr. Alexander, Filialleiter" kam. Ich sah Eamonn fragend an, doch der schüttelte nur den Kopf.

„Der Name sagt mir nichts, aber woher auch? Ich habe normalerweise keinen Kontakt zu Leuten, die so hoch in der Hierarchie stehen." Er sah mich kleinlaut an. „Ich bin mir wirklich nicht sicher, ob wir jemanden wie ihn wegen so etwas stören sollten."

„Tatsächlich?" sagte ich. „Ich mir schon. Ich lebe dafür, Leute wie ihn zu stören."

„Ja, und Sie sind so was von gut darin", kommentierte Tommy.

Ich riß, ohne anzuklopfen, die Tür auf und schritt in den Raum, als gehöre er mir. Tommy nahm Eamonn am Arm und schob ihn dezent hinterher. Es handelte sich eindeutig um ein Vorzimmer mit unbequemen Stühlen für die Wartenden und einer Schneekönigin als Sekretärin, die sich hinter ihrem Schreibtisch verschanzt hatte. Wirklich flauschiger Teppichboden, geschmackvolle Drucke an den Wänden und Kaufhausklassik aus verborgenen Lautsprechern empfingen uns. Die Luft war leicht parfümiert, wahrscheinlich der Duft von frisch gedrucktem Geld. Ich sah die Sekretärin an und wußte, wir würden keine Freunde werden. Sie sah aus wie ein Topmodel mit BWL-Diplom: groß, blond und unnatürlich schlank, mit einem kalten Blick, unter dem ein Inuit erzittert wäre. Ich ging zu ihrem Schreibtisch, warf ihr mein bestmögliches einschüchterndes Lächeln zu, und sie zuckte keinen Millimeter zurück.

„Guten Abend", sagte sie in einem Tonfall, der die Aussage in Zweifel zog. „Haben Sie einen Termin?"

„Ich bin John Taylor", strahlte ich. „Ich mache keine Termine."

„Leider empfängt Mr. Alexander nur Besucher mit Termin." Sie klang nicht, als täte ihr das wirklich leid. „Mr. Alexander ist sehr beschäftigt."

Sie wies auf einen schweren, altmodischen Terminplaner, dessen Einträge alle handschriftlich eingetragen worden waren. Ich schnippte mit den Fingern, und er ging in Flammen auf und zerfiel rasch zu Asche. Die Sekretärin zuckte abermals keinen Millimeter zurück.

„Guter Trick", sagte Tommy. „Prahlerisch, aber effektiv."

„Danke", antwortete ich. „Ich habe geübt. Du solltest mal sehen, was ich mit einem Elefanten anstellen kann." Ich stützte mich mit beiden Händen auf den Schreibtisch und beugte mich vor, um die Sekretärin frontal anfunkeln zu können. „Sagen Sie Mr. Alexander, John Taylor hat einen Termin, und zwar jetzt, wenn er weiß, was gut für ihn ist. Sonst stelle ich mit seinem Büro etwas Schlimmes an. Unvermittelt, brutal und allumfassend."

„Leider empfängt Mr. Alexander nur Besucher mit Termin", sagte die Sekretärin, und jedes Wort schien aus Eis geschnitzt. Sie erhob sich, und ich richtete mich mit auf, um das Funkeln aufrechtzuerhalten. Sie war größer, als ich gedacht hatte, und aus der Nähe hatte sie etwas Beunruhigendes, Animalisches an sich. Sie erwiderte mein Funkeln, und ihre Augen waren sehr dunkel.

„Ich bin hier, um dafür zu sorgen, daß Mr. Alexander nicht von den falschen Leuten belästigt wird. Gehen Sie jetzt. Solange Sie noch können."

„Hat Ihnen schon mal jemand gesagt, daß Sie süß sind, wenn Sie sich aufregen?" fragte ich.

Dann trat ich abrupt zurück, als sich ihr Körper streckte und anschwoll. Knochen knackten laut, weil sie sich unnatürlich verlängerten, und als die Klamotten schließlich platzten, bedeckte Fell die Haut der einstigen Sekretärin. Ihr Gesicht verlängerte sich zu einer Wolfsschnauze, und scharfe Krallen wuchsen ihr an Händen und Füßen. Mächtige Muskeln zeichneten sich unter dem dunkelgrauen Fell ab. Als die Verwandlung vollendet war, maß die Werwölfin zwei Meter vierzig, sie war breitschultrig und schmalhüftig und hatte eine lange, geifernde Schnauze voller furchtbar scharfer Zähne. Sie atmete schwer, wahrscheinlich vor Vorfreude, als sie ohne Eile hinter dem Schreibtisch hervorkam. Ihre Klauenfüße hinterließen tiefe Furchen im Teppichboden.

„Na los, Taylor, machen Sie ihr noch ein paar Komplimente", sagte Tommy. „Hat doch beim letzten Mal so gut geklappt."

„Ach, zum Teufel", fluchte ich. „All diese Konzerntypen haben irgendwelche Wachhunde. Du hast wahrscheinlich nicht zufällig Silber dabei, oder?"

„Sie etwa nicht?" fragte Tommy.

„Nichts, was groß genug wäre, um Schaden anzurichten. Willst du es mit der Stimme der Vernunft versuchen? Vielleicht, indem du sie überzeugst, daß sie in Wirklichkeit gar keine zwei Meter vierzig große Vernichtungsmaschine ist?"

„Sie sieht nicht aus, als sei sie vernünftigen Argumenten zugänglich", erwiderte Tommy. „Eamonn? Eamonn! Wagen Sie es ja nicht, mir jetzt hier ohnmächtig zu werden."

„Braves Hundchen", antwortete Eamonn mit weit entfernt klingender Stimme.

„Na gut, der ist durch den Wind", sagte ich. „Komm schon, Tommy, vielleicht kannst du sie dazu kriegen, sich auf den Rücken zu rollen, damit ich ihren Bauch kraulen kann."

„Versuchen Sie's doch selbst", brummte Tommy. „Eamonn und ich sehen uns das lieber aus sicherer Entfernung an."

Die Werwölfin sprang Tommy und mich an, und wir wichen aus, wobei Tommy den benommenen Eamonn mitriß. Wir versteckten uns schnell hinter dem Schreibtisch der Sekretärin, aber die Werwölfin wischte ihn mit einem Hieb ihres kräftigen Arms beiseite. Ich sah mich rasch um. Es war ein kleines Büro, und die Werwölfin stand zwischen uns und dem Ausgang. Wir konnten nirgends hin, und das wußte sie. Ihr wölfisches Grinsen wurde breiter, zeigte noch mehr Zähne, und sie spreizte träge die Krallenhände. Sie freute sich schon darauf, diese durch nachgiebiges Menschenfleisch zu ziehen. Mit ungeheuerlicher Schnelligkeit sprang sie auf uns zu. Ihre Vorderpfoten trafen meine Brust und rissen mich nieder. Sie setzte sich auf mich drauf, stieß mir ihre lange Schnauze mitten ins Gesicht und öffnete weit ihr Maul, um eine karmesinrote Zunge zu zeigen, die ohne Eile über große, spitze Zähne glitt. Ihr intensiver Tiergeruch war fast überwältigend. Ich würgte, rang nach Luft, und dabei kam mir eine Idee. Ich variierte meinen kleinen Trick, mit dem ich Kugeln aus Waffen extrahierte, um ihre Lunge jeglicher Luft zu berauben. Plötzlich richtete sich die Werwölfin auf, die Augen quollen ihr aus dem Schädel, dann brach sie auf dem zerkratzten Teppichboden zusammen, strampelte noch ein paar Mal, während sie nach Luft rang, die es nicht gab, und lag dann reglos da. Ich beendete den Zauber, und sie begann, wieder zu atmen, doch so bald würde sie wohl nicht aufwachen. Ich trat ihr einige Male gegen den Kopf, nur sicherheitshalber. Tommy zuckte unwillkürlich zusammen.

„Oh bitte", sagte ich. „Sie hätte uns ganz bestimmt alle getötet."

Tommy rümpfte die Nase. „Warum haben Sie so lange gewartet, ehe Sie sie ausgeschaltet haben?"

„Ich habe mir lediglich Zeit gelassen", log ich.

„Sie hätten sie sterben lassen können", sagte Tommy nachdenklich. „Aber das haben Sie nicht. Warum?"

„Weil ich mich derzeit bemühe, einer der Guten zu sein. Gehen wir Mr. Alexander besuchen."

Ich ging zur Verbindungstür hinüber, um sie mir näher anzusehen, während Tommy Eamonn fest am Arm packte. Die Augen meines Auftraggebers blickten wieder klar, aber er weigerte sich, die bewußtlose Werwölfin ansehen. Ich benutzte einen winzigen Teil meiner Gabe, um die Tür auf verborgene Schutzzauber zu untersuchen, aber zu meiner Überraschung schien es keine zu geben. Es war nur eine schlichte Tür. Ich zuckte die Schultern, öffnete sie und ging hindurch. Tommy und Eamonn trotteten hinter mir her.

Das zweite Büro war recht luxuriös eingerichtet, aber Mr. Alexander erwies sich als überraschend unauffälliger Typ, wie er da hinter seinem überdimensionierten Schreibtisch saß. Nur ein weiterer übergewichtiger Anzugträger mit schütterem Haar und graumeliertem Bart. Er lächelte uns allen freundlich entgegen, obgleich er den Tumult im Vorzimmer gehört haben mußte. Wir stellten uns vor seinem Schreibtisch auf, und Mr. Alexander nickte uns der Reihe nach zu, zuletzt Eamonn, der plötzlich vortrat.

„Warum?" fragte er direkt. „Warum ausgerechnet ich? Warum ... all das?"

„Weil wir sehr enttäuscht von Ihnen sind, Eamonn", sagte Mr. Alexander mit volltönender, tiefer Stimme, die freundlich, aber fest klang wie die eines Schuldirektors, der für seine Schüler immer nur das Beste will. „Ihre Leistung war stets vollkommen angemessen, aber Sie könnten so viel mehr erreichen. Wir sind stolz darauf, Leute zu finden, die für den Konzern Großes zuwege bringen können. Leute, die es ganz nach oben schaffen können. Wir haben Ihnen oft genug Beförderungen angeboten, aber Sie haben immer abgelehnt. Wir mögen es nicht, wenn man uns unsere Angebote vor die Füße wirft, Eamonn. Also befanden wir, es seien strengere Maßnahmen angebracht."

„Wir?" fragte ich.

„Der Konzern natürlich."

„Natürlich", sagte ich. „Wenn man die Schuld breit genug streut, ist am Ende keiner mehr verantwortlich."

„Wir erwarten von unseren Angestellten, daß sie sich für den Konzern ins Zeug legen", sagte Mr. Alexander, der mich ignorierte und sich auf Eamonn konzentrierte. „Aber Sie haben sich immer zurückgehalten. Sie gaben nie hundert Prozent."

„Meine Frau und meine Familie waren mir immer wichtiger als mein Beruf", bestätigte Eamonn mit fester, unbeeindruckter Stimme. Werwölfinnen mochten ihn aus der Bahn werfen, aber Mr. Alexander konnte er einschätzen. „Ich arbeite hier nur, das ist alles."

„Genau das ist ja das Problem", sagte Mr. Alexander mit selbstzufriedenem Lächeln. „Wir möchten, daß unsere Angestellten den Konzern als ihre Familie empfinden. Wir sollten stets an erster Stelle stehen. Unsere Bedürfnisse sollten ihre Bedürfnisse sein. Wie sonst könnten wir in dieser wettbewerbsorientierten Zeit überleben und sogar gedeihen? Sie waren so vielversprechend, Eamonn. Das fanden wir alle. Sie hätten es bis ganz nach oben schaffen können. Wissen Sie, ich werde alt, und noch haben wir keinen Nachfolger gefunden. Also habe ich Sie erwählt oder, um genauer zu sein, den Mann, der Sie mit ein wenig Unterstützung unsererseits werden könnten. Mit ein wenig Anschub von außen."

„Na endlich kommen Sie zur Sache", antwortete ich an Eamonns Statt. „Sie hören sich gern selbst reden, was?"

„Ich zog also einen Spezialisten zu Rate", sagte Mr. Alexander, der mich weiterhin ignorierte. „In der Nightside findet man einfach für alles Spezialisten. Er brachte Sie hierher, als Magnet für all die anderen Versionen Ihrer selbst aus verschiedenen Zeitlinien. Damit Sie es austragen können, das Überleben des Stärkeren und so, bis nur noch einer übrigbleibt. Ein leistungsfähiger, dominanter Eamonn Mitchell, der geeignet ist, mein Nachfolger zu werden."

„Warum haben Sie mich da mit reingezogen?" fragte ich leicht aggressiv.

„Weil man mich darum bat", sagte Mr. Alexander und schenkte mir zum ersten Mal die volle Strahlkraft seines Lächelns. „Walker kam zu mir, um mir die Wünsche der Autoritäten zu übermitteln. Er hatte von meinem kleinen Plan gehört, aber andererseits hat Walker ja seine Ohren überall. Er bat mich um einen Gefallen, und den schlägt man Walker natürlich nicht ab. Scheinbar wollten die Autoritäten Sie eine Weile beschäftigt und abgelenkt sehen, Mr. Taylor, um derweil zu entscheiden, wie genau sie mit Ihnen verfahren wollen."

„Widow's Mite ist nicht das, wofür ich es gehalten habe", flüsterte Eamonn. „Oder?"

Mr. Alexander nickte zustimmend, erfreut über die ersten unverkennbaren Anzeichen von Wut in Eamonns Stimme. Er lehnte sich in seinem teuren Stuhl zurück, faltete die Hände über der straff sitzenden Weste und sah sehr selbstzufrieden aus. „Hier beim Konzern sind wir sehr stolz darauf, langfristig zu planen. Wir unterstützen Ziele, Firmen und Menschen, bei denen wir es für am wahrscheinlichsten halten, daß sie die Art von Zukunft herbeiführen, die uns in den Kram paßt. Eine Zukunft, in der alle relevanten Personen finanziell von uns abhängig sind. In der wir das Sagen haben; denn wer die Finanzwelt kontrolliert, kontrolliert die Welt."

Plötzlich beugte er sich vor und hielt Eamonns Blick mit dem seinen fest. „Wissen Sie, es ist noch nicht zu spät. Sie könnten sich immer noch auf die Überholspur begeben, sich von mir persönlich vorbereiten lassen. Ich würde die Hunde zurückpfeifen, und alles liefe wieder in normalen Bahnen. Sie müßten natürlich gewisse Denkstrukturen nachjustieren, lernen, die Welt mit unseren Augen zu sehen ... aber am Ende würden alle Reichtümer der Welt Ihnen gehören."

„Ich habe schon alles, was zählt", sagte Eamonn mit ruhiger, beständiger Stimme. „Meine Frau und meine Kinder. Wie oft muß ich Ihnen das noch sagen? Ich bin glücklich und zufrieden. Können Sie mit all Ihrem Wohlstand und Ihrer Macht dasselbe von sich behaupten? Heben Sie sich hinweg, Mr. Alexander; ich werde Ihrem Konzern nicht meine Seele verkaufen. Sie haben nichts, was ich begehre oder brauche."

Mr. Alexander seufzte tief und lehnte sich in seinem teuren Stuhl zurück, als langweile ihn die ganze Sache plötzlich. „Nun, wenn Sie nicht freiwillig tun, was getan werden muß, werde ich Sie durch eine andere Version Ihrer selbst ersetzen müssen, die dazu bereit ist. Darf ich Ihnen meinen Spezialisten vorstellen – Graf Video."

Übergangslos stand Graf Video bei uns im Büro, als sei er schon immer dagewesen und uns nur nicht aufgefallen. Der Mann war groß, bleich und geisterhaft anzusehen in seinen zerfledderten schwarzen Lederklamotten; seine farblose Haut war übersät mit Silikonknoten und magischen Schaltkreisen, zudem hatte er sich in unzählige Plasmaleuchten gehüllt. Dicke schwarze Fäden und Metallklammern hielten seine Haut zusammen. Wer auch immer sie wieder angebracht hatte, nachdem Graf Video im Engelskrieg gehäutet worden war, hatte ganze Arbeit geleistet. Sein Gesicht wirkte zwar etwas straff, und sein schmallippiger Mund war zu einem ewig humorlosen Grinsen verzogen, doch seine Hände zuckten an seinen Seiten, begierig, Binärmagie zu wirken und Wahrscheinlichkeiten umzudefinieren. Er liebte es so sehr, mit seinen Fähigkeiten zu prahlen. Graf Video war von Natur aus nicht veränderungsmagisch begabt; er hatte sich seine Fähigkeiten durch verbissene Forschung auf den wahnsinnigeren Gebieten der Quantenphysik und mit etwas Hilfe eines Vergänglichen erworben.

Er soll Sex mit einem Computer gehabt haben. Was tut ein Wissenschaftler nicht alles um des Erkenntnisgewinns willen!

Daß ich Graf Video das letzte Mal in einer Vision einer möglichen Zukunft gesehen hatte, in der ich die Nightside zerstört hatte, machte alles nur noch komplizierter. Er war einer der Feinde gewesen, die mich hier in der Vergangenheit aufzuspüren und zu töten versuchten, ehe ich jene Greueltat begehen konnte, die das Ende der Nightside und der kompletten Welt auslöste.

„Hallo, Tristram", begrüßte ich ihn. „Du siehst ... gut aus, viel besser als beim letzten Mal."

„Hallo, John", sagte Graf Video und setzte sich lässig auf Mr. Alexanders Schreibtischkante. „Dieser Tage kriegen mich nicht viele Leute zu Gesicht. Alle halten mich für tot, und mir ist das ganz recht so. Ich arbeite verdeckt, im Schatten, hinter den Kulissen. Weißt du, nach dem, was mir im Engelskrieg passiert ist, hatte ich eine Art Epiphanie. Kein Herumpfuschen mehr mit Magietheorie und verbotenem Wissen; ich wollte alles Gute, das die Welt zu bieten hatte, und zwar sofort, solange ich es noch genießen konnte. Also arbeite ich jetzt verdeckt für den Meistbietenden, und schere mich nicht darum, was ich tue, solange es gut bezahlt ist. Macht mich das oberflächlich? Nun, ich habe festgestellt, wenn man gehäutet wird, lernt man wunderbar, sich aufs Wesentliche zu konzentrieren."

„Sag mir, was du mit Eamonn gemacht hast", bat ich. „Du willst es doch ohnehin verkünden."

„Warum nicht", sagte Graf Video und setzte sich bequemer zurecht, während er auf den Dozentenmodus umschaltete. „Für alle anderen existieren alternative Zeitlinien nur in der Theorie. Aber für mich sind alle Zeitlinien gleich real. Ich sehe sie alle, sie umfließen mich wie zahllose Ströme, und ich kann in jede, die mir gefällt, einen Zeh stecken. Manchmal gehe ich angeln und ziehe allerlei Seltsames und auch Nützliches heraus. Wie all die Alternativversionen Eamonn Mitchells. All die Leute, die er war oder hätte sein können, wenn alles nur ein wenig anders verlaufen wäre. Ich verstreute sie in der Nightside, stattete sie mit Stäben aus, die mit meiner Wahrscheinlichkeitsmagie aufgeladen waren, und hetzte sie auf deinen Auftraggeber. Die meisten erreichten ihn natürlich gar nicht erst. Die Nightside ist so gefährlich und voller Ablenkungen."

„Ja, aber warum Stäbe?" fragte ich.

Graf Video zuckte die Achseln. „Für Anfänger muß man alles schön simpel halten."

„Kann ich dich nicht irgendwie überzeugen, einfach alles abzublasen?" erkundigte ich mich.

„Nicht bei meinem Honorar. Schau mich nicht so an, John. Du bist nicht mächtig genug, um mich aufzuhalten, und das weißt du auch. Ich habe deine Zukünfte gesehen, und in den meisten davon bist du tot."

„Aber nicht in allen", sagte ich. „Du hättest dir vor allem mal meine Vergangenheit genauer ansehen sollen, Tristram. Ich bin nicht der, für den mich alle halten."

Er registrierte meinen drohenden Unterton und stand abrupt auf, um sich in seine Macht zu hüllen. Rings um ihn herum sprühten die Plasmaleuchten Funken und flimmerten, und die magischen Schaltkreise in seiner Haut leuchteten unheimlich. Jeder andere wäre wahrscheinlich beeindruckt gewesen. Aber trotz all seiner Magie war Graf Video im Grunde sehr eingeschränkt. All seine Macht entsprang der schrecklichen Technologie, welche der als ‚der Ingenieur' bekannte Vergängliche in seinen Leib implantiert hatte, und Tristram hatte ihr Potential nie wirklich ausgeschöpft. Er verwendete sie, um verschiedene Zukünfte zu sehen wie ein Fernsehsüchtiger, der endlos zwischen den Kanälen hin- und herzappte. Daher hatte er seinen Namen. Angesichts all der alternativen Eamonns da draußen, die ihm Energie entzogen, sollte er inzwischen am Ende seiner Kräfte sein. Ich mußte ihn nur beschäftigt halten, bis seine Uhr abgelaufen war.

Immer vorausgesetzt natürlich, es gelang ihm nicht, mich vorher zu töten.

Plötzlich lachte Graf Video, ein fröhlicher, atemloser Laut. Er spreizte die Finger, und im Nu verschwand das gesamte Büro und wurde durch die zerklüftete Bergflanke eines ausbrechenden Vulkans ersetzt. Die Hitze war überwältigend, die Luft fast zu heiß, um sie einzuatmen. Bäche aus Lava strömten über die rissige Bergflanke, kirschrot und dampfend, und Glut sprühte durch die Luft. Aber auch in mir war meine Gabe stark, und ich sah das Büro hinter dem Vulkan. Ich fand den Weg zurück in Mr. Alexanders Arbeitszimmer, und im Nu verschwand die Vulkanzeitlinie, erlosch einfach, als habe jemand wieder umgeschaltet. Ich trat auf Graf Video zu, und erneut war das Büro fort, und wir standen auf einer kahlen Felsebene, umgeben von hohen Eisenmonolithen. Wiederholt zuckten Blitze aus dem wolkenverhangenen Himmel, und langsame, mißgebildete Wesen kamen hinter den Monolithen hervor, schleppten sich über die graue Ebene auf uns zu. Doch wieder fand ich das Büro, und die Ebene und alles darauf verschwanden. Ich ging einen weiteren Schritt auf Graf Video zu.

Bebend vor Zorn spie er mir regelrecht entgegen: „Wie kannst du es wagen, deinen Willen gegen den meinen zu stellen? Ich werde eine Zeitlinie finden, in der du über keine Gabe verfügst. In der du behindert zur Welt kamst oder blind oder vielleicht gar nicht!"

Während er sich aufregte, machte ich einen weiteren Schritt nach vorn und trat ihn in die Eier. Graf Video blieb der Mund offenstehen, seine Augen quollen ihm aus dem Schädel, er klappte zusammen und ging zu Boden, wo er zuckend liegenblieb.

„Schätze, die haben sie ihm auch wieder angenäht", sagte Tommy.

„Das war anzunehmen", nickte ich. „Ich glaube, wenn wir hier fertig sind, werde ich ihn rausschleifen und eine passende Zeitanomalie finden, in die ich ihn verfrachten kann. Das sollte ihn eine Weile beschäftigt halten."

„Versuchen Sie immer noch, den Guten zu spielen?" fragte Tommy.

Just in diesem Augenblick bäumte sich Graf Video gerade lange genug auf, um einen letzten Strahl Veränderungsmagie auf mich abzufeuern. Ich hechtete zur Seite, und die knisternde Entladung traf Mr. Alexander mitten in die Brust. Es gab einen grellen Lichtblitz, und plötzlich sah Mr. Alexander ... anders aus. Körperlich zwar unverändert, aber ruhiger, freundlicher und stärker in sich ruhend. Er lächelte mich an, ein warmes, großzügiges Lächeln. Irgendwie wußte ich, daß er jetzt ein besserer Mensch war, jemand, der er hätte sein können, wenn alles nur ein wenig anders verlaufen wäre.

„Tut mir furchtbar leid", sagte er, und wir alle wußten, daß er es ernst meinte. „Wie kann ich mich je bei Ihnen entschuldigen?" Er kam hinter seinem Schreibtisch hervor und bestand darauf, daß wir alle Graf Video aufhalfen und ihn dann in den teuren Schreibtischstuhl setzten. Er goß Graf Video sogar einen großen Whisky einer echt guten Marke ein, die er in einer Schreibtischschublade aufbewahrte. Schließlich sah er mich, Tommy und zuletzt Eamonn an, ehe er reuig den Kopf schüttelte.

„Bitte entspannen Sie sich alle. Es ist vorbei. Den Mann, der diesen Unsinn angezettelt hat, gibt es nicht mehr, und er wird hoffentlich nie zurückkehren. Ich will ab jetzt alles anders machen. Ich werde diese Operation beenden und dafür sorgen, daß niemand von Ihnen weiter belästigt wird. Ich ruhe ... jetzt so viel mehr in mir. Sie haben keine Ahnung, wie anstrengend es ist, der Böse zu sein. Die meisten Erinnerungen jenes Mannes sind verschwunden, verblaßt wie ein Alptraum, und ich bin froh darüber. Lassen Sie mich Ihnen versichern, Eamonn, ich werde Widow's Mite zu einem Konzern umbauen, auf den wir stolz sein können. Sie können sein ... wer immer Sie sein wollen."

Tommy sah mich an. „Das ist ja echt unheimlich. Ich komme mir vor, als sei ich in Dickens' ‚Weihnachtsgeschichte' gestolpert."

Mr. Alexander tätschelte freundlich Graf Videos Schulter. „Nur die Ruhe, mein Junge. Du kannst gehen, wann immer du willst. Deine Arbeit hier ist getan."

„Nie und nimmer", keuchte Graf Video. „Das hier endet erst, wenn ich es sage."

Mr. Alexander nahm einen Scheck aus seiner Brieftasche und reichte ihn Graf Video. „Hier. Ihr volles Honorar für geleistete Dienste."

Graf Video betrachtete den Scheck in seiner Hand, dann sah er mich an. Ich hob eine Augenbraue, und er ächzte.

„Gut, es ist vorbei."

Er kam torkelnd auf die Beine, schüttelte Mr. Alexanders hilfsbereite Hand ab und ging unter Schmerzen zur Tür. Er öffnete sie und drehte sich dann zu mir um.

„Mit dir bin ich noch nicht fertig, Taylor."

„Ich weiß", sagte ich. In Zukunft, dachte ich, wirst du einer meiner Feinde sein und versuchen, mich zum Wohle der Nightside umzubringen.

✳   ✳   ✳

Das war's im Grunde. Wir setzten uns nett zusammen und plauderten mit dem neuen, besseren Mr. Alexander, der gar nicht genug für uns tun konnte. Er überreichte auch uns anderen großzügige Schecks. Eamonn mußten wir überreden, seinen anzunehmen, aber Tommy und ich hatten damit keine Probleme. Jemand anders würde uns bestimmt nicht bezahlen.

„Ende gut, alles gut, oder?" fragte ich Tommy.

„Nun, das kommt darauf an, was Sie unter einem guten Ende verstehen", begann der existentialistische Detektiv.

„Oh, halt die Klappe", sagte ich.

Wir verabschiedeten uns von Mr. Alexander und verließen das Gebäude, in dem Widow's Mite residierte. Tommy und ich begleiteten Eamonn durch die Straßen der Nightside zurück zur U-Bahn-Station, damit er endlich nach London und zu seiner geliebten Familie zurückkehren konnte. Wir versuchten, ihn unterwegs für eine Kostprobe der zahmeren Vergnügungen der Nightside zu interessieren, nur um der Erfahrung willen, aber er wollte sich nicht in Versuchung führen lassen. Er wollte endlich heim, alles andere war ihm egal. Schließlich standen wir vor dem Eingang zur U-Bahn-Station.

„Nun", begann er. „Es war ... interessant, schätze ich. Ich danke Ihnen beiden für alles. Ich weiß nicht, was ich ohne Sie gemacht hätte. Aber ich denke, Sie werden mir verzeihen, wenn ich sage, ich hoffe, Sie nie wiederzusehen."

„Das geht vielen Leuten so mit mir", sagte ich, und Tommy nickte ernst.

„Es war seltsam", fuhr Eamonn fort. „All diese anderen Ichs zu sehen, die Männer, die ich früher einmal war oder die ich hätte werden können. Sie waren alle sehr überzeugt von dem, als sie darstellten und wollten, aber keiner wirkte besonders glücklich, oder? Ich bin glücklich mit meinem kleinen, stillen Leben. Ich habe meine Andrea und meine Kinder; und vielleicht ist das das wahre Glück. Zu wissen, was einem wirklich wichtig ist."

Er lächelte kurz, bestand darauf, uns ein letztes Mal die Hand zu schütteln, und stieg dann in die U-Bahn-Station hinab. Schließlich war er in der Menge verschwunden – ein Mann wie viele andere, der heimging.

„Da geht vielleicht der Klügste von uns allen", sagte ich zu Tommy, und er nickte. Ich sah ihn nachdenklich an. „Ich plane eine Zeitreise bis ganz an den Anfang der Nightside. Wir scheinen ganz gut zusammenarbeiten zu können. Würdest du gern mitkommen, wenn ich es mit Väterchen Chronos klarmache?"

„Wo ist der Haken?" fragte Tommy.

Ich mußte lächeln. „Der Haken? Der Haken ist, daß es furchtbar gefährlich ist und wir wahrscheinlich dabei draufgehen werden!"

„Ah", sagte Tommy Oblivion. „Also wie immer."

Jede Menge Möglichkeiten

5

Die Nightside ist finster und gefährlich, aber ich habe mich dort immer zu Hause gefühlt, heimisch, und sei es nur als ein Monster unter vielen. Also überraschte es mich ein wenig, daß Tommy Oblivion und ich, als wir so durch die belebten Straßen gingen, feststellen mußten, daß die Atmosphäre sich definitiv verändert hatte. Die Menge benahm sich so nervös wie Vieh, wenn's donnert, und die Luft war heiß und stickig wie im Krankenzimmer eines Fieberpatienten. Die lauten Stimmen der Marktschreier und der Anheizer vor den zahlreichen Clubs klangen ein kleines bißchen verzweifelter als sonst, und wo immer ich hinsah, waren die Kassandrarufer – diese schäbigen Typen mit den brennenden Blicken, die Unheil predigten, prophezeiten und verkündeten – scharenweise unterwegs. Ein Mann pflügte verdrossen durch die Menge, ein Sandwichplakat mit der Aufschrift „Das Ende ist verdammt nahe" tragend. Ich mußte grinsen. Viele der selbsternannten Propheten erkannten mich und bekreuzigten sich. Manche schlugen auch ein umgekehrtes Kreuz oder schwenkten handgefertigte Amulette und Fetische in meine Richtung.

Dann teilte sich vor uns plötzlich die Menge und zerstreute sich in alle Richtungen, als ein Gullydeckel sich ruckelnd zur Seite schob. Dichter blauer Rauch stieg aus dem Untergrund auf und breitete sich wie Morgennebel knapp über dem Boden aus. Die Leute schreckten vor dem Gestank zurück, husteten und rieben sich die tränenden Augen. Selbst auf die Entfernung, die uns noch von dem Abwasserkanal trennte, stank es übel, finster und organisch, so als schiebe sich etwas Totes aus frisch umgegrabener Erde empor. Aus dem Gully quoll und kroch eine ganze Reihe sanft leuchtender Kreaturen hervor, die allesamt so verwachsen und mißgebildet waren, daß man nicht einmal sicher sein konnte, ob es alles Artgenossen waren. Ihre Haut war von einem schmutzigen Weiß, mit dicken purpurnen Adern überzogen und glitschte und glitt lose und wabbelig um ihre innere Struktur. Sie mochten einst, vor langer Zeit einmal, Menschen gewesen sein, doch nun erinnerten daran eigentlich nur noch ihre aufgedunsenen Gesichter, blauweiß wie Schimmelkäse und von Fäulnis überzogen. Ihre Augen waren groß und dunkel, und sie blinzelten nicht. Immer mehr quollen aufs Pflaster, und überall drängten die Leute aus dem Weg, um ihnen ausreichend Platz zu machen. Doch jede einzelne dieser Kreaturen kam direkt auf mich zu.

Ich wich nicht zurück. Ich hatte einen Ruf zu verlieren, und außerdem ist es nie ratsam, einem unbekannten Feind den Rücken zu kehren. Sie sahen zu weich und matschig aus, um mir etwas anhaben zu können, aber ich wollte sie auch keinesfalls unterschätzen. Wehrlose Dinge existieren in der Nightside meist nicht lange, und diese Dinger sahen aus, als gäbe es sie schon eine ganze Weile. Der Gestank wurde immer schlimmer, während sie auf mich zuschlurften. Ich warf ihnen meinen bestmöglichen kühlen Blick zu und schob eine Hand in die Manteltasche, wo ich stets mehrere nützliche zerstörerische Dinge aufbewahrte. Tommy stand ungerührt direkt hinter mir.

„Wissen Sie, was das für Viecher sind?" fragte er leise.

„Eklige mit einer Portion total abscheulich", sagte ich. „Ansonsten: nein."

„Was wollen die wohl von Ihnen?"

„Hoffentlich nichts, wofür sie mir allzu nahe kommen müssen. Ich habe den Mantel gerade erst aus der Reinigung geholt."

Die leuchtenden Wesen stellten sich zuckend und pulsierend in Reih und Glied vor mir auf, und das faulige Fleisch des einen mischte sich mit dem seines Nachbarn; dann, wie auf ein unhörbares Signal hin, neigten sie alle ihre triefenden Häupter vor mir.

„Heil dir, stolzer Prinz der Apokalypse", begrüßte mich die mir am nächsten stehende Kreatur mit kehliger, gurgelnder Stimme. Es klang wie jemand, der an seinem eigenen Erbrochenen erstickt, und aus der Nähe war der Gestank fast nicht zu ertragen. „Wir hören Dinge in der Finsternis, unten in den Tiefen, und so kommen wir hinauf, dir Ehre zu erweisen. Wir bitten dich: Gedenke unser, wenn dein Reich gekommen ist."

Still standen sie noch eine Weile vor mir herum, dicht an dicht, nickten mit den wieder erhobenen Köpfen und rutschten übereinander, als warteten sie auf eine Antwort. Ich schwieg, und am Ende wandten sich alle wieder ab, glitschten zurück über das schleimige Pflaster und verschwanden im Gully. Der letzte schloß den Gullydeckel hinter sich, und der blaue Bodennebel begann sich langsam aufzulösen, doch der Fäulnisgeruch hing weiter in der Luft. Nach einer kurzen Pause zerstreute sich die Menge der Gaffer, und alle kümmerten sich wieder um ihre Angelegenheiten, als sei nichts Außergewöhnliches vorgefallen. Es ist nicht leicht, hartgesottene Bewohner der Nightside zu schockieren. Tommy zog geräuschvoll die Nase hoch.

„Wissen Sie, alter Junge, ich möchte hier für kein Geld der Welt Kanalarbeiter sein. Was meinen Sie, was das eben sollte?"

„Keine Ahnung", sagte ich. „Aber es geschieht in letzter Zeit immer häufiger. Es scheint sich herumzusprechen, wer meine Mutter ist."

Tommy betrachtete nachdenklich den Gullydeckel. „Könnten die etwas wissen, das Sie nicht wissen?"

„Klar. Gehen wir."

Wir zogen weiter und ließen den Gestank und den blauen Nebel hinter uns. Jeder schien sich heute nacht etwas schneller zu bewegen als sonst; der Puls der gesamten Nightside schien ein klein wenig hektischer zu schlagen. Als hätte jeder das Gefühl, die Zeit liefe ihm davon. Die Anheizer vor den Clubs waren allgegenwärtig, vor den Türen ihrer Etablissements, zu denen nur

Mitglieder Zutritt hatten, auf- und abtigernd. Invertierte Rausschmeißer. Sie priesen lautstark ihre Waren an und beschwatzten die womöglich an einem Clubbesuch interessierten Passanten, als gäbe es kein Morgen. „Kommen Sie herein, sehen Sie unsere entzückenden Mädchen!" rief uns ein Mann im karierten Anzug im Vorübergehen zu. „Sie sind zwar tot, aber sie tanzen." Das führte mich nicht in Versuchung.

Es gab auch dutzendweise Straßenhändler, die alles mögliche zu allen möglichen Preisen verhökerten. Ein besonders hinterhältig wirkender Typ in einem gefälschten Armani-Overall verkaufte Dinge aus allen erdenklichen Zukünften, allerlei Schund, den Leute verscheuert hatten, die durch eine Zeitanomalie in der Nightside gelandet waren und schnell Geld brauchten. Ich blieb stehen, um mir den Inhalt seines Koffers anzusehen. Ich stand immer schon auf Unikate.

Ich ging in die Hocke und wühlte in dem Zeug. Ich fand ein Betamax-Video des Filmes „Cassablanca" aus dem Jahre 1942 mit Ronald Reagan, Boris Karloff und Joan Crawford, einen dicken Schauerroman namens „Atlantis" von der Autorin Stephanie King als Taschenbuch, ein Plasmagewehr aus dem 4. Weltkrieg (ohne Batterien), eine goldene Taschenuhr mit Butter im Uhrwerk sowie eine Katze, die nach Belieben verschwinden konnte und nur ihr Grinsen zurückließ. Sie meinte, sie heiße Maxwell, ich solle es aber nicht weitersagen.

Und das war wohlgemerkt nur das, was ich erkannte. Viele der von Zeitreisenden aus den Zukünften erworbenen Dinge erwiesen sich als so fortschrittliche oder obskure Technologien, daß ich nur raten konnte, wozu die Sachen dienten oder was man damit tat. Man erwarb sie auf eigene Gefahr, aber das war in der Nightside ja generell so.

Ich sah einen kleinen Sessel mit einem Messingrad als Rückenlehne, in dem eine geknickte Zigarre saß, eine Art leuchtende Linse und eine kleine, schwarze Schachtel, die bedrohlich knurrte und sich schüttelte, wenn man sie einzuschalten versuchte. Der Händler war ganz scharf darauf, einen Stein der Weisen zu verhökern, mit dem man Blei in Gold verwandeln konnte, aber den kannte ich schon. Der Stein konnte tatsächlich die Elemente umwandeln, aber das veränderte Atomgewicht bedeutete, daß man am Ende mit extrem radioaktivem Gold dastand. Ein Mann, der neben mir kniete, hielt eine Phiole hoch, in der eine regenbogenfarbene Flüssigkeit schimmerte.

„Wofür ist das gut?" verlangte er von dem Händler zu wissen, der fröhlich grinste.

„Das, edler Knabe, ist tatsächlich ein Unsterblichkeitsserum. Ein Schluck, und man lebt ewig."

„Ach, kommen Sie!" sagte der zweifelnde Kunde. „Können Sie das beweisen?"

„Klar; trinken Sie und leben Sie lange genug, um es herauszufinden. Schauen Sie, edler Knabe, ich verkaufe das Zeug nur – und bevor Sie fragen: Nein, ich gebe keine Garantien. Ich garantiere nicht mal, daß ich morgen noch hiersein werde. Also, wenn Sie nichts kaufen wollen, machen Sie jemandem Platz, der es will." Er sah mich hoffnungsfroh an. „Wie ist es mit Ihnen, mein Herr? Sie sehen aus wie ein Mann, der ein Schnäppchen erkennt, wenn er eines sieht."

„So einer bin ich auch", gab ich zu. „Ich erkenne aber auch den Nordlichtbeschleuniger, wenn ich ihn sehe. Ein Schluck von dem Zeug wird Sie in der Tat unsterblich machen, aber ich habe auch den Beipackzettel gelesen, der normalerweise mit der Phiole kommt. Den, auf dem steht: ‚Trink mich, und du wirst ewig leben. Du wirst ein Frosch sein, aber du wirst ewig leben'."

Der andere Kunde ließ die Phiole schnell wieder in den Koffer fallen und eilte davon. Der Straßenhändler zuckte ungerührt die Achseln. Er wußte, jeden Augenblick würde ein anderer Leichtgläubiger kommen. „Nun, und wie wäre es hiermit, edler Knabe? Ein Raketenrucksack. Damit fliegt man wie ein Vogel, nur ohne all das mühsame Flattern mit den Armen. Man kann damit gleiten, schweben und nein, ein Fallschirm ist nicht inklusive."

Ein junger Mann drängte sich vor, begierig, das Ding auszuprobieren, und ich machte ihm Platz. Der Händler feilschte noch fröhlich über eine Anzahlung, dann schnallte er dem jungen Mann das unhandliche Stahlgestell auf den Rücken. Die beiden studierten eine Weile das komplizierte Kontrollfeld, dann zuckte der junge Mann die Achseln und drückte entschlossen den großen roten Knopf in der Mitte. Der Raketenrucksack schoß rasend schnell hinauf in den Nachthimmel und riß den hilflos strampelnden jungen Mann mit sich.

„Wie steuert man das verdammte Ding?"

„Probieren geht über Studieren, edler Knabe!" rief der Händler und wandte sich anderen Kunden zu.

Einer davon hatte bereits eine kleine, lackierte Schachtel in der Hand, deren Etikett besagte, sie biete Raum für unendlich viele Dinge. Ich beschloß, einen Schritt zurückzutreten. Der Kunde öffnete die Schachtel, und natürlich verschlang sie ihn auf der Stelle. Die Schachtel fiel zu Boden, und der Händler hob sie mit finsterem Blick auf.

„Das ist schon der dritte diese Woche. Ich wünschte, die Leute würden nicht ungefragt Dinge ausprobieren." Er drehte die Schachtel um und schüttelte sie heftig, als hoffe er, der Kunde würde wieder herausfallen.

Tommy und ich beschlossen, ihn wieder sich selbst zu überlassen. Aus einiger Entfernung ertönte ein lautes Krachen; das Geräusch des Raketenrucksacks, der zur Erde zurückkehrte. Idioten sterben nicht aus, und viele davon landen in der Nightside.

Dann rannte, rettete sich, flüchtete plötzlich alles. Leute strömten an mir vorbei und stießen und drängten einander aus dem Weg. Ich brauchte nicht lang, um zu erkennen, warum. Dann war mir selbst nach Rennen und Flüchten zumute. Walker hatte endgültig die Geduld mit mir verloren. Auf der immer größer werdenden Freifläche, auf der sich eben noch eine Menschenmenge befunden hatte, wuchteten sich wogende schwarze Silhouetten über die Straße, strömten wie eine dunkle Flüssigkeit über das Pflaster und die Wände der umstehenden Gebäude. Finster wie die Mitternacht, wie der Raum zwischen den Sternen, wie die Gedanken eines Mörders fluteten die großen schwarzen Silhouetten lautlos die Straße entlang auf mich zu. Zweidimensionale Oberflächen, die über die dreidimensionale Welt glitten, ihre Form von einer tödlichen Gestalt zur anderen wandelten und wechselten. Sie hatten Hände, Klauen, Widerhaken und schreckliche menschliche Gesichter. Jeder, der ihnen nicht schnell genug aus dem Weg ging, wurde sofort verschlungen und von den finsteren Tiefen ihrer Leiber absorbiert.

„Was zur Hölle ist das?" fragte Tommy, der so schockiert war, daß er tatsächlich vergaß, blasiert zu klingen.

„Die Schattenmänner", sagte ich und sah mich nach einem Fluchtweg um, aber die Schatten hatten uns bereits eingekesselt und näherten sich jetzt aus allen Richtungen gleichzeitig. „Sie sind Walkers Vollstrecker. Man kann nicht gegen sie kämpfen, weil sie nicht wirklich hier sind. Das sind nur ihre Schatten. Sie können alles verschlucken und zu Walker bringen. Aber wenn man einmal in der Finsternis war, wird man hinterher nie wieder der alte. Wenn die Geschichten stimmen, die man so hört ... würde ich, glaube ich, lieber sterben, als mich von den Schattenmännern erwischen lassen."

„Warum hat Walker nicht die vernünftigen Männer auf Sie gehetzt?" fragte Tommy, der mehr als nur ein wenig verzweifelt klang. „Mit denen hätte ich es ausdiskutieren können." Er versuchte, sich hinter mir zu verstecken, aber die Schattenmänner kamen aus allen Richtungen auf uns zu. „Das ist nicht gut, Taylor, das ist gar nicht gut. Ich glaube, ich kriege gleich einen Anfall. Das ist unfair! Ich dachte, Walker hetzt immer die vernünftigen Männer auf Leute, auf die er sauer ist!"

„Normalerweise schon", sagte ich. „Aber die habe ich bereits alle getötet."

„Beeindruckend", sagte Tommy. „Aber vielleicht etwas kurzsichtig. Tun Sie was, Taylor! Die Dinger kommen langsam wirklich schrecklich nah."

„Danke, Tommy, das war mir auch schon aufgefallen. Hör auf, dich so an meinen Arm zu klammern, du schnürst mir ja das Blut ab. Jetzt versuch mal, etwas leiser in Panik zu verfallen; ich muß nachdenken."

„Denken Sie schneller!"

Inzwischen befanden wir uns allein im enger werdenden Kreis von Walkers Vollstreckern. Alle anderen Anwesenden hielten großen Abstand und machten den Schattenmännern ausreichend Platz zum Agieren. Niemand wollte mit ihnen in Konflikt geraten, aber viele gafften, wie sie hofften, aus sicherer Entfernung. Recht viele schlossen auch Wetten ab. Jeder wollte sehen, was geschah, wenn der berüchtigte John Taylor mit den widerwärtigen Schattenmännern aneinandergeriet.

Die finsteren Gestalten glitten nun, da sie ihre Beute eingekesselt hatten, ohne Eile immer näher. Sie konnten jede Form annehmen, weil sie weder Textur noch Substanz hatten, aber sie bevorzugten ein furchteinflößendes Äußeres. Ihre Gesichter waren glatt, Köpfe ohne Augen, die dennoch zu sehen vermochten, wie in den Alpträumen von Kindern. Ihre abstrakter gehaltenen Körper sollten verstören und aus dem Gleichgewicht bringen. Schon vom zu langen Hinsehen konnte einem schlecht werden, und zwar bis tief in der Seele. Sie glitten heran und weideten sich an unserer Hilflosigkeit.

„Woraus bestehen sie?" fragte Tommy in erster Linie, um den trostspendenden Klang seiner eigenen Stimme zu vernehmen.

„Antileben. Niemand weiß genau, was sie sind oder wie Walker sie seinem Willen unterworfen hat, so daß sie jetzt den Autoritäten dienen. Das plausibelste Gerücht besagt, daß sie aus der fernen Zukunft stammen, in der die Sonne verloschen und die ganze Erde in ewige Nacht gehüllt ist, und daß sie durch eine Zeitanomalie hier gelandet sind. In jener schrecklichen Finsternis, heißt es, leben nur noch die Schattenmänner."

„Ich wünschte, ich hätte nicht gefragt", sagte Tommy. „Na gut – wie kämpfen wir gegen sie?"

„Ich hatte eigentlich gehofft, du hättest ein paar Ideen", antwortete ich und sah mich rasch um. „Ich kenne niemanden, der je einen Schattenmann besiegt hätte."

„Dann versuchen Sie halt irgendwas, verdammt!"

Ich sah mir all die grellen Neonschilder ringsherum an und murmelte halblaut ein paar Machtworte. Sofort gleißten alle Schilder gleichzeitig auf, ihre strahlenden Buchstaben und Formen leuchteten hell durch die Nacht. Die Schilder sprühten Funken und summten laut, und die reine Kraft des Lichtes vertrieb die Finsternis wie ein Technicolor-Morgenrot, ohne die Schattenmänner jedoch nur im geringsten zu verlangsamen. Eines nach dem anderen überluden sich die Schilder, explodierten oder erloschen in einem Funkenregen, wodurch ein ganzes Stück Straße ohne Strom endete. Die Nacht, die nun hereinbrach, war noch finsterer als zuvor.

Ich faßte in meine Manteltasche und zog drei Salamandereier hervor, die ich für schlechte Zeiten aufbewahrt hatte. Ich warf sie nach den nächststehenden Schattenmännern, und sie explodierten wie Sprengkörper, wobei sie in weißglühendem Licht und Hitze erstrahlten. Die Schattenmänner rollten genau darüber hinweg und verschluckten sie in Sekundenschnelle.

Ich holte tief Luft, versuchte, mich zusammenzureißen, und sah Tommy an.

„Ich habe eine Idee", sagte der zögernd. Inzwischen stand er so dicht bei mir, daß er mich praktisch umwarf. „Aber ich muß sagen, sie ist ziemlich ... riskant."

„Nur zu", antwortete ich. „Lebend kriegen mich diese Schatten nicht."

Tommy runzelte vor Konzentration die Stirn, und ich spürte, wie er seine Gabe aktivierte – es war, als stünde plötzlich ein dritter Mann neben uns. Wir waren jetzt von den Schattenmännern eingeschlossen, sie waren fast nahe genug herangekommen, um uns zu berühren. Ich spürte mein Herz rasen und konnte kaum atmen. Tommy sprach langsam, nachdenklich, als mache allein das Aussprechen der Worte sie wahr, unumstößlich.

„Ich handle mit Wahrscheinlichkeiten. Mit dem wechselhaften Wesen der Wirklichkeit. Ich überrede die Welt, die Dinge aus meiner Perspektive zu sehen. Da eine kleine, aber sehr reale Wahrscheinlichkeit besteht, daß wir den Platz des Zeitturms erreicht hätten, ehe die Schattenmänner uns fanden ... glaube ich, war es eigentlich so."

Im Handumdrehen waren wir woanders. Die finstere Straße war verschwunden, ersetzt durch die stille Sackgasse am Platz des Zeitturms. Tommy atmete langsam und zitternd aus.

„Das war's. Da wären wir. Alle früheren Möglichkeiten sind nun redundant und nie eingetreten."

Als seine Gabe aufhörte zu wirken, war das, als lege sich ein gefährliches Tier zögernd schlafen. Ich sah mich vorsichtig um, aber alle Schatten auf dem Platz waren eben dies. Ein paar Leute schlenderten umher, kümmerten sich aber um ihre eigenen Angelegenheiten. Ihnen war nichts aufgefallen, denn es hatte sich nichts Auffälliges zugetragen. Wir waren schon immer hier gewesen. Ich sah Tommy Oblivion respektvoll an.

„Du kannst die Wirklichkeit überreden, deine Wünsche zu erfüllen? Das ist eine verdammt mächtige Gabe, Tommy. Warum regierst du noch nicht die Nightside?"

„Weil ich weniger werde, wenn ich meine Gabe so einsetze", sagte Tommy müde. „Jedes Mal, wenn ich sie nutze, werde ich irrealer. Weniger sicher, weniger in der Wirklichkeit verankert. Wenn ich die Gabe zu häufig einsetze, werde ich irgendwann zu unwahrscheinlich sein, zu unmöglich, um zu existieren."

Seine Stimme ließ keinen Zweifel daran, daß er die Frage nicht weiter erörtern wollte, also wandte ich mich ab und sah mir den Zeitturm an. Er war nicht besonders imposant, nur ein gedrungenes Steingebäude mit vielleicht drei Stockwerken, das sich drohend über einem abgelegenen Platz erhob. Aber die paar Passanten, die es hier gab, machten einen weiten Bogen um ihn herum. Der Turm war mit zahllosen magischen Schutzschichten umgeben, die sicherstellen sollten, daß nur Väterchen Chronos Kontrolle über Zeitreisen hatte. Manche behaupteten und viele glaubten, man könne die ganze Welt in die Luft jagen, und der Zeitturm würde immer noch unbeeindruckt dort stehen. Die meisten Leute fanden ihn noch nicht einmal, wenn sie mit bösen Absichten kamen.

Nur ein altes Steingebäude ohne Fenster und lediglich mit einer anonymen Tür. Aber als ich während des Engelskrieges das letzte Mal hiergewesen war, hatte ich an der Steinmauer des Turms einen gekreuzigten Engel gesehen, durch dessen Arme und Beine man Dutzende von Kalteisennägeln gehämmert hatte und zu dessen Füßen seine abgetrennten Schwingen gelegen hatten. In der Nightside macht man keine Gefangenen, vor allem nicht auf dem Platz des Zeitturms.

Ich hatte nie zuvor mit Absicht eine Zeitreise unternommen. Schon der Gedanke an dieses Vorhaben machte mich nervös, aber ich mußte es tun. Ich kam immer mehr zu der Überzeugung, daß alle Antworten auf sämtliche meiner Fragen am Anbeginn der Nightside zu finden waren, in dem Augenblick, da meine verschwundene Mutter sie aus Gründen erschuf, die nur sie kannte. Meine Mutter, die vielleicht der biblische Mythos namens Lilith war. Ich hatte schließlich nur ihr Wort dafür. Ich mußte es aber genau wissen, mußte sichergehen.

Sicher wußte ich im Zusammenhang mit meiner Mutter nur, daß man sie vor ewigen Zeiten schon einmal aus der Nightside verbannt hatte, daß sie Jahrhunderte außerhalb der Wirklichkeit im Limbo gedarbt hatte. Vielleicht konnte ich erfahren, wie ich das erneut hinbekam. Ich war mir sicher, daß ich allerlei lernen konnte, indem ich beobachtete, wie und warum meine Mutter vor all den Millennien die Nightside erschuf. Wenn ich Väterchen Chronos überreden konnte, mich an jenen schicksalhaften Moment zurückzuschicken, mußte es dort einfach jede Menge nützlicher Informationen geben, vielleicht sogar Waffen, die ich gegen meine Mutter einsetzen konnte. Es hatte einfach so zu sein. Ich mußte verhindern, daß sie die schreckliche Zukunft herbeiführte, die ich in der Zeitanomalie gesehen hatte, jene Zukunft, in der ich wegen der Identität meiner Mutter die Nightside und vielleicht sogar die ganze Welt vernichtete.

„Peng, du bist tot", erklärte eine vertraute, kalte Stimme.

Tommy und ich fuhren herum, als Suzie Shooter langsam aus dem Schatten trat, in dem sie sich versteckt gehalten hatte. Meine alte Freundin Suzie, auch bekannt als Flintensuzie oder „Oh Gott, sie ist es, lauft". Die tödlichste, effizienteste und zweifellos auch gnadenloseste Kopfgeldjägerin der dunklen Seite der Stadt. Sie verfolgte ihre Beute bis in die Hölle, wenn der Preis stimmte. Sie sah wie immer auf eisige Weise beeindruckend aus, eine große, blonde Walküre in schwarzer Motorradkluft, über und über verziert mit Stahlketten und -nieten, dazu kniehohe Springerstiefel und zwei Munitionsgurte, die sie X-förmig über der beeindruckenden Brust trug. An ihrem Gürtel hingen Granaten. Suzies Gesicht war eher markant als hübsch, starkknochig und mit ausgeprägtem Kinn sowie den kältesten blauen Augen, die ich je gesehen hatte. Sie hatte ihr langes Haar mit einem Lederriemen zurückgebunden, der aus der Haut ihres ersten Opfers gefertigt war.

Ihre Schrotflinte war auf Tommy und mich gerichtet, und ihr Lächeln mißfiel mir.

„Hallo, Suzie", sagte ich. „Du siehst sehr fit aus. Viel zu tun?"

„Du weißt ja, wie das ist", antwortete Suzie. „So viele Mordaufträge, so wenig Zeit." Sie senkte die Schrotflinte. „Taylor, du wirst weich. Es gab eine Zeit, da hätte ich mich nicht so an dich anschleichen können."

„Ich bin ein bißchen abgelenkt", sagte ich in dem Versuch, meine Würde zu retten. „Hast du in letzter Zeit jemand Interessanten getötet?"

Sie zuckte lässig die Achseln und schob ihre Schrotflinte über die Schulter und in ihr Rückenholster. „Niemand Wichtigen. Es herrscht ziemliche Hysterie. Die Leute sagen, das Ende sei nahe, als sei das etwas Neues. Aber es ist definitiv gut fürs Geschäft. Viele Leute da draußen sind entschlossen, alte Rechnungen zu begleichen, solange sie noch die Gelegenheit dazu haben. Ich habe dich gesucht, Taylor."

„Ach ja?" fragte ich. Suzie mochte eine alte Freundin sein, aber im Umgang mit ihr war es immer ratsam, wachsam zu bleiben. Sie trennte Privat- und Geschäftsleben nur, wenn es ihr gerade in den

Kram paßte. Fünf Jahre zuvor war ich aus der Nightside geflohen, war vor all den Sorgen und unbeantworteten Fragen in meinem Leben weggerannt, und in meinem Rücken hatte ich eine Kugel aus Suzies Waffe stecken gehabt.

„Ich habe Gerüchte über dich gehört", antwortete Suzie träge. „Beunruhigende Gerüchte. Über dich, deine Mutter und das, was nun, da sie sich endlich zu erkennen gegeben hat, passieren wird ... ich habe im Strangefellows vorbeigeschaut, aber du warst schon wieder weg. Man sah, daß du dort gewesen warst; sie haben immer noch die Trümmer beseitigt. Also hörte ich mich um, und nachdem ich mir ein paarmal blutige Knöchel geholt hatte, erfuhr ich, daß du eine Zeitreise planst. Also kam ich hierher und wartete. Ich bin zu der Ansicht gelangt, daß du jede Unterstützung brauchen wirst, die du kriegen kannst, wenn du entschlossen bist, etwas so unglaublich Riskantes und Dummes zu tun – und niemand wäre dazu besser geeignet als ich."

„Stimmt", sagte ich. „Aber hier geht es nicht um einen Auftraggeber oder einen Fall, Suzie. Es ist was Persönliches."

„Also kein Geld. Ach, scheiß drauf. Ich schulde dir was, Taylor."

Tommy spitzte die Ohren, denn er ahnte Klatsch. „Echt? Wie faszinierend ... ich höre."

„Vergiß es", sagte ich.

Suzie zog in einer rasend schnellen Bewegung ihre Schrotflinte und schob Tommy beide Läufe praktisch in die Nase. „Genau."

„Klar doch", sagte Tommy, der sehr still dastand. „Geht mich sicher auch gar nichts an."

Suzie steckte die Schrotflinte wieder weg. „Normalerweise gibt es bei mir keine Vorwarnung. Ich werde scheinbar auch weich."

„Irgendwann mußte das ja passieren", sagte ich.

„Im Moment sind alle so empfindlich", beklagte sich Tommy, der vorsichtig seine Nase betastete.

„Wer ist der Typ?" fragte Suzie.

„Das ist Tommy Oblivion, der existentialistische Detektiv", sagte ich. „Er kommt mit, denn er verfügt über eine sehr wertvolle Gabe. Mach ihn nicht kaputt."

Die beiden beäugten einander zweifelnd. Ich betrachtete Suzie, und die kalte Hand, die mein Herz umfaßt hatte, als ich sie sah, drückte noch etwas fester zu. Als ich Suzie Shooter das letzte Mal gesehen hatte, war es ihre Version aus der fernen Zukunft gewesen. Der schlimmen Zukunft, die ich in der Zeitanomalie gesehen hatte. Die Suzie aus der Zukunft war schwer verletzt gewesen, und meine Feinde hatten sie zu einer Vernichtungsmaschine umgebaut. Einer Waffe, die sie durch die Zeit zurückgeschickt hatten, um mich zu vernichten, ehe ich die Greuel anrichten konnte, die zu ihrer trostlosen Zukunft führen würden. Schlimm war, daß die Suzie aus der Zukunft all das freiwillig über sich hatte ergehen lassen. Als ich sie nun so unversehrt und lebendig vor mir sah ... konnte ich den Gedanken nicht ertragen, daß sie so verletzt und benutzt werden sollte. Nicht meinetwegen.

„Du mußt nicht mitkommen, Suzie", sagte ich abrupt. „Es wird gefährlich werden. Schlimmer als alles, was du je erlebt hast. Geld gibt es auch keins ..."

„Es geht nicht immer nur ums Geld", antwortete Suzie. „Du brauchst mich, Taylor. Das weißt du."

„Die Chancen stehen schlecht ..."

„Cool", antwortete Suzie. „Du weißt einfach, wie man einem Mädchen Spaß bereitet, Taylor."

Ich sah sie lange an. „Du weißt, daß ich mich immer vor dich stellen würde, wenn dir Gefahr droht, oder, Suzie?"

Sie trat unruhig von einem Fuß auf den anderen. „Was war das denn jetzt für ein Spruch? Wenn du anfängst, sentimental zu werden, erschieße ich mich. Für Zeitreisen muß man hellwach und gefährlich sein."

Ich nickte. Suzie konnte aus gutem Grund mit Gefühlen nicht umgehen. Also mußte ich für uns beide stark sein. An dieser Stelle schwor ich mir, eher zu sterben, als sie zu dem schrecklichen Etwas werden zu lassen, das ich in der Zukunft gesehen hatte. Ich nickte ihr knapp zu und wechselte dann das Thema.

„Hast du deine flüchtige Beute, Hogg den Metzger, eigentlich je erwischt?"

Suzie grinste fies. „Ich habe gutes Geld für seinen Kopf bekommen. Aber sein Herz, seine Lunge und seine Nieren waren noch lukrativer."

Tommy sah mich an. „Macht sie Witze?"

„Ich frage lieber gar nicht erst", sagte ich.

„Gut, daß ich da bin", antwortete Suzie und funkelte Tommy abschätzig an. „Ich hörte, dein letzter Fall hätte dich beinahe den Kopf gekostet. Siehst du, was passiert, wenn du versuchst, ohne mich zu arbeiten? Ich meine – der Sünder, der Irre und Süßes Gift als Unterstützung? Was zum Teufel hast du dir dabei gedacht?"

Ich zuckte die Achseln. „Ich brauchte jemand Furchterregendes, und du warst nicht da."

Sie schnaubte laut. „Stimmt das mit deiner Mutter? Daß sie Lilith ist?"

„Sieht so aus."

„Ich mußte den Namen nachschlagen", gab Suzie zu. „Ich kannte ihn nur aus einem alten Lied von Genesis. Ich hasse es, wenn mir die Welt das Alte Testament um die Ohren haut; die Typen aus dem Buch sind echt die Härte." Sie sah aus, als wolle sie noch etwas sagen, doch dann schüttelte sie energisch den Kopf. „Kommt, wir müssen los. Wenn ich dir hierher folgen kann, kannst du darauf wetten, daß es auch deine Feinde tun werden. Eine Menge Bewohner der Nightside wollen dich tot sehen, Taylor. Noch mehr als sonst."

„Jemand Interessantes dabei?" fragte ich.

Suzie begann, sie an den Fingern abzuzählen. „Zunächst mal Sandra Chance, die nekromantische Detektivin. Sie ist sauer auf dich, weil du bei deinem letzten Fall diese alte Macht, Lamento, vernichtet hast. Wenn wir mal Zeit haben, wüßte ich wirklich gern, wie du das gemacht hast. Lamento war echt unheimlich.

Jedenfalls scheint sie eine Beziehung mit ihm gehabt zu haben und hat nun einen Blutschwur geleistet, dich zu töten."

„Das sind schlechte Nachrichten, alter Junge", sagte Tommy. „Wenn dieses irre kleine Füllen es auf Sie abgesehen hat, sind Sie nicht mal im Grab sicher."

„Schnauze", sagte ich. Sein affektiertes Gerede ging mir auf den Sack.

„Dann", fuhr Suzie fort und funkelte Tommy an, „sind da die Familien der dreizehn vernünftigen Männer, die du umgebracht hast – sie verfügen allesamt über ausgezeichnete Kontakte. Die trauernden Familien haben eine hohe Belohnung auf deinen Kopf ausgesetzt, und sie besitzen ausreichend Vermögen, um diese auch auszuzahlen. Genug, um jeden Kopfgeldjäger in der Nightside in Versuchung zu führen. Die Familien wollen deinen Tod und scheren sich nicht um die Details. Sie haben sogar versucht, mich anzuwerben."

Ich zog eine Braue hoch.

„Ich hatte zu tun", sagte Suzie.

„Aber wenn der Preis stimmt, würdest du mich umlegen?"

Suzie lächelte angespannt. „Wenn der Preis stimmt, würde ich Gott umlegen. Aber um mich auf dich anzusetzen, müßte man mir schon eine Menge bieten, Taylor."

„Nun", sagte ich. „Das ist beruhigend. Wer ist sonst noch hinter mir her?"

„Walker für die Autoritäten, aber das weißt du wahrscheinlich schon."

Ich nickte. „Er hat mir die Schattenmänner auf den Hals gehetzt."

Nun war es an Suzie, eine Braue hochzuziehen. „Du hast die Schattenmänner besiegt?"

„Eigentlich nicht", sagte ich. „Wir sind abgehauen."

„Du wirst ja auf deine alten Tage richtig vernünftig", antwortete Suzie. „Für kein Gold in Walkers Plomben würde ich mich gegen die Schattenmänner stellen. Tatsächlich ist eine Zeitreise wahrscheinlich das Sicherste, was du jetzt unternehmen kannst.

Selbst Walker hat keine Macht über Väterchen Chronos." Wieder funkelte sie Tommy abschätzig an. „Bist du sicher, daß du ihn mitschleppen willst, Taylor?"

„Ja", sagte ich mit fester Stimme. „Ich kann ihn gebrauchen."

„Oh, gut", sagte Tommy. „Wird mir das gefallen?"

„Wahrscheinlich nicht", sagte ich.

„An manchen Tagen bleibt man morgens einfach besser im Bett", kommentierte Tommy. Er funkelte nun seinerseits Suzie an. „Ich finde eigentlich nicht, daß wir sie mitnehmen sollten. Sie steht in dem Ruf, zu spontaner, unerwarteter Gewalt zu neigen und sich um so etwas wie die Folgen einen Dreck zu scheren. Unüberlegtes Vorgehen in der Vergangenheit kann aber schreckliche Konsequenzen haben. Wenn man in der Vergangenheit zuviel ändert, könnte die Gegenwart, in die man zurückkehrt, nichts mit der zu tun haben, die man verlassen hat."

„Ich dachte, du wolltest unbedingt eine Zeitreise machen", sagte ich.

„So unbedingt jetzt auch wieder nicht."

„Ich gehe mit, und du auch", antwortete Suzie knapp. „Und jetzt halt die Klappe, sonst reiße ich dir die Brustwarzen ab." Sie richtete ihren kalten Blick auf mich. „Er mag nerven, aber er hat recht. Zeitreisen sind wirklich eine Ultima ratio. Bist du dir sicher, daß es in der Nightside sonst niemanden gibt, mit dem du über deine Mutter reden könntest?"

„Der einzig andere, der meine Mutter kannte und noch lebt, ist der Struwwelpeter", sagte ich. „Aber der ist verrückt."

„Wie verrückt?" fragte Tommy.

„Verrückt wie in ‚krimineller Irrer'. Er hat dreihundertsiebenundvierzig Leute ermordet, ehe die Autoritäten ihn schließlich erwischt haben. Wohlgemerkt reden wir über dreihundertsiebenundvierzig bestätigte Opfer ... Walker hat mir mal ganz im Vertrauen gesagt, die eigentliche Zahl sei wahrscheinlich deutlich vierstellig. Das ist selbst für die Nightside eine beachtliche Opferzahl. Man hat nie eine einzige Leiche gefunden. Nicht einmal Spuren von ihnen. Nur die Kleidung der Opfer ... die Autoritäten haben den Struwwelpeter im übelsten und sichersten Verlies der Nightside weggesperrt."

„Warum wurde er nicht hingerichtet?" fragte Suzie, praktisch denkend wie immer.

„Man hat es versucht. Mehrfach. Es hat nicht geklappt. Mit ihm rede ich nur, wenn vorher absolut alles andere nichts genutzt hat."

„Ich würde es tun", sagte Tommy.

Doch da tauchten plötzlich die Schattenmänner wieder auf. Irgendwie waren sie mir innerhalb von Minuten durch die halbe Nightside gefolgt, ohne daß es auch nur eine Spur gab, der sie hätten folgen können. Sie glitten und schoben sich über den freien Platz, große schwarze Gestalten mit langen Greifarmen, und die wenigen Leute auf dem Platz rannten schreiend davon. Ich hätte gerne dasselbe getan, aber wieder einmal hatten sie mich lautlos umzingelt und mich von allen Fluchtwegen abgeschnitten. Sie hatten sogar darauf geachtet, zwischen mich und den Zeitturm zu gelangen. Langsam kamen sie wie eine allmählich ansteigende schwarze Flut von allen Seiten näher; sie ließen sich Zeit. Sie wollten es genießen. Ich hatte ihnen nichts mehr entgegenzusetzen.

Suzie Shooter hatte wieder ihre Schrotflinte in der Hand. Sie feuerte beide Läufe auf den nächststehenden Schatten ab, und die Finsternis absorbierte den Einschlag, ohne auch nur Falten zu werfen. Suzie fluchte leidenschaftslos.

„Ich habe Silberkugeln, geweihte Munition, verfluchte Munition und ein paar Granaten, die ich irgendwelchen satanischen Terroristen geklaut habe. Hilft irgendwas davon?"

„Nein", sagte ich. Ich bekam kaum Luft und spürte, wie mir kalter Schweiß auf die Stirn trat. So wollte ich nicht draufgehen. Von der Finsternis verschluckt, nur noch ein gebrochenes, schreiendes Etwas. „Tommy?"

Der Mann versuchte es, das mußte man ihm lassen. Er trat vor und versuchte, mit den Schattenmännern zu diskutieren. Aber seine Stimme zitterte, und ich spürte, wie seine Gabe immer nur kurz aufflackerte, dann aber wieder erlosch. Die Schattenmänner glitten näher, ließen sich Zeit, schwarze Seen mit bösen Absichten. Sie hörten nicht auf Tommy. Seine Logik war ihnen egal, sie wollten nur den Mann zu Fall bringen, der es gewagt hatte, ihnen zu trotzen. Sie waren meinetwegen gekommen, und nun hätte nicht einmal ein Befehl Walkers sie mehr aufhalten können.

Also tat ich das einzige, was mir noch blieb, und fuhr meine Gabe hoch. Ich wollte es nicht. Ich erstrahle unglaublich in der Finsternis, wenn ich meinen Geist öffne, um Dinge zu finden, und meine Feinde können dann genau sehen, wo ich mich aufhalte. Sie konnten mir noch einmal die Höllenfahrt auf den Hals hetzen oder, schlimmer noch, die Suzie aus der Zukunft. Aber ich hatte keine andere Wahl. Ich öffnete mein inneres, heimliches Auge und benutzte meine Gabe, um die Verteidigungsmechanismen des Zeitturms zu finden. Ich sah die vielen magischen Schutzschichten, die von dem gedrungenen Steinbau ausgingen wie ein finsterer Regenbogen, und es war das einfachste der Welt, danach zu greifen und sie an mich zu ziehen.

Ich wollte sie lediglich als Schutzschirm verwenden, um uns drei vor den Schattenmännern zu verbergen, aber die Verteidigungsmechanismen des Zeitturms sahen das anders. Sie knallten in mich hinein, eine Kaskade schrecklicher Energien weit jenseits des menschlichen Begriffsvermögens, und benutzten mich als Fokus; dann brachen sie aus mir hervor und tauchten alle Schattenmänner auf dem Platz in ein gleißendes, schillerndes, grelles Licht, das aus mir erstrahlte wie ein Signalfeuer in der Nacht.

Ich schrie unaufhörlich, während die Energie in mir und durch mich brannte. Das Licht wurde heller, immer heller, bis es den gesamten Platz erfüllte. Überall wichen die lebenden Schatten zurück, verschrumpelten und verblaßten unter dem Ansturm des schrecklichen Lichts. Suzie und Tommy hatten die Köpfe abgewandt und die Hände auf die Augen gepreßt, aber ich glaube, es half ihnen nicht viel. Auch sie schrien. Das Licht gleißte ein letztes Mal auf, und die Schattenmänner waren verschwunden, allesamt fort, kleine Flecken Finsternis, die ein unerträgliches Licht hinweggebrannt hatte. Die Verteidigungsmechanismen des

Zeitturms sahen durch meine Augen und stellten fest, daß der Platz sicher war, dann zogen sie sich zurück, rissen sich schmerzhaft abrupt aus mir heraus. Ich brach zitternd und bebend in die Knie. Ich konnte nur eines denken: Ich glaube, das mache ich nicht nochmal.

Suzie kniete sich neben mich, ohne mich zu berühren, gab mir aber durch ihre Anwesenheit soviel Halt, wie sie konnte.

„Ich wußte nicht, daß Sie das können", staunte Tommy. Er sah sich benommen um. „Sie haben die Schattenmänner vernichtet. Alle! Das hätte ich niemandem zugetraut."

„Ich bin voller Überraschungen", bekam ich nach einer Weile heraus.

„Das will ich meinen", antwortete Suzie trocken. „Zuerst die vernünftigen Männer, jetzt die Schattenmänner. Bald wird Walker keinen mehr haben, den er dir auf den Hals hetzen kann."

„Klingt wie ein guter Plan", sagte ich.

Ich erhob mich unsicher und wischte mir mit einem Taschentuch, das schon bessere Tage gesehen hatte, den Schweiß von der Stirn. Tommy verzog bei dem Anblick doch tatsächlich das Gesicht. Ich steckte das Tuch wieder weg, und wir alle sahen den Zeitturm an. Suzie musterte mich.

„Warum heißt er Turm, wo er doch eindeutig gar keiner ist?"

„Weil das nicht der Turm ist", sagte ich. Selbst mein kurzer Kontakt mit den Verteidigungsmechanismen des Zeitturms hatte gereicht, um meinen Kopf mit allerlei Informationen zu füllen, die ich zuvor nicht besessen hatte. „Das Gebäude da ist der Zugang zum Turm, der eigentlich gar nicht wirklich hier ist. Väterchen Chronos hat den Turm aus Schattenfall mitgebracht, aber nur sein Wille verbindet ihn mit der Nightside. Er existiert ... anderswo. Oder vielleicht wann anders. Das Steinding da beinhaltet nur die Verteidigungsmechanismen des Zeitturms. Und vertraut mir, wenn ich sage, ihr wollt wirklich nicht wissen, was die antreibt. Ich weiß es, und ich denke ernsthaft darüber nach, meine Stirnlappen mit Stahlwolle zu schrubben."

„Gut", antwortete Tommy in einem Tonfall, der normalerweise der Beruhigung potentiell gefährlicher Irrer vorbehalten ist. „Wie kommen wir in den Turm?"

„Durch die Tür", sagte ich. „Dafür ist sie da."

Ich ging als erster hinüber und drückte die Messingklinke. Sie gab unter meiner Hand ohne Probleme nach, und die Tür schwang auf. Das war ein gutes Zeichen. Hätte Väterchen Chronos nicht mit uns reden wollen, hätte sich die Klinke nicht bewegt. Hinter der Tür befand sich ein Aufzug, dessen Bedienfeld nur einen einzigen Knopf aufwies. Wir betraten ihn, und ich drückte den Knopf. Die Tür schloß sich, und der Aufzug fuhr los.

„Moment mal", sagte Suzie. „Wir fahren abwärts."

„Der Turm steht in einem 180-Grad-Winkel zu unserer Wirklichkeit", sagte ich. „Um in sein oberstes Stockwerk zu gelangen, müssen wir ganz runterfahren."

„Bin ich der einzige, der das unangenehm bedrohlich findet?" fragte Tommy.

„Schnauze", sagte ich freundlich.

Vier Spiegelwände umgaben uns. Während der Aufzug immer tiefer fuhr, begannen sich unsere Spiegelbilder zu verändern. Zuerst hier und da ein Detail, dann kamen die Veränderungen immer schneller, bis die Spiegel uns mögliche Versionen unser selbst aus alternativen Zeitläufen zeigten. Mir gegenüber stand eine weibliche Version meiner selbst, die in ihrem langen weißen Trenchcoat sehr stilvoll wirkte. Eine andere Spiegelwand zeigte Suzie eine männliche Version ihrer selbst, die wie ein Hells-Angels-Berserker aussah. In der dritten Wand war eine Punkversion Tommys zu sehen, komplett mit hohem grünem Irokesenschnitt und Sicherheitsnadeln im Gesicht. Die Bilder veränderten sich abrupt, und plötzlich trugen wir alle drei Masken, Capes und grellbunte Stretchkostüme. Wir hatten Muskeln, kantige Kinne und waren cool für zehn.

„Wow", sagte Tommy. „Wir sind Superhelden!"

„Wohl eher Superschurken", sagte Suzie. „So große Brüste hatte ich noch nie in meinem Leben. Sie sind größer als mein Kopf ..."

Eine weitere Veränderung, und ich trug plötzlich eine schwarze Lederhose und ein Bondage-Geschirr auf der rasierten Brust. Suzie trug ein scharlachrotes, spitzenübersätes Mieder, schwarze Strümpfe an Strapsen und Nutten-Make-up. Tommy war ein überraschend überzeugender Transvestit. Wir starrten unsere Abbilder wortlos an. Eine weitere Veränderung, und wir waren Pierrot, Colombina und Pantalone. Alle drei wirkten wir deutlich melancholisch, trotz der bunten Kostüme. Die nächste Veränderung war ... beunruhigend. Ich war ein Vampir, Suzie ein Zombie und Tommy eine Mumie. Wir waren also alle drei untot. Unsere bleichen, verrottenden Gesichter wirkten grimmig und resigniert zugleich.

Dann verblaßten sämtliche Bilder, und zurück blieben vier Spiegel, die überhaupt keine Spiegelbilder mehr zeigten. Wir sahen einander an. Tommy streckte tatsächlich die Hand aus, um meinen Arm zu berühren, nur um sicherzugehen, daß ich noch da war. Suzie klopfte mit einem Fingerknöchel gegen den Spiegel, dem sie am nächsten stand, und sofort zeigten alle vier Wände dieselbe schreckliche Gestalt. Es war die Suzie, die ich in der schlimmen Zukunft gesehen hatte. Ihr halbes Gesicht war zerstört, schwarz und verkohlt dehnte sich die Haut um ein verschmortes Auge. Eine Seite ihres Mundes war zu einem permanenten sarkastischen Lächeln verzogen. Ihr langes, strähniges Haar war graumeliert, ihre Ledermontur abgenutzt und zerrissen. Vom Kampf gegen Ungeheuerlichkeiten, die ich mir nicht einmal vorzustellen vermochte, sah sie mitgenommen und entsetzlich müde aus. Am schlimmsten war, daß ihr die rechte Hand und der rechte Unterarm fehlten; man hatte sie durch jene grauenerregende alte Waffe ersetzt, die man allgemein als die „sprechende Pistole" bezeichnete und die absolut alles zerstören konnte. Man hatte sie direkt in die Reste von Suzies Ellbogen eingesetzt.

Die Zukunftssuzie starrte uns aus allen vier Spiegeln heraus an, und in ihrem einen verbleibenden Auge erstrahlten Wahnsinn, Wut und kalte Entschlossenheit.

„Hör auf", knurrte ich, und ich glaube, meine Stimme war nie zuvor kälter oder wütender. „Sofort."

Tommy und Suzie sahen mich scharf an, aber das Bild aus der Zukunft erlosch, und alle vier Spiegelwände zeigten wieder uns, so wie wir waren – und, so Gott wollte, immer sein würden.

„Was zum Teufel war das?" fragte Tommy.

„Nur eine Möglichkeit", sagte ich und sah Suzie an. „Mehr nicht."

Suzie sah mich durchdringend an. Ich hatte sie noch nie belügen können.

Der Aufzug fuhr immer tiefer, sank in eine Richtung, die wir nur erraten konnten. Es wurde langsam kalt, und der Atem bildete Dampfwolken vor unseren Mündern. Außerhalb des Aufzugs erklangen Stimmen, sphärische, unmenschliche Stimmen, die dankenswerterweise unverständlich blieben. Ich glaube, keiner von uns hätte sie deutlicher hören wollen. Aber schließlich kam der Aufzug zum Stehen, und die Tür verschwand. Vor uns stand in einem hell erleuchteten Stahlkorridor Väterchen Chronos persönlich. Er wirkte recht menschlich, solange man ihm nicht zu tief in die Augen sah. Er war ein dürrer Mann Ende fünfzig oder Anfang sechzig in der elegantesten Aufmachung, welche die viktorianische Ära zu bieten hatte. Sein langer, schwarzer Mantel war elegant, aber streng geschnitten, darunter trug er ein blendend weißes Hemd und eine dunkle Weste, und außer der goldenen Uhrenkette, die sich über seinem flachen Bauch spannte, war die apricotfarbene Krawatte, die er um den Hals trug, der einzige Farbtupfer in seiner Aufmachung. Er besaß ein feingeschnittenes Gesicht mit hohen Wangenknochen, uralten Augen und einer dichten, grauen Haarmähne. Er trug den Kopf hoch erhoben und betrachtete uns mit einem scharfen, nachdenklichen Blick.

„Wurde ja auch langsam Zeit", begrüßte er uns. „Ich habe Sie erwartet."

„Interessant", sagte ich. „Vor allem, wenn man bedeckt, daß ich bis vor kurzem selbst noch nicht wußte, daß wir zu dritt kommen würden."

„Oh, ich erwarte immer jeden, mein Junge", sagte Chronos. „Besonders Thronanwärter, Kopfgeldjägerinnen und anachronistische Stümper." Laut schnaubte er in Richtung Tommy. „Sie mag ich wirklich nicht, wissen Sie. Die Zeit ist schon kompliziert genug, auch ohne daß Leute wie Sie damit herumpfuschen. Nein, nein, machen Sie sich nicht die Mühe, sich zu rechtfertigen. Sie begleiten Taylor ohnehin. Er wird Sie brauchen."

„Echt?" fragte ich.

„Sie auch, meine Liebe", sagte Chronos zu Suzie gewandt. „Sie sehe ich hier gerne, denn Sie sind vonnöten. Sie werden ihn erlösen."

„Echt?" fragte ich.

„Folgen Sie mir", sagte Chronos und begann, zügig den Stahlkorridor entlangzugehen. Wir mußten uns beeilen, um mit ihm Schritt zu halten.

„Was wissen Sie über die Zukunft?" fragte ich.

„Nie genug, um etwas ausrichten zu können", sagte Chronos, ohne sich zu mir umzublicken.

Der Stahlkorridor schien sich endlos zu erstrecken. Die blanken Wände zeigten uns Zerrbilder unser selbst, aber Chronos' Abbild war immer scharf und klar erkennbar. Und nur seine Füße machten Geräusche auf dem Metallfußboden.

„Was hatte es mit den sich verändernden Bildern an den Aufzugwänden auf sich?" fragte Suzie abrupt.

„Mögliche Zukünfte, Varianten des Zeitverlaufs", sagte Chronos leichthin. „Ich hätte den Aufzug nie semi-intelligent machen sollen. Er langweilt sich, und manchmal hat er schlechte Laune. Aber er ist harmlos. Weitestgehend. Keine Sorge wegen der Bilder; sie bedeuten nichts. Üblicherweise."

„Reden wir über mögliche Zukünfte", sagte ich. „Wie real sind sie? Wie definiert? Woran erkennt man ... die wahrscheinlichen?"

„Gar nicht", sagte Chronos. „Sie sind alle gleich real und deshalb gleich möglich." Er schritt immer noch weiter, ohne sich umzublicken. „Doch ... das ist nicht mehr so wahr wie früher. Es scheint nicht mehr so viele Zukünfte zu geben wie einst. Als werde eine bestimmte Zukunft immer wahrscheinlicher. Immer mächtiger, so daß sie alle anderen ersetzt. Als ... hätten sich die Ereignisse verschworen, um uns auf diese eine Zukunft zu beschränken. Was faszinierend ist, wenn auch etwas besorgniserregend."

„Nur etwas?" fragte Tommy.

„Oh, derlei gibt sich meist wieder", sagte Chronos unbestimmt. „Außer eben, wenn es das nicht tut."

Plötzlich gingen wir durch einen Wald aus großen, sich drehenden Metallteilen. Formen, Räder und Radzähne griffen ineinander, während wir durch sie und zwischen ihnen hindurchgingen. Es war, als gehe man durch ein riesiges Uhrwerk. Von überall gleichzeitig erscholl ein langsames, lautes Ticken, und jedes klare Geräusch trug ein Stück Ewigkeit in sich. Väterchen Chronos drehte sich kurz zu uns um.

„Was immer Sie auch sehen ist wahrscheinlich nicht wirklich da. Ihr Geist versucht nur, etwas zu deuten, das so komplex ist, daß es sich Ihrem Begriffsvermögen entzieht. Er liefert Ihnen vertraute Symbole, damit Sie Ihre Umwelt besser verstehen."

„Ich mochte Disneyland schon immer", sagte Tommy.

„Sie wollen also", sagte Chronos, der Tommys Kommentar geflissentlich ignorierte, „in die Vergangenheit zurückreisen, ja? Bis zur Erschaffung der Nightside. Ein ehrgeiziger Plan, wenn auch etwas schwach in puncto Selbsterhaltung."

„Woher wissen Sie, wo wir hinwollen?" fragte Suzie schroff.

„Es ist meine Aufgabe, derlei Dinge zu wissen."

„Wenn Sie wirklich die Verkörperung der Zeit sind", sagte ich vorsichtig, „kennen Sie dann die Wahrheit über die Vergangenheit? Über alles, was geschehen ist? Wissen Sie, was passieren wird, wenn wir an die Anfänge der Nightside zurückkehren?"

„Ich weiß nur, was ich wissen darf, um meine Aufgaben zu erledigen", sagte Chronos. Er lief immer noch vor uns her, und wieder blickte er sich nicht zu uns um, doch seine Stimme klang jetzt traurig, resigniert.

„Wissen darf?" fragte Tommy. „Wer bestimmt das?"

„Gute Frage", sagte Chronos. „Sollten Sie es herausfinden, lassen Sie es mich wissen. Immer vorausgesetzt natürlich, Sie kehren von Ihrer Reise zurück."

„Was?" fragte Suzie.

Chronos blieb abrupt stehen, und wir rannten fast in ihn hinein. Er betrachtete uns mit seinem kalten, listigen Blick. „Aufgepaßt. Was ich jetzt sage, ist wichtig. Sie gehen viel weiter zurück als die meisten anderen Leute. An einen sehr instabilen Augenblick, zu einem einzigartigen Ereignis. Ich kann Sie hinschicken, aber dort werden Sie sich außerhalb meiner Reichweite befinden. Sie werden sich außerhalb jeglicher Reichweite befinden. Um es simpel auszudrücken: Sie werden sich Ihren Heimweg selbst suchen müssen. Ich werde Ihnen nicht helfen können. Wollen Sie immer noch los?"

Suzie, Tommy und ich sahen einander an. Mir war, als habe man mir den Boden unter den Füßen weggezogen. Mir war nie der Gedanke gekommen, es könne sich um eine Reise ohne Rückfahrschein handeln.

„Das ändert alles", sagte Suzie.

„Wohl wahr", sagte Tommy. „Nichts für ungut, alter Junge, aber das war so nicht ausgemacht."

„Ich gehe", sagte ich. „Mit oder ohne euch. Ich muß. Ich muß einfach die Wahrheit erfahren."

„Nun", sagte Suzie nach einer Weile, „wenn du dumm genug bist, es zu tun, bin ich wohl dumm genug, um mitzukommen."

„Das mußt du nicht", sagte ich.

„Wofür hat man denn Freunde?" fragte Suzie, und ich glaube, ich war nie gerührter als in diesem Augenblick.

„Und ich will die Erschaffung der Nightside sehen", sagte Tommy leise. „Ich muß etwas Wahres, Definitives, Unabänderliches sehen. Also komme ich auch mit. Aber ich warne Sie, Taylor; wenn wir alle in der Vergangenheit stranden, werde ich den Rest meines Lebens der Aufgabe widmen, Sie andauernd daran zu erinnern, daß das alles Ihre Schuld war."

„Wir gehen", sagte ich zu Chronos, und er zuckte gleichgültig mit den Schultern.

„Ich weiß", antwortete er.

„Es besteht die Möglichkeit, daß unsere Reise Walker und den Autoritäten mißfällt", sagte ich. „Ist das wichtig?"

„Walker?" fragte Väterchen Chronos und zog eine Braue hoch. „Widerlicher Typ. Ich würde ihm nicht mal in den Hals pissen, wenn sein Herz in Flammen stünde."

✳   ✳   ✳

Endlich erreichten wir das Vorzimmer. Väterchen Chronos bat uns, dort auf ihn zu warten, während er prüfte, ob die Bedingungen stabil genug für unsere Reise in die Vergangenheit waren. Ich sah ihn scharf an.

„Bedingungen?"

Er winkte elegant mit einer Hand ab. „Im Zeitfluß gibt es immer Stürme und Strudel, und in den niederen Regionen feiern Seltsamkeit und Zauber fröhliche Urständ. Von Quantenschaum und Superpositionen ganz zu schweigen. Manchmal glaube ich, die Dinosaurier seien nur ausgestorben, um mich zu ärgern. Trotz aller Fallen, die ich ihnen stelle, jagen und pirschen noch immer Dinge im Zeitfluß, die wie Ratten im Gemäuer der Wirklichkeit leben. Schon ihr Vorbeiziehen kann ausreichend starke Strömungen verursachen, um auch den bestvorbereiteten Reisenden davonzureißen. Geht es Ihnen jetzt besser?"

„Nein, eigentlich nicht", sagte Tommy.

„Dann hören Sie auf, mich mit Fragen zu belästigen. Machen Sie es sich bequem. Ich bin wieder da, wenn ich wieder da bin."

Er stapfte hoch erhobenen Hauptes aus dem Wartezimmer, die Hände hinter dem Rücken verschränkt, als denke er bereits über Wichtigeres nach. Suzie, Tommy und ich sahen einander an.

„Haben Sie auch nur die Hälfte dessen verstanden, was er gesagt hat?" fragte Tommy klagend.

„Nicht einmal annähernd", antwortete ich.

Suzie zuckte gleichgültig die Achseln. „Deshalb ist er Väterchen Chronos und wir nicht. Ich kümmere mich nie um die Hintergründe von Fällen, das weißt du doch, Taylor. Zeig mir jemanden, auf den ich schießen kann, und ich bin zufrieden."

„Vielleicht möchten Sie ja hier im Raum anfangen", meinte Tommy ängstlich. „Niemand scheint sich hier so richtig zu freuen, uns zu sehen."

Wir sahen uns im Wartezimmer um. Es hätte das eines beliebigen Arztes sein können, bis hin zu den veralteten Zeitschriften auf dem Beistelltisch, aber die Wartenden waren selbst für die Nightside ein seltsamer Haufen. Und sie alle sahen uns finster an. Ein jeder wartete hier auf die Genehmigung seiner Zeitreise, und alle waren sie bereit, dem massiv auf die Zehen zu steigen, der aussah, als werde er bevorzugt behandelt. Suzie sah sich funkelnd um, und langsam beruhigte sich die Stimmung wieder. Einige Wartende taten sogar so, als interessierten sie sich für die Zeitschriften. Suzie besaß diese Wirkung auf Leute.

Die meisten Insassen von Chronos' Wartezimmer stammten aus anderen vergangenen und zukünftigen Zeitlinien. Sie waren in die Nightside gelangt, indem sie in Zeitanomalien hineingestolpert waren, und hier gestrandet, als diese in sich zusammenbrachen. Väterchen Chronos tat immer sein Bestes, um einen Heimweg für solche Zeitflüchtlinge zu finden, aber offenbar war das nicht so einfach. Es dauerte, und so saßen die Bedauernswerten im Wartezimmer, und entweder schaffte Chronos es irgendwann, oder sie hatten schließlich genug vom Warten und ließen sich in der Nightside nieder.

Unterirdische Morlocks und oberirdisch lebende Eloi saßen einander gegenüber. Es gab Ritter in Vollplatte und mit Energieschilden und -lanzen. Sie ließen uns höflich wissen, daß sie aus einer Welt stammten, in der Camelot nie gefallen sei und Arthurs Vermächtnis Bestand habe. Über Merlin sagten sie nichts, also fand ich es besser, es ebenfalls nicht zu tun. Es gab große, haarige Wikinger aus einer Zeitlinie, in der sie ganz Amerika besiedelt und die Welt erobert hatten und in der das Mittelalter noch andauerte.

Einer von ihnen machte abschätzige Bemerkungen über Suzie und widernatürliche Kriegerinnen im allgemeinen, und sie boxte ihm genau zwischen die Augen. Sein mit Hörnern verzierter Helm flog quer durch den Raum, und alles Weitere interessierte ihn nicht mehr. Die anderen Wikinger fanden das total witzig und lachten schallend, was wahrscheinlich besser so war.

Es gab sogar Leute aus der Zukunft, die groß, spindeldürr und elegant waren, mit raubtierhafter Anmut und stromlinienförmigen Zügen, so als hätte jemand beschlossen, effizientere, ästhetischere Menschen zu bauen. Sie ignorierten alle anderen und starrten etwas an, das nur sie sahen. Zwei ungeschlachte Stahlroboter standen reglos in einer Ecke und beobachteten alles mit karmesinrot leuchtenden Augen. Sie stammten aus einer Zukunft, in der der Mensch ausgestorben war und die Roboter eine eigene Zivilisation aufgebaut hatten. Sie sprachen mit stakkatohaften, metallischen Stimmen.

„Fleischbasierte Kreaturen", plapperte der eine. „Obszön. Verderbt."

„Sprechendes Fleisch", sagte der andere. „Mißgeburten."

Die gerüsteten Ritter fuhren ihre Energielanzen hoch, und die Roboter verstummten.

Schließlich kehrte Väterchen Chronos zurück, lächelte vage ins Wartezimmer und winkte Tommy, Suzie und mir dann zu, ihm zu folgen. Er führte uns durch ein Labyrinth gewundener Steinkorridore mit so niedriger Decke, daß wir uns alle bücken mußten. Blakende gelbe Fackeln brannten in eisernen Fackelhaltern, und auf dem von Schatten verhangenen Fußboden huschten kleine Wesen hin und her. Chronos ignorierte sie, also versuchte ich, es ihm gleichzutun.

Wir erreichten recht abrupt einen weiß schimmernden Raum, der so überwältigend weiß war, daß es blendete. Wir alle außer Chronos keuchten auf und beschirmten unsere Augen. Der Raum wies keinerlei Details auf. Selbst die Tür, durch die wir eingetreten waren, war plötzlich verschwunden. Das weiße Licht war so grell, daß es schwerfiel, Größe oder Ausmaß des Raumes abzuschätzen, während die Wände gleichzeitig ständig näher zu kommen und von uns weg zu rasen schienen, sich zusammenzogen und wieder ausdehnten, regelmäßig wie ein Herzschlag, den ich spürte, aber nicht hörte. Suzie und Tommy blieben ganz dicht in meiner Nähe, und ich war froh über die Anwesenheit anderer Menschen.

Mitten im Raum stand reglos und allein ein komplexer, aufwendiger Mechanismus, dessen Teile so verschlungen und dessen Funktionsweise so kompliziert waren, daß mein Geist sie nicht zur Gänze erfassen konnte. Er schien absolut nicht in den weiß schimmernden Raum zu gehören, sondern wirkte wie ein rostiger Nagel, den jemand tief in weißes Fleisch geschlagen hatte. Allein seine Anwesenheit war eine Beleidigung. Väterchen Chronos machte sich an der Maschine zu schaffen, krempelte die Ärmel hoch, um die Arme tief in ihr zu versenken, und nahm minutiöse Einstellungen vor, die nur er begriff, während er mit gerade nicht mehr verständlicher Stimme vor sich hinquengelte. Schließlich trat er mit stolzer Geste zurück und nickte eifrig. Wir alle spürten, wie der Mechanismus zum Leben erwachte wie ein riesiges Auge, das sich langsam öffnete und uns anblickte.

Ich spürte das Wehen der Zeitwinde, hörte ihr prahlerisches Heulen, das sanft an meiner Seele zerrte. Es klang wie der Atem eines längst vergessenen Gottes, der erwachte. Es fühlte sich an, als drehe sich das ganze Universum um diesen einen Punkt, an dem wir standen, diesen einen Moment. Wenn die Zeitwinde wehen, erzittern selbst die größten Mächte und fahren ihre Abwehrmechanismen hoch. Ich wollte mich umdrehen, davonrennen und immer weiter laufen, bis ich alles vergessen konnte, was ich hier gesehen, gespürt und erfahren hatte, aber ich konnte mir keine Schwäche erlauben. Genau wegen dieser Zeitwinde war ich gekommen.

Väterchen Chronos sah sich ruckartig um. „Seien Sie alle mal still! Der Zeitfluß fluktuiert seltsam, es kommt zu Verzerrungen, die ich nicht verstehe. Etwas Großes geschieht oder wird geschehen. Oder ist vielleicht vor langer Zeit schon passiert und hallt durch die Zeit nach, wodurch sich alles verändert. Ich sollte verstehen, was da vor sich geht ... aber ich tue es nicht. Was an sich schon bedeutsam ist." Er sah mich scharf an. „Wollen Sie Ihre Reise verschieben?"

„Nein", antwortete ich. Suzie und Tommy schwiegen.

Chronos sprach schnell, als habe er es eilig, alles abzuspulen. „Ich habe Sie einem Prozeß unterzogen, der Sie alle befähigt, jede Sprache und jeden Dialekt zu verstehen, dem Sie möglicherweise begegnen, und einen Zauber gewirkt, der Sie als Teil jeder Kultur erscheinen lassen wird, in die Sie hineingeraten. Ich wünschte, ich könnte ins Detail gehen, aber wo Sie hingehen, ist nichts fix."

Er sprach weiter, aber jetzt übertönten ihn die tosenden Zeitwinde. Ich spürte, wie sie an mir zerrten, mich in eine Richtung zogen, die ich wahrnahm, aber nicht benennen konnte. Dann stürzten Suzie, Tommy und ich plötzlich ins Bodenlose und schrien nacheinander. Der weiß schimmernde Raum war fort, als seien wir hindurchgefallen wie Steine durch den Boden einer nassen Papiertüte. Wir stürzten in eine unbegreifliche Richtung, gehüllt in Regenbogenfarben, die ich nie zuvor gesehen hatte. Wir fielen rückwärts, stürzten rückwärts auf etwas, auf irgendwo oder irgendwann zu ...

Minusquamperfekt 6

„Ich scheine in einem toten Hund zu stehen", sagte Tommy Oblivion, „der auf sehr üble Art und Weise gestorben ist."

Die Verzweiflung in seiner Stimme war unverkennbar, aber ich hatte eigene Probleme. Die Welt rings um mich herum hatte sich ruckartig wieder scharfgestellt, aber mir schwirrte immer noch der Kopf. Ich war umgeben von Finsternis und lehnte an einer rauhen Backsteinwand. Es war heiß und schwül, aber am schlimmsten war der Geruch. Ein dichtes, organisches Miasma hing in der stickigen Luft, und der Gestank von Rauch, Schweiß und Scheiße erfüllte meinen Kopf, egal wie heftig ich ihn schüttelte. Ich stieß mich von der Wand ab und zwang mich, mir meine neue Umgebung anzusehen.

Tommy, Suzie und ich standen in einer engen, finsteren Gasse, lediglich ein brennender menschlicher Körper in einem eisernen, an einer Wand hängenden Käfig spendete etwas Licht. Die Flammen waren weitestgehend erloschen und umflackerten die verkohlte Leiche nur noch träge. Die Wände, welche die Gasse begrenzten, bestanden aus unebenem Mauerwerk, das rußgeschwärzt war, und der Boden aus festgestampfter Erde mit einer großzügigen Beimengung frischen Kots und anderen ekligen Drecks. Jemand hatte „Dagon wird wiederkehren!" an die Wand geschrieben, und zwar erst kürzlich, wie es aussah. Tommy hatte sich von den Überresten des toten Hundes entfernt und trat mit

Wucht auf die Wand ein. Suzie sah sich mit gerunzelter Stirn langsam um.

„Wo auch immer wir sind, Taylor, ich glaube nicht, daß wir hier hinwollten."

„Du meinst hinsollten", knurrte ich, einfach um etwas zu sagen. „Offenbar ist etwas schiefgelaufen."

Ich ging zum Ende der Gasse und auf den von dort erklingenden Verkehrslärm zu. Vor mir gab es Licht, und es klang nach Zivilisation. Tommy und Suzie eilten mir hinterher, und der schmutzige Boden machte schmatzende Geräusche unter ihren Füßen. Ich blieb am Ende der Gasse stehen, drückte mich in den Schatten der Mauer und spähte auf die Straße hinaus. Tommy und Suzie drängten sich an mich. Die Straße war äußerst belebt, vor allem von Fußgängern, und stank bestenfalls noch schlimmer als die Gasse. Es herrschte ein fortwährendes Stimmengewirr, in das sich die Laute von Tieren und das gelegentliche Geratter pferde- und ochsengezogener Karren mischten. Wir waren definitiv in der Vergangenheit, aber nicht einmal annähernd weit genug zurück.

Die Gebäude bestanden in erster Linie aus Stein und Holz und waren nur zwei oder drei Stockwerke hoch; einfache, gedrungene Bauten mit ein paar Überresten römischer Architektur. Der keltische Baustil war vorherrschend, doch gab es auch einige sächsische Einflüsse und einen Haufen Zeug, den ich nicht erkannte. Es gab keinen Gehsteig, nur zwei breite Verkehrsadern aus Menschen, die sich ihren Weg zu beiden Seiten einer Straße durch aufgewühlte Erde bahnten. In der Mitte bewegte sich der Verkehr auch nicht viel schneller, denn er bestand in erster Linie aus Pferdefuhrwerken und kruden Handkarren, die ebenso krude Leute zogen. Breite Planwagen, deren schwere Holzräder tief in die schlammige Straße einsanken, ächzten dahin. Überall gab es Schlamm, Kot und Dreck, und riesige Fliegenschwärme schwirrten in der verrauchten Luft. Hier und da ritt eine besser gekleidete Person auf einem Pferd mit verzierter Satteldecke durch die Menge und drängte alle anderen beiseite. Schließlich tauchte ein buckliger Viehtreiber auf, der ein Maultier ritt und eine Herde Minimammuts vor sich hertrieb. Sie waren etwa dreißig Zentimeter hoch und piepsten fröhlich, während sie durch den Schlamm pflügten.

„Oh, wie süß", entfuhr es Suzie unerwartet. Tommy und ich sahen sie an, und sie starrte uns mit großer Würde nieder.

Wir schauten wieder auf die Straße. „Der Architektur nach zu urteilen würde ich sagen, wir sind irgendwann im 6. Jahrhundert gelandet", mutmaßte Tommy. „Das Römische Reich ist untergegangen und zerfallen, und die vorherrschenden Kelten führen Krieg gegen die sächsischen Eindringlinge." Suzie und ich sahen ihn an, und er wurde zornig. „Ich habe viel über diese Zeit gelesen. Sie ist wirklich sehr interessant."

„Mir ist egal, ob sie geradezu faszinierend ist, wir sollten nicht hier sein", sagte Suzie. „Wir haben unser Ziel um mindestens fünfhundert Jahre verfehlt. Jemand hat Scheiße gebaut."

„Das kann kein Fehler sein", protestierte Tommy. „Väterchen Chronos macht keine Fehler. Er ist ja geradezu berühmt dafür, keine Fehler zu machen."

„Hat er auch nicht", sagte ich. „Es hat sich jemand eingemischt."

Einen Augenblick lang blendete mich der Zorn, und ich schlug gegen die Wand neben mir, wobei es mir egal war, daß ich mir an den harten Backsteinen die Hand verletzte, denn ich genoß den Schmerz beinahe. Ich wollte etwas sagen, aber meine Wut quoll als Knurren zwischen meinen zusammengebissenen Zähnen hervor. Tommy wich zurück. Der Zorn brannte in meinem Bauch wie rotglühende Kohle, und ich krümmte mich, bis ich den dreckigen Boden anstarrte. Heiße, ohnmächtige Tränen brannten in meinen Augen, und ich schlug erneut gegen die Wand.

Suzie kam näher, murmelte leise vor sich hin und holte mich mit ihrer ruhigen, unerschütterlichen Präsenz ins Hier und Jetzt zurück. Ich keuchte, als hätte mich jemand geschlagen, doch Suzies beruhigende Gegenwart drang langsam zu mir durch, und ich richtete mich wieder auf. Ich schob den Zorn in meinen Hinterkopf, um ihm später freien Lauf zu lassen, wenn jemand da wäre, an dem ich ihn auslassen konnte. Ich holte tief Luft und nickte Suzie dankbar zu. Sie erwiderte mein Nicken. Sie begriff.

Ich sah Tommy an, der ein Stück in die Gasse zurückgewichen war und meinen Blick unsicher erwiderte. „Schon gut", sagte ich in meiner besten Stimme der Vernunft. „Ich habe mich einen kurzen Moment lang etwas aufgeregt, aber jetzt geht es mir wieder gut ..."

„Natürlich", unterbrach mich Tommy und kam langsam und etwas zögerlich wieder zu mir herüber. „Sie haben nur ... einen Augenblick lang ganz anders ausgesehen, alter Junge. Ich habe Sie noch nie zuvor so gesehen. Als könnten Sie die ganze Welt vernichten, ohne mit der Wimper zu zucken."

Ich zwang mich zu einem kurzen Lachen. „Du nimmst das, was man sich von mir erzählt, viel zu ernst."

Tommy starrte mich zweifelnd an, dann sah er wieder auf die Straße hinaus. „Nun, wenigstens wirkt die Nightside des sechsten Jahrhunderts friedlicher als die, die wir kennen."

Just als er das sagte und mit einer Hand auf den kriechenden Verkehr wies, stapfte etwas Großes, Gekrümmtes, das über allem anderen aufragte, auf langen Stelzenbeinen die Straßenmitte entlang, eingehüllt in wehende Lumpen und lange Stränge geräucherter Eingeweide. Es besaß einen Kopf wie ein Pferdeschädel und lange Arme mit vielen Gelenken, die in bösartig aussehenden Klauen endeten. Das Ding taumelte zügig die Straße entlang, krächzte dabei wie ein großer Vogel, und alle anderen Passanten beeilten sich, ihm aus dem Weg zu gehen. Ein Ochsenkarren reagierte zu langsam, und die Kreatur stampfte ihn mit einem massigen Fuß in den Straßendreck. Der Karren barst unter dem Druck, was den Fahrer vom Bock schleuderte, und die Kreatur trat mit ihrem nächsten Schritt auch auf ihn und zermalmte ihn zu blutigem Matsch. Die Ochsen kamen frei und rannten vor Angst laut muhend davon, während die Kreatur achtlos ihren Weg fortsetzte. Eine Rotte zweibeiniger, etwa kindergroßer Ratten strömte aus der uns gegenüber liegenden Gasseneinmündung und machte sich wimmelnd über den toten Fahrer her. Sie verschlangen den blutigen Matsch begeistert und stopften ihn mit verstörend menschlichen Händen in ihre quiekenden Mäuler. In wenigen Augenblicken waren nur noch die Knochen des Fahrers übrig, welche die Ratten fein säuberlich aufsammelten und mitnahmen, als sie wieder in ihre Gasseneinmündung zurückeilten.

Niemand nahm davon Notiz. Der Verkehr floß einfach weiter, vielleicht ein wenig eiliger als zuvor. Zu beiden Seiten der schmutzigen Straße hielten Männer und Frauen den Kopf gesenkt und eilten ihres Weges, ohne sich um die Angelegenheiten ihrer Mitmenschen zu kümmern. Aus der anderen Richtung, aus welcher die gekrümmte Kreatur gekommen war, erschien jetzt ein riesiges Flammenwesen, das größer aufragte als die umstehenden Gebäude und so hell loderte, daß man kaum erkennen konnte, ob die Flammen irgend etwas umhüllten, und wenn ja, was. Es schwebte knisternd und rauchend durch die Menge, ohne aber jemanden zu verbrennen. An den Wänden der Gebäude entlang huschte ein Riesentausendfüßler mit mehreren schnappenden Mäulern vorbei. Ein großer Ball zusammengepreßter Maden rollte träge die Straßenmitte herunter und sog nützliche Überreste aus dem zertrampelten Schlamm in sich auf. Ich sah Tommy an.

„Friedlich. Klar. Komm schon, Tommy, du solltest wissen, daß es in der Nightside nie lange friedlich zugeht."

„Wir sind also immer noch in der Nightside?" fragte Suzie plötzlich. „Ich meine, wer weiß, vielleicht ist diese Scheiße ja im sechsten Jahrhundert normal."

Ich zeigte zum Nachthimmel empor. Selbst durch den wogenden Rauch leuchteten die dichtgedrängten Sternbilder wie Diamanten in der Finsternis, und der übergroße Vollmond schaute herab wie ein großes, lidloses Auge.

„Gut", sagte Suzie. „Gehen wir die Sache mal logisch an. Wer ist mächtig genug, eine Zeitreise zu stören? So potent, sich gegen Väterchen Chronos durchzusetzen und uns hierher zu schicken? Die Liste ist recht kurz."

„Da gibt es nur eine", sagte ich und spürte den Zorn kurz wieder aufflackern. „Lilith. Meine Mama. Ich hätte wissen müssen, daß sie mich beobachtet. Ich glaube, sie hat jetzt vielleicht ... ständig ein Auge auf mich."

„Gut", sagte Tommy. „Das ist echt unheimlich. Da dachte ich, meine Familie sei seltsam ... warum sollte Lilith uns hierher, ins sechste Jahrhundert, schicken wollen?"

„Um uns von der Erschaffung der Nightside fernzuhalten", sagte Suzie. „Dort muß es etwas geben, das wir nicht sehen sollen. Etwas, das wir gegen sie verwenden könnten."

„Warum verhindert sie unsere Reise dann nicht ganz?" fragte ich. „Nein, ich glaube, sie wollte uns hier haben. Jetzt. Sie wollte, daß ich die Nightside sehe, wie sie einst war, ehe Restriktionen, Kontrollen und die Autoritäten sie zu etwas anderem machten als zu dem, was sie hatte schaffen wollen. Dem einzigen Ort auf Erden, der völlig frei vom Druck des Himmels und der Hölle war."

„Existiert Lilith hier und jetzt?" fragte Suzie.

„Nein. Sie ist mittlerweile in den Limbus verbannt worden. Glaube ich."

„Glauben Sie?" fragte Tommy. „Ich finde wirklich, das ist etwas, dessen Sie sich todsicher sein sollten, alter Junge, ehe wir auch nur einen weiteren Schritt gehen! Ich will unsere Situation genau kennen, bevor ich diese Gasse verlasse."

Ich zog eine Braue hoch. „Schäm dich, Tommy Oblivion. Ich dachte, ihr Existentialisten glaubt nicht an Gewißheiten?"

„Alles hat seine Zeit", sagte Tommy mit großer Würde. „Ich bin dafür, daß wir heimkehren. Wer noch?"

„Ruhe", sagte Suzie, und Tommy verstummte sofort.

„Wir finden nichts Nützliches heraus, wenn wir uns in dieser Gasse verstecken", sagte ich. „Wir müssen uns umsehen, mit Leuten reden. Genau herausfinden, welches Jahr wir schreiben. Ich habe den leisen Verdacht, daß ich weiß, warum Lilith das sechste Jahrhundert gewählt hat. Schließlich ist dies die Zeit von König Artus und Merlin. Die Zeit, in der alte Götter und weitaus seltsamere Mächte noch offen in der Nightside wandelten."

„Natürlich!" rief Tommy, dessen Stimmung sich augenblicklich aufhellte. „Artus und Camelot. Die Ritter der Tafelrunde. Die heroischste und romantischste Ära überhaupt."

„Nur, wenn man auf Armut, schlechtes Essen und Kopfläuse steht", sagte Suzie. „Du denkst an die mittelalterlichen Epen über Artus, die meist lange nach seiner Zeit geschrieben wurden von französischen Blaublütern, die all die gerüsteten Ritter und Jungfern in Not dazugedichtet haben. Der echte Artus war nur ein barbarischer Kriegsherr, dessen wichtigste Innovation der Einsatz von Reiterheeren gegen die Sachsen war. Dies ist ein hartes, finsteres und brutales Zeitalter, in dem die wenigsten Leute alt wurden, die meisten im Dreck schufteten und nur die Sklaven eine gesicherte Zukunft hatten. Sie hielt inne, als sie merkte, daß Tommy und ich sie anstarrten. „Schon gut, ich habe eine Dokumentation darüber gesehen, ja? Ich mag Dokumentarfilme. Hat jemand damit ein Problem?"

„Gott behüte", sagte ich. „Wenn dies wirklich die Zeit Camelots ist, bezweifle ich eh, daß sie Leute wie uns dort reinlassen. Wir müssen einen Weg finden, wieder von hier wegzukommen, weiter zurück in die Vergangenheit, wo wir hinmüssen."

„Väterchen Chronos können wir nicht kontaktieren", sagte Tommy. „Das hat er ganz deutlich gesagt, wissen Sie noch? Wir müssen uns tatsächlich mit der extrem reellen Möglichkeit auseinandersetzen, daß wir hier gestrandet sein könnten. Für immer. Ich meine, wer hat in dieser Zeit schon genug Macht, um Leute durch die Zeit zu schicken? Egal in welche Richtung?"

„Merlin", sagte ich. „Der mächtigste aller Hexer. Hier besitzt er sein Herz noch, was bedeutet, daß er auf der Höhe seiner Macht ist. Ja ... Merlin Satansbrut könnte uns an jeden verdammten Zeitpunkt seiner Wahl schicken."

„Wenn wir ihn dazu überreden können", sagte Suzie. „Momentan kann er uns ja nicht von einem Loch im Boden unterscheiden. Er hat keinen Grund, uns zu helfen. Was können wir ihm schon für seine Dienste anbieten?"

„Nachrichten aus der Zukunft", sagte ich. „Etwa, daß jemand sein Herz rauben wird."

„Stop", sagte Suzie sofort. „Wir sollen keine Veränderungen vornehmen, du erinnerst dich?"

„Merlin Dinge mitzuteilen, von denen wir wissen, daß sie passieren werden, hilft lediglich, unsere Gegenwart zu stärken", sagte ich. „Wir müssen ihm ja nichts von der Hexe Nimue erzählen."

„Bedeutet das, wir gehen doch nach Camelot?" fragte Tommy hoffnungsvoll. „Ich habe alle Bücher darüber gelesen und alle Filme gesehen. Ich liebe diese Geschichten! An den Legenden muß einfach etwas dran sein, sonst hätten sie nicht so lange überlebt."

„Camelot ist weit weg von der Nightside", sagte ich. „Räumlich gesehen sowie spirituell. Wenn es wirklich Ritter der Tafelrunde gibt, würden sie nicht einmal aufgrund einer verlorenen Wette an einen Ort wie diesen kommen. Merlin hingegen fühlt sich hier wahrscheinlich so richtig zu Hause. Ich glaube, wir müssen in den Londinium-Club, den ältesten Privatclub der Welt mit Einlaß nur für seine Mitglieder, zu denen Merlin damals gehörte."

„Du bist ein steter Quell von nützlichen Informationen, wie?" fragte Suzie.

Ich grinste. „Was glaubst du, wie ich so lange überlebt habe?"

Also verließen wir die Sicherheit der Gasse und traten auf die Straße hinaus. Die Luft war erfüllt vom öligen Rauch all der brennenden Fackeln, die in ihren eisernen Fackelhaltern steckten und das schillernde Neonlicht unserer Zeit ersetzten. Wir machten uns auf einiges gefaßt, waren bereit, schnell und brutal zu reagieren, sollte man uns als offensichtlich Fremde, die hier nicht hingehörten, erkennen und angehen, aber es achtete überhaupt niemand auf uns. Väterchen Chronos' Zauber funktionierte eindeutig und ließ uns aussehen wie alle anderen. Das Stimmengewirr rings um uns herum klang wie ganz normales Umgangsenglisch, auch wenn es das eindeutig nicht war.

Wir pflügten durch die Menge und erwiesen ihr denselben Respekt wie sie uns. Wir wollten ja nicht auffallen. Die Straße war voller Leute, von denen viele allerdings keine Menschen waren.

Es gab arrogante, hochnäsige Elfen in langen, schimmernden Gewändern, Dämonen aus der Hölle und scharlachrote Teufelchen mit Hörnerstummeln und Peitschenschwänzen, welche gehässig über Dinge lachten, die nur sie witzig fanden. Ein Schwarm großer, zweibeiniger Echsen in gegerbtem Leder und bunten Tüchern stapfte durch die Masse. Auf den Rücken ihrer Jacken stand in silbernen Nieten „Dagon an die Macht" geschrieben. Selbst die Menschen waren recht verschiedenartig, sie entstammten Völkern und Kulturen der gesamten Welt des sechsten Jahrhunderts. Es gab Chinesen, Inder, Perser, Römer und Türken. Scheinbar war die Nightside selbst zu dieser Zeit ein angesagter Ort, um all jene zweifelhaften Freuden zu kaufen und zu verkaufen, die es nirgends anders gab. Man konnte sogar ein paar offensichtliche Anachronismen ausmachen, Menschen und andere Wesenheiten, die eindeutig nicht ins sechste Jahrhundert gehörten. Da sie nicht unter Väterchen Chronos' Schutzzauber standen, handelte es sich bei ihnen wahrscheinlich um Dimensionsreisende oder Leute, die durch Zeitanomalien in dieser Version der Nightside gestrandet waren.

„Warum sind die Leute hier alle soviel kleiner und sehen so, na ja ... krank aus?" fragte Tommy.

„Mangelernährung", antwortete Suzie knapp. „Vitaminmangel, nicht genug Fleisch und kein Geld, um welches zu kaufen, selbst wenn es gerade welches gibt. Außerdem keine richtige Medizin und jeden Tag schwere Plackerei, bis man irgendwann tot umfällt. Hast du nicht gesagt, du seiest Fachmann für diese Ära?"

„Nur für die Bereiche, die mich interessieren", gab Tommy zu. „Die romantischen."

Wir gingen weiter und blieben ganz dicht beisammen. Jeder hier schien bewaffnet zu sein. Der Gestank war immer noch widerwärtig, und überall lag Kot. Es gab keine Möglichkeit, ihm auszuweichen, also marschierten wir mitten hindurch und versuchten, nicht an den Zustand unserer Schuhe zu denken. Es gab keine Abflüsse, von einer Kanalisation ganz zu schweigen. Dann duckten sich plötzlich alle, als die gesamte Straße erbebte und ein gewaltiger Drache über unsere Köpfe hinwegdonnerte wie ein niedrig fliegender Düsenjet. Die meisten Leute blickten nicht einmal auf. Es war ein Tag wie jeder andere in der Nightside des sechsten Jahrhunderts. Mir mißfiel das. Die Straßen wirkten hier ohne das gewohnte, bunte Neonlicht viel düsterer. Es gab zwar Fackeln und Öllampen, Laternen, Fuchsfeuermoos und weitere von den brennenden Körpern in ihren hängenden Eisenkäfigen, aber dennoch wirkte die Nacht hier finsterer, die Schatten tiefer.

Es fehlte die Leidenschaft, die sardonische Lebensfreude meiner Zeit. Die meisten Leute rings um uns herum schienen sich dahinzuschleppen, so als hätten sie Angst aufzufallen. Vielleicht aus gutem Grund. In den meisten Straßeneinmündungen, an denen wir vorbeikamen, lauerten aufmerksam Dinge, die alles andere als menschlich waren. Ich schaute in eine Gasse hinein und sah einen Zirkel besessener Säuglinge, über deren weichen Köpfchen flammende Heiligenscheine brannten und die komplexe mathematische Gleichungen in den Boden kratzten und mit rauen Erwachsenenstimmen dazu lachten. Ich schaute schnell wieder weg, ehe sie mich bemerkten. Ein Mönch mit Kapuze trat auf die Straße und bedeutete den Passanten wütend, ihm Platz zu machen. Er verschwand abrupt in einem bis dahin verborgenen Loch, das sich plötzlich unter seinen Füßen öffnete und ihn verschlang, ehe er auch nur aufschreien konnte. Auf der anderen Straßenseite fiel mir eine Tote in bunten Seidengewändern ins Auge, die anzügliche Beckenbewegungen machte. Ihre Augen leuchteten sehr hell in ihrem rissigen, grauen Gesicht. Nein. Diese Nightside gefiel mir ganz und gar nicht.

Die Tote stand vor einem Bordell, aus dessen Fenstern Frauen aller Art den Passanten mit rauen, heiseren Stimmen lauthals ihre Dienste anboten; manche von ihnen waren nur dem Namen nach weiblich. Einige warben mit Dienstleistungen, von denen noch nicht einmal ich je zuvor gehört hatte. Aber mir war überhaupt nicht danach, dem nachzugehen. Tommy starrte stur geradeaus und wurde tatsächlich rot, also konzentrierten sich die Huren natürlich auf ihn. Er zog die Schultern hoch und versuchte, so zu tun, als sei er gar nicht da, was einem Existentialisten eigentlich hätte leichtfallen müssen.

Neben dem Bordell befand sich ein finsteres, gruseliges Lädchen für Devotionalien – die Knochen Heiliger, Splitter des Kreuzes Christi und dergleichen. Sonderangebot der Woche war offenbar der Schädel von Johannes dem Täufer. Daneben lag ein kleinerer Schädel mit dem Etikett „Johannes der Täufer als Kind". Im sechsten Jahrhundert waren die Leute wohl nicht besonders helle. Der Laden bot auch eine große Kollektion von Möbeln und Holzschnitzereien an, angeblich angefertigt von Jesus, seinem Vater Josef oder dem Rest der Zimmermannsfamilie.

Selbst in der Nightside des sechsten Jahrhunderts schienen die Händler die einzig wichtige Regel zu kennen: Jede Minute wird ein Narr geboren.

Gasthäuser und Tavernen unterschiedlicher Qualität fanden sich, wo immer ich hinsah, wahrscheinlich, weil man das Leben im sechsten Jahrhundert nur volltrunken ertragen konnte. Ich war seit weniger als einer Stunde hier und verspürte bereits den Drang, mich vollaufen zu lassen. Überall standen auch zahlreiche Kirchen, wahrscheinlich aus ganz ähnlichen Gründen. Außer den vielen bereits abgespaltenen christlichen Religionsgemeinschaften gab es noch Dagontempel, Tempel der Madonna der Märtyrer, des Tränenreichen Aases und solche Luzifers des Erstarkten. (Letztere Religionsgemeinschaft war im Volksmund auch als Kirche auf Nummer Sicher bekannt.) Darüber hinaus gab es unzählige heidnische und druidische Schreine, rings um groteske Holzschnitzereien und beunruhigend große Phallussymbole angesiedelt. Religion war im sechsten Jahrhundert sehr augenscheinlich und öffentlich, und Prediger aller Couleur redeten an jeder Straßenecke auf die Menge ein, predigten Feuer und Schwefel und alle möglichen Variationen von „Mein Gott wird jeden Augenblick wiederkehren, und dann wird es euch leidtun!" Den besseren Rednern hörte man respektvoll zu, und alle anderen bewarf man mit … nun ja, in erster Linie Kot.

„Jesus kehrt diesen Samstag für eine Woche wieder!" bellte ein Prediger, an dem wir vorbeikamen. „Tuet jetzt Buße und meidet das Gedränge!"

In der Nightside waren aber auch andere, finsterere Mächte unterwegs. Wesen und Kräfte, die man noch nicht mit Gewalt in die Straße der Götter abgeschoben hatte. Also wandelten sie in all ihrem Glanz durch dieselben Straßen wie wir anderen und strahlten Macht und Fremdartigkeit aus, oft umgeben von unirdischem Leuchten. Die Leute beeilten sich, ihnen aus dem Weg zu gehen, doch die langsameren erstarrten oft einfach durch die bloße Nähe zu diesen Wesen, und manchmal wurden sie gar körperlich verändert. Eine Gestalt, ein riesiges, gedrungenes Etwas mit Insektenkopf, kam direkt auf uns zu, nur um im letzten Augenblick beizudrehen und tatsächlich auf die Straße auszuweichen, um mir nicht zu nahe zu kommen. Die Wesenheit betrachtete mich ernst mit ihren Facettenaugen, und die filigranen Mundwerkzeuge bewegten sich langsam, vielleicht im Gebet.

„Sie hat etwas an Ihnen gespürt", sagte Tommy.

„Wahrscheinlich, daß ich echt schlecht gelaunt bin", sagte ich. „Ich hätte schwören können, daß der Londinium-Club hier irgendwo ist, aber scheinbar sind wir nicht unbedingt, wo ich dachte."

„Sie meinen, wir haben uns verirrt?" fragte Tommy.

„Nicht wirklich verirrt", sagte ich. „Nur ... in der Richtung geirrt."

„Wir können nicht weiter ziellos umherlaufen", sagte Suzie ruhig. „Selbst mit Väterchen Chronos' Schutzzauber erregst du Aufmerksamkeit, Taylor. Benutze deine Gabe. Finde den Londinium-Club."

„Du weißt, ich benutze meine Gabe nur, wenn es gar nicht anders geht", sagte ich ebenso ruhig.

„Im sechsten Jahrhundert suchen dich deine Feinde nicht", sagte Suzie streng.

„Wir könnten jemanden nach dem Weg fragen", riet Tommy.

„Nein, können wir nicht", sagte Suzie. „Wir wollen das Überraschungsmoment auf unserer Seite haben. Benutze deine Gabe, Taylor."

Ich dachte darüber nach. Meine Feinde hatten keinen Grund zu der Annahme, ich sei hier, 1600 Jahre in der Vergangenheit, es sei denn, die Zukunftssuzie hatte ihnen von unserer kleinen Reise berichtet ... aber so durfte ich nicht denken, sonst würde ich wahnsinnig werden. Also nutzte ich meine Gabe, ich öffnete das dritte Auge tief in meinem Geist und betrachtete meine Umwelt. Überall waren Geister, die durch die Menge und selbst durch die Gebäude hindurch schritten, bleiche, verblaßte Gestalten, die in ihren Zeitschleifen festsaßen und immer wieder denselben endlosen Kreislauf von Handeln und Klage durchliefen. Es gab riesige, überhausgroße Geistergestalten, die durch die stoffliche Welt schritten, als seien ausschließlich sie real und wir anderen alle nur Phantome. Gewaltige geflügelte Wesen, die weder Engel noch Dämonen waren, zogen in großen Schwärmen und in strenger Formation über uns ihre Kreise. Unbegreifliche Kräfte auf unergründlichen Missionen.

Ich sammelte meine mäandernden Gedanken, konzentrierte mich auf den Londinium-Club und fand ihn sofort. Wir waren nicht so weit davon entfernt, wie ich gedacht hatte, nur ein paar Gehminuten. Das brachte mich auf den Gedanken, ob Lilith das wohl gewußt hatte. Hatte sie neben der Zeit auch den Ort ausgewählt, an dem ich wieder in dieser Welt landen würde? Sollte ich etwa in den Club gehen, um jemanden zu treffen oder etwas zu erfahren? Weitere Fragen ohne Antwort.

Ich fuhr meine Gabe herunter und errichtete sorgsam wieder meine geistigen Abwehrvorrichtungen. Ganz am Ende hatte ich ... etwas gespürt, das mich zu bemerken begann. Nicht einer meiner Feinde. Etwas aus dieser Zeit, groß, finster und unvorstellbar mächtig. Möglicherweise ... Merlin Satansbrut.

Aber das erwähnte ich den anderen gegenüber lieber nicht. Ich führte sie einfach die Straße entlang in Richtung Londinium-Club. Doch fast augenblicklich versperrte uns ein zerlumpter

Haufen Straßenschläger, die aus dem Nichts auftauchten und uns sofort umzingelten, den Weg. Zehn massige Söldner in lädierten Kettenhemden oder abgetragenen Lederrüstungen mit vernarbten Gesichtern und fiesem Lächeln. Sie trugen Kurzschwerter, Äxte und lange Messer mit so schartigen Klingen, daß diese praktisch gezahnt waren. Keiner von ihnen war größer als einen Meter fünfzig, doch sie alle hatten einen Brustkorb wie ein Faß und Arme, die dicker waren als meine Oberschenkel. Keiner dieser Typen hatte je gehungert. Dafür starrten sie jedoch total vor Dreck und stanken zum Gotterbarmen. Der Anführer war ein Mann mit dunklem Teint und kunstlos gestutzter, schwarzer Mähne. Er lächelte auf dreckige Weise, was mehrere Zahnlücken offenbarte.

„So, so", begann er locker. „In unserem Stadtviertel sieht man den Adel selten, was, Jungs? Sind wir auf einem Vergnügungszug durch die anrüchigeren Bereiche der Stadt, meine Herren und meine Dame? Mögen Sie's vielleicht ein wenig rauher? Nun, viel rauher als wir wird's nicht, das ist mal Tatsache." Seine Schlägerkumpane lachten schmutzig, und einige von ihnen sahen Suzie auf eine Weise an, die mir gar nicht gefiel. Wenn sie die Männer alle tötete, mußte das geradezu unerwünschte Aufmerksamkeit erregen. Wenigstens hatte sie die Schrotflinte noch nicht im Anschlag.

„Was wollen Sie?" fragte Suzie, und der Wortführer sah sie unsicher an, überrascht von ihrem kühlen, fast gelangweilten Tonfall.

„Was wir wollen, meine Dame? Was haben Sie denn? Nur einen Wegzoll, eine kleine regionale Steuer, für das Privileg, unser Revier durchqueren zu dürfen."

„Ihr Revier?" fragte ich.

„Unser Revier, denn wir kontrollieren es", sagte der Wortführer. „Hier kommt nichts und niemand durch, ohne uns Tribut zu zollen."

„Aber ..."

„Diskutiere nicht mit mir, du Wichser", sagte der Schläger und stieß mir einen dreckigen Finger hart gegen die Brust. „Gebt uns, was wir wollen, und wir lassen euch ziehen. Nervt uns, und wir machen euch so fertig, daß den Leuten bei eurem Anblick das Kotzen kommt."

„Was kostet uns das?" fragte Tommy, der bereits nach seinem Geldbeutel griff.

„Was immer ihr an Geld dabeihabt. Plus alles, was uns sonst noch gefällt. Dazu etwas Spaß mit der Dame." Der Oberschläger beäugte Suzie gierig. „Ich mag kräftige Frauen."

Ich verzog an seiner Statt das Gesicht, denn ich spürte Suzies eisige Präsenz neben mir wie das Ticken einer Zeitbombe.

„Das ist eine ganz schlechte Idee", sagte ich mit meiner kältesten, gefährlichsten Stimme. Ich entspannte mich ein wenig, als der Schläger mir wieder seine Aufmerksamkeit zuwandte. Mit Abschaum wie ihm wurde ich fertig. Ich warf ihm meinen bestmöglichen kühlen Blick zu. „Sie wissen nicht, wer wir sind. Was wir zu tun vermögen. Also seien Sie vernünftig und gehen Sie aus dem Weg, ehe wir es Ihnen zeigen."

Der Rädelsführer lachte mir ins Gesicht, und seine Kumpane lachten mit. Ich war ein wenig irritiert. Es war lange her, daß jemand gewagt hatte, mir ins Gesicht zu lachen.

„Guter Versuch, Taylor", sagte Suzie. „Aber hier kennt man dich nicht. Laß mich das machen."

„Sie können die nicht alle umbringen", sagte Tommy sofort. „Sonst töten Sie auch all deren zukünftige Nachkommen. Wer weiß, wie viele kumulative Veränderungen das daheim in unserer Gegenwart auslösen könnte? Lassen Sie mich meine Gabe an ihnen ausprobieren." Er warf dem Wortführer sein gewinnendstes Lächeln zu. „Kommen Sie, reden wir darüber."

„Schnauze, Hübscher", erwiderte der Wortführer. Er spuckte Tommy mitten ins Gesicht, und der zuckte mit einem angewiderten Aufschrei zurück, wodurch seine Konzentration brach.

„Soviel zur Diplomatie", sagte Suzie und zog mit einer lässigen Bewegung ihre Schrotflinte.

Der Wortführer betrachtete die Waffe interessiert. „Was auch immer das ist, es wird Ihnen nichts helfen, Lady. Die Jungs und ich sind gegen alle Klingenwaffen und sämtliche magischen Angriffe geschützt. Sie tun uns nichts."

Suzie schoß dem Mann einfach ins Gesicht, was ihm komplett den Kopf von den Schultern riß. Sein Körper taumelte noch ein paar Schritte rückwärts und brach dann zusammen. Die anderen Schläger sahen erst den am Boden zuckenden Körper an und anschließend langsam und zögernd wieder Suzie.

„Flieht", schlug ich vor, und das taten sie auch. Suzie sah ihnen einen Augenblick lang nachdenklich hinterher, dann steckte sie die Schrotflinte wieder weg.

„Das war wirklich nicht nötig", sagte ich. „Ich wäre mit ihnen fertig geworden."

„Klar", sagte Suzie

„Klar!"

„Du kannst dich um die nächsten kümmern", sagte Suzie und marschierte weiter.

„Nie darf ich Spaß haben", sagte ich und folgte ihr.

„Jetzt wird er schmollen, oder?" fragte Tommy und eilte uns nach.

„Und wie", antwortete Suzie Shooter.

Unannehmlichkeiten im Londinium-Club

7.

Nur Personen mit extremer Macht, enormem Prestige oder von edler Herkunft dürfen hoffen, im ältesten Privatclub der Welt aufgenommen zu werden. Ruhm, Reichtum oder die richtigen Kontakte reichen dafür nicht aus. Der Londinium-Club war und ist extrem exklusiv, und wer einfach nur ein Held oder anderweitig bedeutend ist, braucht sich gar nicht erst zu bewerben. Manche behaupten, Camelot habe ganz ähnlich funktioniert. Sicher ist nur, daß ich in beide Kreise nicht ohne weiteres hineingekommen wäre.

Wir fanden den Londinium-Club ohne Probleme. Er war in einem großen, altehrwürdigen Gebäude in einer weit ersprießlicheren Gegend der Nightside zu Hause. Hier herrschte weniger Verkehr, die Fußgänger waren viel besser gekleidet, und nirgends war ein Bordell zu sehen. Wohlgemerkt gab es immer noch einen Haufen Scheiße auf der Straße. Ich blieb vor der Vordertür des Clubs stehen und sah mir das Etablissement an. Sein Äußeres hatte sich nicht groß verändert, seit ich es das letzte Mal gesehen hatte, daheim in meiner Gegenwart. Uralter Stein, verziert mit pornographischen Basreliefs aus der Römerzeit, und mittendrin eine sehr stabile Eichentür. Wenn ich übrigens „pornographisch" sage, dann meine ich Bilder, bei deren Anblick Caligula errötet und vielleicht gar zum nächsten Speibecken gerannt wäre. Suzie betrachtete die Bilder gelassen, während Tommy in seinen Taschen nach Papier und Bleistift suchte, um sich Notizen zu machen.

Vor dem Haupteingang stand der Türsteher des Londinium-Clubs, eine solide, unerschütterliche Person, der es Aufgabe und Freude zugleich war, die Unerwünschten draußen zu halten. Er war von bekannten und unbekannten Mächten gegen jegliche Angriffe geschützt worden, stark genug, einen Stier auseinanderzureißen, und angeblich unsterblich. Jedenfalls existierte er auch in meiner Zeit noch, lebensgroß und doppelt so verhaßt. Der Türsteher stellte den Inbegriff eines Snobs dar, und er genoß es. Derzeit war er ein kleiner, stämmiger Mann in einer purpurnen römischen Toga, der die nackten, muskulösen Arme fest vor der imposanten Brust verschränkt hatte. Halb erwartete ich, er trüge eine Schärpe mit der Aufschrift „Ihr könnt nicht vorbei". Er stand stolz und aufrecht da, trug die Nase hoch, aber seinem Blick entging nichts. Er hatte uns längst bemerkt.

„Ich könnte ihn erschießen", sagte Suzie.

„Denk nicht mal dran", erwiderte ich rasch. „Der Türsteher ist sehr gut beschützt. Außerdem wissen wir bereits, daß du ihn nicht umgebracht hast, denn ich habe ihn daheim in der Gegenwart während meines letzten Falles schon einmal getroffen."

„Ich hasse solche Zirkelschlüsse", sagte Suzie. „Erschießen wir ihn trotzdem, um zu sehen, was passiert."

„Nichts da", sagte ich sehr entschlossen. „Hier wird man schon gepfählt, wenn man die Mitgliedsbeiträge zu spät bezahlt. Diesmal kommen wir mit unseren üblichen Taktiken – rohe Gewalt und Ignoranz – nicht weiter. Wir werden ihn überzeugen müssen, uns einzulassen."

„Ich wußte, Sie würden das sagen", platzte Tommy heraus.

Wir näherten uns der Vordertür, und der Türsteher stellte sich uns tatsächlich in den Weg, eine fleischige Hand warnend erhoben.

„Schön, das reicht jetzt. Sie drei sind hier keineswegs willkommen. Zu keiner Zeit. Ich erinnere mich noch an den Ärger, den Sie bei Ihrem letzten Besuch vor etwa zweihundert Jahren veranstaltet haben."

„Raten Sie mal, wann in die Vergangenheit wir als nächstes reisen", murmelte Tommy.

„Schnauze", riet ich ihm.

„Wir müssen den Mann echt beeindruckt haben", sagte Suzie.

„Das tust du doch immer, Suzie", sagte ich generös. Ich lächelte den Türsteher an. „Sehen Sie, ich weiß, wir sind eigentlich keine Mitglieder, aber wir wollen nur einen Augenblick reinschauen und vielleicht ein paar Fragen stellen. Dann verschwinden wir aus Ihrem Leben. Wäre das nicht nett?"

„Nur für Mitglieder bedeutet nur für Mitglieder", knurrte der Türsteher. „Gehen Sie jetzt. Sonst sehe ich mich gezwungen, Gewalt anzuwenden."

Suzie wollte nach ihrer Schrotflinte greifen. „Nein!"sagte ich eindringlich. „Als ich sagte, der Türsteher sei beschützt, meinte ich: beschützt von allen Clubmitgliedern. Das bedeutet, er kann sich der Kräfte von Hexern, Elfen und minderer Gottlinge bedienen, um uns aufzuhalten."

„Ah", sagte Suzie. „Man kann ihn also nicht erschießen?"

„Nein."

„Ich habe da diese Spezialgranaten …"

„Nein!" Ich wandte mich an Tommy. „Du bist dran. Manipuliere den Mann."

Tommy Oblivion trat mit zuversichtlichem Lächeln vor. Der Türsteher sah ihn argwöhnisch an.

„Wir stammen nicht von hier, alter Junge", sprach ihn Tommy gelassen an. „Das ist Ihnen wahrscheinlich schon aufgefallen. In der Tat stammen wir weder von diesem Ort noch aus dieser Zeit. Wir kommen aus der Zukunft. Um genau zu sein, der von in etwa fünfzehnhundert Jahren. In dieser Zukunft sind meine Freunde und ich Mitglieder im Londinium-Club."

„Wie meinen?" fragte der Türsteher. Was immer er auch zu hören erwartet hatte, das war es nicht gewesen.

„Da, wo wir herkommen, sind wir Mitglieder. Technisch gesehen bedeutet das, wir sind es auch hier und jetzt. Einmal Mitglied, immer Mitglied, oder?"

Der Türsteher dachte stirnrunzelnd darüber nach. Denken war eindeutig nicht seine Stärke. Als ihm eine Idee kam, hellte sich seine Miene auf.

„Wenn Sie Mitglied sind", sagte er langsam, „kennen Sie die geheime Begrüßung."

Tommy zog eine Braue hoch. „Es gibt keine geheime Begrüßung, mein Lieber. Aber es gibt eine Losung, die ich auf dieses Stück Papier geschrieben habe."

Er zeigte dem Türsteher die leeren Hände. Der Türsteher betrachtete sie genau, bewegte die Lippen, als läse er, nickte dann zögernd und trat zurück, um uns vorbeizulassen. Er hatte die Stirn in tiefe Falten gelegt, so als hätte er Kopfschmerzen. Die Eichentür vor uns schwang auf, und ich betrat als erster das dahinterliegende Foyer. Als sich die Tür wieder fest hinter uns geschlossen hatte, sah ich Tommy an.

„Du hast ihn etwas sehen lassen, das gar nicht da war."

„Natürlich", nickte Tommy. „Es ist meine Gabe, überzeugend zu sein. Außerdem sind wir in irgendeiner alternativen Zeitlinie wahrscheinlich tatsächlich Mitglieder. Ich zumindest."

Ich schniefte. „Ich hatte immer noch nichts zu tun."

„Das kommt schon noch, das kommt schon noch", sagte Suzie besänftigend. „Hier gibt es bestimmt jede Menge Leute von der Sorte, die du am meisten verabscheust. Ich bin sicher, du findest jemanden, der es wert ist, daß du ihn auf durch und durch widerwärtige, rachsüchtige Weise gegen dich aufbringst."

Wieder schniefte ich, denn ich war nicht überzeugt, und sah mich im Foyer des Clubs um. Es strahlte immer noch etwas von der römischen Pracht aus, an die ich mich von meinem letzten Besuch erinnerte, mit säuberlich gefliesten Wänden und Marmorsäulen. Aber anstatt dicker Teppiche bedeckten jetzt nur abgetretene

Binsen den Boden, die sich hier und da zusammenklumpten, und die hohe Decke war mit fetten druidischen Zeichen bedeckt, die aussahen, als habe man sie mit Blauwaid hingekleckst. Das einzige Licht stammte von übergroßen Öllampen, und die parfümierte Luft war heiß, stickig und ein wenig verräuchert. Man hatte das Gefühl, der Club habe seit seiner Glanzzeit im römischen Reich etwas an Strahlkraft verloren und noch keinen eigenen Stil gefunden. Soviel Schmutz hätten die Römer zweifellos nie geduldet. Die Binsen auf dem Boden sahen aus, als hätte man sie seit Tagen nicht gewechselt, und oberhalb der Öllampen verunzierten Rauch- und Rußspuren die Wände. Hier und dort verrieten Flecken aller Art, wo Dinge vergossen worden waren.

Ein Diener oder, dem Eisenkragen um seinen Hals nach zu urteilen, wohl eher ein Sklave kam zögerlich näher, um uns zu begrüßen. Etwas an uns erschreckte ihn offensichtlich, denn er blieb wie angewurzelt stehen und schrie, so laut er konnte: „Alarm!" In einer der Wände glitt eine Holzvertäfelung beiseite und enthüllte einen verborgenen Alkoven, aus dessen finsteren Tiefen eine häßliche, geifernde und kichernde Vettel trat. Es handelte sich um eine Art Hexe, deren Krallenhände von sich knisternd entladender Magieüberspannung umgeben waren. Die Hexe besaß eine bucklige Gestalt, gehüllt in Lumpen und Fetzen sowie mit einem Sklavenkragen um den dürren Hals, von dem eine schwere Eisenkette zurück in den Alkoven führte. Sie schlurfte auf uns zu, die Augen weit aufgerissen von Irrsinn und unterdrücktem Zorn. Ich spürte die Energie, die sich um sie herum aufbaute, als sie mit tiefer, gutturaler Stimme uralte Worte murmelte, und ich wußte, wir würden ganz schön in der Scheiße sitzen, sobald es ihr gelang, sich auf uns zu konzentrieren.

Also nutzte ich meine Gabe gerade lange genug, um den Zauber zu finden, der verhinderte, daß die Vettel Kette und Sklavenkragen sprengte, und hob ihn auf. Der Kragen brach entzwei, und die Kette fiel zu Boden. Die Hexe unterbrach sich mitten in ihrem Zauber und kam torkelnd zum Stehen. Vorsichtig trat sie nach der Kette auf dem Boden, die hilflos rasselte. Langsam begann die

Hexe zu grinsen, was eine Handvoll gelber Zähne zum Vorschein brachte, dann wandte sie sich dem Sklaven zu, der sie aus dem Alkoven gerufen hatte. Der drehte sich um und floh, war aber ein Fettfleck auf dem Boden, ehe er auch nur ein halbes Dutzend Schritte weit gekommen war.

Die Hexe erhob die Krallenhände und stieß ein auf- und abschwellendes Triumphgeheul aus, das auch von lang ersehnter Rache sprach. Böse Zauber detonierten rings um sie herum in der Luft und rissen Löcher in Wände und Decke. Aus allen Richtungen kamen Bewaffnete angerannt, und die Hexe wandte sich ihnen mit rachsüchtiger Fröhlichkeit im runzligen Gesicht zu. Feuer brachen aus, Windböen erhoben sich, und die Bewaffneten begannen reihenweise zu explodieren, sie zerbarsten einfach in einem Schauer blutiger Bröckchen.

„Bist du jetzt zufrieden?" fragte Suzie.

„Sehr", sagte ich.

Im allgemeinen Chaos schlenderten wir unbemerkt durchs Foyer und betraten den Speisesaal. Wir schlossen die Tür fest hinter uns, und der Lärm des Pandämoniums draußen verstummte augenblicklich. Niemand blickte auf, als wir eintraten. Was auch immer diesen Lärm verursachte, war Sache der Sklaven und nicht der Mitglieder. Die meisten der letzteren lümmelten zum Essen nach altrömischer Manier auf Liegen und widmeten all ihre Aufmerksamkeit erlesenen Speisen und Getränken sowie guter Gesellschaft. Wahrscheinlich zahlten sie hier für eine Mahlzeit mehr, als die meisten Leute im sechsten Jahrhundert in ihrem ganzen Leben verdienten.

Einige der Speisenden trugen noch altmodische römische Togen, die meisten aber einfache Tuniken mit oder ohne Verzierungen oder Lederrüstungen. Bei den meisten handelte es sich um Menschen, aber es gab auch durchaus einige Elfen, die mit geübter Herablassung ihre Umgebung betrachteten, während sie sich mit Menschenleckereien den Bauch vollschlugen, sowie eine Handvoll Gargylen, die lebende Mäuse aßen und auf recht widerwärtige Weise mit ihrem Essen spielten. Sklaven und Sklavinnen, von denen einige fast noch Kinder waren und die alle einen starren, leeren Gesichtsausdruck zeigten, bedienten die Speisenden. Sie waren abgesehen von dem Eisenkragen um den Hals nackt, und alle trugen sie Narben und Striemen.

„Sklaverei", würgte Tommy hervor, dessen Stimme voller Abscheu war. „Ich wußte es. Ich wußte, daß es zu König Artus' Zeit Sklaven gab, aber ich habe nie richtig ... einige davon sind noch Kinder!"

„So war es eben damals", sagte ich. „Das geht noch jahrhundertelang weiter. Schau nicht so drein, Tommy. Ich habe diese Hexe nur als Ablenkungsmanöver freigelassen. Wenn wir anfangen, im großen Stil Sklaven zu befreien, kannst du darauf wetten, daß sich alle Mächte hier gegen uns erheben. Wir können keine ganze Kultur verändern. Deshalb sind wir nicht hier. Außerdem dürfen wir auch keine großen Veränderungen vornehmen, wenn wir in unsere eigene Gegenwart zurückkehren wollen, erinnerst du dich?"

„Ja", erwiderte Tommy. „Aber es muß mir nicht gefallen."

Seine Stimme klang schneidend, war erfüllt von einem kalten Zorn, der vorher nicht dagewesen war. Seine Wut machte mir den Mann sympathischer.

„Willkommen im Club", sagte ich.

„Ich sehe keine Spur von Merlin", stellte Suzie fest, die wie üblich völlig geschäftsmäßig blieb. „Ich bin mir recht sicher, er würde sogar aus diesem Publikum herausstechen. Soll ich mir jemanden schnappen und ein paar Antworten aus ihm herausprügeln?"

„Es wäre vielleicht besser, wenn wir ein paar höfliche Fragen stellten, denke ich", sagte ich. „Zumindest habe ich ja den Begriff Diplomatie von euch schon mal gehört."

Da kam auch schon ein hochgewachsener, eleganter und eindeutig hochmütiger Typ auf uns zu, der sich anmutig zwischen den Liegen hindurchschlängelte und den Leuten, an denen er vorbeikam, ein Lächeln oder ein paar freundliche Floskeln zuwarf. Er trug eine strahlend weiße Tunika und keinen Eisenkragen. Direkt vor mir blieb er stehen, tat Suzie und Tommy mit einem raschen

Seitenblick als unwichtig ab und hob eine nachgezogene Braue einen sorgsam berechneten Bruchteil eines Zentimeters.

„Ich bin der Aufwärter", informierte er uns, „und Sie sind ganz bestimmt keine Mitglieder. Wahrscheinlich werden Sie auch nie welche werden. Ich weiß nicht, wie Sie hier hereingekommen sind, aber Sie werden sofort wieder gehen müssen."

Ich lächelte ihn an. „Wissen Sie – all das Chaos und die Verwüstungen, die derzeit in Ihrem Foyer angerichtet werden? Die Brände, Explosionen und all die Teile toter Sicherheitskräfte, die durch die Luft fliegen? Das war ich."

„Nehmen Sie Platz", sagte der Aufwärter resigniert. „Ich schätze, Sie werden etwas essen wollen, ehe die Sicherheitskräfte geballt genug anrücken können, um die Ordnung wieder herzustellen und Sie drei rauszuwerfen? Die Tagesgerichte sind Lerchenzungen in Aspik und junge Mäuse mit Kolibrizungenfüllung."

Tommy verzog angewidert das Gesicht. „Haben Sie auch etwas ohne Zungen?"

„Setz dich gar nicht erst, Suzie", sagte ich. „Wir bleiben nicht zum Essen ..."

„Du vielleicht nicht", unterbrach mich Suzie. Sie hatte sich bereits einen panierten Hähnchenschlegel aus der Hand eines in der Nähe sitzenden Gastes geschnappt und knabberte mit nachdenklichem Gesichtsausdruck daran herum. Der Speisende war klug genug, keinen Aufstand zu machen.

„Wir suchen den Hexer Merlin", sagte ich zu dem Aufwärter. „Merlin Satansbrut. Er ist Mitglied hier, oder nicht?"

„Nur, weil es niemand gewagt hat, gegen ihn zu stimmen", sagte der Aufwärter mit gekräuselten Lippen. „Aber dennoch wagt er es nicht mehr, sich hier zu zeigen. Nicht, seit der König und die meisten seiner Ritter in der Schlacht gefallen sind, im letzten großen Ringen gegen die Streitkräfte dieses Bastards Mordred; und das nur, weil Merlin nicht da war, um seinen König zu unterstützen. Zwar starb auch der Heuchler Mordred, seine Streitkräfte haben sich zerstreut, doch das Zeitalter von Logres ist vorbei. Camelot ist heute nur noch eine Burg mit einem leeren Thron und einer geborstenen Tafel, und die höfischen Ideale erodieren bereits. Das Ende einer Ära ist gekommen; und das nur, weil ein Mann nicht da war, wo er hätte sein sollen. Sie suchen Merlin Satansbrut? Versuchen Sie es in einer Taverne. Egal in welcher."

In seiner Stimme lag gerade genug Bitterkeit, um ihn überzeugend klingen zu lassen. Ich sammelte mit meinen Blicken Suzie und Tommy auf und führte sie wieder aus dem Speisesaal. Im Gehen nutzte ich meine Gabe ein zweites Mal, um den Zauber zu finden, der die Sklavenkrägen um die Hälse hielt, und bannte ihn. Die Krägen brachen auf, und die Magie, welche die Sklaven friedlich gehalten hatte, hörte augenblicklich auf zu wirken. Einige der Sklaven griffen die Speisenden an, während andere um ihr Leben und ihre Freiheit rannten. Der Speisesaal versank rasch im Chaos.

„Du Riesenweichei", rief Suzie.

„Manche Scheiße ertrage ich einfach nicht", gab ich zu.

Wir schlenderten wieder durchs Foyer, das größtenteils in Flammen stand. Die Hexe war nirgends mehr zu sehen, aber mitten im Boden hatte sich eine große Spalte aufgetan, die Ruß, Funken und Rauch spie und die stark nach Schwefel rochen. Mein Werk hier ist getan, dachte ich mit einem Anflug von Selbstzufriedenheit. Wir nickten dem Türsteher fröhlich zu, als wir an ihm vorbeikamen, dann standen wir drei nebeneinander auf der Straße und fragten uns, wo wir es als nächstes versuchen sollten. Nur Gott allein wußte, wie viele Tavernen, Wirtshäuser und improvisierte Kaschemmen es in der Nightside des sechsten Jahrhunderts gab, und mir war wirklich nicht danach zumute, sie alle zu durchforsten. Andererseits war mir auch nicht danach, erneut meine Gabe einzusetzen. Ich hatte sie schon viel zu oft genutzt, fast schon beiläufig, und das war gefährlich. Wenn ich nur oft genug in der Finsternis aufleuchtete, mußten meine Feinde mich letztlich bemerken, egal wie weit zurück in der Vergangenheit ich mich befand. Aus ihrer Zukunftsperspektive war ich immer in der Vergangenheit.

„Im Strangefellows", sagte ich plötzlich. „Da wird Merlin sein. Oder wie auch immer die älteste Bar der Welt derzeit heißt. Ich weiß noch, wie der Merlin unserer Zeit mir erzählte, er habe oft dort gezecht, um die strapaziöse Nettigkeit Camelots zu vergessen. Wahrscheinlich wollte er deshalb nach seinem Tode im Keller der Bar begraben liegen. Ja. Dort werden wir ihn finden." Ich sah Suzie an. „Du runzelst die Stirn. Warum?"

„Lilith hat uns hierher gebracht, stimmt's?" fragte Suzie. „Das muß einen Grund gehabt haben. Vielleicht wollte sie, daß wir Merlin treffen. Er ist der Hauptdrahtzieher dieser Nightside. Wollen wir wirklich tun, was sie von uns will?"

„Mir ist das inzwischen ziemlich egal", sagte ich. „All die Vermutungen, all die Zweifel ... ich will es hinter mich bringen und hier endlich wegkommen. Ich will Zeuge der Erschaffung der Nightside werden, damit ich Antworten finde und mein Leben endlich von Liliths Einfluß befreien kann. Ich will, daß das alles aufhört!"

„Ruhig, John, ruhig", intervenierte Tommy, und erst da bemerkte ich, daß ich zu schreien begonnen hatte.

„Es wird nie vorbei sein, John", sagte Suzie, so sanft sie konnte. „Das weißt du."

Es entstand eine lange Pause, dann bat Tommy: „Wenn wir Merlin hier in der Nightside nicht finden ... können wir es dann bitte in Camelot versuchen? Ich habe immer davon geträumt, die legendäre Burg zu besuchen, die berühmte Tafelrunde zu sehen und ..."

„Du hast doch den Aufwärter gehört", sagte ich vielleicht ein wenig zu grob. „Dort herrscht derzeit Chaos. Alle Helden sind tot, und der Traum ist geplatzt. Wir werden Merlin im Strangefellows finden. Wo sonst könnte ein derart entehrter Mann hingehen, um in Ruhe seinen Kummer zu ertränken?"

„Na gut", seufzte Tommy resigniert. „Nutzen Sie Ihre Gabe und zeigen Sie uns den Weg."

„Das geht auch einfacher", sagte ich. Ich sah wieder den Türsteher des Londinium-Clubs an. „Die älteste Bar der Welt. Wie heißt sie und wo ist sie?"

Er warf mir einen vernichtenden Blick zu. „Nennen Sie mir einen guten Grund, Ihnen zu helfen."

„Weil", antwortete ich, „meine Gefährten und ich noch stundenlang hier rumhängen werden, wenn Sie es nicht tun. Wir werden uns danebenbenehmen und die Stimmung versauen."

„Die Bar, die Sie suchen, heißt Avalon", sagte der Türsteher. Er gab uns eine sehr präzise Wegbeschreibung, nur um sicherzustellen, daß wir nicht zurückkommen mußten, weil wir Nachfragen hatten.

Opfer müssen gebracht werden 8

Eigentlich hätte uns nicht überraschen dürfen, daß das Avalon selbst für die Nightside in einer wirklich heruntergekommenen Gegend lag. Die Beleuchtung war schlecht, die Straßen und die Leute schmutzig. Überall lagen menschliche Körper, tot, betrunken oder von Dämonen besessen, an jeder Ecke tobte ein Kampf, und in den Hauseingängen rammelten Pärchen. Das sechste Jahrhundert war besonders schamlos, wenn es um derlei Sünden ging. Ich sah einen Priester, der sich einen blasen ließ, während er über das Böse nach den Lehren der Gnostiker predigte. Aber das scherte niemanden. Unsere Taten und unser berüchtigter kurzer Geduldsfaden schienen sich herumgesprochen zu haben. Egal, in welchem Jahrhundert man ist, in der Nightside reist nichts schneller als Klatsch und schlechte Nachrichten.

Aber ich konnte mich einfach nicht daran gewöhnen, über Aussätzige hinwegsteigen zu müssen. Auch, wenn sie immer sehr höflich darauf reagierten.

Das Avalon selbst erwies sich als großer, gedrungener Turm, der komplett aus fleckigen, verfärbten Knochen erbaut war, die eine unsichtbare, aber keineswegs unspürbare Kraft zusammenhielt. Schon beim Anblick des Turms krampfte sich mein Herz zusammen. Nicht zuletzt, weil ich ihn schon einmal gesehen hatte, als er sich während meines vorherigen Falles kurz im Strangefellows manifestierte. Kurz bevor alles den Bach runterging und die Suzie aus der Zukunft auftauchte, um mich zu töten. Ich sah unwillkürlich zu Flintensuzie hinüber, und sie erwiderte meinen Blick.

„Was ist los, John?" fragte sie ruhig. „Du schaust mich schon seltsam an, seit wir angefangen haben, an diesem Fall zu arbeiten. Weißt du mehr als ich?"

„Immer", sagte ich und zwang mich zu lächeln. „Aber nichts, was dir Sorgen machen müßte."

Wir gingen auf das Erdgeschoß des Knochenturms zu. Er zeichnete sich gegen den Nachthimmel ab wie das Grabmal eines toten Gottes, widernatürlich und unheilvoll. Sich ihm zu nähern fühlte sich an, als steige man in ein offenes Grab. Die Tür war einfach eine dunkle Öffnung, dahinter lagen nur Stille und undurchdringliche Finsternis. Zu jedem anderen Zeitpunkt hätte ich mir wahrscheinlich Sorgen gemacht, aber in diesem Augenblick kreisten meine Gedanken um Suzie. Sie wußte, ich verschwieg ihr etwas, aber wie konnte ich es ihr auch sagen? Was hätte es genutzt? Ich wurde das Gefühl nicht los, ich könnte jene Zukunft möglicher, wahrscheinlicher machen, einfach indem ich laut über sie sprach, indem ich sie akzeptierte. Ich trat hinein in die dunkle Öffnung, während mir die Schuldgefühle den Magen umdrehten, als wüte ein Lebewesen darin, und Suzie und Tommy folgten mir auf dem Fuße.

Die Finsternis machte rasch einem freundlichen bernsteinfarbenen Licht Platz, denn die Bar selbst war ein weitläufiger, rauchgeschwängerter Raum von etwa derselben Größe wie zu meiner Zeit. Es gab keine Fenster, Öllampen und Fackeln erfüllten die heiße, stickige Luft mit dichtem, diffusem Rauch, aber im großen und ganzen war das Avalon ansprechend.

Sobald ich mich im Inneren befand, wurde mir klar, daß der Knochenturm ein Illusionszauber war, der unerwünschte Besucher fernhalten sollte. Ohne Eile wanderte ich zwischen den langen, vollbesetzten Holztischen hindurch, und alle Anwesenden kümmerten sich demonstrativ um ihre eigenen Angelegenheiten.

Genau wie in meiner Zeit war dies keine Bar, in der man Gesellschaft und Kameradschaft suchte.

In einer Ecke spielte eine Reihe von Musikinstrumenten ganz von allein eine unaufdringliche, angenehme Hintergrundmusik.

Bei den Gästen handelte es sich um die üblichen unüblichen Verdächtigen, Männer und Frauen, die verschiedenste Kleidungsstücke trugen aus allen möglichen Kulturen und von den unterschiedlichsten Lebensstilen zeugend. Überall sonst hätten sie einander wegen religiöser Fragen, Bräuchen oder einfach ihrer simplen Andersartigkeit wegen bis aufs Messer bekämpft, aber nicht im Avalon. Angesichts so vieler anderer Bedrohungen hielten die Menschen zusammen. Drei Hexen in bestickten Saris saßen dicht gedrängt beisammen und kicherten wie ungezogene Kinder, als sie eine Reihe Stockpuppen belebten und sie wie wild vor sich auf dem Tisch tanzen ließen. Zwei extrem häßliche Rotkappen bekämpften einander mit Messern, während ein Kreis von Zuschauern sie anfeuerte und auf den Ausgang des Kampfes wettete. Zwei Aussätzige würfelten mit ihren eigenen Fingerknöcheln. Zwei ketzerische Priester veranstalteten ein Armdrücken, um ihren Streit über das wahre Wesen des Heiligen Geistes zu entscheiden, und spien einander mit zusammengebissenen Zähnen Obszönitäten entgegen. Mitten im Raum tanzten zwei Rauchgeister traurig und elegant miteinander, jeder Windhauch zerstob ihre Rauchleiber, aber sie bildeten sich immer wieder neu.

Ganz allein in einer Ecke, mit dem Rücken zur Wand, saß Merlin Satansbrut, der mächtige und berühmte Hexer. Der größte Magus dieser und aller anderen Epochen. Geboren, um der Antichrist zu werden, aber er hatte diese Ehre ausgeschlagen. Er war nicht zu übersehen. Seine bloße Anwesenheit überstrahlte die gesamte Bar, auch wenn er nur still dasaß und in seinen Becher stierte. Ihn um sich zu haben war, als teile man ein Zimmer mit einem blutigen Verkehrsunfall oder einem Mann, der sich langsam selbst stranguliert.

Er sah dem Merlin, den ich kannte, jenem Toten mit einem klaffenden Loch in der Brust, in der sein Herz fehlte, nicht besonders ähnlich. Jener Merlin lag im Keller des Strangefellows begraben, gab sich aber gelegentlich die Ehre, sich durch seinen unglücklichen Nachfahren Alex Morrisey zu manifestieren. Dieser Mann hier war ein Hüne in einem Zeitalter voll kleiner Menschen, mindestens einen Meter achtzig groß und breitschultrig, in einer langen, scharlachroten Robe mit Goldbesatz am Kragen. Das Gesicht unter der dichten, verfilzten hellroten Haarmähne, in die er hier und da Ton geschmiert hatte, war grobknochig und von fast aggressiver Häßlichkeit. Zwei Feuer brannten hell in seinen Augenhöhlen, tanzende, karmesinrote Flammen, die bis über seine dichten Brauen züngelten. Es heißt, er habe seines Vaters Augen ...

Der Großteil seines Gesichts und seiner unverhüllten Hände war bedeckt mit dunkelblauen druidischen Spiraltätowierungen. Seine langen, dicken Fingernägel erinnerten stark an Klauen. Mir wurde klar, daß jener Merlin, den ich kannte, nur ein Schatten des eigentlichen Mannes war, dieses vitalen Hünen, der vor Macht und ehrfurchtgebietender Präsenz nur so sprühte.

Eigentlich hatte ich zu ihm hingehen, mich vorstellen und seine Hilfe verlangen wollen; aber plötzlich war mir nicht mehr danach. Viel eher hatte ich Lust, mich wieder zu schleichen, ehe er mich bemerkte, und mich vielleicht ein Weilchen unter einem Tisch zu verstecken, bis ich mein Selbstvertrauen wiedererlangt hatte. Der Mann dort war gefährlich. Man mußte ihn nur ansehen, um zu wissen, daß er einem mit einem einzigen Wort die Seele aus dem Körper brennen konnte. Ein rascher Blick zu Suzie und Tommy zeigte mir, daß auch sie schwerwiegende Bedenken hatten, und das verlieh mir sofort wieder etwas Rückgrat. Göttern, Hexern oder Dingen von anderswo durfte man keine Furcht zeigen, sonst trampelten sie einfach über einen hinweg. Man mußte ihre Schwachstelle finden ...

„Geben wir dem Mann einen aus", sagte ich.

„Kann nicht schaden", nickte Suzie.

„Geben wir ihm viele aus", sagte Tommy. „Ich glaube, ich könnte selbst auch ein paar vertragen."

Wir begaben uns an die Bar im rückwärtigen Bereich des Raums. Es war genau derselbe lange Holztresen wie zu unserer Zeit, doch die Getränkeauswahl dahinter wirkte wesentlich eingeschränkter. Zum Knabbern gab es ausschließlich Ratten am Spieß. Ein paar davon zuckten noch, obwohl sie mit geschmolzenem Käse übergossen waren. Hinter der Theke arbeitete ein süßes, verträumtes Mädchen in einem ausgeblichenen römischen Gewand. Sie hatte langes dunkles Haar, große Augen und ein gewinnendes Lächeln.

„Das ist ein wirklich erstklassiger Zauber, der Sie da umgibt", begrüßte sie uns fröhlich. „Jeder andere wäre wahrscheinlich darauf hereingefallen, aber ich wurde vom Göttlichen berührt. Viele Male. Sie sind nicht aus dieser Gegend, was, meine Lieben?"

„Nein", sagte ich. „Wir sind Reisende aus der Zukunft."

„Donnerwetter", sagte die Barkeeperin. „Wie aufregend! Wie ist sie?"

„Laut", antwortete ich. „Etwas schnellebiger, aber ansonsten ganz ähnlich."

„Na, das ist doch mal gut zu hören", sagte die Barkeeperin. „Warum genehmigen Sie sich nicht ein paar Gläser? Machen Sie sich über Ihre Tarnung keine Gedanken; ich habe Ihren Zauber nur durchschaut, weil ich quasi göttlich bin. Ich bin Hebe. Ich war einst die Mundschenkin der altrömischen Götter, bis ihre Anhängerschaft zusammen mit ihrem Reich zerfiel und sie beschlossen, zu neuen Ufern aufzubrechen. Haben mir nicht angeboten mitzukommen, die undankbaren Bastarde. Und ich fand, ich sei zu jung, um mich aus dem Alkoholverteilergeschäft zurückzuziehen, also habe ich diese Kneipe gepachtet, und jetzt sorge ich für gute Laune bei jedermann. Nur zu, meine Lieben, rücken Sie ein Stück in diese Richtung. Ein guter Schluck ist gut für die Seele. Vertrauen Sie mir; ich kenne mich da aus."

Ich sah mich zu meinen Begleitern um und stellte fest, daß wir alle zu entsprechenden Experimenten durchaus bereit waren, aber leider zeigte sich, daß das Angebot der Bar fast ausschließlich aus verschiedenen Weinen und Metsorten bestand. Wir probierten im Geiste des wissenschaftlichen Experimentierens von beidem so einiges, aber die Weine waren alle verdünnt und bitter und die Metsorten dickflüssig und süß. Oft schwammen Dinge darin. Wir schnitten diverse Grimassen und gaben nachdenkliche Geräusche von uns, aber Hebe ließ sich nicht täuschen.

„Der Alkohol in der Zukunft ist besser?"

„Sagen wir ... extremer. Ist das wirklich alles, was Sie haben?"

„Nun", antwortete Hebe, „ich habe ein paar ganz besondere Dinge für kultivierte Gäste mit feinem Gaumen und mehr Geld als Verstand. Winterwein, Bacchus Spezial und Engelstränen. Darauf steht Merlin besonders."

„Genau das ist es", sagte ich. „Eine Flasche Engelstränen bitte."

Erst als sie unter der Theke nach einer Flasche zu kramen begann, kam mir plötzlich der Gedanke, daß ich dafür ja würde zahlen müssen, genau wie für all die anderen Getränke, die wir schon zu uns genommen hatten. Was auch immer für eine Währung im sechsten Jahrhundert galt, ich hatte ganz bestimmt nichts davon dabei. Ich schob die Hände in die Manteltaschen und entdeckte zu meiner Überraschung eine schwere Börse, dich ich da ganz sicher nicht hineingesteckt hatte. Ich zog den Lederbeutel hervor, öffnete die Schnüre und blinzelte dumm, als ein ganzer Haufen Gold- und Silbermünzen zum Vorschein kam.

„Das ist ja mal beeindruckend", platzte Suzie heraus. „Was hast du getan, dich im Londinium-Club als Taschendieb betätigt?"

„Daran habe ich gar nicht gedacht", sagte ich. „Aber zum Glück scheint Väterchen Chronos an alles gedacht zu haben."

Ich gab Hebe eine der größeren Goldmünzen, und sie biß fachmännisch mit den Backenzähnen darauf, ehe sie die Münze lächelnd annahm. Dafür bekam ich eine schlanke Glasphiole mit blaßblauer Flüssigkeit und absolut kein Wechselgeld. Helle Lichtfunken glommen in der sich träge bewegenden Flüssigkeit auf und verloschen wieder.

„Engelstränen", unterrichtete uns Hebe und rümpfte die süße Stupsnase. „Furchtbares Zeug. Nur kurzzeitig trinkbar, dann kippt es um, und wir müssen es in geweihter Erde begraben."

„Das will ich probieren", sagte Suzie.

„Nein", sagte ich sehr entschieden. „Das ist für Merlin." Ich sah Hebe an. „Wie ist er derzeit drauf?"

„Gefährlich", antwortete Hebe. „Ich glaube, er hat seit dem Tod des Königs kein halbes Dutzend Worte mehr gesprochen. Er trinkt jetzt seit drei Wochen am Stück. Ißt nicht, schläft nicht. Niemand stört ihn, weil er einen sonst in ... Dinge verwandelt."

„Was für Dinge?" fragte Tommy vorsichtig.

„Ich bin nicht sicher, ob sie überhaupt einen Namen oder eine Bezeichnung haben", antwortete Hebe vorsichtig. „Aber was auch immer sie sind, sie wirken überhaupt nicht glücklich darüber, es zu sein. Wenn ich sie beschreiben müßte, würde ich sagen ... wandelnde Rotzfahnen."

„Vielleicht reden Sie besser allein mit Merlin, Taylor", sagte Tommy, und Suzie nickte ernst.

„Ich würde davon abraten, überhaupt mit ihm zu reden", antwortete Hebe. „Nur die Hexe Nimue dringt dieser Tage überhaupt noch zu ihm durch."

Rasch sah ich Suzie und Tommy an. Wir alle kannten diesen Namen. Die legendäre, verräterische Hexe Nimue, die Merlins Herz erobert und dann gestohlen hatte, indem sie es ihm buchstäblich aus der Brust riß. Die Hexe, die Merlin verführt und verraten hatte, als er schutzlos war, und ihn so zum Tode verurteilte.

„Gehen wir rüber und reden mit dem betrunkenen, gefährlichen Hexer", sagte ich. „Ehe alles noch komplizierter wird."

„Möchten Sie eine Nachricht für Ihre Nachkommen hinterlassen?" fragte Hebe.

„Machen Sie sich um uns keine Sorgen", sagte Suzie. „Auch wir können recht gefährlich sein, wenn uns danach ist."

Wir drehten uns zu Merlin Satansbrut um, und es war, als sehe man ein Raubtier an, das seinen Pfleger gefressen hatte und aus seinem Käfig ausgebrochen war.

„Nach Ihnen", sagte Tommy.

Wir gingen auf Merlins Ecktisch zu. Es wurde ganz still in der Bar, als die anderen Gäste erkannten, was gerade vor sich ging.

Ich fuhr meine Gabe bis knapp vor den Punkt hoch, wo sie sich manifestierte, nur für den Fall, und spürte, daß Tommy dasselbe tat. Suzie hatte schon eine Granate in der Hand und einen Finger lässig durch den Zugring geschoben. Dann drehte sich Merlin plötzlich um und sah uns an, und es fühlte sich an, als seien wir gegen eine Hauswand gelaufen. Abrupt kamen wir alle drei auf der Stelle zum Stehen, gelähmt von den Flammen, die in seinen Augenhöhlen züngelten. Sämtliche Gäste der Bar hielten den Atem an. Dann hob ich langsam die Phiole mit den Engelstränen, damit Merlin sie deutlich sehen konnte, und sein Mund zuckte kurz in so etwas wie einem Lächeln. Ich holte tief Luft und ging weiter, aber Suzie und Tommy blieben reglos stehen, wo sie waren. Ich hielt vor dem Tisch an und warf Merlin meinen bestmöglichen strengen Blick zu. Zeig den Bastarden nie, daß du eingeschüchtert bist.

„Laß meine Freunde in Ruhe, Merlin. Sie sind Teil dessen, was ich dir zu sagen habe."

Merlin zog tatsächlich eine Braue hoch. „Ich habe schon Männer dafür umgebracht, daß sie in diesem Ton mit mir sprachen, nur um sie sterben zu sehen. Warum sollte ich es dir durchgehen lassen, Junge?"

„Weil ich Liliths einziger Sohn bin. Wir Halbblute sollten zusammenhalten."

Er nickte langsam, aber ob er von meinen Nerven aus Stahl oder dem Namen meiner Mutter beeindruckt war, ließ sich schwer sagen. Ich nahm mir einen Stuhl und setzte mich ihm gegenüber. Suzie und Tommy kamen vorsichtig näher und beschlossen, hinter mir stehenzubleiben. Ich war dankbar für ihre Anwesenheit. Ich hatte schon früher mächtige Wesen geblufft, ohne etwas auf der

Hand zu haben, aber verdammt, das hier war Merlin Satansbrut. Ich war froh, daß ich saß, denn so konnte er nicht sehen, wie meine Beine unter dem Tisch zitterten. Ich gab ihm die Phiole mit den Engelstränen, und er schloß eine große Hand darum und hob sie nachdenklich. Er zog mit seinen großen, breiten Zähnen den Korken aus der Flasche und goß die zähe blaue Flüssigkeit in den Silberkelch vor ihm. Das Zeug stank wie die Pest. Merlin bemerkte meine Reaktion und lächelte fies.

„Man gewöhnt sich daran. Genau wie an Engelsfleisch. Rede, Sohn Liliths. Was willst du von mir?"

Ich stellte meine Gefährten und mich vor und gab ihm einen schnellen, bereinigten Überblick unserer Geschichte. Dann und wann nickte er, doch sein Getränk schien ihn mehr zu interessieren. Der Rest der Bar beobachtete uns noch immer, aber das allgemeine Geplauder hatte wieder begonnen, nachdem klar war, daß es in naher Zukunft keine plötzlichen, unschönen Verwandlungen geben würde. Ich erzählte zu Ende, und Merlin nickte langsam.

„Interessante Geschichte", raunte er. „Wenn sie mir auch nur das Geringste bedeuten würde, wäre ich beeindruckt. Aber mir ist alles egal. Seit ... seinem Tod. Er war der Beste von uns allen. Er gab mir den Glauben an die Menschheit zurück. Er hat mich zu einem besseren Menschen gemacht, einfach indem er an mich glaubte; ich wäre lieber gestorben, als ihn zu enttäuschen. Jetzt ist er fort, weil ich ihn im Stich gelassen habe, als er mich am dringendsten brauchte. Mein Traum ist geplatzt; sein Traum von Vernunft und Respekt für alle Wesen, von Macht durch Gerechtigkeit. Ein kleines Licht in einem finsteren Zeitalter."

Er brütete immer noch über diesen Satz nach, als aus dem Nichts heraus König Artus auftauchte. Ich wußte, daß er es war. Es konnte kein anderer sein. Artus, der Bär Britanniens, stand plötzlich vor unserem Tisch, ein großer, breit gebauter Mann in frisch polierter Rüstung unter schweren Bärenfellen und Lederriemen. Das Schwert an seiner Seite erstrahlte in überirdischem Glanz. Er hatte ein ausdrucksstarkes, freundliches, etwas trauriges Gesicht, zudem umgab ihn etwas ... eine natürliche Majestät, eine feste, unnachgiebige Würde, eine schlichte Güte, stark und wahrhaftig ... ich wäre ihm bis zu den Toren der Hölle und wieder zurück gefolgt. Überall in der Bar knieten Leute vor ihm nieder. Menschen wie Nichtmenschen beugten das Knie und senkten den Kopf vor dem einen, einzigen Mann, den sie alle verehrten, fürchteten und bewunderten: dem Britenkönig Artus.

Auch ich glitt vom Stuhl, kniete und senkte das Haupt, genau wie Suzie und Tommy. Etwas anderes kam mir gar nicht in den Sinn.

Auch wenn er nicht wirklich da war. Wir alle spürten, daß er nicht wirklich körperlich im Avalon anwesend war. Sein Bild war nur beinahe fest und vollständig, es flackerte in nicht spürbaren Brisen, und manchmal konnte man regelrecht durch ihn hindurchsehen. Aber er war kein Geist; der Mann war definitiv lebendig. Er glühte vor Leben, vor Entschlossenheit, vor Majestät. Nein, dies war eine Sendung, eine geistige Projektion seines Bildes, seines Ichs, von irgendwo anders her. Er wirkte zerstreut, unkonzentriert, sah sich unsicher um, doch sein Blick kehrte stets zu Merlin zurück, der an seinem Tisch saß.

„Merlin", sagte Artus, und seine Stimme kam von weit, weit her wie ein Flüstern in einer Kirchengalerie. „Alter Freund, alter Mentor. Ich bin einen weiten Weg gegangen, um dich zu finden. Ich habe dir an jeden Ort, wo ich dich vermutete, Botschaften gesandt, doch nirgends warst du zu finden. Du bist ihr nachgefolgt, oder? Obgleich ich es dir verbot. Dies ist die Nacht vor meiner größten Schlacht, und ich habe mich allein in mein Zelt zurückgezogen, um traumwandeln zu können und dich zu suchen." Er lächelte freundlich und traurig zugleich. „Du hast dich so bemüht, mich die Magie zu lehren, doch ich habe dafür einfach keine Begabung. Also mußte ich mich damit zufriedengeben, ein Soldat und König zu sein. Ich habe mich immer gefragt, ob dich das vielleicht enttäuscht hat."

„Nein", antwortete Merlin. „Du hast mich nie enttäuscht, Artus. Nie."

„Doch die Zeit drängt, und ich brauche dich dringend, also greife ich auf alte, halb vergessene Lektionen von Sendungen und vom Traumwandeln zurück. Hier bin ich, und du bist auch hier. Wo auch immer hier ist. Ich sehe nur dich deutlich, alter Freund. Ich brauche deine Hilfe für die morgige Schlacht. Mein Sohn Mordred führt eine große Armee gegen mich ins Feld. Vielleicht die größte, die dieses Land je gesehen hat. Ich habe all meine Ritter und Soldaten und alle guten, aufrechten Männer zusammengerufen, und dennoch fürchte ich, es werden nicht genug sein. Mein Sohn ... und ich weiß, du hast ihn nie als solchen akzeptiert, aber ein Mann kennt sein eigen Fleisch und Blut ... mein Sohn Mordred hat alte, böse, mächtige Kreaturen an seine Seite gerufen. Ich brauche dich, Merlin. Ich brauche deine Magie, deine Macht. Warum bist du nicht hier?"

„Weil ich beschäftigt war", antwortete Merlin. „Beschäftigt damit, meinen größten Fehler zu machen: meinen Rachedurst zu stillen."

„Ich sehe dich, aber ich kann dich nicht hören", sagte Artus. „Merlin! Merlin!"

„Du hast die Zeitkoordinaten wieder einmal durcheinandergebracht", sagte Merlin. „In Mathematik warst du nie gut, Junge. Du kommst zu spät. Zu spät."

„Du hättest mich warnen sollen, Merlin", sagte Artus. „Vor dem Preis, den mich die Königswürde kosten würde. Vor dem Preis Camelots, der Tafelrunde und des großen Traums. Vor einer Frau, die einen anderen liebte. Vor einem Sohn, der mich nie liebte. Gerechtigkeit für alle, aber nie für mich. Warum hast du mich nicht gewarnt, Merlin?"

„Ich habe dir nie Gerechtigkeit versprochen", antwortete Merlin. „Nur die Chance, zur Legende zu werden. Mein armer Artus ..."

„Ich kann nicht bleiben", sagte Artus. „Die Winde zwischen den Welten zerren an mir, reißen mich zurück. Meine Männer warten. Beim ersten Licht des Tages reiten wir in die Schlacht und, so Gott will, auch zum Sieg. Zweifellos hast du guten Grund zu sein, wo auch immer du bist. Darüber reden wir später, nach der

Schlacht. Ich habe immer besonders bedauert, daß wir nie Zeit fanden, uns richtig zu unterhalten, seit ich König bin."

Er sagte noch etwas, aber es verklang, als sein Bild langsam verblaßte wie ein Geist im Morgenrot, bis er fort war. Langsam erhoben sich die Gäste und kümmerten sich wieder um ihre eigenen Angelegenheiten. Keiner von ihnen sah Merlin auch nur an. Auch ich setzte mich wieder. Und Merlin starrte abermals in seinen Kelch.

„Ich hätte dort sein sollen", platzte er schließlich heraus. „Aber ich war so wütend, daß ich nur an Rache denken konnte. Rache an dieser verräterischen Hure, Mordreds Mutter. Morgan le Fay. Artus nahm sie auf, gab ihnen alles, und zusammen zerstörten sie alles, was Artus und ich aufgebaut hatten. Ich brauchte Jahre, um Beweise gegen sie zu finden, dann verließen sie wie die Ratten das sinkende Schiff. Mordred floh zu seinen heimlich ausgehobenen Streitkräften, Morgan in die alten Wälder, an die uralten Orte und zu den Mächten, die sie dort verehrte. Ich ertrug den Gedanken nicht, daß sie entkommen, daß sie damit durchgekommen war. Also ließ ich Artus seine Armee ausheben, während ich Morgan verfolgte. Ich war so sicher, rechtzeitig wieder da sein zu können. Aber Morgan führte mich an der Nase herum, und das Töten der Hure war viel kräftezehrender, als ich erwartet hatte. Als ich zurückkehrte, war bereits alles vorbei. Das Schlachtfeld war blutgetränkt, und Leichen stapelten sich, soweit das Auge reichte. Die wenigen überlebenden Ritter sahen mich an, als sei alles meine Schuld, und vielleicht war es das sogar. Sie nannten mich einen Verräter und falschen Freund, einen Feigling und eine Mißgeburt. Sie wollten mich nicht einmal von ihm Abschied nehmen lassen. Ich hätte sie alle mit einem Blick oder einem Wort töten können, sie leiden lassen, wie ich litt, aber ich tat es nicht. Denn das hätte Artus nicht gewollt.

Ich konnte nicht einmal um ihn weinen. Dafür taugen meine Augen nicht. Aber wenn ich weinen könnte, würde ich es tun. Um meinen König, meinen Freund. Meinen Sohn in jeder Hinsicht, die zählt."

Ich versuchte immer noch, mir auf einen so großen Verlust, auf so schlimme Schuld und so tiefe Trauer, eine Antwort einfallen zu lassen, als eine helle, junge Stimme Merlins Namen rief. Wir alle drehten uns um, als ein strahlendes, lebendiges junges Ding winkend und lächelnd durch die Bar und unerbittlich auf unseren Tisch zugetrippelt kam. Sie war klein, blond und vollbusig, hatte einen großen Mund und ebensolche Augen und trug schimmernde Seide, die in dieser rauen Umgebung sehr unpassend wirkte. Sie hüpfte, als sei sie von sämtlicher Energie der Welt erfüllt, und strahlte frische, junge Sexualität aus. Die Kleine konnte nicht viel älter sein als sechzehn. Sie war auf wenig subtile Weise hübsch und trug ein drittes Auge in blauer Farbe auf die Stirn tätowiert. Auf ihren nackten Armen ringelten sich weitere keltische und druidische Muster. Sie kam direkt an unseren Tisch, sprang auf Merlins Schoß, lachte ihm ins finstere Gesicht und zog spielerisch an seinem langen Bart.

„Ach Süßer, zieh doch nicht so ein Gesicht! Wer hat dich denn diesmal geärgert? Ehrlich, Liebling, man kann dich keine Minute allein lassen. Gut, daß deine kleine Nimue jetzt hier ist, um sich um dich zu kümmern!" Sie küßte ihn leidenschaftslos, nahm einen Schluck aus seinem Kelch, verzog das Gesicht und quiekte ein paar Kinderschimpfworte, dann küßte sie ihn erneut und nannte ihn einen alten Brummbären. Langsam machte sich ein Lächeln auf Merlins Gesicht breit, dann lachte er schließlich und spielte mit ihren Brüsten, während sie fröhlich kicherte. Ich mußte schwer dagegen ankämpfen, damit mir nicht die Kinnlade herunterfiel. Das war die legendäre Hexe Nimue?

„Das ist Nimue", sagte Merlin nach einer Weile und sah mich erneut an. „Mein einziger Trost. Nimue, das ist John Taylor."

Sie verzog die Lippen zu einem kindischen Schmollen. „Haben Sie meinen Süßen geärgert? Schämen Sie sich! Los, Merlin, zeig mir, wie man ihn in etwas Schleimiges verwandelt."

„Still, Kind", sagte Merlin. „Er kommt von weit her, um mich um Hilfe zu bitten. Ich denke noch darüber nach, ob ich sie ihm gewähre."

„Das ist die Hexe Nimue?" fragte ich und schaffte es irgendwie, nicht total ungläubig zu klingen.

„In der Tat", sagte Merlin und zog eine Hand aus ihrem Kleid, um sich an der großen Hakennase zu kratzen. „Eine abtrünnige druidische Priesterin und jetzt mein Zauberlehrling. Von all meinen verschiedenen Rollen habe ich die des Lehrers immer am meisten genossen ..."

„Das ist nicht das einzige, was du genießt, du geiler alter Bock", unterbrach ihn Nimue und schmiegte sich zufrieden an den Hexer. „Bei den Druiden auszureißen war das Beste, was ich je tat." Sie sah mich mit ihren großen, dunklen Augen traurig an. „Meine Eltern haben mich an sie verkauft, als ich noch ein Kind war, aber ich habe nie richtig dazugehört. Ich war ganz scharf auf die Naturverehrung und das nackte Herumrennen im Wald und auf ganz viel Sex, um die Fruchtbarkeit des Landes zu gewährleisten, aber all die Menschenopfer und das Annageln der Eingeweide an die alte Eiche fand ich sehr eklig. Also schnappte ich mir von allem Wertvollen, das nicht niet- und nagelfest war, ein bißchen und ging." Plötzlich schmollte sie und knuffte spielerisch Merlins Ohr. „Du hast versprochen, mir Magie beizubringen. Echte Magie. Wann wirst du mich echte Magie lehren, Süßer?"

„Alles zu seiner Zeit", sagte Merlin und knabberte spielerisch an einem ihrer Ohrläppchen.

„Das ist ja alles gut und schön, Schatz", raunzte Nimue, stieß ihn zurück und richtete sich auf seinem Schoß auf. „Aber mehrere meiner Gläubiger beharren jetzt auf ihrer Bezahlung. Ein Mädchen muß schließlich von irgendwas leben, Liebling ..."

So ging es noch eine Weile weiter. Nimue schwatzte drauflos, während Merlin sie nachsichtig anlächelte, und die beiden schmusten wie Pubertierende. Ich wußte nicht, was ich sagen sollte. Das war Nimue? Die mächtige, gerissene Hexe, die Merlins Herz geraubt hatte und damit geflohen war? Diese süße, harmlose kleine Goldgräberin? Ich drehte mich auf meinem Stuhl herum, um Suzie und Tommy anzusehen, aber sie waren eindeutig genauso verdattert wie ich, und wir zogen uns zum Nachdenken an einen anderen Tisch zurück. Merlin würde uns ohnehin eine Weile lang eindeutig nicht zuhören.

„Sie scheint ein süßes junges Ding zu sein", sagte Tommy. „Aber ich werde das Gefühl nicht los, daß er ein bißchen zu alt für sie ist."

„Sie ist nicht annähernd so hilflos wie sie tut", widersprach Suzie. „Ich kenne solche Frauen, sie ziehen die alten Trottel aus bis aufs letzte Hemd."

„Die Beziehungsprobleme des Mannes gehen uns nichts an", sagte ich fest. „Wichtig ist, daß dieser Mann trotz all des trunkenen Selbstmitleids eindeutig ein mächtiger Hexer ist. Wenn jemand aus dieser Epoche uns weiter in der Zeit zurückschicken kann, dann er."

„Aber Sie haben ihn doch gehört", insistierte Tommy. „Wir und unsere Probleme sind ihm egal."

„Das kann man ändern", sagte ich.

Suzie sah mich lange an. „Das ist selbst für dich eine harte Nummer, Taylor. Ich meine – wir reden hier über Merlin. Den einzigen leiblichen Sohn des Teufels. Wir haben keinerlei Chance, ihn zu irgend etwas zu zwingen, was er nicht will."

„Darüber habe ich auch schon nachgedacht", nickte ich. „Mir ist eingefallen, daß, da diese Hexe Nimue augenscheinlich absolut außerstande ist, Merlins Herz zu rauben ... wir es vielleicht statt dessen tun könnten. Mit seinem Herzen in der Hand müßte Merlin tun, was wir verlangen."

Sie sahen mich beide an, als sei ich wahnsinnig.

„Sie sind wahnsinnig!" sagte Tommy. „Ich meine, komplett durchgeknallt wahnsinnig! Wir sollen ihm wirklich bei lebendigem Leib das Herz aus der Brust reißen? Dem mächtigsten Hexer aller Epochen? Sie sind irre!"

„Nur zu, Tommy", ermutigte ich ihn. „Laß alles raus."

„Selbst wenn wir Merlin ausschalten könnten", sagte Suzie, „wäre das eine ziemliche Sauerei ... ich habe schon ein paar Leuten das Herz herausgerissen, aber ich mußte nie darauf achten, daß sie in rückerstattenswertem Zustand blieben."

„Machen Sie ihm nicht auch noch Mut!" sagte Tommy. „Wir enden sonst alle als Rotzkreaturen."

„Es ist nicht so undurchführbar, wie es klingt", erklärte ich geduldig. „Viele Hexer entfernten ihre Herzen und verbargen sie woanders, hinter mächtigen magischen Schutzvorrichtungen, damit ihnen nichts zustieß. Man konnte sie nicht töten, solange ihr Herz sicher war, egal, was geschah. Mit den entsprechenden Riten kann man Merlins Herz entnehmen, ohne ihn zu töten, und sobald wir es haben, haben wir ihn unter Kontrolle. Schaut – wir wissen, daß jemand irgendwann sein Herz rauben wird. Warum nicht wir? Wir werden weniger Schaden damit anrichten als die meisten anderen."

„Mir gefällt das nicht", sagte Tommy ausdruckslos. „Mir gefällt das ganz und gar nicht. Ja, ich hasse es geradezu."

„Er hat recht", sagte Suzie. „Wenn wir in die Vergangenheit eingreifen ..."

„Wer greift denn ein?" fragte ich. „Wir wissen, daß jemand irgendwann sein Herz rauben wird. Wir alle haben das Loch in seiner Brust gesehen. Man könnte sagen, wir zementieren dadurch sogar die Gegenwart, aus der wir stammen."

„Mir egal!" sagte Tommy stur. „Das ist nicht in Ordnung. Wir benutzen den Mann, töten ihn vielleicht sogar, nur um zu kriegen, was wir wollen."

„Was wir brauchen", sagte ich. „Wir müssen Lilith aufhalten, koste es, was es wolle, um die Nightside und wahrscheinlich auch den Rest der Welt zu retten."

„Aber ... wie wäre folgende Alternative", sagte Tommy und beugte sich begeistert über den Tisch. „Erinnern Sie sich an die gerüsteten Ritter, die wir in Väterchen Chronos' Wartezimmer sahen? Die aus einer Zukunft, in der Camelot und der Traum noch existierten? Was, wenn wir hier sind ... um diese Zukunft herbeizuführen? Wir haben die Chance, alles zu verändern. Camelot muß hier und jetzt nicht fallen. Wenn Merlin niemals sein Herz und damit den Großteil seiner Macht verlöre ... könnten wir vielleicht seinen Geist heilen und ihm seinen Stolz wiedergeben.

Ihm wieder einen Lebenszweck verschaffen. Wir könnten ihm sagen, was kommt, ihn vor den finsteren Zeiten warnen, die fast ein Millennium dauern werden, wenn er nichts dagegen tut. Mit uns als Beratern könnte er wieder Macht und Einfluß erlangen, und mit seiner Unterstützung könnte sich Camelot neu erschaffen. König Artus' Vermächtnis könnte überdauern!"

„Mit uns als Beratern", sagte ich. „Meinst du nicht mit dir als Berater, Tommy? Du warst immer schon fasziniert von Artus und dieser Epoche."

„Klar, warum nicht?" fragte Tommy trotzig. „Ich liebe die Legende von Camelot schon seit jeher. Unter Artus war die Welt besser und heller als jemals zuvor oder seitdem. Denken Sie doch mal daran, was tausendfünfhundert Jahre Fortschritt unter Artus' Vermächtnis bringen könnten ... vielleicht bräuchten wir dann gar keine Nightside mehr."

„Jetzt spekulierst du", sagte ich. „Wir müssen uns an das halten, was wir wissen. Wir wissen, daß Lilith die Nightside vernichten will, und den Rest der Welt höchstwahrscheinlich gleich mit. Ich habe diese Zukunft gesehen, Tommy, und ich bin bereit, wirklich alles zu tun, um sie zu verhindern. Diese Welt ist schlimmer als jeder Alptraum, den du je hattest, Tommy. Hättest du sie gesehen ..."

„Aber das habe ich nicht", sagte Tommy. „Das haben nur Sie, und wir haben nur Ihr Wort dafür."

„Dünnes Eis, Tommy", sagte Suzie mit kalter, fester Stimme.

„Liliths Pläne bedrohen die gesamte Nightside", sagte ich. „Wißt ihr noch, was Väterchen Chronos über all die möglichen Zukünfte sagte, die immer weniger werden, bis uns nur noch die eine, unabwendbare bleibt? Deshalb müssen wir das hier tun, Tommy. Aber ohne deine Hilfe kann ich es nicht. Merlin hat zweifellos unglaublich mächtige Abwehrmaßnahmen getroffen, um sich zu schützen, solange er betrunken oder ansonsten handlungsunfähig ist. Ich kann meine Gabe einsetzen, um sie zu finden, aber ich habe nicht einmal annähernd genug Macht, um sie zu umgehen oder auszuschalten. Aber du ... kannst deine Gabe einsetzen, um die Abwehrmechanismen lange genug zu verwirren, daß wir durchschlüpfen und tun können, was wir tun müssen."

Tommy starrte mich lange an, und ich vermochte seinen Gesichtsausdruck nicht einmal ansatzweise zu deuten. Er sprach nicht mehr so affektiert wie zuvor, als er schließlich sagte: „Ich hatte Sie nicht für so ... brutal gehalten."

„Nur, weil es sein muß", erwiderte ich. „Die Zukunft hängt von mir ab; und ein Mann muß tun, was ein Mann tun muß."

„Das gilt auch für den Sohn des Teufels", parierte er, und ich fragte mich, ob er Merlin oder mich meinte. Langsam setzte er sich wieder hin. „Was machen wir danach mit dem Herzen?"

„Nun, wir können es ihm nicht einfach zurückgeben", sagte ich. „Merlin würde einen Weg finden, uns alle umzubringen, egal, was wir vorher vereinbaren. Nein, ich denke, wir verstecken es an einem sicheren Ort und sagen Nimue, wo es ist, wenn wir unbeschadet in die Vergangenheit verschwunden sind."

„Wir ziehen die Hexe da mit rein?" fragte Suzie. „Diese affektiert lächelnde kleine Idiotin?"

„Wir brauchen sie", sagte ich. „Merlin wird sich unter keinen Umständen entspannen, solange wir in der Nähe sind, aber von Nimue erwartet er nichts Böses."

„Warum sollte sie uns helfen?" fragte Tommy stirnrunzelnd.

Ich lächelte. „An dem Tag, an dem ich eine Goldgräberin wie sie nicht mehr austricksen kann, setze ich mich zur Ruhe. Du bist nicht der einzige, der Leute zu Dingen überreden kann, Tommy."

„Stimmt", sagte Suzie. „Du bist vielleicht Existentialist, Tommy, aber Taylor ist ein gerissener Hund."

„Danke, Suzie", sagte ich. „Gewissermaßen. Wir müssen die Hexe nur überreden, Merlin etwas in sein Getränk zu schütten, damit er etwas früher bewußtlos wird. Klingt das für alle akzeptabel?"

„Klingt für mich wie ein heimtückischer, hinterlistiger Plan", sagte Suzie. „Ich bin dabei. Wenn wir ihm das Herz herausgenommen haben ... kann ich dann versuchen, ihn zu erschießen, nur um zu sehen, was passiert?"

„Nein", sagte ich.

„Du bist eine echte Spaßbremse, Taylor."

Ich sah Tommy an. „Bist du dabei oder nicht?"

„Nur ungern", antwortete er schließlich, „und mit schweren Vorbehalten. Aber ja, ich bin dabei. In der Realität scheint kein Platz für Träume zu sein."

„Bleib beim Existentialismus", sagte ich freundlich. „Man ist viel besser dran, wenn man nichts sicher weiß."

Also saßen wir da und sahen Merlin beim Trinken zu. Stunden vergingen, und er schüttete sich mit Nimues bereitwilliger Hilfe und in ihrer fröhlichen Gesellschaft immer weiter zu. Aber schließlich kam der Hexer an einen Punkt, an dem er den Kelch nicht mehr an die Lippen hob, sondern einfach dasaß und ins Leere starrte. Selbst Nimue konnte ihn zu keiner Reaktion mehr bewegen. Interessanterweise schaltete sie, sobald sie sicher war, daß er weggetreten war, ihren Charme ab, lehnte sich im Stuhl zurück und trommelte mürrisch mit den Fersen auf den Boden; dann sprang sie auf und stürmte zur Theke, um ihren eigenen Kelch nachfüllen zu lassen. Dort wartete ich wie zufällig, bereit, ihr ein teures Getränk auszugeben. Ich lächelte sie an und machte ihr Komplimente, und sie kicherte wie eine Fünfzehnjährige bei ihrer ersten Verabredung. Nach einer Weile lud ich sie an unseren Tisch ein, und nach einem raschen Blick zu Merlin, um sich zu vergewissern, daß er noch döste, kam sie herübergetrottet. Ihr Gesicht war vom vielen Alkohol gerötet, und ihre Frisur war ruiniert, aber sie konnte immer noch klar sprechen. Sie war begeistert, Tommy zu treffen, ignorierte Suzie hingegen weitestgehend. Ich flößte ihr noch ein paar Drinks ein, dann unterbreitete ich ihr unseren Plan. Nimue mußte nicht groß überredet werden. Sie hatte die Moral einer Katze und das Hirn eines Hundewelpen.

„Wir brauchen Merlins Hilfe", sagte ich so einfach ich konnte. „Aber er ist zu sehr mit seinen eigenen Problemen beschäftigt, um uns zuzuhören. Doch wenn wir sein Herz haben, wird er zuhören müssen. Wenn wir das Herz außerhalb des Körpers und damit außerhalb seiner Schutzmaßnahmen haben, wirst du es verzaubern können, so daß er all seine Sorgen vergißt. Wenn du fertig bist, kannst du das Herz zurückgeben, und alle haben, was sie wollen. Was könnte einfacher oder fairer sein?"

Nimue betrachtete stirnrunzelnd ihren Kelch, während sie versuchte, sich zu konzentrieren. „Das Herz könnte mir Macht geben ... echte Magie ... aber eigentlich will ich nur, daß mein alter Brummbär wieder so wird, wie er früher war. Ihr hättet ihn zu seinen besten Zeiten in Camelot sehen sollen. An der Seite des Königs, wo er hingehörte. Damals verneigte sich jeder vor ihm. Ich war natürlich nie selbst dort. Ich war damals nur eine dumme kleine Priesterin unter vielen, die Misteln sammelte und die dreieinige Hekate verehrte ... aber ich war immer gut in Hellsicht, und Camelot faszinierte mich. Merlin faszinierte mich. Ich beobachtete ihn bei Hofe, und schon damals wußte ich, daß man auf ihn aufpassen mußte. Daß er jemanden braucht, der sich um ihn kümmert. Die anderen ließen ihm alles durchgehen, damit er sie mit seiner Magie raushaute, wenn sie etwas verbockten. Wenn gerüstete Muskelprotze nicht ausreichten, um den Tag zu retten."

Ihre Aussprache wurde undeutlicher, als sie emotionaler wurde. „Selbst dem König, die Göttin segne ihn ... selbst dem König war Merlin eigentlich immer egal. Im Gegensatz zu mir. Alberne kleine Priesterin, alberne kleine Magiedilettantin, nennen sie mich ... aber ich bin jetzt die einzige, die sein Herz erreicht ... und wenn ich mächtig bin, werde ich sie alle zur Rechenschaft ziehen ..."

Mittlerweile zitterte ihre Unterlippe, und dicke, fette Tränen rannen ihr über die Wangen. Ich blickte mich nicht zu den anderen um. Ich hatte schon genügend Schuldgefühle, weil ich ein übergroßes Kind wie Nimue ausnutzte. Aber es mußte sein ...

„Also wirst du uns helfen?" fragte ich. „Es ist besser so. Wirklich."

„Wenn Sie es sagen", antwortete Nimue. „Ich habe immer schon andere gebraucht, die mir sagten, was gut für mich ist."

Etwas in ihrer Stimme verriet mir, daß das auch immer so bleiben würde. Auch Tommy hörte es und funkelte mich an, aber ich konzentrierte mich auf die Hexe.

„Hast du etwas, das du ihm in den Kelch schütten könntest, Nimue? Ein Schlafmittel?"

„Oh, klar", antwortete Nimue spontan. „Druiden wissen alles über Tränke. Ich kippe ihm oft Drogen in seine Getränke. Anders findet er inzwischen gar keinen Schlaf mehr. Mein armer Schatz."

Das war's. Wir warteten, bis nur noch wenige Gäste anwesend waren, und dann bestach ich Hebe, damit sie die Bar für eine Weile schloß. Das verschlang fast alle Münzen in meiner Börse, besonders, als Hebe begriff, daß auch sie früher heimgehen sollte, aber Geld regierte schon immer die Nightside. Ein paar Gäste wollten nicht gehen, doch Suzie überzeugte sie mit einer kurzen, aber aussagekräftigen Demonstration der Wirkungsweise ihrer Schrotflinte, und plötzlich konnten sie der Bar gar nicht mehr schnell genug entkommen. Die beiden Rauchgeister sahen mich vorwurfsvoll an, dann verblaßten auch sie langsam, immer noch tanzend. Als alle außer uns weg waren, wirkte die Bar viel größer, und die Stille war regelrecht unheimlich. Merlin schlief endlich zusammengesackt in seinem Stuhl, während Nimue im Schneidersitz in einem hastig gezogenen Kreidekreis saß und mittels eines Zaubers verhinderte, daß außerhalb der Bar jemand mitbekam, daß hier drinnen etwas Außergewöhnliches vor sich ging. Verdammt viele Menschen und andere Wesenheiten hätten nur zu gerne die Gelegenheit genutzt, Merlin zu töten, wenn sie auch nur geahnt hätten, daß seine Abwehrmaßnahmen heruntergefahren waren. Suzie bewachte trotzdem die Tür, während Tommy und ich den bewußtlosen Hexer betrachteten.

„Also", sagte Tommy. „Wie machen wir das jetzt?"

„Sehr vorsichtig", sagte ich. „Wenn es aussieht, als ginge es schief, werde ich mich so schnell wie möglich aus dem Staub machen. Versuch in dem Fall, mit mir Schritt zu halten."

„Das ist eine wirklich miese Idee", sagte Tommy kläglich.

Ich fuhr meine Gabe hoch, öffnete mein heimliches Auge und sah sofort alle Schutzvorrichtungen Merlins. Sie umgaben seine schlafende Gestalt wie eine Rotte fauchender Kampfhunde, Schicht um Schicht von Schutzzaubern und Flüchen, bereit, auf alles loszugehen, was sie auslöste. Sie regten sich irritiert, nur weil ich sie sah. Ich nahm Tommys Hand, und sofort nahm er sie ebenfalls wahr. Er schrie vor Schock und Entsetzen auf und versuchte, sich loszureißen, aber ich hielt ihn fest.

„Schnauze", flüsterte ich eindringlich. „Willst du, daß sie dich hören? Benutze deine Gabe. Los!"

Sein Mund zuckte wie der eines Kindes, das bestraft wird, aber ich spürte, wie sich seine Gabe manifestierte. Langsam wurden die Abwehrmaßnahmen der Reihe nach unsicher, warum es sie gab, bis sie schließlich wieder dahin verschwanden, wo sie hergekommen waren, um eine kollektive Diskussion zu führen, und Merlin schlafend und völlig schutzlos zurückließen. Ich trat rasch vor, wußte ich doch nicht, wie lange das so bleiben würde. Hinter mir keuchte Tommy auf und konzentrierte sich darauf, seine Gabe aufrechtzuerhalten, damit die Abwehrmaßnahmen nicht zurückkamen, während ich mir den Zustand des Hexers ansah.

Seine Augen waren geschlossen, die flackernden Flammen für den Augenblick erloschen. Er atmete gleichmäßig, bewegte sich aber gelegentlich im Schlaf, als träume er schlecht. Ich öffnete seine scharlachrote Robe und legte eine rasierte, mit großen, verschlungenen druidischen Tätowierungen bedeckte Brust frei. Mit einem Zischen rief ich Suzie zu mir herüber, und sie verließ zögernd ihren Posten an der Tür.

„Wie machen wir das?"

„Das weiß ich genausowenig wie du, Taylor. Ich habe ein paar Herzen als Trophäen herausgeschnitten, aber das war nicht gerade chirurgisch." Sie zog ein langes Messer aus dem Schaft ihres kniehohen Stiefels und wog es nachdenklich in der Hand. „Ich schätze, rohe Gewalt und Improvisation werden diesmal nicht reichen."

„Gib mir das Messer", sagte ich resigniert. „Dann geh wieder die Tür bewachen. Tommy, komm her und hilf mir."

„Ich habe so etwas noch nie gemacht", sagte Tommy und kam nur zögernd näher.

„Das hoffe ich doch", sagte ich. „Also, krempel deine Ärmel hoch, tu, was ich dir sage, versuche zu helfen, ohne mir im Weg zu stehen, und wenn du dich übergeben mußt, dann versuche, nicht in den Brustkorb zu göbeln."

„Oh, Gott", sagte Tommy.

Ich schnitt Merlin von der Brust bis zum Schambein auf und achtete darauf, daß das Loch groß genug war, um mit beiden Händen hineinzufassen. Jetzt war keine Zeit für minimalinvasive Chirurgie, und ich hätte ohnehin gewettet, daß Merlin alle erforderlichen Reparaturen würde vornehmen können, wenn er sein Herz wiederhatte. Es floß viel Blut, und hin und wieder mußte ich zurückspringen, um nicht von einem plötzlichen Schwall vollgespritzt zu werden. Das meiste Blut spülte ich mit Wein aus dem Loch, um wenigstens sehen zu können, was ich tat. Am Ende mußte ich das Herz unter dem Brustbein herausschneiden und -reißen, indem ich mit beiden Händen zog und zerrte, so daß meine beiden Ärmel sich bis zum Ellbogen mit Blut vollsogen. Tommy sagte immer wieder: „Oh Gott, oh Gott", während er die anderen Organe aus dem Weg hielt.

Schließlich hielt ich Merlins Herz in der Hand, einen großen scharlachroten Muskelbrocken. Es war größer, als ich gedacht hatte, und schlug noch, wodurch es zähflüssiges, dunkles Blut aus sich herauspumpte. Ich trug es zum nächsten Tisch und wickelte es sorgsam in ein mit Schutzzeichen versehenes Tuch, das Nimue improvisiert hatte. Sie saß noch in ihrem Kreis und murmelte mit geschlossenen Augen Zauber, um nicht sehen zu müssen, was gerade geschah. Ich trat wieder neben Tommy, der das große, blutige Loch ansah, das wir geschnitten hatten, und heftig zitterte. Dies war wirklich nicht seine Sorte Fall. Ich schlug ihm auf die Schulter, aber er wandte nicht einmal den Kopf zu mir um. Merlin atmete nach wie vor gleichmäßig, schlief noch, lebte noch. Ich versuchte, die Wundränder über der Sauerei, die ich angerichtet hatte, zusammenzupressen, aber das Loch war einfach zu groß. Ich schloß letztlich einfach seine Robe darüber.

„Fertig?" fragte Suzie von der Tür her. „Seid ihr soweit?"

„Oh ja", sagte ich. „Ich glaube, mehr Schaden könnte ich auch nicht anrichten, wenn ich mir größte Mühe gäbe."

„Keine Sorge", sagte sie. „Je häufiger man es tut, desto leichter wird es."

Ich sah sie scharf an, beschloß aber, nicht nachzufragen. Ich wollte es nicht wissen. Ich zog Tommy von dem Hexer weg, und wir säuberten mit mehr Wein unsere Hände und Arme, so gut es eben ging. An unserer blutbespritzten Kleidung konnten wir nichts ändern. Wir hatten nichts zum Wechseln dabei. Hoffentlich würde Väterchen Chronos' Zauber das Blut vor den Augen anderer verbergen. Tommy sah mich anklagend an.

„Gibt es irgend etwas, was Sie nicht tun würden, Taylor? Jemanden, dessen Leben Sie nicht zerstören würden, um sich an Ihrer Mutter dafür zu rächen, daß Sie abgehauen ist und Sie im Stich gelassen hat, als Sie ein Kind waren?"

„Darum geht es nicht!"

„Nicht?"

„Nein! Alles, was ich hier getan habe, und alles, was ich noch tun werde, dient der Rettung der Nightside und der Welt. Wenn ihr gesehen hättet, was ich gesehen habe ..."

„Aber das haben wir nicht, und erzählen wollen Sie uns auch nicht davon. Warum, Taylor? Was enthalten Sie uns vor? Sollen wir einfach Ihrem Wort vertrauen?"

„Ja", sagte ich und hielt seinem wütenden Blick stand.

„Warum zum Teufel sollte ich das tun?" fragte Tommy.

„Weil er John Taylor ist", sagte Suzie und kam mit der Schrotflinte in den Händen von der Eingangstür herüber. „Er hat sich mein Vertrauen verdient."

„Natürlich unterstützen Sie ihn", sagte Tommy bitter. „Sie sind eine Frau."

Suzie blieb stehen und lachte auf. „Oh Tommy, du kapierst gar nichts, was?"

Da flog hinter ihr die Tür auf, und ein großer, stämmiger Mann im Kettenhemd stürmte in die Bar. Er hatte diese funktionale, kompakte Muskulatur, die von ständiger harter Arbeit und Anstrengung herrührt, nicht von Training, und sein rostiges Kettenhemd und die Lederrüstung darunter zeigten Zeichen langen Tragens und schwerer Beanspruchung. Er hatte ein kantiges, vierschrötiges, fast brutal wirkendes Gesicht mit schlecht verheilten Narben. Sein Mund war schmal wie eine Klinge, sein Blick kalt und entschlossen. In einer Hand hielt er einen großen Streitkolben mit fiesem Stachelkopf. Ich habe in meinem Leben noch keinen gefährlicher aussehenden Mann gesehen.

Er schritt durch die Bar direkt auf uns zu und trat dabei Tische und Stühle mühelos aus dem Weg. Suzie richtete ihre Schrotflinte auf ihn, und Tommy und ich flankierten sie rasch, aber der Neuankömmling blieb erst stehen, als er an uns vorbei Merlin sehen konnte. Er registrierte die blutgetränkte Robe des Hexers und begann tatsächlich zu lächeln, nur um damit wieder aufzuhören, als er sah, daß Merlin noch atmete.

„Er ist nicht tot", knirschte er, und seine Stimme klang, als rieben Steine aneinander.

„Er ist nicht tot", bestätigte ich. „Und wer sind Sie?"

„Ich bin Kae", sagte er. „Artus' Bruder. Stiefbruder eigentlich, aber er nannte mich immer Bruder. Wir schlugen große Schlachten Schulter an Schulter und Rücken an Rücken. Streckten das Böse nieder, wo immer wir es fanden. Bluteten füreinander und retteten einander ein Dutzend Mal das Leben. Er war König und trug die Verantwortung für das gesamte Land auf seinen Schultern, aber er hatte immer Zeit für mich, und ich wußte, es verging kein Tag, ohne daß er an mich dachte.

Ich habe Merlin nie getraut. Ich habe der Magie nie getraut. Ich versuchte, Artus zu warnen, aber er war immer blind für die Fehler des Hexers. Wo aber war Merlin, als Artus ihn am dringendsten brauchte? Fort. Nirgends zu finden. Ich sah die tapfersten Ritter des Landes fallen, Fraß für die Schakale werden. Ich sah gute Männer einer Übermacht erliegen. Wir kämpften stundenlang, stampften im blutgetränkten Schlamm hin und her, und am Ende ... hatte niemand gewonnen. Artus und der Bastard Mordred fielen von des jeweils anderen Hand. Die stolzen Ritter Camelots sind gefallen oder in alle Winde zerstreut. Das Land wird von einem Bürgerkrieg zerrissen, denn die Aasfresser ringen um die Reste, und Merlin ... lebt. Darf das sein? Wie kann es Gerechtigkeit geben, solange der Verräter lebt? Ich bin Kae, Artus' Bruder, und ich werde seinen Tod rächen."

„Weil Mordred tot ist", sagte ich, „und Sie jetzt niemanden mehr haben."

„Gehen Sie mir aus dem Weg", verlangte Kae.

„Keinen Schritt weiter", sagte Suzie und zielte mit der Schrotflinte auf sein Gesicht.

Kae lächelte sie höhnisch an. „Ich bin gegen jegliche Magie und widernatürliche Waffen geschützt", sagte er kalt. „Der Zauber, der mich hergebracht hat, wird mich vor allem schützen, was mich von meiner rechtmäßigen Beute fernzuhalten droht."

„Ich dachte, Sie glauben nicht an Magie", sagte ich im Versuch, mir Zeit zum Nachdenken zu verschaffen.

Kae lächelte sacht. „Ein Mann muß tun, was ein Mann tun muß. Ich werde meine Seele verkaufen, wenn es erforderlich ist, damit Gerechtigkeit geschieht. Jetzt gehen Sie mir aus dem Weg oder sterben Sie mit ihm."

Er trat vor, hob seinen dornenbewehrten Streitkolben, und Suzie entleerte beide Läufe mitten in sein Gesicht. Zumindest versuchte sie es. Aber die Schrotflinte klemmte. Sie versuchte es erneut – ohne Erfolg – und warf die Waffe weg, als Kae vor ihr aufragte. Sie riß ein langes Messer aus ihrem anderen Stiefelschaft und hieb nach seinem nackten Hals. Kae zuckte instinktiv zurück, und ich rammte ihn von der Seite mit der Schulter, in der Hoffnung, meine Geschwindigkeit und der Zusammenprall würden ihn aus dem Gleichgewicht bringen. Statt dessen wich er gerade mal ein paar Zentimeter zurück und schleuderte mich dann mit einem Hieb seines Panzerarms beiseite. Ich krachte gegen ein paar Stühle und schlug hart am Boden auf. Der Aufprall nahm mir den Atem, und mein Kopf schmerzte. Ich kam mühsam auf die Knie hoch, während Suzie und Kae grunzend und fauchend mit Messer und Streitkolben aufeinander losgingen. Er war größer, sie schneller.

Tommy hatte sich das in das Tuch gewickelte Herz geschnappt und drückte es schützend an seine Brust, während er den Kampf mit großen Augen und schockierter Miene verfolgte. Die Hexe Nimue hatte ihren Kreidekreis verlassen und beugte sich über Merlin.

„Da stimmt etwas nicht!" rief sie. „Welcher Zauber Kae auch immer in diesen Raum gebracht hat, er stört die Magie, die ihn am Leben erhält. Sie müssen Kae hier rausschaffen, sonst stirbt Merlin!"

„Ich tue mein Bestes", fauchte Suzie.

Sie bewegte ruckartig den Kopf zur Seite und wich immer wieder aus, während Kae seinen Streitkolben schwang. Die Waffe mußte eine Tonne wiegen, aber Kae führte sie wie ein Spielzeug, und der Wind pfiff durch die fiesen Dornen an ihrem Kopf. Suzie duckte sich und stach mit ihrem langen Messer nach ihrem Widersacher, aber meist glitt die Klinge harmlos an seinem Kettenhemd ab. Kae hatte den Großteil seines Lebens auf dem einen oder anderen Schlachtfeld verbracht, und das zeigte sich in jeder seiner präzisen, mörderischen Bewegungen. Aber Suzie Shooter war ein Kind der Nightside, und ihr Zorn kam dem seinen gleich. Sie zielte auf sein Gesicht und seine Kehle, seine Ellbogen und sein Gemächt, aber immer war sein Streitkolben rechtzeitig da, um den Stich abzublocken. Suzie war Kopfgeldjägerin, Kämpferin und geübte Mörderin, aber Kae war einer der Artusritter, hatte in tausend Kriegen und Grenzkonflikten Blut vergossen. Er drängte sie Schritt für Schritt zurück, sein Arm hob und senkte sich mit schrecklicher Wucht, gnadenlos wie eine Maschine.

Irgendwie kam ich wieder auf die Beine und torkelte zu Merlins Tisch hinüber. Suzie kam allein klar. Ich mußte sehen, was mit

Merlin passierte. Er atmete schwer und hatte eine ungesunde Gesichtsfarbe. Ich hatte mir den Kopf angestoßen, und er schmerzte höllisch. Blut strömte ungehindert über mein Gesicht. Ich konnte keinen klaren Gedanken fassen. Tommy stand hilflos an Nimues Seite, während sie Merlin mit Zaubern belegte. Der wachsenden Verzweiflung ihrer Miene entnahm ich, daß sie nicht viel halfen. Tommy packte meinen Arm, um meine Aufmerksamkeit zu erregen, dann erkannte er, in welchem Zustand ich war, und half mir, mich aufrecht zu halten. Nimue sah sich panisch um.

„Sie müssen etwas tun! Merlin stirbt! Ich muß ihn mit meiner eigenen Lebenskraft am Leben erhalten."

Tommy brachte sein Gesicht ganz dicht vor meines, um sicherzustellen, daß ich ihn auch hörte. „Wir müssen Merlins Abwehrmaßnahmen wieder hochfahren!"

„Stimmt", sagte ich. „Klar. Einfach das Herz wieder reinschieben, dann sollte seine eigene Magie ihn heilen. Logisch. Komm, gib mir das Herz. Tot nutzt er mir nichts."

„Das würde nicht klappen", platzte Nimue heraus. Sie hatte das Skandieren und Gestikulieren eingestellt und kauerte neben Merlin; eine seiner Hände hatte sie mit den ihren umschlossen. „Kaes Zauber wird verhindern, daß sich seine Abwehrmaßnahmen wieder hochfahren ... Sie müssen ihn hier rausschaffen. Ich gebe Merlin ... alles; aber ich glaube, es wird nicht reichen. Ich bin nur ein Mensch ... er nicht."

„Wir müssen uns etwas einfallen lassen, Taylor", sagte Tommy und funkelte mich an. „Taylor! John! Können Sie mich hören?"

Seine Worte drangen wie aus weiter Ferne zu mir durch, als seien wir beide unter Wasser. Ich legte eine Hand an meinen schmerzenden Kopf, und als ich sie wieder wegnahm, war sie feucht von Blut. Was auch immer ich da gerammt hatte, das Ding hatte es mir gut besorgt. Ich sah meine blutige Hand einen Augenblick lang dumm an, dann blickte ich wieder zu Suzie und Kae.

Kae schwang seinen Streitkolben in einem brutal schnellen Hieb herum, aber Suzie duckte sich darunter hinweg und rammte ihm ihr Messer tief in die Seite, und die Klinge durchdrang schließlich das Kettenhemd und die Lederrüstung. Ihr Gegner brüllte vor Zorn und Schmerz, und sein Streitkolben schwang unglaublich schnell zurück. Der Stahlkopf mit den Dornen krachte in Suzies Gesicht und riß die Hälfte davon weg. Sie schrie und fiel rückwärts um. Kae grunzte einmal wie ein zufriedenes Tier und wandte sich dann zu Merlin um, ohne das Messer zu beachten, das aus seiner Seite ragte.

Ich trat ihm in den Weg. Tommy war kein Kämpfer, und Nimue war beschäftigt. Also blieb nur ich. Ich verdrängte mit reiner Willenskraft für einen Augenblick Schmerz und Verwirrung aus meinem Kopf und versuchte, meine Gabe einzusetzen. Wenn ich nur den Zauber finden könnte, den Kae eingeschleppt hatte ... aber mein Kopf tat zu weh. Ich konnte mich nicht konzentrieren, konnte nichts sehen. Kae kam immer näher, direkt auf mich zu. Ich schob die Hände in die Manteltaschen und suchte nach etwas, das ich gegen ihn einsetzen konnte.

Dann bäumte sich Suzie mit einem schrecklichen Schrei auf. Ihr halbes Gesicht war eine blutige Maske mit einer leeren Augenhöhle, dort wo ihr linkes Auge gewesen war, aber sie stemmte sich dennoch vom blutigen Boden hoch wie die Kämpferin, die sie eben war. Sie riß das Messer aus Kaes Seite, und der blieb wie angewurzelt stehen, weil ihn die plötzliche Woge des Schmerzes für einen Augenblick innehalten ließ. Während er zögerte, rammte Suzie ihr langes Messer tief in sein ungeschütztes Gemächt. Ihr triumphierendes Lachen übertönte seinen Schmerzensschrei. Sie riß das Messer abermals heraus, und zähflüssiges, dunkles Blut rann dem Ritter an beiden Beinen hinab. Er taumelte und wäre fast gefallen. Sie stieß wieder mit dem Messer zu und schnitt fast mühelos das Handgelenk der Hand auf, die den Streitkolben hielt. Die Waffe fiel zu Boden, als Kaes Finger gefühllos wurden, und er sah ihr einen Augenblick lang dumm nach.

Suzie kam vollends auf die Beine, um ihrem Gegner den Todesstoß zu versetzen. Kae brüllte wie ein Bär und zog Suzie an sich, preßte sie mit den langen, muskulösen Armen an seine kettenhemdbekleidete Brust. Sie schrie auf, als ihre Rippen hörbar knackten, dann verpaßte sie Kae einen brutalen Kopfstoß ins Gesicht. Er brüllte erneut auf und ließ sie fallen. Suzie grinste ihn aus der blutigen Maske ihres Gesichts heraus wild an und ging mit dem Messer auf ihn los. Kae schnappte sich eine flackernde Fackel aus ihrem schmiedeeisernen Wandhalter und rammte sie der Heranstürmenden mitten ins verwüstete Gesicht.

Es rauchte, Fett zischte, und es stank nach verkohltem Fleisch, aber Suzie schrie nicht. Sie fiel, aber sie schrie nicht.

Ich schrie. Als dadurch beide abgelenkt waren, stürmte ich vor, schnappte mir den stählernen Streitkolben vom Boden und zog ihn Kae mit aller mir verbliebenen Kraft über den Kopf. Die Wucht des Hiebes riß seinen Kopf herum, und Blut spritzte durch die Luft, aber er ging nicht nieder. Ich schlug ihn wieder und wieder und wieder, legte all meine Wut, mein Entsetzen und meine Schuldgefühle in jeden Schlag, und schließlich fiel er, krachte der Länge nach auf den Boden wie ein geschlachtetes Opfertier. Ich ließ den Streitkolben fallen, ging hinüber zu Suzie, kniete neben ihr nieder und nahm sie in die Arme.

Sie klammerte sich an mich wie eine Ertrinkende, vergrub ihr zerschlagenes, blutiges Gesicht an meiner Schulter. Ich hielt sie fest und konnte nur immer und immer wieder „Es tut mir leid, es tut mir so leid" sagen. Nach einer Weile schob sie mich weg, und ich ließ sie sofort los. Es war schwer für Suzie, sich von jemandem berühren zu lassen, selbst wenn er ein Freund war. Selbst dann. Armes zerbrochenes Vögelchen. Ich zwang mich, mir die Überreste ihres Gesichts anzusehen. Die gesamte linke Seite fehlte, eine zerfetzte, zerrissene Masse, die nur noch von verkohlter, geschwärzter Haut zusammengehalten wurde. Dann begannen die schrecklichen Wunden vor meinen Augen zu heilen. Die Fleischfetzen krochen aufeinander zu, die Haut schloß sich langsam darüber und zog sich zu altem Narbengewebe zusammen. Selbst die leere Augenhöhle schloß sich, die Lider verschmolzen miteinander. Bis es am Ende das schreckliche, vertraute, entstellte Gesicht war, das ich schon einmal gesehen hatte – bei der Suzie Shooter aus der Zukunft.

Ich hatte Suzie hierhergebracht, an diesen Ort, in diese Zeit, und damit dieses Gesicht, diese Suzie möglich gemacht.

Sie lächelte mich an, aber nur der halbe Mund bewegte sich. Vorsichtig berührte sie ihre vernarbte Gesichtshälfte, dann nahm sie die Hand wieder weg. „Schau nicht so schockiert, Taylor. Du hast mir während des Engelskrieges Werwolfblut verabreicht, um mir das Leben zu retten, erinnerst du dich? Das Blut war weder stark noch rein genug, um mich zum Werwesen zu machen, aber es hat mir teuflisch gutes Heilfleisch verschafft. Sehr nützlich in der Kopfgeldjägerbranche. Mein Gesicht ... wird nie wieder wie früher, das weiß ich. Mein Heilfleisch hat auch ganz eindeutige Grenzen. Aber damit kann ich leben. Es ist ja nicht so, daß mir gutes Aussehen je wichtig gewesen wäre ... John? Was ist mit dir, John?"

Ich konnte es ihr nicht sagen. Ich kam torkelnd auf die Beine und sah mich nach dem Streitkolben um, den ich weggeworfen hatte. Kae ... das war alles Kaes Schuld. Er war hereingestapft und hatte alles verdorben ... alles. Suzie kannte mich gut genug, um zu sehen, in welche Richtung meine Gedanken gingen, und rappelte sich auf, um mir in den Weg zu treten.

„Nein, John. Du kannst ihn nicht töten."

„Sieh gut hin."

„Das darfst du nicht, John. Weil Artus es nicht wollte. Außerdem bist du kein Mörder. Im Gegensatz zu mir."

Weil ich letztlich immer noch hoffte, daß sie damit recht hatte, wandte ich mich von Kaes bewußtlosem Leib ab, und langsam und vorsichtig gingen Suzie und ich wieder quer durch die Bar zu Merlins Tisch zurück. Tommy war noch dort und hielt mit regungslosem, versteinertem Gesicht die Hexe Nimue in den Armen. Offenbar atmete Nimue nicht. Im Tode sah ihr Antlitz kindlicher aus denn je.

„Sie starb, weil sie Merlin mit ihrer eigenen Lebensenergie am Leben hielt", sagte Tommy. Er sah mich mit einem unverhohlen anklagenden Blick an. „Sie hat ihr Leben für ihn gegeben, ihre Gegenwart und ihre gesamte Zukunft, und es hat noch immer nicht gereicht. Er ist auch tot, falls es Sie interessiert. Alles unseretwegen."

„Das haben wir nicht gewollt", sagte Suzie.

Tommy sah sie kurz an, registrierte ihr vernarbtes Gesicht, aber sein kalter Blick kehrte fast augenblicklich zu mir zurück. „Soll das eine Entschuldigung sein?"

„Nein", sagte ich. „Aber was getan ist, ist getan. Wir können ihnen nicht mehr helfen, uns selbst hingegen schon. Wir brauchen Merlin nicht; wir haben schließlich sein Herz." Ich beugte mich über das eingewickelte Bündel auf dem Tisch und schlug das Tuch zurück, um zu zeigen, daß das Herz noch schwach schlug, auch wenn kein Blut mehr darin war. „Merlin hat genug von seiner Macht in sein Herz gepackt, daß es weiterschlägt, weiterhin einen Großteil seiner Magie enthält. Wir können diese Magie anzapfen, um uns weiter in die Vergangenheit zu schicken."

Tommy schob Nimue zur Seite, setzte sie sanft auf einen Stuhl wie ein schlafendes Kind und stand dann auf, um sich vor mich zu stellen. „Haben Sie das die ganze Zeit gewußt, Taylor? Haben Sie das geplant?"

„Nein", sagte ich. „Ich sah es mit meiner Gabe, als ich seine Abwehrmaßnahmen in Augenschein nahm."

„Warum sollte ich Ihnen glauben?" fragte Tommy, und neben mir regte sich Suzie, die den in dem Mann brodelnden Zorn spürte.

„Ich habe dich nie belogen, Tommy", sagte ich vorsichtig. „Das mit Nimue tut mir leid, genau wie das mit Merlin, aber ich kam in die Vergangenheit, um Lilith aufzuhalten, und genau das werde ich auch tun."

„Koste es, was es wolle? Egal, wer verletzt wird?"

„Ich weiß nicht", sagte ich. „Vielleicht."

„Wenn wir das Herz weiter zurück in die Vergangenheit mitnehmen, findet es nie wieder jemand", warf Suzie ein. „Alle haben immer am falschen Ort und zur falschen Zeit gesucht."

„Wir werden Nimues Leichnam mitnehmen", sagte ich. „Ihn irgendwo in der Vergangenheit abladen. Damit Merlin, wenn er von den Toten aufersteht, nicht erfahren muß, daß sie bei dem Versuch, ihn zu retten, starb."

„Du hast eine merkwürdige Art, umsichtig zu sein, Taylor", sagte Suzie.

„Wenn Sie das Herz wieder einsetzen würden", philosophierte Tommy zögernd, „bestünde eine echte Chance, daß die darin gespeicherte Magie ausreicht, ihn zurückzuholen."

„Das wissen wir nicht", sagte ich. „Und wir brauchen die Magie des Herzens ..."

„Wir dürfen ihn nicht sterben lassen!" unterbrach mich Tommy wütend. „Nicht, wenn es auch nur die geringste Chance gibt, ihn zu retten! Ansonsten haben wir ihn auf dem Gewissen."

„Denk nochmal darüber nach", sagte ich. „Wenn es nicht klappt, haben wir die Magie verschwendet und sind hier gestrandet. Sollte Merlin erwachen und herausfinden, wozu wir Nimue überredet haben, uns zu helfen, und daß sie infolgedessen starb ... würde er uns alle töten. Langsam und furchtbar schmerzhaft. Wir reden hier über Merlin Satansbrut."

„Also tun wir gar nichts?" fragte Tommy. In seinen Augen leuchtete ein gefährliches kaltes Licht.

„Genau", sagte ich. „Er stirbt hier herzlos, was er ja, wie wir wissen, auch tat, und wird im Keller unter der Bar begraben. Das ist Teil unserer Vergangenheit, unserer Gegenwart, unserer Zeitlinie. Wir haben nur herbeigeführt, wovon wir wußten, daß es ohnedies passiert."

„Sie kaltherziger Hurensohn." Tommy war so wütend, daß alle Farbe aus seinem Gesicht gewichen war, und er hatte die Hände zu Fäusten geballt. „Wie weit würden Sie eigentlich gehen, um Ihre kostbare Rache zu kriegen?"

Ich sah Suzie nicht an. Sah nicht in ihr vertrautes, entstelltes Gesicht. „Ich tue nur, was ich tun muß", sagte ich, so ruhig und sachlich ich konnte. „Hauen wir ab, ehe Kae aufwacht. Ich glaube, so einen Krieger kann man nicht lange ausschalten, indem man ihm was über den Schädel zieht."

„Nein", rief Tommy, der mich immer noch mit eisig kaltem Blick fixierte. Ich glaube, ich hatte ihn noch nie zuvor so wütend gesehen. „Jetzt ist Schluß, Taylor. Sie haben auf Ihrer Wahnsinnsqueste schon genug Schaden angerichtet. Suzies Gesicht. Nimues Tod. Merlin ... alles wegen Ihrer albernen, rachsüchtigen Vendetta. Zum Teufel mit Lilith und mit Ihnen, Sie verlogenes Stück Scheiße. Sie würden alles und jeden opfern, nur um sich an Ihrer Mutter zu rächen. Ich verstehe gar nicht, warum ... schließlich sind Sie selbst genauso ein böses, kaltherziges Monster wie sie. Sie sind ganz der Sohn Ihrer Mutter."

„Nicht", sagte ich. „Sag das nicht, Tommy."

„Das stimmt nicht", sagte Suzie. „Tu das nicht, Tommy. Taylor weiß, was er tut. Immer."

Mir war, als lege sich eine Hand um mein Herz und drücke es schmerzhaft zusammen, als ich hörte, wie sie mir vertraute und an mich glaubte, auch nach ... allem, was passiert war. Solches Vertrauen verdiente ich nicht. Ich hätte etwas gesagt, aber ich bekam keine Luft.

„Oh ja", ließ sich statt dessen Tommy vernehmen. „Stimmt, ich glaube, er weiß, was er tut. Ich vertraue nur einfach seinen Motiven nicht mehr."

„Ich wollte nie, daß jemand verletzt wird", sagte ich schließlich. „Ich will weiterhin nicht, daß jemand verletzt wird. Ich habe die Zukunft gesehen, die eintreten wird, wenn ich Lilith nicht aufhalte. Ich habe immer noch Alpträume davon ... und ich bin bereit zu sterben, um sie zu verhindern. Aber ... ich habe nicht das Recht, von anderen dasselbe zu verlangen. Was sollen wir tun, Tommy?"

„Ich schlage vor, wir geben Merlin sein Herz zurück", insistierte Tommy. „Es könnte klappen. Wir retten ihm das Leben, und ich nutze meine Gabe, um ihm auszureden, uns zu töten. Sie wissen, wie überzeugend ich sein kann. Wenn er sein Herz und seine Macht wieder hat, wird er Suzies Gesicht heilen und Nimue wiederbeleben können. Sehen Sie mich nicht so an! Es ist Merlin; er könnte es. Ich weiß es. Mit der richtigen Beratung und Hilfestellung wird er Camelots Glanz neu erblühen lassen und uns in eine bessere Welt, eine bessere Zukunft führen!"

„Oh Gott, sind wir jetzt wieder bei dem Thema?" fragte Suzie. „Tommy, das hatten wir doch schon. Wir dürfen die Vergangenheit nicht verändern, weil das unsere Gegenwart beeinflussen könnte. Ohnehin weiß niemand, was für eine Zukunft du und ein halbverrückter Merlin herbeiführen würden."

„Lilith muß dennoch aufgehalten werden", sagte ich.

„Warum?" fragte Tommy. „Wegen der Dinge, die sie tun könnte? Keine Sorge, Merlin wird mit ihr fertigwerden."

„Merlin Satansbrut?" hakte ich nach. „Der einzige leibliche Sohn des Teufels? Nach allem, was wir wissen, würde er ihr eher helfen."

„Ich kann meine Gabe einsetzen ..."

„Gegen Merlin?"

„Sie sind Liliths einziger Sohn", sagte Tommy. „Sie würden den Traum von Camelot sterben lassen, nur um Ihren eigenen Zielen näherzukommen. Ich durchschaue Sie, Taylor. Vorher bringe ich Sie um!"

Er nutzte seine Gabe, aber ich tat bereits dasselbe, und die gesamte Bar bebte, als unsere Kräfte sich manifestierten und aufeinanderprallten. Ich setzte meine Gabe ein, um seine Achillesferse zu finden, und er die seine für den Versuch, eine Wirklichkeit zu implementieren, in der ich das sechste Jahrhundert nie erreicht hatte. Meine Gabe hatte mit Gewißheiten zu tun, seine mit Wahrscheinlichkeiten, und beide waren eigentlich nicht stark genug, die jeweils andere zu überwinden. Beide investierten wir alles in dieses mentale Kräftemessen, und die Wirklichkeit verschwamm rings um uns herum und wurde ungewiß, bis es aussah, als werde sich gleich die ganze Bar auflösen und wir als einzige reale Fixpunkte in dieser Welt zurückbleiben.

Wer weiß, wohin diese irre, gefährliche Auseinandersetzung geführt hätte, wenn Suzie sie nicht beendet hätte, indem sie Tommy den Kolben ihrer Schrotflinte von hinten über den Schädel zog. Er schrie auf und brach in die Knie, und seine Gabe erlosch, als der Kopfschmerz seine Konzentration störte. Er versuchte weiter, sich aufzurappeln und sich zu wehren, aber Suzie schlug ihn ruhig und leidenschaftslos zusammen. Schließlich sackte er bewußtlos zusammen, und ich nutzte meine Gabe, um herauszufinden, wo Väterchen Chronos ihn berührt hatte, und alle Spuren davon wegzuwischen. Tommy verschwand sofort, zurückgerissen in unsere Gegenwart.

(Da fiel mir endlich wieder ein, wo ich Tommy Oblivion schon einmal gesehen hatte. Er war einige Monate zuvor während des Nachtigallenfalls aus dem Nichts im Strangefellows aufgetaucht. Er war übel zugerichtet gewesen und hatte mir gedroht, ehe man ihn rauswarf. Jetzt wußte ich, warum. Er war offenbar vor seiner Abreise wieder in der Nightside gelandet. Dennoch stellte sich die Frage, warum Tommy nicht sein jüngeres Ich aufgesucht und informiert hatte, wenn er wußte, was auf dieser Reise passieren würde ... es sei denn, dem älteren Tommy war etwas passiert, daß das verhinderte ... deshalb hasse ich Zeitreisen. Schon der Gedanke daran bereitet mir Kopfschmerzen.)

Ich setzte mich auf einen Stuhl, während Suzie sich meine Kopfverletzung ansah und mir dann das Blut aus dem Gesicht wischte. Ich saß da, schaute mir Merlins Herz auf dem Tisch vor mir an und plante meine nächsten Schritte. Auch nach allem, was geschehen war, war ich entschlossen weiterzumachen. Ich mußte meine Mission erfolgreich beenden, wenn ich all den Schaden und das Leid rechtfertigen wollte, das ich angerichtet hatte.

„Zumindest", sagte Suzie, „haben wir die Antwort auf eine der großen Fragen der Nightside gefunden – wer hat Merlins Herz geraubt? Wir. Wer hätte das gedacht ... kann es uns wirklich weiter in die Vergangenheit bringen?"

Sie sprach ruhig und professionell, also tat ich dasselbe. „Ich sehe keinen Hinderungsgrund. Die Macht ist definitiv da; ich muß sie lediglich anzapfen und steuern."

„Hast du keine Angst, daß deine Feinde dich hier finden?"

„Ich glaube, dann wären sie schon da", sagte ich.

Ich nahm das Herz in die Hand und zwang mich, ohne zusammenzuzucken Suzies entstelltes Gesicht anzusehen. Ich hatte ihr das angetan. Ich mußte Lilith aufhalten, sonst war Suzies Schmerz umsonst gewesen. Ich sah mich langsam in der Bar um und registrierte all den Schaden, den ich ungewollt angerichtet hatte. Ich mußte mich fragen, ob es vielleicht meine eigene unerbittliche Sturheit war, welche die Kausalkette knüpfte, die zu der toten Zukunft führen würde.

„Wer war das?" hatte ich den Eddie Messer aus der Zukunft gefragt, als er in meinen Armen starb. „Du", hatte er gesagt. „Wie kann ich es verhindern?" hatte ich wissen wollen. „Bring dich um", hatte er geantwortet.

Ich hatte ihm versprochen, eher zu sterben, als diese Zukunft zuzulassen. Damals während des Engelskrieges hatte ich Suzie versprochen, nie wieder zuzulassen, daß jemand sie verletzte. Ich hatte das Versprechen nicht gehalten. Sie machte mir keinen Vorwurf daraus, ich aber schon. Sie würde mir vergeben, ich mir aber nicht. Vielleicht ... war der einzige Weg, die schreckliche Zukunft zu verhindern, mich tatsächlich umzubringen, ehe es zu spät war ...

Nein. Noch konnte ich Lilith aufhalten. Nur ich vermochte das.

Also bedeutete ich Suzie mit einem Nicken, sich Nimues Leichnam zu schnappen, während ich meine Gabe einsetzte, um die Kraft von Merlins Herz anzuzapfen, und wieder wurden wir rückwärts durch die Zeit geschleudert.

Andere Zeiten, andere Sitten

9

Wir kamen an. Ich sah mich um und dann Suzie an. „Halt mich zurück, Suzie, sonst töte ich absolut alles, was sich bewegt."

„Halt dich selbst zurück", sagte Suzie ruhig. „Du weißt ganz genau, daß ich von Zurückhaltung nicht viel halte. Sie schadet meinem Ruf."

„Das glaube ich einfach nicht!" sagte ich und stampfte doch tatsächlich frustriert mit dem Fuß auf. „Wir sind immer noch nicht ganz am Anfang!"

„Wenigstens stinkt es diesmal nicht so", sagte Suzie in ihrem vernünftigsten Tonfall. „Ich finde, ein paar Pferdeäpfel auf der Straße sind einfach sehr wirksam."

„Ich könnte Ruß spucken", antwortete ich.

Wir waren mitten auf einem großen, freien Platz aufgetaucht, über uns der Sternenhimmel und der riesige Vollmond der Nightside. Die Gebäude rings um den Platz waren niedrig und gedrungen, aus Stein und Marmor, mit den unverwechselbaren klassischen Merkmalen römischer Architektur. Männer in Togen sahen uns irritiert an und gingen dann ihrer Wege, als sähen sie ständig, wie seltsame Leute aus dem Nichts heraus auftauchten. Vielleicht war das in dieser Nightside ja sogar der Fall.

„Erstes oder zweites Jahrhundert", sagte Suzie, um erneut mit ihrem Wissen zu prahlen. „Die Römer bauten Londinium an der Themse und waren die ersten Menschen, welche die bereits bestehende Nightside besiedelten. Draußen in der realen Welt regiert

Rom Britannien, nachdem Julius Cäsar es 55 v. Chr. erobert hat. Es war tatsächlich sein dritter Versuch; die extrem wilden Briten hatten seine Armeen vorher schon zweimal ins Meer zurückgetrieben. Die Abwehrtaktiken der Druiden schockierten sogar die hartgesottenen römischen Legionäre. Jetzt also herrscht Rom mit eiserner Faust. Die Römer brachten Recht, Straßen, Sklaverei und Kreuzigungen. Du stehst nicht auf Geschichte, oder, Taylor? Taylor?"

Ich hatte die Zähne so fest zusammengebissen, daß mir die Kiefer wehtaten. Ich hatte versucht, unser abermaliges Scheitern, in der richtigen Zeit zu landen, leichtzunehmen, aber es gelang mir nicht. Ich konnte nicht glauben, daß wir schon wieder zu kurz gesprungen waren. Wir waren immer noch mindestens hundert Jahre nach der Gründung der Nightside gelandet, vielleicht auch noch mehr als das, und hatten keine Möglichkeit, weiter zurückzukommen. Alles, was ich getan hatte, all die schwerwiegenden, skrupellosen Taten, all der Schmerz und der Tod, den ich verursacht hatte ... alles war umsonst gewesen. Ich sah hinab auf Merlins Herz in meiner Hand. Es schlug und pulsierte nicht mehr. Es war jetzt nur noch ein dunkelroter Muskelbatzen, dessen Magie komplett verbraucht war. Was bedeutete, daß wir gestrandet waren. Ich warf das Herz zu Boden und trampelte darauf herum, aber es war schon zu hart und ledrig, um es richtig zu zertreten. Ich seufzte. Ich hatte nicht mehr genug Energie für einen richtigen Wutanfall. Zu müde, um zornig zu sein, zu verbittert, um durchzudrehen. Suzie spürte den Schmerz in mir und tröstete mich auf die einzige Weise, die sie kannte: indem sie dicht bei mir stand und mich mit ihrer kühlen, ruhigen Gegenwart besänftigte. Ich konnte mich an eine Zeit erinnern, in der es umgekehrt gewesen war. Wir hatten beide einen langen Weg hinter uns, Suzie und ich.

„He, Sie da!" sagte eine laute, barsche und keineswegs freundliche Stimme. „Keine Bewegung, und denken Sie nicht einmal daran, nach einer Waffe zu greifen!"

„Oh, gut", sagte ich. „Eine Ablenkung."

„Die armen Irren tun mir jetzt schon leid."

Wir sahen uns um. Die Leute auf dem Platz zerstreuten sich auf würdige, zivilisierte Art und Weise, als eine Gruppe römischer Legionäre direkt auf uns zukam. Sie trugen die aus Film und Fernsehen bekannten Rüstungen, doch ihre Kleidung sah derb, schmutzig und abgenutzt aus, ganz wie die Männer, die sie trugen. Die Legionäre waren klein und stämmig und hatten derbe Gesichter und brutale Augen, für die es nichts Neues unter der Sonne mehr zu sehen gab. Typische Stadtbullen. Sie stapften auf uns zu, Kurzschwerter in den Händen, und stellten sich schnell im Halbkreis um uns herum auf, um uns zu umzingeln. Suzie hatte die Schrotflinte schon träge in der Hand. Sie sah mich an, und ich schüttelte leicht den Kopf. Es war besser, unnötigen Ärger zu vermeiden, bis wir uns besser mit den Bedingungen vor Ort vertraut gemacht hatten. Suzie hatte Nimues Leiche über einer Schulter, doch als die Legionäre näherkamen, ließ sie diese fallen, um die Hände frei zu haben. Die Legionäre sahen erst die Leiche und dann uns an.

„Groß, was?" platzte eine leise Stimme aus ihrer Mitte heraus.

„Wenn ich deine Meinung hören will, Marcus, prügele ich sie aus dir heraus", knurrte der Anführer. Er warf uns seinen einschüchterndsten Blick zu, völlig unbeeindruckt davon, daß er dazu den Kopf in den Nacken legen mußte. „Ich bin Tavius, Befehlshaber der Wache. Sind Sie ein Bürger?"

„Fast sicher nicht", sagte ich. „Wir sind nur auf der Durchreise. Hoffe ich zumindest. Ich bin John Taylor, und das ist Suzie Shooter. Regen Sie sie bitte nicht auf."

„Sie sprechen Latein wie ein Bürger", unterbrach mich Tavius. „Ich schätze, es könnte sein, daß Sie ein berechtigtes Anliegen haben, hier zu sein. Wer ist die Leiche?"

„Niemand, den Sie kennen", sagte ich.

„Ausweise!"

Ich durchsuchte meine Manteltaschen, falls Väterchen Chronos mir einen Ausweis zugesteckt hatte, aber offenbar hatte auch seine

Hilfe ihre Grenzen. Ich zuckte die Schultern und lächelte den Befehlshaber der Wache freundlich an.

„Tut mir leid. Keine Papiere. Sind Sie bestechlich?"

„Na ja ..."

„Schnauze, Marcus!" rief Tavius. Der Anführer schenkte mir seine volle Aufmerksamkeit und legte beim Funkeln seines Blickes noch eine Schaufel Kohlen drauf. „Unsere Aufgabe ist es, in diesem widernatürlichen Dreckloch die Ordnung aufrechtzuerhalten, und wir lassen uns nur von legitimierten Bürgern bestechen. Nun, ich sehe eine Leiche, und Sie beide sind voller Blut. Ich bin sicher, Sie werden mir jetzt gleich erzählen, für all das gebe es eine völlig logische Erklärung ..."

„Eigentlich nicht", sagte ich. „Ich habe eine unlogische Erklärung, aber offen gestanden ist das Leben zu kurz dafür. Warum glauben Sie uns nicht einfach, daß diese Dame und ich sehr mächtig und von den jüngsten Ereignissen extrem angepißt sind; wenn Sie also nicht wollen, daß diese Dame und ich Sie alle in Hundefutter verwandeln ..."

„Oh, zur Hölle", rief Tavius. „Ihr seid magisch?"

„Ich sagte doch, wir hätten die Zusatzversicherung nehmen sollen, um gegen göttliche Schäden versichert zu sein."

„Ich sag's nicht nochmal, Marcus. Jetzt bring mir die verdammte Liste!"

Der kleinste der Legionäre trat eilig vor, übergab seinem Befehlshaber eine zusammengerollte Schriftrolle, warf mir ein rasches, verstohlenes Lächeln zu und zwinkerte Suzie an. Dann trat er rasch wieder ins Glied. Tavius entrollte die Schriftrolle und las sie aufmerksam.

„Sie sind also getarnte Götter?"

„Definitiv nicht", sagte ich. „Glauben Sie niemandem, der das behauptet. Das sind nur Mutmaßungen."

Darüber dachte Tavius einen Augenblick nach, dann fuhr er mit der nächsten Frage auf seiner Liste fort. „Sind Sie eine Macht, Herrschaftsinstanz oder Wesenheit?"

„Eigentlich nicht", antwortete ich.

„Sind Sie Magier, Hexer, Geisterbeschwörer oder Propheten?"

„Darüber wird viel gestritten", sagte ich, „aber ich ziehe es vor, die Antwort zu verweigern. Doch man könnte wohl sagen, daß diese Dame und ich in mehrerlei widernatürlicher und unangenehmer Hinsicht gefährlich sind."

„Ich kann meine Fürze anzünden", setzte Suzie hinzu.

„Bitte keine Nachfragen", sagte ich rasch zu Tavius.

Er blinzelte ein paar Mal, dann sah er wieder auf seine Liste. „Wir haben bereits festgestellt, daß Sie keine Bürger sind, also ... welche Götter schützen Sie?"

„Absolut keine, soweit ich das sagen kann", antwortete Suzie.

„Ich denke, wir können mal davon ausgehen, daß ich Ihre barbarischen Namen nicht auf der Gästeliste finden werde", sagte Tavius und rollte mit einer gewissen Genugtuung seine Schriftrolle wieder auf. „Was bedeutet, Sie sind Freiwild. Gut, Jungs, nehmt sie fest. Später denken wir uns ein paar Anklagepunkte aus."

„Sie sagten, sie seien gefährlich. Mächtig und gefährlich."

„Bei den Göttern, du bist ein Weichei, Marcus. Wie du überhaupt Legionär werden konntest, ist mir ein Rätsel."

„Sie sind groß genug, um gefährlich zu sein."

„Schau, wenn sie über nennenswerte Magie verfügen würden, hätten sie diese längst eingesetzt, oder? Jetzt nimm sie fest, sonst gibt es heute keinen Honig zum Abendessen."

„Was zum Teufel soll das?" fragte ich. „Ich hatte einen ganz miesen Tag, und ich könnte echt jemanden gebrauchen, an dem ich meine Wut auslassen kann."

Ich schlug Tavius genau zwischen die Knopfäuglein. Sein Kopf flog in den Nacken, und er torkelte ein paar Schritte rückwärts, aber er ging nicht zu Boden. Entweder waren die Legionäre echt hart, oder ich ließ nach. Tavius hob sein Kurzschwert und kam auf mich zu. Ich sah ihm in die Augen, und er blieb abrupt stehen, als sei er gegen eine Backsteinmauer gerannt. Ich hielt seinen Blick mit meinem fest, Tavius' Gesicht erschlaffte, und das Kurzschwert fiel ihm aus der Hand, als er langsam die Finger öffnete. Ich schlug erneut zu, und diesmal ging er zu Boden und blieb liegen. Es war auch besser so. Es fühlte sich an, als sei jeder Finger in meiner Hand gebrochen.

Der Rest der Legionäre rückte bereits gegen uns vor, in der Hoffnung, uns zahlenmäßig ausreichend überlegen zu sein. Suzie erschoß in rascher Folge vier von ihnen, wobei sie die Repetiervorrichtung ihrer Schrotflinte mit geübter Geschwindigkeit bediente. Der Lärm, das spritzende Blut und die schrecklichen Wunden ließen die Legionäre wie aufgescheuchte Vögel auseinanderspritzen, und ich dachte, sie würden fliehen, aber ihre Ausbildung gewann rasch die Oberhand. Als Wächter der Nightside wählt man keine Angsthasen aus. Sie schwärmten aus, um Suzie das Zielen zu erschweren, dann rückten die Legionäre gegen sie und mich vor, wobei ihre sandalenbekleideten Füße in perfektem Gleichschritt stampften. Ich griff auf meine Standardreaktion zurück, nämlich den Trick, bei dem ich die Munition aus den Waffen nahm. Ich war nicht wirklich sicher, wie er sich in diesem Falle auswirken würde, schließlich gab es noch keine Schußwaffen, und war entsprechend angenehm überrascht, als alle Waffen, Rüstungsteile und Kleidungsstücke der Legionäre einfach verschwanden, so daß sie völlig waffenlos und splitterfasernackt vor uns standen. Die Legionäre sahen an sich herunter, dann uns an, schließlich drehten sie sich wie ein Mann um und flohen. Selbst gut ausgebildete Soldaten hatten ihre Grenzen. Suzie wollte die Schrotflinte anlegen, aber ich schüttelte den Kopf, und sie senkte sie wieder. Sie sah den davonstürmenden Nacktärschen nach und schüttelte ihrerseits den Kopf.

„Du wirst langsam richtig fies, Taylor."

„Alles, was ich weiß, habe ich von dir gelernt", sagte ich großmütig.

Sie sah mich einen Augenblick lang nachdenklich an. „Ich bin nie sicher, was du kannst und was nicht."

Ich grinste. „Genau darum geht es ja."

Wir sahen den fliehenden Legionären nach, die den Platz eilig verließen, wahrscheinlich um ihren Vorgesetzten Meldung zu machen. Einige andere Leute hatten den Platz statt dessen wieder betreten. Sie sahen erst Suzie, dann mich äußerst tadelnd an. Ich funkelte offensiv zurück, und ein jeder erinnerte sich plötzlich daran, daß er dringende Termine hatte.

„Geht es dir besser?" fragte Suzie.

„Und wie", sagte ich.

Ich sah mich gründlich um. Die Steingebäude waren schlicht und kubisch, aber verziert mit Säulen, Portiken und Basreliefs. Die meisten der letzteren zeigten Götter, Monster und Leute, die Schweinereien miteinander trieben. Mitten auf dem Platz stand ein ganzer Haufen überdimensionierter Statuen, die entweder die lokalen Götter und Göttinnen oder idealisierte Männer und Frauen darstellten, die meisten davon nackt und alle bunt bemalt. Ich gab meinem Erstaunen darüber Ausdruck, und Suzie verfiel sofort wieder ins Dozieren. Es hatte eine Zeit gegeben, da hatte sie selten mehr als ein Dutzend Wörter am Stück geredet. Bildung ist etwas Furchtbares.

„Alle klassischen Statuen waren bemalt und wurden regelmäßig überholt. Die Römer übernahmen diese Sitte von den alten Griechen, genau wie alles andere, was nicht niet- und nagelfest war. Selbst ihre Götter, auch wenn sie wenigstens den Anstand besaßen, sie umzubenennen. Wir sind es gewohnt, die Statuen in Museen zu sehen, alt, gesprungen und aus naturfarbenem Stein, weil alles andere nicht überlebt hat." Sie hielt abrupt inne. „Taylor, du siehst mich schon wieder so seltsam an."

„Ich bin beeindruckt", sagte ich. „Ehrlich."

„Schau, ich kriege den History Channel umsonst, okay? Ich habe den Waffen- und Munitionskanal abonniert, und der History Channel war mit im Paket."

„Das Kabelfernsehen hat manche Schuld auf sich geladen."

Ich betrachtete wieder die Gebäude und begriff langsam, daß es alles irgendwelche Tempel waren. Die meisten waren den lokalen römischen Göttern geweiht, von denen es eine ganze Menge gab, darunter auch Julius Cäsar und Augustus Cäsar, komplett mit idealisierten Büsten, die ihre adeligen Züge zeigten.

„Nach Julius wurden alle römischen Kaiser posthum zu Göttern erklärt", unterrichtete mich Suzie. „Manche sogar schon zu Lebzeiten. Gute Methode, kolonialisierte Staaten im Griff zu behalten: man sagt ihnen einfach, ihr Kaiser sei ein Gott."

„Das wußte ich tatsächlich schon", sagte ich. „Ich habe ‚Ich Claudius, Kaiser und Gott' gesehen. Genau wie den Penthouse-‚Caligula'. Aber nur, weil Helen Mirren mitgespielt hat."

Andere Tempel waren Dagon, der Schlange, dem Sohn der Schlange, Cthulhu, mehreren antiken griechischen Göttern, einem halben Dutzend Leuten, an deren Namen ich mich nur vage aus der Straße der Götter erinnerte, und einem ganzen Haufen, von dem ich noch nie etwas gehört hatte, geweiht. Und einer sogar Lilith. Darüber dachte ich eine Weile nach, aber er wirkte nicht wichtiger oder weniger wichtig als alle anderen Tempel.

„Es gibt keine christlichen Kirchen", sagte ich plötzlich.

„Noch zu früh", antwortete Suzie. „Auch wenn es wahrscheinlich ein paar inoffizielle unterirdische gibt."

Ich wandte meine Aufmerksamkeit den Menschen und anderen Passanten auf dem Platz zu. Weniger als die Hälfte war auch nur ansatzweise menschlich. Ich sah Elfen, die mit mathematischer Präzision schweigend nebeneinander hergingen und dabei seltsame Formationen und Anordnungen von der Komplexität und Fremdartigkeit von Schneeflocken einhielten. Echsenmenschen glitten mit unnatürlicher Anmut schnell durch die dunkleren Bereiche des Platzes, ihre Schuppen schimmerten im Licht der sparsam verteilten Lampen flaschengrün. Große, gedrungene Kreaturen, die ganz aus bunten, wogenden Gasen bestanden, bewegten sich langsam und ruckartig vorwärts und verwandelten von einem Augenblick zum anderen zuckend ihre Gestalt. Flüssige, hausgroße Gestalten plätscherten über den Platz und hinterließen eine klebrige Spur. Irdene Gebilde zerfielen beinahe beim Dahinstapfen, und lebende Flammen blitzten und flackerten, kamen und gingen schneller, als ihnen das menschliche Auge zu folgen vermochte. In diesen frühen Tagen der Nightside waren die Menschen in der Minderheit, und in unserer Zeit lang vergangene oder in die Straße der Götter verbannte Gestalten und Kräfte wandelten offen unter ihnen.

Zwei kräftige Riesen, große, in wehende Felle gehüllte, stampfende Monstrositäten, torkelten von gegenüberliegenden Seiten des Platzes aufeinander zu. Sie waren so groß, daß sie die höchsten Tempel überragten, und unter jedem ihrer Schritte bebte der Boden. Sie schrien einander mit Stimmen wie Donner oder wie das Aufeinanderprallen von Felsen etwas zu, und der Klang hatte nichts Menschliches. Sie prallten mitten auf dem Platz aufeinander, traten die Götter- und Heldenstatuen beiseite und gingen mit gewaltigen Vorschlaghämmern aufeinander los.

Es waren Menschen auf dem Platz, aber die hielten sich weitestgehend an den Seiten, blieben aus dem Weg und machten einen großen Bogen um alle anderen. Es gab rauhe, keltische Typen, gedrungene, bösartige Männer in Wolfspelzen mit blauer Farbe im Gesicht und Lehm im Haar. Sie trugen Schwerter und Äxte und knurrten jeden an, der ihnen zu nahe kam. Es gab Römer, Griechen und Perser, allesamt sicherheitshalber in bewaffneten Gruppen unterwegs. Manche Menschen sahen aus wie Hexer, und einige waren eindeutig wahnsinnig. Schließlich schritt noch ein schwerer Steingolem, auf dessen Stirn, über den rudimentär gestalteten Gesichtszügen hell das Wort Emeth leuchtete, entschlossen durch die Menge.

Diese frühe Nightside war ein seltsamer, launenhafter, gefährlicher Ort. Ich fühlte mich gleich zu Hause.

„Also", fragte Suzie, deren Stimme unter den gegebenen Umständen bemerkenswert lässig klang, „wollte Lilith uns wieder einmal hier haben oder ist Merlins Herz nur zu früh der Saft ausgegangen?"

„Keine Ahnung", sagte ich. „Aber es würde mich überhaupt nicht überraschen, wenn sich Mami aus Gründen, die sich nur ihr erschließen, immer noch einmischte. Entweder sie versucht weiterhin zu verhindern, daß wir den eigentlichen Ursprung der Nightside miterleben, oder sie will, daß ich hier etwas sehe. Und die Situation wird noch komplizierter dadurch, daß Lilith hier wahrscheinlich wirklich irgendwo steckt. Also, eine frühere Version ihrer selbst. Man hat sie vielleicht noch nicht verbannt. Wir werden aufpassen müssen, Suzie. Wir können es uns nicht leisten, ihre Aufmerksamkeit zu erregen."

„Warum nicht?" fragte Suzie. „Diese Lilith wüßte doch nicht einmal, wer du bist."

„Ich glaube ... sie müßte mich nur ansehen, um es zu wissen", sagte ich. „Dann würde sie Fragen stellen ... und wenn sie herausfände, daß sie in den Limbus verbannt werden wird, würde sie Schritte dagegen einleiten, darauf kannst du wetten, und unsere Gegenwart wäre tatsächlich am Arsch."

„Was machen wir mit dem Leichnam der Hexe?" fragte Suzie. Im Zweifel konzentrierte sie sich immer auf die drängendsten praktischen Probleme.

Ich sah mich um und entdeckte in einer Ecke des Platzes etwas, das wie eine städtische Müllkippe aussah. Es war ein großer, turmhoher Müllhaufen, umschwirrt von Fliegen und umlagert von Hunden und anderem. Ich machte Suzie darauf aufmerksam, und sie nickte. Sie bückte sich und warf sich Nimues Leichnam lässig wieder über eine Schulter, und ich hob Merlins Herz vom Boden auf. Der dunkle Muskel verweste bereits. Wir warfen Leichnam und Herz auf den Müllhaufen. Dichte Fliegenschwärme erhoben sich um uns in die Luft und summten wütend ob der Störung. Aus der Nähe war der Gestank fast unerträglich. Im aufgehäuften Müll der Stadt und darum herum lagen noch einige andere Leichen in verschiedenen Stadien der Verwesung. Manche stammten von Menschen, andere eindeutig nicht, und es gab überraschend viele tote Hunde und Wölfe. Kleine, pelzige, huschende Wesen bewegten sich über den Haufen und durch ihn hindurch und fraßen die saftigsten Stücke.

„Eine weitere Leiche wird niemandem auffallen", sagte Suzie zufrieden. „Ich schätze, in dieser Epoche beerdigt man nur Bürger."

Ich nickte und starrte Nimue an. Die gebeugten Arme, den in den Nacken gelegten Kopf, die blicklos starrenden Augen. „Sie ist meinetwegen gestorben", sagte ich. „Sie war noch ein Kind mit etwas Ehrgeiz und einem Blick für die große Chance. Das seinen guten alten Gönner und Förderer letztlich wirklich liebte. Jetzt ist sie tot, weil ich sie überredet habe, uns zu helfen."

„Du kannst nicht jeden retten", sagte Suzie.

„Ich hab's nicht mal versucht", sagte ich. „Ich war zu sehr mit meinen eigenen Problemen beschäftigt. Ich habe sie benutzt ... um zu bekommen, was ich wollte. Ich glaube, der Mann, zu dem ich werde, gefällt mir nicht besonders, Suzie."

Suzie schniefte. Sie war aus guten Gründen noch nie besonders sentimental gewesen. „Was tun?" fragte sie munter.

„Wir brauchen Informationen", sagte ich, froh um den Vorwand, mein Gewissen beiseite zu schieben und mich auf das Hier und Jetzt zu konzentrieren. „In dieser Nightside muß es einfach jemanden oder vielmehr etwas geben, das mächtig genug ist, um uns weiter in der Zeit zurückzuschicken, an den Ort und in die Zeit, zu der wir gelangen müssen."

Suzie zuckte die Achseln. „Ich wüßte aus dem Kopf heraus niemanden. Die meisten Mächte, die wir kennen, sind noch nicht geboren oder geschaffen worden." Sie betrachtete die verschiedenen Tempel. „Ich schätze, wir können allemal beten. Die römischen Götter waren ganz scharf darauf, sich in die Angelegenheiten der Menschen einzumischen."

„Ich glaube, deren Aufmerksamkeit will ich auch nicht erregen", sagte ich. „Auch sie würden zweifellos Fragen stellen, und die Antworten würden sie nur aufregen."

„Wir müssen in den Londinium-Club", sagte Suzie abrupt.

„Warum?" fragte ich.

„Weil der Türsteher im sechsten Jahrhundert noch wußte, daß wir schon einmal dagewesen waren. Was auch immer wir also tun, wenn wir ihm das erste Mal begegnen, es muß verdammt eindrucksvoll sein."

Ich runzelte die Stirn. „Ich hasse solche Zirkelschlüsse. Ich sage, wir durchbrechen den Kreis, damit nichts mehr fix ist. Ich muß nicht in den Club, wenn ich nicht will. Ich sage, wir gehen direkt in die älteste Bar der Welt, wie auch immer sie in dieser Epoche heißt, und sehen uns dort um."

„Das könnten wir tun", sagte Suzie. „Doch wie werden wir sie finden, wenn wir ihren Namen und ihre Adresse nicht kennen? Ich nehme an, du möchtest deine Gabe nicht einsetzen ..."

„Nein, ganz bestimmt nicht. Der Lilith dieser Zeit würde das sicher auffallen ..." Ich stand eine Weile da und dachte nach, während Suzie geduldig wartete. Sie hatte immer schon großes Vertrauen in meine Fähigkeit gehabt, für jedes Problem eine Lösung zu finden. „Wir brauchen eine Wegbeschreibung", befand ich schließlich.

„Klingt wie ein Plan", sagte Suzie. „Soll ich mir zufällig irgendwelche Leute schnappen und ihnen meine Schrotflinte in die Nase schieben?"

„Das geht auch einfacher", sagte ich. Ich kniete neben dem bewußtlosen römischen Legionär nieder, den ich zuvor niedergestreckt hatte, und brachte ihn so wenig brutal wie möglich wieder zu Bewußtsein. Ich half ihm beim Aufsetzen, während er ächzte und fluchte, dann lächelte ich ihn ermutigend an. „Wir brauchen eine Wegbeschreibung, Tavius. Du sagst uns, wo wir die älteste Bar der Welt finden, wir verschwinden und lassen dich in Ruhe, und du mußt uns nie wiedersehen. Wäre das nicht toll?"

„Die älteste Bar?" fragte der Legionär mürrisch. „Welche? Mir fallen mehrere ein, die das von sich behaupten könnten. Haben Sie keinen Namen?"

Ich seufzte und sah Suzie an. „Ich schätze, sie besteht noch nicht lange genug, um sich einen Namen gemacht zu haben."

„Dann gehen wir in den Londinium-Club?"

„Sieht so aus. Du weißt, wo der ist, oder, Legionär?"

„Klar." Er erklärte es uns. „Aber da haben nur Bürger Zutritt. Er ist ausnahmslos Mitgliedern vorbehalten und vom gesamten römischen Pantheon geschützt. Leute wie Sie haben keine Chance, ihn je von innen zu sehen."

Ich schlug ihn wieder k. o. und lief dann eine Weile lang immer im Kreis, wobei ich meine verletzte Hand festhielt und viel fluchte. Es gibt einen Grund, warum ich Handgemenge zu meiden versuche, nämlich den, daß ich darin echt scheiße bin. Suzie hielt freundlicherweise die Klappe.

*   *   *

Wir marschierten nach Tavius' Wegbeschreibung durch die Nightside. Zuerst fiel mir auf, daß die Luft zur Zeit der Römer sauberer und frischer war. Ich konnte den Himmel der Nightside deutlich erkennen, ohne einen Rauch- oder Dunstvorhang. Dann flog etwas wirklich Gewaltiges vor der Scheibe des übergroßen Mondes vorbei und verdunkelte ihn einen Augenblick lang tatsächlich völlig. Ich blieb ehrlich beeindruckt stehen und sah hinauf. Immer mal wieder mußte ich mich daran erinnern, daß dies nicht die mir bekannte Nightside war. Hier liefen die Dinge anders. Diese Zeit war noch gefährlicher als das sechste Jahrhundert, denn Mächte und Gewaltinstanzen wandelten hier offen und ohne natürliche Feinde durch die Nacht, und die Menschheit war nur ein geduldeter Neuankömmling.

Die einzige Beleuchtung lieferten Fackeln und Öllampen, die fest an jedes geeignete Gebäude geschraubt waren, aber das Licht reichte dennoch nicht aus. Die Schatten waren sehr tief und sehr finster, und viele Dinge schienen sich lieber in ihnen aufzuhalten als im Licht. Menschenmassen und Mengen anderer Wesen drängten sich durch die engen Straßen und Gassen und kümmerten sich um ihre eigenen Angelegenheiten, und es gab kaum eine Trennung zwischen dem Straßenverkehr und den Fußgängern. Der Verkehr selbst floß langsam und behäbig. Es gab einige Wagen, diverse Pferde (denen Sklaven folgten, die hinter ihnen die Pferdeäpfel auflasen) und eindeutig der Oberschicht angehörige Leute. Diese wurden von Personen, die ich zuerst auch für Sklaven hielt, welche aber ihren toten Gesichtern und starren Blicken nach zu urteilen ganz eindeutig Zombies waren, auf einer Art Couch umhergetragen wurden.

„Du bist die Expertin", sagte ich zu Suzie. „Wie heißen diese Couchdinger nochmal?"

„Sänften", antwortete sie wie aus der Pistole geschossen. „Hast du nicht gesagt, du habest ‚Ich Claudius, Kaiser und Gott' gesehen?"

„Habe ich auch, aber ich habe mir keine Notizen gemacht. Hast du die Zombies gesehen?"

„Klar. In dieser Ära nennt man sie Leichname. Vielleicht herrscht Mangel an guten Sklaven, oder vielleicht sind die Sklaven auch zu aufmüpfig geworden. Die Toten widersprechen jedenfalls nicht."

Tavius' Wegbeschreibung war extrem genau gewesen, und so ausführlich, daß ich sie mir hatte aufschreiben müssen. (Mein Kugelschreiber hatte Tavius wirklich beeindruckt.) Sie schien verdammt viel hin und her zu gehen und jede Menge Umwege zu enthalten, oft ohne erkennbaren Sinn und Zweck. Tatsächlich dauerte es ewig, irgendwo hinzukommen, und ich hatte es langsam wirklich satt, durch die respektlose Menge pflügen zu müssen. Als ich also die Gelegenheit für eine eindeutige Abkürzung sah, ergriff ich sie. Ich schritt eine völlig normal aussehende Straße entlang, erreichte beinahe das Ende und war dann plötzlich wieder am Anfang. Ich blieb stehen und sah mich um. Suzie schaute mir geduldig beim Nachdenken zu. Sie war sich eigentlich nicht zu schade für Bemerkungen wie „Hab ich's dir nicht gleich gesagt?", sparte sie sich aber lieber für wirklich unpassende Augenblicke auf, und ich glaube, in diesem Augenblick wollte sie lieber kein Risiko mit mir eingehen.

„Ich habe das Gefühl", sagte ich schließlich, „in dieser neuen Nightside ist der Raum noch nicht ausreichend definiert. Eine Wegbeschreibung kann subjektiv sein, und der Raum kann sich tatsächlich in sich selbst krümmen. Ich habe darüber schon alte Geschichten gehört, aber in unserer Nightside ist es schon seit Äonen nicht mehr passiert. Die Autoritäten neigen dazu, in diesen Fragen für Konstanten zu sorgen, weil das gut fürs Geschäft ist. Also ... halten wir uns von jetzt an wohl besser genau an Tavius' Wegbeschreibung."

„Gute Idee", nickte Suzie.

„Du kannst es kaum erwarten, ‚Hab ich's dir nicht gleich gesagt?' zu sagen, oder?"

„Das würde ich nicht wagen."

Wir eilten weiter und hielten uns genau an Tavius' Wegbeschreibung, aber wir waren noch keine zehn Minuten gegangen, als wir mitten in eine Falle tappten. Wir schlenderten über einen verdächtig leeren Platz, als er plötzlich verschwand und wir uns woanders fanden. Die Veränderung traf uns wie ein Hammerschlag. Es war plötzlich furchtbar heiß und stickig, und die Luft roch nach Gammelfleisch. Das Licht war dunkelpurpurn, und als ich nach oben sah, erblickte ich eine große, rote Sonne an einem kränklich rosa Himmel. Rings um uns herum befand sich ein Dschungel aus Fleisch und Blut. Er erstreckte sich kilometerweit, überall Bäume, Büsche und Schlingpflanzen aus Fleisch. Das ganze bewegte sich langsam, als reagiere es auf unsere plötzliche Anwesenheit. Suzie hatte schon ihre Schrotflinte gezogen und suchte ein Ziel.

„Ist das eine Zeitanomalie?" fragte sie mit einer wie immer ruhigen, kontrollierten Stimme.

„Kann sein", antwortete ich und versuchte, denselben Tonfall zu treffen. „Irgendeine extrem alternative Zeitlinie, die Vergangenheit oder die Zukunft oder ... dieser verdammte Tavius! Das hat er uns absichtlich nicht gesagt, weil er hoffte, wir würden mitten hineintappen."

„Ein häßlicher, blutiger Ort", sagte Suzie, und ich mußte ihr zustimmen.

Wir standen auf einer kleinen Lichtung in einem Dschungel aus Fleisch. Die Baumriesen waren rot und purpurn, und die großen, ledrigen Blätter hatten Knochen. Einige der Bäume waren eindeutig schwanger, mit wulstigen, ausgeleierten Löchern, die dunkel geädert waren. Sämtliche Pflanzen bestanden aus Fleisch und Blut, ihre rosa Haut schwitzte in der Gluthitze. Aus allen Richtungen trug die wechselnde Brise den Gestank verwesenden Fleisches an meine Nase, schwer und ekelhaft, und er hinterließ einen widerwärtigen Geschmack in meinem Mund. Es gab auch Blumen, große, breiige Gewächse wie Krebsgeschwüre in Technicolor, und hier und da ragten blutrote Rosen auf dornigen Stielen empor, deren karmesinrote Blütenblätter Münder voller nadelspitzer Zähne umrahmten. Alle Rosen wandten die Blüten in unsere Richtung, als betrachteten sie Suzie und mich, und aus ihren Kehlen drangen zischende Geräusche. Sie sprachen miteinander.

Jenseits und unter den dichten Dschungelstreifen konnte ich mit Mühe die verschwommenen Umrisse alter Ruinen erkennen. Alte, uralte Bauwerke, längst aufgegeben von ihren Erbauern. Dies war eine Welt, in der die Evolution anders verlaufen war. Grausame Fauna hatte sich hier in grausame Flora verwandelt.

Es war eine fremdartige Landschaft, fast wie ein anderer Planet, und Suzie und ich gehörten hier nicht her. Ich fühlte mich ... schrecklich allein. Schon drehten sich einige der Fleischpflanzen langsam in unsere Richtung, und die Rosen zischten einander wütend zu. Pflanzen wie Klumpen verfaulter Leber rissen rosa Wurzeln aus dem dunklen Boden und schlurften auf uns zu. Dornenranken erhoben sich rings um sie herum wie ein bösartiges Fangnetz. Klebrige Münder in dunkel geäderten Pflanzen wurden aufgerissen. Suzie eröffnete mit ihrer Schrotflinte das Feuer, schwenkte sie hin und her, und die Pflanzen vor uns und um uns herum explodierten, blutige Fleischbrocken spritzten umher. Ein hohes, klagendes Geräusch erklang, unmenschlich kratzig, als schrie der gesamte Dschungel vor Schmerz und Entrüstung auf. Ein schneller Rundblick zeigte, daß der Dschungel sich aus allen Richtungen näher schob. Selbst die Baumriesen beugten sich über uns. Suzie feuerte unablässig weiter, der Lärm war aus der Nähe ohrenbetäubend, aber sie verlangsamte das Vorrücken nicht einmal. Die fleischigen Pflanzen fraßen den Schaden und drangen weiter vor. Suzie begriff, daß sie nur Munition vergeudete, und schnappte sich eine der Granaten von ihrem Gürtel.

Ich fand, es sei Zeit einzugreifen, ehe die Situation völlig außer Kontrolle geriet. Ich schnappte mir die nächstbeste Rose und riß sie aus der dunklen Erde. Sie quiekte wie ein Schweinchen, das man vom Trog wegzieht, schlug mit dem dornigen Stiel aus und versuchte, ihn um mein Handgelenk und meinen Arm zu schlingen. Ich hielt die Rose unterhalb der Blüte fest, zog mein Silberfeuerzeug mit Monogramm aus der Manteltasche und entzündete es. Die anderen Rosen schrien synchron auf, und es wurde ganz still im Dschungel. Ich hielt die Flamme an die Rose, und die Blütenblätter zuckten zurück.

„Na gut", sagte ich. „Zurück, oder die Rose ist dran."

Es entstand eine Pause, dann zog sich der gesamte Fleischdschungel merklich ein Stück zurück. Die Pflanzen verstanden meine Worte vielleicht nicht, aber sie wußten, was ich meinte. Ich sah Suzie an und ruckte mit dem Kopf nach hinten. Sie überprüfte, ob unser Rückzugsweg frei war, und nickte. Langsam, Schritt für Schritt, gingen wir den Weg zurück, der uns in diese schreckliche Welt geführt hatte. Der Dschungel sah uns gehen, und seine fleischigen Blätter bebten vor Zorn. Die Rose wand sich heftig in meinem Griff, versuchte krampfhaft, sich zu befreien, und schnappte mit ihren fiesen Zähnen nach mir. Dann erlosch plötzlich das purpurne Gleißen und wich der beruhigenden Düsternis der Nightside. Wir hatten uns wieder über die Grenze der Zeitanomalie zurückgezogen. Die Rose stieß ein gepeinigtes Heulen aus, bis ich ihr einen Schlag mit der flachen Hand in ihre Blütenblätter verpaßte und sie damit zum Schweigen brachte. Ich stopfte mir die Rose in eine Manteltasche, und sie gab keinen Ton mehr von sich. Ich machte mir keine Sorgen, daß sie versuchen könnte zu entkommen; mein Mantel kann auf sich und seinen Inhalt aufpassen. Ich holte ein paarmal tief Luft und versuchte, den Gammelfleischgestank aus der Nase zu kriegen.

„Wirklich häßlicher Ort", konstatierte Suzie ruhig und unerschüttert wie immer. Sie steckte die Schrotflinte weg und sah mich an. „Woher wußtest du, daß die Rosen so wichtig sind?"

„Das war leicht", sagte ich. „Sie waren die einzigen, die sprechen konnten."

„Gehen wir in den Londinium-Club", schlug Suzie vor. „Da gibt es Gefahren, die ich begreife."

* * *

Wir hielten uns weiterhin genau an Tavius' Wegbeschreibung, achteten dieses Mal jedoch die ganze Zeit auf weitere Fallgruben. Aber recht bald erreichten wir ungefährdet den Londinium-Club. Von außen sah er aus wie immer, nur viel sauberer. Die Steinmauern waren makellos und schimmerten hell im Licht vieler Laternen. Die erotischen Basreliefs waren so detailreich, daß sie praktisch aus der Mauer heraus über den Betrachter herfielen. Am Kopf der Treppe stand derselbe Türsteher wie sonst auch und bewachte den Eingang. Er war wirklich so alt, wie man immer behauptete. Diesmal trug er eine schlichte, weiße Tunika und hatte die muskulösen Arme vor der breiten Brust verschränkt. Er warf einen Blick auf Suzie und mich in unseren mitgenommenen, blutverspritzten Klamotten und kam tatsächlich die Treppe herunter, um uns diesmal noch deutlicher den Weg zu verstellen. Da Vernunft und gute Worte hier eindeutig keine Option darstellten, griff ich in die Manteltasche, zog die Rose hervor und überreichte sie dem Türsteher. Er nahm sie ganz automatisch, dann schrie er schockiert und angeekelt auf, als sich der dornige Stiel um seinen Arm wickelte und die Blume sein Gesicht attackierte, indem sie nach seinen Augen schnappte. Er mußte sie mit beiden Händen abwehren. Während er damit beschäftigt war, gingen Suzie und ich einfach an ihm vorbei und durch die Tür ins Foyer, die Nase in der Luft, als gehörten wir dorthin.

Diesmal bestand das Foyer komplett aus weiß schimmernden Kacheln, und der ganze Boden war von einem riesigen bunten Mosaik bedeckt, das brandneu, taufrisch und blitzsauber war. Überall brannten Öllampen und erfüllten das Foyer mit einem goldenen Schimmer, so daß kein Schatten den Effekt trüben konnte. Das Bodenmosaik zeigte das gesamte römische Götterpantheon, so verstrickt in erotische Aktivitäten, daß ich kaum einen Gott vom anderen unterscheiden konnte, aber was meine Aufmerksamkeit eigentlich erregte, war das Deckenmosaik. Es war ein stilisiertes Frauenporträt. Das Antlitz meiner Mutter.

„Mir ist egal, ob das Götter sind", sagte Suzie. „Einige dieser Proportionen können nicht stimmen."

Ich lenkte ihre Aufmerksamkeit vom Boden auf das Gesicht an der Decke. „Das ist Lilith", sagte ich. „Das ist Mami. Es heißt, sie schlief mit Dämonen und gebar Monster."

Suzie schniefte auffällig unbeeindruckt. „Ja, so sieht sie auch aus. Mich interessiert mehr, was hier auf dem Boden abgeht. Ich meine, schau dir mal den Typen da am Rand an. Damit könnte man ja ein Robbenbaby erschlagen."

„Du begreifst nicht", insistierte ich. „Warum sollte der Londinium-Club Liliths Gesicht an der Decke seines Foyers haben?"

Suzie zuckte die Schultern. „Vielleicht war sie Gründungsmitglied. Das könnte die Langlebigkeit des Clubs erklären ..."

Ich schüttelte wenig überzeugt den Kopf. „Da muß mehr dran sein. Das hat irgendwas zu bedeuten ..."

„Alles bedeutet irgendwas."

Vielleicht war es ein Glück, daß uns der Aufwärter des Clubs, der durch das Foyer auf uns zukam, unterbrach. Ich wußte, er mußte der Aufwärter sein; sie hatten alle dieselbe arrogante Haltung, denselben mißbilligenden Blick. Und ich wußte auch, wir würden nicht miteinander auskommen. Er blieb in respektvollem Abstand stehen, verneigte sich leicht und schenkte uns sein bestmögliches leidgeprüftes Lächeln.

„Ihr Ruf eilt Ihnen voraus, mein Herr, meine Dame. Die Legionäre, die Sie verjagt haben, stehen noch immer unter Schock, und bisher sind Sie die einzigen, die sich je in den fleischfressenden Dschungel gewagt haben und an einem Stück wieder herausgekommen sind. Sie sind auch die ersten, die je an unserem Türsteher vorbeigekommen sind. Man diskutiert derzeit, ob man Ihnen einen Orden verleihen oder Sie mit einem Blitzstrahl niederstrecken soll. Jedenfalls ist klar, daß Sie zwar weder Bürger noch Mitglieder sind, noch es wohl je sein werden, doch es ist für alle Beteiligten angenehmer, wenn ich Sie im Club willkommen heiße und frage, was ich für Sie tun kann. Immer unter der Voraussetzung, daß wir Sie wieder loswerden wollen, je früher, desto besser."

Ich sah Suzie an. „Warum kann nicht jeder so vernünftig sein?"

„Das würde keinen Spaß machen", sagte Suzie.

„Darf ich fragen, warum Sie hier sind, mein Herr, meine Dame?" fragte der Aufwärter.

Ich erzählte ihm die Kurzfassung, und er nickte langsam. „Nun, eine ganze Reihe von Göttern, Wesen und Hexern, die Ihnen vielleicht helfen könnten, sind derzeit angesehene Clubmitglieder; recht viele davon sind heute hier anwesend. Gehen Sie durch diese Tür, und Sie werden die meisten beim Entspannen im Dampfbad antreffen. Ich bin mir sicher, sie werden jemanden finden, der Ihnen weiterhelfen kann. Bedienen Sie sich an den clubeigenen Ölen, aber klauen Sie die Handtücher nicht. Wir sind schon wieder knapp dran."

„Oh, ich glaube nicht, daß wir sie im Bad stören müssen", sagte ich rasch. „Das Speisezimmer tut's auch."

Der Aufwärter zog schockiert eine Braue hoch. „Das Speisezimmer und das Vomitorium liegen hinter den Bädern, mein Herr. Von allen Mitgliedern wird erwartet, sich erst gründlich zu reinigen, ehe sie ins Speisezimmer dürfen. In Ihrem ... gegenwärtigen Zustand haben Sie dort keinen Zutritt. Wir müssen auf den Erhalt gewisser Standards achten. Wenn Sie sich jetzt bitte ausziehen würden ..."

„Ganz?" fragte Suzie ein wenig drohend.

„Aber ja doch", sagte der Aufwärter. „Sie baden doch nicht bekleidet, oder? Ich meine, Sie sind offenbar Barbaren, aber es gibt wirklich Grenzen hinsichtlich des Verhaltens, das wir hier zu dulden bereit sind. Dies ist ein zivilisierter Club für zivilisierte Leute. Saubere zivilisierte Leute. Wenn Sie erwarten, unsere verdienstvollsten Mitglieder treffen zu dürfen, können wir nicht erlauben ..."

„Nicht?" fragte Suzie, und ihre Hand legte sich auf eine der Granaten an ihrem Gürtel.

Der Aufwärter mochte zwar nicht wissen, was eine Granate war, aber er erkannte eine Drohung, wenn er sie sah. Er richtete sich zu seiner vollen Größe auf. „Dieser Club wird vom gesamten römischen Pantheon geschützt. Machen Sie hier Ärger, und Sie verlassen das Foyer in mehreren Eimern."

Suzie schniefte laut, nahm aber die Hand von der Granate. „Ich glaube, er blufft nicht, Taylor. Niemand achtet strenger und unnachgiebiger auf die Einhaltung seiner Regeln und Traditionen als ein neugegründeter exklusiver Club. Das römische Pantheon war berühmt für seine Vorliebe für das Niederstrecken Ungläubiger."

Ich sah den Aufwärter an, und er wich tatsächlich einen Schritt zurück. „Sie könnten uns den Zugang nicht verwehren."

„Vielleicht nicht", sagte Suzie. „Aber wenn wir uns gewaltsam Zutritt verschaffen, kannst du darauf wetten, daß niemand mit uns reden wird. Die Sorte Wesen, die uns helfen kann, wird sich von uns weder bestechen noch einschüchtern lassen. Zum Teufel, Taylor, wie weit sind wir gekommen, wenn ich jetzt schon die Stimme der Vernunft bin? Was ist denn los, hast du vergessen, saubere Unterwäsche anzuziehen?"

„Du mußt das nicht tun, Suzie", sagte ich. „Du kannst hierbleiben, und ich gehe allein rein."

„Vergiß es. Du brauchst jemanden, der dir den Rücken freihält. Besonders an so einem Ort."

„Ich versuche, dich zu schützen, Suzie. Nach allem ... was mit dir passiert ist ..."

„Ich brauche keinen Schutz." Sie sah mich ruhig an. „Mir ist das wirklich egal, John. Du bist total ... süß, aber mach dir um mich keine Sorgen."

Ich funkelte den Aufwärter an. „Ich hoffe, es lohnt sich. Sind heute nacht irgendwelche wirklichen Mächte anwesend?"

„Oh ja, mein Herr. Jede Menge. Es ist sogar eine echte Gottheit anwesend. Poseidon, der Gott der Meere, beehrt uns mit seiner edlen Anwesenheit. Gehen Sie taktvoll mit ihm um, er ist betrunken. Er ist auch der Gott der Pferde, selbst wenn niemand zu wissen scheint, wie es dazu kam. Erwähnen Sie es nicht, es wird ihn nur aufregen, und es dauert ewig, hinterher das ganze Seegras aus dem Becken zu klauben. Wenn Sie mir bitte folgen würden ..."

Er führte uns durch die Doppeltür am anderen Ende des Foyers in eine hübsche kleine Umkleide mit langen Holzbänken. Hinter der nächsten Doppeltür hörte ich Stimmen und Geplansche. Die Luft war parfümiert und angenehm warm. Der Aufwärter hüstelte bedeutsam.

„Wenn Sie mir bitte Ihre ... Kleidung geben würden, mein Herr, meine Dame. Ich lasse sie gründlich reinigen, ehe Sie wieder gehen. Es dauert nicht lange ..."

„Passen Sie auf den Mantel auf", sagte ich. „Er hat massive eingebaute Schutzmechanismen."

„Daran habe ich keinen Augenblick gezweifelt, mein Herr."

„Und Finger weg von meinen Waffen", knurrte Suzie. „Sonst wird man euch mit dem Spatel von der Wand kratzen müssen."

Sie ließ die Schrotflinte in ihrem langen Holster von der Schulter gleiten, dann nahm sie die Munitionsgurte und ihren Granatengürtel ab. Der Aufwärter nahm alles mit der angemessenen Vorsicht entgegen. Suzie sah mich nicht an, als sie aus ihrer Lederjacke schlüpfte, und ihr Gesicht war reglos, vollkommen reglos. Ich zog meinen Mantel aus. Es war, als lege ich eine Rüstung ab. Suzie stieg aus der Lederhose und öffnete ihre Bluse. Darunter trug sie einen einfachen, funktionalen BH und eine entsprechende Unterhose. Das ergab Sinn. Sie ging davon aus, daß niemand je ihre Unterwäsche zu sehen bekam. Ich zog Hemd und Hose aus, froh, daß ich am Morgen daran gedacht hatte, eine frische Unterhose anzuziehen. Ich hatte Boxershorts noch nie gemocht. Ich weiß gern genau, wo alles ist. Suzie und ich zogen auch unsere Unterwäsche aus. Der Aufwärter nahm alles entgegen und legte größten Wert darauf, deutlich zu machen, daß unsere Nacktheit ihm nichts bedeutete. Er schichtete alles zu einem transportablen Stapel auf und verschwand fast dahinter, als er diesen aufhob.

„Wir werden Ihre Kleidung reinigen und Ihre Waffen bewachen, bis Sie gehen möchten, mein Herr, meine Dame. Viel Spaß im Bad, bleiben Sie, so lange Sie möchten, und denken Sie bitte daran, nicht ins Becken zu pinkeln."

Er verließ den Raum, und die Türen schlossen sich hinter ihm, so daß Suzie und ich allein zurückblieben. Lange standen wir da und sahen einander an. Trotz allem, was wir getan und gemeinsam durchgemacht hatten, hatten wir einander noch nie nackt gesehen. Ich hatte gedacht, es wäre mir unangenehm, aber vor allem hatte nach wie vor mein Beschützerinstinkt das Sagen. Zuerst sah ich ihr nur ins Gesicht, versuchte, höflich zu sein, aber damit hielt sich Suzie nicht auf. Sie betrachtete mich mit offener Neugier. Also tat ich es ihr nach. Sie hatte so viele Narben, so viele alte Verletzungen, daß ihr Körper aussah wie die Landkarte eines harten Lebens.

„Das sind nur die, die man sieht", knurrte Suzie. Sie lächelte, als sich unsere Blicke begegneten. „Nicht schlecht, Taylor. Ich habe mich immer schon gefragt, wie du wohl ohne den Trenchcoat aussiehst."

„Du siehst toll aus", sagte ich. „Ich dachte immer, du wärst sicher irgendwo tätowiert."

„Nö", antwortete sie leichthin. „Ich konnte mich nie dazu durchringen. Ich wußte einfach, am nächsten Morgen würde ich es hassen."

„Auch recht", sagte ich. „Das wäre auch gewesen, als sprühe man Graffiti über einen alten Meister."

„Oh bitte, Taylor. Ich mache mir keine Illusionen über mein Aussehen. Schon vor meinem neuen Gesicht habe ich das nicht getan."

„Du siehst gut aus", beharrte ich. „Vertrau mir."

„Taylor, du doppelzüngiger Teufel."

Wir konnten das Geplänkel nicht durchhalten, also verstummten wir. Sie hatte einen schönen Körper mit großen, freundlichen Brüsten und einem süßen Bäuchlein. Aber überall waren Narben; Stichwunden, Schußwunden, Zahn- und Klauenspuren. Man wird nicht zur besten und gefürchtetsten Kopfgeldjägerin der Nightside ohne die Bereitschaft zum intensiven Nahkampf.

„Du hast auch Narben", sagte Suzie schließlich. „Das Leben hat uns seinen Stempel aufgedrückt, John."

Sie streckte eine Hand aus und zeichnete langsam und vorsichtig eine meiner Narben mit der Fingerspitze nach. Nur mit der vordersten Zeigefingerspitze, eine hauchzarte Berührung, die über meinen Körper wanderte. Ich stand ganz still. Ihr eigener Bruder hatte Suzie als Kind wiederholt sexuell mißbraucht. Sie hatte ihn schließlich dafür getötet. Aber seither konnte sie niemanden mehr berühren und sich von niemandem mehr anfassen lassen. Nicht einmal die leiseste Berührung, das sanfteste Streicheln. Nicht von einem Liebhaber, nicht von einem Freund, nicht einmal von mir. Sie kam ein wenig näher, und ich hielt ganz still, weil ich sie nicht erschrecken wollte. Nur Gott allein wußte, wieviel Kraft sie diese Kleinigkeit kostete. Ich sah, wie sich ihre Brüste hoben und senkten, als sie tief durchatmete. Ihr Gesicht war ruhig, nachdenklich. Ich wollte so sehr nach ihr greifen ... aber letztlich senkte sie die Hand und wandte sich ab.

„Ich kann nicht", flüsterte sie. „Ich kann nicht ... nicht einmal mit dir, John."

„Schon gut", sagte ich.

„Nein, ist es nicht. Es wird nie gut werden."

„Du bist einen so langen Weg gegangen, Suzie."

Sie schüttelte noch immer den Kopf, ohne mich anzusehen. „Was getan ist, ist getan. Das wußte ich immer schon. Ich kann ... dich nicht lieben, John. Ich glaube, ich kann das nicht mehr."

„Doch, klar", sagte ich. „Vor fünf Jahren hast du mir in den Rücken geschossen, damit ich nicht abhaue, weißt du noch?"

Sie nickte und sah mich wieder an. „Das war ein Schrei nach Aufmerksamkeit."

Ich trat ganz dicht an sie heran und versuchte nach Kräften, ihr beizustehen, ohne ihr zu nahe zu kommen. „Es gab eine Zeit ... da hättest du nicht einmal das gekonnt, Suzie. Du veränderst dich. Ich auch. Wir Monster müssen zusammenhalten."

Sie sah mich an, und auch wenn sie nicht lächelte, wandte sie doch zumindest den Blick nicht ab. Langsam und sehr vorsichtig hob ich die Hand und berührte mit den Fingerspitzen die unebene Fläche von Narben und verbranntem Gewebe, die jetzt ihre rechte Gesichtshälfte bildete. Die harte Haut fühlte sich kalt und tot an. Suzie sah mir in die Augen, blinzelte kaum, zuckte aber auch nicht zurück.

„Du weißt", sagte ich, „daß ich nie wieder zulassen werde, daß man dich so verletzt. Ich werde bluten, mich verletzen lassen und sterben, ehe ich das noch einmal zulasse."

Aber das ging einen Schritt zu weit. Die Wärme wich aus ihrem verbliebenen Auge, und ich nahm rasch die Hand aus ihrem Gesicht. Sie sah mich lange mit ruhigem, kühlem, völlig kontrolliertem Gesichtsausdruck an.

„Ich kann auf mich selbst aufpassen, Taylor. Aber danke für deine Aufmerksamkeit. Sollen wir uns das Bad anschauen gehen?"

„Warum nicht?" fragte ich. Der intime Augenblick war vorbei, und ich wußte, ich konnte ihn nicht wieder heraufbeschwören. „Aber wenn jemand auf mich zeigt und lacht, werde ich seinen Kopf an die Wand knallen, bis seine Augen die Farbe wechseln. Selbst wenn es sich um einen Gott handelt."

„Männer", knurrte Suzie. Sie spreizte unglücklich die Finger. „Ohne meine Schrotflinte fühle ich mich nackt."

„Du bist nackt."

Wir stießen die Doppeltür der Umkleide auf und traten hinaus in eine große, dampferfüllte Kammer, die größtenteils von einem riesigen Schwimmbecken ausgefüllt wurde. Die Luft war extrem heiß und schwül, der Dampf nebeldicht. Ein halbes Dutzend Sklaven war damit beschäftigt, Kohle in eine eiserne Brennschale zu häufen und große Wassereimer darüber auszuleeren. Suzie und ich gingen weiter in den Raum hinein, und der Dampf wurde etwas weniger dicht, als wir uns dem Schwimmbecken näherten. Zahlreiche nackte Männer und Frauen und eine ganze Menge anderer Gestalten, deren Nacktheit deutlich machte, daß sie nicht einmal annähernd menschlich waren, lümmelten entspannt auf gepolsterten Diwanen. Im Becken selbst befanden sich mehrere Meerjungfrauen, die ganz aus einem flotten Lächeln, wogenden Brüsten und langen, gegabelten Fischschwänzen zu bestehen schienen. Ein halbes Dutzend Delphine sprang im Wasser auf und ab und zeigte seine Kunstfertigkeit mit breitem Grinsen, das einen Haufen Zähne offenbarte. Es gab Undinen, Sirenen und weitere Echsentypen; am anderen Ende des Teichs saß gut neun Meter groß der Meeresgott Poseidon persönlich. Sein Kopf stieß an die Decke, und seine Beine nahmen die gesamte Beckenbreite ein. Sein Riesenleib war dicht behaart und sein bärtiges Gesicht fast unmenschlich gutaussehend. Seine Proportionen waren menschlich, sah man einmal von seinem wirklich beeindruckenden Gemächt ab. Ich wandte den Blick ab. Ich konnte es mir wirklich nicht leisten, mich noch vor der ersten Verhandlungsrunde einschüchtern zu lassen. Vom Becken und seinem Rand aus sahen Männer, Frauen und andere Wesenheiten Suzie und mich neugierig an. Ich wurde das Gefühl nicht los, daß viele dieser Leute angezogen besser ausgesehen hätten.

„He", sagte Suzie. „Hast du Poseidons ..."

„Ich versuche, es nicht zu bemerken."

„Die Augen höher, Taylor. Ich meinte: Er hat keinen Nabel."

Ich sah hin. Er hatte keinen. „Klar", sagte ich. „Er ist aus dem Glauben heraus entstanden, nicht durch Geburt."

Inzwischen hatten wir den Beckenrand erreicht. Die Gespräche waren verstummt, als wir uns vorsichtig zwischen den Mitgliedern, die auf ihren Diwanen lagen, hindurchgeschlängelt hatten. Offenbar eilte uns unser Ruf auch hier voraus. Leider hinderte er einen armen Irren nicht daran, die Hand auszustrecken und Suzie träge über den Hintern zu streicheln. Sie trat ihn vom Diwan herunter und direkt ins Becken. Alle lachten, manche klatschten sogar, und ich entspannte mich ein wenig.

„Gut gemacht, meine Liebe", sprach Poseidon, dessen laute Stimme durch die dampfgeschwängerte Luft dröhnte. „Tretet näher, Sterbliche, und nennt euer Begehr."

Wir gingen am Beckenrand entlang, blieben am Ende stehen und blickten zu dem Gott auf. Aus der Nähe war sein Gesicht groß, breit und erfüllt von einem Lächeln, und trotz der Größe und überwältigenden Präsenz des Gottes war mein erster Gedanke, daß er nicht allzu intelligent aussah. Ich schätze, wenn man ein Gott mit göttlichen Kräften ist, muß man das auch nicht sein.

„Ihr stammt nicht aus dieser Zeit, oder?" fragte er lässig. „Ihr riecht nach Chronos."

„War das nicht ein griechischer Gott?" fragte Suzie.

Poseidon zuckte die Achseln. „Wir haben um der Vollständigkeit willen ein paar Mitglieder der alten Garde behalten."

„Wir sind Reisende", sagte ich. „Aus der Zukunft."

„Oh, Touristen", sprach Poseidon. Er klang enttäuscht.

„Haben Sie schon andere Reisende wie uns gesehen?" fragte Suzie.

„Oh ja." Poseidon kratzte sich träge in den Locken auf seinem Kugelbauch. „Ein paar sind eigentlich immer auf der Durchreise, immer ganz scharf darauf, uns alles über die Zukunft zu erzählen, aus der sie stammen. Als ob mich das interessieren würde. Mit der Zukunft ist es wie mit Arschlöchern; jeder hat eins. Schließlich werden die Menschen immer Götter brauchen, egal was für eine Gesellschaftsordnung sie sich einfallen lassen. Nichts macht einen Arbeitsplatz so sicher, wie wenn der Inhaber unsterblich und allmächtig ist." Plötzlich runzelte er die Stirn. „Viel zu viele der Reisenden bestehen darauf, von diesem neuen Gott zu reden, dem Christus. Nicht, daß ich den Burschen kenne. Ist er in eurer Zeit beliebt? Ist er unserem Pantheon beigetreten?"

„Nicht wirklich", sagte ich. „Wo wir herkommen, glaubt niemand mehr an Ihr Pantheon."

Sein Gesicht umwölkte sich erst und verfinsterte sich dann gefährlich. Ich wußte sofort, als ich die Worte aus meinem Mund hörte, daß sie ein Fehler gewesen waren, aber wenn man nackt vor einem anderen nackten Mann steht, der fünfmal so groß ist wie man selbst, ist man nun mal abgelenkt. Poseidon stand abrupt auf und stieß sich den Kopf an der Decke. Fliesen barsten und brachen, und Bruchstücke fielen ins Becken, während Poseidon sich den Kopf hielt und vor Schmerz brüllte. Niemand lachte, und die meisten Kreaturen zogen sich ans andere Ende des Beckens zurück. Der Gott sah sich mit funkelnden Augen um, dann hob er die Hände, und aus dem Nichts zuckten Blitze herab. Knisternde Blitzstrahlen erschütterten das gesamte Badehaus, und die verschiedenen Mitglieder sprangen von ihren Diwanen und rannten um ihr Leben. Ich hatte das Gefühl, sie taten das nicht zum ersten Mal. Die Kreaturen im Becken verschwanden, zurück dahin, wo sie hergekommen waren. Ich schnappte mir einen Diwan, kippte ihn um und verbarg mich mit Suzie dahinter, während das Unwetter unvermindert weitertobte.

„Na toll, Taylor", knurrte Suzie.

„Für einen allmächtigen Gott zielt er wirklich lausig", sagte ich.

Abrupt hörte es auf zu blitzen, und jemand nahm uns einfach den Diwan weg. Poseidon warf ihn der Länge nach ins Becken und beugte sich dann mit funkelnden Augen über Suzie und mich. Sein Gesicht war puterrot vor Zorn und sehr häßlich. Suzie und ich krabbelten rückwärts, dann rannten wir wie geölte Blitze zum anderen Ende des Badehauses, während der Meeresgott die langen Arme nach uns ausstreckte. Poseidon stand gebückt im Becken, den krummen Rücken an die Decke gepreßt. Er wurde im Minutentakt größer und füllte sein Ende des Badehauses mittlerweile komplett aus. Er brüllte wie ein wilder Stier, und das Geräusch, das von den gefliesten Wänden zurückgeworfen wurde, war ohrenbetäubend.

„So", keuchte Suzie atemlos. „Wir sind nackt und unbewaffnet und haben es mit einem echt angepißten Gott zu tun. Wie sieht deine nächste geniale Idee aus?"

„Ich denke ja schon nach."

„Dann denk schneller!"

Poseidon wurde immer noch größer, und die Decke des Bades barst, als er Rücken und Schultern dagegenpreßte. Er griff mit seinen Pranken nach Suzie und mir, und wir scherten in unterschiedliche Richtungen aus. Der Gott hielt einen Augenblick inne, hin- und hergerissen zwischen widerstreitenden Impulsen, und während er sich mit dem Problem auseinandersetzte, fiel mir zufällig auf, daß das große Becken fast kein Wasser mehr enthielt.

Poseidon war der Gott des Meeres, und er hatte alles Wasser aus dem Becken aufgesogen, um seine neuen Körpermaße zu erreichen. Aber dies war auch ein Dampfbad ... ich schnappte mir einen der Diwane, benutzte ihn als Hebel und kippte die eiserne Brennschale voller glühender Kohle mitten ins Becken. Unmengen Dampf wallten auf, als die Kohle ins restliche Wasser fiel, und sofort verschwand alles in dichtem Nebel. Poseidon schrie wütend auf, aber seine Stimme war nicht mehr annähernd so laut.

Langsam verteilte sich der Dampf und enthüllte einen fast menschengroßen Gott, der verwirrt neben dem Becken stand. Die extreme Hitze hatte das überschüssige Wasser prompt aus ihm herausgekocht. Suzie rannte los und war im Handumdrehen bei ihm, ein Stück gesplittertes Holz von einem zerschlagenen Diwan in der Hand. Sie packte eine Handvoll der Locken des Gottes, riß seinen Kopf in den Nacken und preßte ihm die scharfen Holzkanten an die Kehle.

„Schon gut, schon gut!" brüllte Poseidon. „Sterblicher, pfeif deine Frau zurück!"

„Vielleicht", sagte ich und schlenderte am Becken entlang zu ihnen hinüber. „Sind Sie jetzt kooperativer gestimmt?"

„Ja, ja! Ihr müßt mich hier rauslassen, ehe die Hitze mich komplett verdampft! Ich hasse das."

„Sie müssen uns einen Gefallen erweisen", sagte ich mit fester Stimme.

Poseidon schmollte und schob die Unterlippe vor. „Alles, wenn ich euch nur loswerde."

„Meine Kollegin und ich müssen weiter in der Zeit zurück", sagte ich.

„Zweihundert Jahre sollten reichen", setzte Suzie hinzu.

„Ganz an den Anfang der Nightside", schloß ich.

„Ah", sprach Poseidon. „Das ist ein Problem. Bei den Göttern! Vorsicht mit dem Holz, Frau! Nur weil mein Götterleib jeden Schaden irgendwann regenerieren kann, bin ich doch nicht schmerzunempfindlich! Schaut, ich veranstalte keine Zeitreisen. Das ist Chronos' Sache. Ich bin nur der Gott des Meeres und wegen eines Registraturfehlers auch jener der Pferde. Aber ich habe keine Macht über die Zeit. Wir Götter halten uns ganz streng an unsere Aufgabenbereiche. Nein, ich kann euch Chronos nicht vorstellen; den hat seit Jahren niemand mehr gesehen. Tut mir leid, aber ich kann euch wirklich nicht helfen!"

„Wer dann?" fragte Suzie.

„Ich weiß nicht ... echt nicht! Ehrlich! Ich weiß es nicht! Oh, bei den Göttern, am Ende habe ich wieder überall Spreißel, ich ahne es schon ... schaut, nicht weit von hier ist diese wirklich schreckliche Bar, angeblich die älteste in der Nightside. Dort solltet ihr mal nachfragen."

Suzie funkelte mich an. „Wage es nicht, auch nur daran zu denken, ‚Hab ich's dir nicht gleich gesagt?' zu sagen, Taylor."

„Das würde ich niemals wagen", versicherte ich ihr. Ich sah Poseidon an. „Wie heißt die Bar?"

„Dies Irae. Was nur beweist, daß jemand dort klassischen, aber auch sehr verdrehten Humor hat. Soll ich euch direkt hinversetzen?"

„Können Sie das?" fragte ich.

„Nur mit eurer Zustimmung, sonst hätte ich euch inzwischen schon auf den Mond geschossen ... au! Das tat weh, Frau!"

„Versetzen Sie uns in die Bar", sagte ich. „Direkt, ohne Umwege und mit all unseren Klamotten und Waffen, und denken Sie nicht einmal daran, uns zu folgen."

„Glaubt mir", sprach Poseidon, „ich will in meinem ganzen unendlichen Leben keinen von euch beiden je wiedersehen."

＃ Sterbenswert 10

Als Suzie Shooter und ich in der ältesten Bar der Welt ankamen, trugen wir die Klamotten des jeweils anderen. Ob das nun die letzte Trotzreaktion eines extrem angepißten Gottes oder einfach nur ein weiteres Beispiel für seine mangelnde Intelligenz darstellte, das Ergebnis war, daß wir beide überrascht und verletzlich wirkten, als wir eintrafen. Und das ist in der ältesten Bar der Welt immer gefährlich, egal in welcher Epoche. Eine große, bullige Gestalt, die in ein ganzes Bärenfell gehüllt war, schlurfte fies grinsend auf Suzie zu. Suzie trat den Kerl voll in die Eier, und zwar so heftig und mit derart viel Enthusiasmus, daß selbst Leute, die noch drei Meter entfernt saßen, mitleidige Schmerzenslaute ausstießen. Im Fallen gab ich dem Kerl noch einen mit, nur damit auch klar war, wie ich die Sache sah. Mehrere Freunde des Bärenmannes beschlossen nun, sich einzumischen, und standen auf, wobei sie verschiedene Waffen zogen und wilde Drohlaute ausstießen. Ich zog Suzies Schrotflinte aus dem Holster auf meinem Rücken und warf sie ihr zu, und kurze Zeit später war die nächstgelegene Steinwand mit Blut und Gehirn bespritzt. Danach ließen uns alle in Ruhe.

Die Leute, die auf den langen Holzbänken an den umstehenden Tischen saßen, schauten demonstrativ weg, als Suzie Shooter und ich uns auszogen und Klamotten tauschten. Scheiß auf Anstand; ich konnte mich unter keinen Umständen in Suzies Unterwäsche durch die Nightside prügeln. Dem Tempo nach zu urteilen, in dem sich Suzie auszog, sah sie das eindeutig ähnlich. Wir zogen schnell wieder unsere eigene Kleidung an und überprüften dann in aller Ruhe, ob auch all unsere Waffen und sonstigen Ausrüstungsgegenstände an Ort und Stelle waren. Wir wollten nicht in den Londinium-Club zurück müssen, um uns zu beschweren. Plötzlich auftauchend, brutal zuschlagend und allumfassend aufräumend. Aber alles war, wo es hingehörte, und man mußte eingestehen, daß die Wäscherei des Clubs Großes geleistet hatte. Nirgends fanden sich mehr Blutflecken, und mein Trenchcoat hatte seit dem Kauf nicht mehr so blendend weiß ausgesehen. Sogar die Metallnieten an Suzies Lederjacke hatte man poliert und alle fehlenden Kugeln in ihren Munitionsgurten ersetzt. Nachdem Suzie und ich auf diese Weise unsere Würde wiederhergestellt hatten, sahen wir uns drohend um und schritten zwischen den vollbesetzten Tischen und Bänken hindurch zu der langen Holztheke am anderen Ende des Raumes.

Das Lokal war eine üble Spelunke: überfüllt, völlig verdreckt, und es stank furchtbar. Es gab keine Fenster, keine erkennbare Belüftung, und fettiger Rauch hing so dick wie schwebendes Erbrochenes in der Luft. Nur mit Mühe drängten die Fackeln in ihren Halterungen und einige Öllampen, die in Nischen in den kahlen Steinwänden standen, die allgemeine Düsternis ein wenig zurück. Den Boden bedeckte etwas Klebriges, und ich wollte nicht einmal darüber nachdenken, was es sein mochte. Ratten gab es keine, aber wahrscheinlich nur, weil die anwesenden Gäste sie längst gegessen hatten. Ausnahmsweise schien die Kundschaft der Bar in erster Linie aus Menschen zu bestehen. Sie waren derb und fies, der Abschaum der Menschheit, und die meisten sahen aus, als seien Bezeichnungen wie Schläger und Drecksack für sie ein echter Aufstieg auf der sozialen Leiter. Sie trugen einfache, schmutzige Tuniken und Felle, die wirkten, als hätten sie am Morgen noch am Spendertier gehangen. Alle waren gut bewaffnet, und die Gäste machten den Eindruck, als seien sie auch bereit, ihre Waffen bei der kleinsten Provokation einzusetzen.

In der Bar ging es rauh zu, ein halbes Dutzend Schlägereien liefen parallel, und es ertönte gleich ein ganzer Haufen von gräßlich gesungenen Refrains. Jemand, der von Kopf bis Fuß in blaue Farbe getaucht worden war, tätowierte einem Barbaren mit einer Knochennadel, einem Tiegel Indigo und einem Hämmerchen ein kompliziertes druidisches Muster auf den Rücken, und der Barbar erwies sich zur Erheiterung seiner Kumpane als echtes Weichei. Ein halbes Dutzend Huren, die eher furchterregend als sexy wirkten, nahmen zwei bewußtlose Trunkenbolde gründlich aus. Eine von ihnen zwinkerte mir im Vorübergehen zu, und ich mußte mich anstrengen, um nicht zurückzuzucken. Bei etwa einem Dutzend ziemlich haariger Typen war ich mir sicher, daß es sich um Werwölfe handelte. Ich sah mindestens einen Vampir und einen Haufen besonders brutal wirkender Kerle, die ich ohne ausgearbeiteten Stammbaum und Gentest nicht als Menschen bezeichnet hätte.

„Du führst mich echt immer an die tollsten Orte, Taylor", sagte Suzie. „Ich hoffe, daß keine meiner Impfungen abgelaufen ist."

„Ich schätze, der Laden hat einfach noch keinen Ruf", sagte ich.

„Es kann nur aufwärts gehen. Ich hätte große Lust, schon aus Prinzip alle Anwesenden zu erschießen."

„Die hast du doch immer, Suzie."

„Stimmt."

Die Leute wichen tatsächlich zurück, als wir uns dem langen Holztresen näherten, und machten uns jede Menge Platz. In so einer Kaschemme war das ein echtes Kompliment. Ich knallte eine Handfläche auf die Theke, um die Aufmerksamkeit der Bedienung zu erregen, und etwas Kleines, Dunkles huschte mir über den Handrücken. Beinahe hätte ich aufgeschrien. Jemand, der etwas weiter rechts an der Bar saß, fing das kleine, dunkle, huschende Etwas ab und aß es. Hinter der Theke arbeiteten ein Mann und eine Frau und gaben Wein in billigen Zinnkelchen und -bechern aus. Der Mann war groß für diese Epoche, um die eins siebzig, und trug eine rauhe Tunika, die so dreckig war, daß man die ursprüngliche Farbe nicht mehr erkennen konnte. Er hatte ein langes, blasses Gesicht mit pechschwarzem Haar und einem buschigen Bart und dazwischen finster dreinblickende Augen, eine Hakennase mit breiten Nasenflügeln und einen mürrisch verzogenen Mund. Die Frau neben ihm war kaum einen Meter fünfzig groß, glich das aber durch einen stets finsteren Blick voll konzentrierter Bösartigkeit aus, den sie allen und jedem schenkte. Sie hatte ihr dunkelblondes Haar mit großen Mengen von Ton zu zwei emporstehenden Hörnern gestylt und besaß ein Gesicht wie ein Bulldoggenarsch. Ihre dreckige Tunika verbarg erfolgreich alle potentiellen weiblichen Reize. Gemeinsam schenkten die beiden Getränke aus, reichten sie über die Theke, schnappten sich das Geld und weigerten sich lautstark, Wechselgeld herauszugeben. Dann und wann zogen sie Leuten große Holzknüppel über, die sie unter der Theke liegen hatten. Der Grund dafür war nicht immer klar, aber an so einem Ort hatten die Opfer dies – und wahrscheinlich noch viel mehr – zweifellos verdient. Der Mann und die Frau ignorierten stur meine Versuche, ihre Aufmerksamkeit zu erlangen, bis Suzie ihre Schrotflinte auf die hinter dem Tresen stehenden Flaschen abfeuerte; das hatte sich als Mittel zur Aufmerksamkeitserregung schon zuvor mannigfaltig bewährt. Die Gäste rings um uns herum zogen sich noch weiter zurück, manche von ihnen merkten laut an, wie spät es doch sei und daß sie wirklich heim müßten. Der Mann und die Frau hinter der Theke kamen zögerlich zu uns herübergeschlurft. Er sah noch mürrischer aus, sie noch giftiger als schon zuvor.

„Ich schätze, es besteht keine Chance, daß Sie für den Schaden aufkommen?" fragte der Mann.

„Vergessen Sie's", antwortete ich fröhlich.

Er schniefte kummervoll, als hätte er nichts anderes erwartet. „Ich bin Marcellus. Das ist meine Frau Livia. Wir büßen für unsere Sünden, indem wir diesen Laden schmeißen. Wer sind Sie und was wollen Sie?"

„Ich bin John Taylor, und das ist Suzie Shooter ..."

„Oh, von Ihnen haben wir gehört", blaffte Livia. „Unruhestifter. Außenseiter. Barbaren ohne Manieren." Sie schniefte laut, ganz ähnlich wie ihr Mann. „Leider scheinen Sie aber auf häßliche und unerwartete Weise auch sehr mächtig und zu allem Überfluß dazu noch gefährlich zu sein. Deswegen sind wir gezwungen, höflich zu Ihnen zu sein. Sehen Sie, ich lächle Sie an. Das ist mein höfliches Lächeln."

Es sah mehr nach einer Ratte aus, die man in die Ecke gedrängt hatte. Ich blickte zu Marcellus hinüber. Sein Lächeln war auch nicht gelungener. Ich hatte das Gefühl, mit einer Frau wie Livia war er aus der Übung geraten.

„Sie sollten sich geehrt fühlen", sagte er düster. „Sie lächelt nicht für jeden Dahergelaufenen, verstehen Sie?"

„Schnauze, Marcellus, ich rede."

„Ja, Schatz."

„Ich schätze, Sie erwarten ein Freigetränk?" fragte Livia in jenem Tonfall, in dem man üblicherweise jemanden beschuldigt, schlimme Dinge mit Leichen angestellt zu haben. „Marcellus, zwei Becher vom Guten."

„Ja, Schatz."

Vorsichtig füllte er zwei kleine Zinnbecher mit Rotwein. Die Gefäße sahen aus, als habe sie ein Volltrunkener in Form gehämmert. Oder zumindest jemand, der echt schlecht gelaunt war. Suzie und ich kosteten den Wein, dann schürzten wir beide mit demselben angewiderten Gesichtsausdruck die Lippen. Ich hatte sicher schon Schlimmeres probiert, aber ich hätte nicht auf Anhieb sagen können, wann. Das Gesöff schmeckte wie Essig mit Urin, nur nicht so gut.

„Das ist der Gute?" fragte Suzie.

„Natürlich", antwortete Livia. „Den trinken wir selbst."

Das erklärt einiges, dachte ich, war aber ausnahmsweise clever genug, es nicht laut auszusprechen. „Sie leiten diese Bar?" fragte ich.

„Sozusagen", antwortete Marcellus. „Sie gehört irgendeiner alten Hexe; wir führen sie lediglich für sie. Wir sind für den Rest unseres Lebens juristisch und magisch an diese Bar gebundene Sklaven. Wir arbeiten gut, weil der Fluchzauber uns dazu zwingt, aber in unseren wenigen freien Augenblicken träumen wir von Flucht und Rache."

„Außerdem wollen wir andere leiden lassen, wie wir gelitten haben", sagte Livia.

„Na ja, klar, das natürlich auch."

„Wissen Sie, wir waren nicht immer Sklaven", sagte Livia mit gut einstudierter Bitterkeit. „Oh nein! Wir waren angesehene Leute, nur daß Sie's wissen. Gutsituierte römische Bürger. Hätten ums Verrecken keinen Fuß in so einen Laden gesetzt ... aber dann bekam er geschäftliche Probleme ..."

Sie funkelte ihren Mann wutentbrannt an, der unter der Last ihres Blickes etwas zu schrumpfen schien. „Das waren reine Anfangsschwierigkeiten", verteidigte er sich mürrisch. „Liquiditätsprobleme, in der Art. Mit etwas mehr Zeit hätte ich sicher alles zur allgemeinen Zufriedenheit bereinigen können ..."

„Aber du hattest keine Zeit", entgegnete Livia schlicht. „Also ließen unsere Kreditoren unsere Firma schließen und verkauften uns bei einer öffentlichen Auktion als Sklaven, um unsere Schulden zu decken." Sie schniefte tatsächlich kurz, von der Erinnerung überwältigt. „Was für eine Schande! All unsere Freunde und Nachbarn waren da und sahen zu. Leute, die an unserem Tisch gegessen und von unserem Geld und Einfluß profitiert hatten. Manche von ihnen lachten. Manche boten sogar mit!"

„Wir hatten Glück, daß man uns als Paar verkaufte, Schatz", sagte Marcellus. „Als Mann und Frau. Wir hätten für immer getrennt werden können."

„Ja", nickte Livia. „Das stimmt. Wir waren immer zusammen und werden auf ewig zusammen sein."

„Genau", sagte Marcellus. Sie hielten Händchen und machten zwar beide weiter ein finsteres Gesicht, wirkten aber definitiv zusammengehörig. Bei jedem anderen hätte es rührend ausgesehen.

„Jedenfalls", plauderte Marcellus weiter, „hatten wir von früher schon Erfahrung als Kneipiers, und deshalb kaufte uns die Besitzerin dieses widerlichen Schuppens, die schnell Personal brauchte. Ein Mittelsmann erstand uns; wir haben unsere Herrin nie persönlich kennengelernt. Hätten wir gewußt, wer sie ist und um was für eine Bar es sich handelt, wären wir wahrscheinlich freiwillig ins Salzbergwerk gegangen. Hier wechselt das Personal schneller als auf einem Sklavenschiff. Das letzte Wirtsehepaar wurde in einer etwas rauhen Samstagnacht getötet, gekocht und gegessen. Niemand weiß, was vorher mit den beiden angestellt wurde."

„Niemand hat es hier je so lange ausgehalten wie wir", sagte Livia mit einem gewissen Stolz. „Das kommt vor allem daher, daß wir uns nichts gefallen lassen. Man muß hart, aber gerecht sein. Hart und manchmal auch regelrecht bösartig. Mein Mann sieht vielleicht nicht nach viel aus, aber wenn er sich aufregt, wird er zum Tier."

„Ah, aber niemand ist gefährlicher als du, Schatz", sagte Marcellus großzügig. Er lächelte verliebt und tätschelte die Hand seiner Frau. „Niemand schmuggelt ein Abführmittel oder Gift geschickter in einen Becher Wein als du."

„Aber niemand durchschneidet eine Kehle glatter als du, lieber Marcellus. Er ist wirklich wie ein Chirurg. Es macht Spaß, ihm bei der Arbeit zuzusehen."

„Wem gehört die Bar denn nun?" fragte ich, denn ich hatte das Gefühl, unbedingt das Thema wechseln zu müssen.

„Einer mächtigen, uralten Hexe", sagte Marcellus. „Sie lebt angeblich schon seit Äonen. Ihr Name ist Lilith."

„Natürlich", brummte ich. „Das mußte ja kommen."

„Wir haben sie noch nie getroffen", sagte Livia. „Ich kenne auch keinen, der sie je gesehen hat. Eine wirklich abwesende Besitzerin."

Suzie sah mich an. „Warum sollte Lilith eine Bar besitzen wollen?"

„Ich werde sie fragen", versprach ich. „Gleich, nachdem ich alle anderen Fragen auf meiner Liste geklärt habe."

„Also", sagte Marcellus. „Welches unglückliche, aber unabdingbare Unterfangen führt Sie an diesen widerwärtigen Ort? Was können wir Ihnen an Rat und Hilfe anbieten, damit Sie weggehen und aufhören, uns zu belästigen?"

„Wir suchen ein mächtiges Wesen", antwortete ich. „Jemanden oder etwas mit ausreichend Macht, um uns beide mindestens ein paar Jahrhunderte in der Zeit zurückzuschicken. Könnt ihr uns so jemanden empfehlen?"

Marcellus und Livia sahen einander an. „Nun", sagte Livia schließlich, „wenn es darum geht ... stellen die römischen Göttinnen und Götter die beste Wahl dar. Sie sind alle mächtiger, als ihnen guttut, und durch die Bank weg empfänglich für Gebete, Schmeicheleien und Bestechungsgelder."

„Keine Option für uns", antwortete ich. „Wir haben uns gerade ziemlich mit Poseidon angelegt."

Marcellus schniefte laut. „Keine Sorge; die Götter mögen einander sowieso nicht besonders. Eine große, kaputte Familie, bei der Inzest und Vatermord an der Tagesordnung sind. Ich kann aus dem Kopf heraus ein halbes Dutzend von ihnen nennen, die Ihnen weiterhelfen würden, nur um Poseidon zu ärgern."

„Eigentlich soll er sich doch jetzt Neptun nennen", sagte Livia. „Aber er ist so doof, daß er das dauernd vergißt."

Ich dachte über den Vorschlag nach. „Kann man den Göttern trauen?" fragte ich schließlich.

„Natürlich nicht", antwortete Marcellus. „Es sind Götter."

„Nächster Vorschlag", bat Suzie.

„Nun, irgendwo weit im Südwesten soll es diese Kleinstadt geben, in der man die Erdmutter persönlich treffen und um Hilfe bitten kann", antwortete Marcellus nachdenklich. „Aber das ist mindestens eine Monatsreise durch gefährliches Terrain."

„Dann sind da noch die druidischen Götter", sagte Livia. „Technisch gesehen steht nach römischem Recht die Todesstrafe auf jeglichen Umgang mit ihnen, aber dies ist die Nightside, also ... wieviel Geld haben Sie?"

„Genug", antwortete ich in der Hoffnung, es sei nicht gelogen.

„Die druidischen Schamanen sind mächtige Zauberkundige", fuhr Marcellus fort. „Besonders außerhalb der Städte, aber sie sind auch ein gemeiner Haufen, und verlogen dazu."

„Wir können schon auf uns aufpassen", sagte Suzie.

„Was würde ihre Hilfe kosten?" fragte ich.

„Einen Arm und ein Bein", antwortete Marcellus. „Möglicherweise im wahrsten Sinne des Wortes. Die druidischen Götter sind ganz scharf auf Menschenopfer, wenn es um Gefallen geht. Fällt Ihnen jemand ein, den Sie den Druiden ohne mit der Wimper zu zucken für rituelle Folter als Opfergabe überlassen würden?"

„Noch nicht", sagte Suzie.

Livia zuckte die Achseln. „Die meisten Götter oder Wesen werden Blut oder Leid, Ihre Seele oder die von jemand anderem fordern."

„Ich schätze ... es bleibt immer noch Herne der Jäger", meinte Marcellus zweifelnd.

„Ja!" rief ich, schlug erneut auf die Theke und wünschte augenblicklich, ich hätte es nicht getan, denn als ich die Hand wieder hob, klebte irgend etwas hartnäckig daran. „Natürlich, Herne der Jäger! Ich hatte ganz vergessen, daß er in dieser Zeit hier ist."

„Herne?" fragte Suzie. „Der heruntergekommene Gottling, der mit dem Rest der Obdachlosen in der Rattengasse herumhängt?"

„Hier und jetzt ist er eine Machtinstanz", sagte ich. „Eine Großmacht, deren Kraft aus den wilden Wäldern Altenglands und all den in ihnen lebenden Kreaturen erwächst. Er war Merlins Lehrer, vielmehr: Er wird es sein. Oh ja, ... er hat mehr als genug Macht, um uns weiterzuhelfen."

„Wenn Sie ihn überzeugen können", schränkte Livia ein.

„Ich kann jeden überzeugen", sagte Suzie.

„Wo finden wir Herne den Jäger?" fragte ich.

„Er lebt draußen in den wilden Wäldern, fernab der Städte und der Zivilisation der Menschen", meinte Marcellus. „Niemand, von dem er nicht gefunden werden will, gelangt zu ihm, und wer ihn findet, bereut es meist bald. Aber meine Frau und ich hatten früher schon Umgang mit Herne und seinem Hof. Wir können Sie direkt zu ihm führen."

„Wir könnten", sagte Livia rasch. „Aber was springt dabei für uns heraus? Was geben Sie uns, wenn wir Sie direkt zu Herne dem Jäger führen?"

Suzie und ich sahen einander an. „Was wollt ihr?" fragte ich resigniert.

„Unsere Freiheit", meinte Marcellus. „Freiheit von diesem fürchterlichen Ort, unserem schrecklichen Leben, unserer unverdienten Sklaverei."

„Wir würden alles tun, um wieder freizukommen", sagte Livia, „und dann werden wir uns an allen rächen, die uns verhöhnt und verspottet haben."

„Befreien Sie uns von unseren Ketten", meinte Marcellus. „Dann tun wir alles für Sie."

„Alles", sagte Livia.

„Gut", nickte ich. „Abgemacht. Bringt uns zu Herne, und ich befreie euch von dem Fluch, der euch hier hält."

Livia lächelte mich höhnisch an. „So einfach ist das nicht. Die alte Hexe Lilith ist mächtig; können Sie verhindern, daß sie ihre Handlanger auf uns hetzt, um sich ihr Eigentum zurückzuholen?"

„Sie wird auf mich hören", sagte ich. „Sie ist meine Mutter."

Marcellus und Livia sahen mich einen Augenblick lang verständnislos an, dann wichen beide vor mir zurück wie vor einer Schlange, die man gerade als giftig erkannt hat. Ihre Gesichter verrieten Entsetzen und Furcht und ... noch etwas anderes, aber die beiden wandten sich ab, um hastig miteinander zu flüstern, ehe ich begriff, was es war. Suzie musterte mich nachdenklich.

„Ich dachte, wir waren uns einig, daß es nicht gut wäre, wenn die Lilith dieser Ära herausfände, daß du hier bist?"

„Verschon mich mit Vorwürfen", antwortete ich leise. „Ich improvisiere. Ich kann einen Weg finden, ihren Fluch zu brechen; ich bin gut in so was, weißt du noch? Aber ich glaube, ich traue den beiden nicht weiter, als ich ein nasses Kamel werfen könnte, und sicher nicht ausreichend, um ihnen all meine kleinen Geheimnisse zu verraten, klar?"

Marcellus und Livia kamen wieder näher. Ihre Gesichter waren bemüht ausdruckslos, aber ihre Körpersprache war eindeutig von Vorsicht geprägt.

„Wir werden Sie zu Herne bringen", meinte Marcellus. „Wir sind zu der Ansicht gelangt, daß wenn uns jemand zu Freiheit und Rache verhelfen kann, dann Sie. Aber Sie sollten wissen, daß Herne der Jäger kein Gott ist, der es einem leicht macht. Sterbliche bedeuten ihm nichts. Er hat sie sogar schon als Jagdbeute mißbraucht. Außerdem haßt er alles, was aus den Städten kommt."

„Keine Sorge", antwortete ich. „Wir haben etwas, womit wir uns seine Hilfe erkaufen können."

„Echt?" fragte Suzie.

„Wir besitzen Wissen um seine Zukunft", antwortete ich. „Wenn er auf uns hört, kann er möglicherweise sein derzeitiges Schicksal beeinflussen. Aber wahrscheinlich wird er nicht auf uns hören; Götter meinen immer, ihnen könne nichts passieren. Aber ... ich habe noch kein Wesen getroffen, das einem Blick in die Zukunft widerstehen konnte."

„Darf ich darauf hinweisen, daß Poseidon sein Wissen gerade nicht so gut verkraftet hat?"

„Na ja; aber Poseidon ist ein Arschloch."

„Und was für eins", sagte Suzie feierlich.

„Wenn Sie beide dann mit Ihren Privatgesprächen fertig sind", sagte Livia streng, „darf ich vielleicht darauf hinweisen, daß mein Mann und ich diese Bar nur verlassen dürfen, wenn unsere Ablösung kommt oder der Laden leer ist."

„Kein Problem", antwortete ich. „Suzie?"

Mehrere Schrotflintensalven und eine Schrapnellgranate später war die Bar völlig leer.

*   *   *

„Was meinen Sie damit, wir müssen reiten?" fragte Suzie mit gefährlich drohender Miene.

„Herne der Jäger hält in den wilden Wäldern Hof", erklärte Marcellus geduldig. „Er betritt niemals die Stadt. Also müssen wir zu ihm. Da der Weg weit ist, brauchen wir Pferde."

Ich sah mir die vier Pferde an, die Marcellus ausgesucht hatte. Der Pferdehändler verbeugte sich ständig, lächelte unentwegt und machte mir Komplimente für mein augenscheinlich gutes Urteilsvermögen, aber ich blendete ihn aus. Marcellus und Livia hatten aus den vielen angebotenen Pferden diese vier ausgewählt, und ich wollte mich nicht blamieren, indem ich etwas Unpassendes sagte. Ich wußte über Pferde nur, daß sie an jeder Ecke ein Bein haben und an welchem Ende der Würfelzucker reinkommt. Die Pferde erwiderten meinen Blick mit träger Unverschämtheit, und das nächststehende versuchte beiläufig, mir auf den Fuß zu treten. Ich funkelte Marcellus an.

„Woher weiß ich, daß der Händler mich nicht über den Tisch zieht?"

„Natürlich zieht er Sie über den Tisch", meinte Marcellus. „Dies ist die Nightside. Aber weil Livia und ich schon früher Geschäfte mit ihm gemacht haben, ist er bereit, uns diese Pferde zu einem speziellen, nur leicht überzogenen Preis zu überlassen. Wenn Sie glauben, Sie können es besser, dürfen Sie natürlich gern selbst feilschen."

„Wir feilschen nicht", sagte Suzie hochmütig. „Wir setzen auf Einschüchterung."

„Ist uns aufgefallen", konterte Livia. „Aber da wir keine unnötige Aufmerksamkeit erregen wollen, bezahlen Sie den Mann, damit wir los können."

Zögernd trennte ich mich von weiteren Münzen aus Väterchen Chronos' scheinbar unerschöpflicher Börse. Der Händler zog sich zurück, wobei er sich die ganze Zeit weiter verbeugte, Kratzfüße machte und grinste, und ich wußte, wir hatten Touristenpreise bezahlt. Wir näherten uns unseren neuen Reittieren. Ich war noch nie zuvor geritten. Meines war ein großes Tier mit viel mehr Schulterhöhe, als ich erwartet hatte. Suzie funkelte ihrem Pferd mitten ins Gesicht, und es sah tatsächlich schamhaft weg. Mein

Reittier zeigte mir seine großen gelben Zähne und rollte bedeutungsschwanger mit den Augen. Noch komplizierter wurde es, als ich entdeckte, daß die Römer ohne Sättel, Steigbügel und Zaumzeug ritten. Nur eine Pferdedecke und ein paar wenig reißfest wirkende Zügel gab es.

„Ich kann Motorrad fahren", sagte Suzie. „Wieviel schwerer kann Reiten schon sein?"

„Ich hege den furchtbaren Verdacht, daß wir das gleich herausfinden werden", antwortete ich.

Marcellus half Livia aufs Pferd und sprang dann selbst auf, als habe er sein ganzes Leben lang nichts anderes getan. Suzie und ich sahen einander an. Mehrere Fehlversuche und einen wirklich peinlichen Sturz später reichte uns der Pferdehändler (gegen einen Aufpreis) spezielle Leitern zum Aufsteigen. Suzie und ich saßen auf und versuchten, unsere Zügel so zu halten, als wüßten wir, was man damit tut. Bis zum Boden schien es sehr weit zu sein. Doch plötzlich begann Väterchen Chronos' Schutzmagie wieder zu wirken, und sofort wußte ich tatsächlich alles, was es über das Reiten zu wissen gab. Ich setzte mich aufrechter hin und zog an den Zügeln. Das Pferd beruhigte sich, als es erkannte, daß ich doch kein Volltrottel war, und ein rascher Blick zu Suzie zeigte mir, daß auch sie alles im Griff hatte. Ich nickte Marcellus und Livia kurz zu, und wir ritten los.

Es dauerte recht lange, die Stadtgrenze zu erreichen. Die Nightside war selbst in ihren jungen Jahren groß, und wie schon zuvor mußten wir große Umwege in Kauf nehmen, um Zeitanomalien zu umgehen und Orte zu meiden, an denen Richtungen oft Einstellungssache waren. Aber schließlich bogen wir um eine Ecke und hatten mit einem Mal die Gebäude hinter uns gelassen. Vor uns lag nur noch eine gewaltige, hügelige, grasbewachsene Ebene, die sich wie ein großer, grüner Ozean bis zum Horizont erstreckte, an dem sich als gezackte Silhouette die dunkle Wand des Waldes erhob und sich stolz gegen den Nachthimmel abzeichnete. In dieser dunklen Wand bewegten sich gelegentlich seltsame Lichter, flüchtig und widernatürlich. Es war windstill und kalt, aber nach den üblen Gerüchen der Stadt war die Luft angenehm frisch.

Suzie und ich folgten Marcellus und Livia, die über die Ebene ritten. Sie legten ein rasches, gleichmäßiges Tempo vor, aber obwohl wir die Stadt bald hinter uns ließen, schien die Grasebene sich endlos zu erstrecken, unberührt und unverdorben in diesem neuen, jungen Land, das noch nicht einmal England hieß. Die Nacht war seltsam ruhig, und nirgends war ein anderes Lebewesen zu sehen, aber ich wurde trotzdem das Gefühl nicht los, von unsichtbaren, unfreundlichen Augen beobachtet zu werden. Dann und wann kamen wir an einem langgestreckten Grabhügel vorbei, der aus dem hohen Gras aufragte. Aufgetürmte Steine kennzeichneten die Ruhestätte einer einst wichtigen Person, die inzwischen längst vergessen war, ja, von der die Geschichtsschreibung nicht einmal mehr den Namen kannte. Plötzlich kam ich auf die Idee, mal nach oben zu schauen, und am Nachthimmel hingen nur normale Sterne und ein ebensolcher Vollmond. Wir hatten mit der Stadt auch die Nightside hinter uns gelassen.

Der dunkle Wald wurde immer größer und breitete sich über den Horizont aus, bis er unser gesamtes Sichtfeld ausfüllte. Je näher wir kamen, desto unruhiger wurden die Pferde, und als wir den Waldrand erreichten, schnaubten sie laut und versuchten, die Köpfe hin- und herzuwerfen. Wir mußten sie regelrecht in den Wald zwingen. Sie waren klüger als wir. Als wir die wilden Wälder betraten, wußte ich augenblicklich, daß wir uns an einem fremden Ort befanden. Einem Ort, an den Sterbliche nicht gehörten. Die Bäume waren dicker und höher als alle, die ich bis dahin gesehen hatte, riesig und gewaltig durch jahrhundertelanges Wachstum. Dies war der alte Wald des antiken Britanniens, ein uralter, urtümlicher Ort, finster und bedrohlich. Langsam zwischen den turmhohen Bäumen hindurchzureiten war, als sei man wieder ein Kind, das sich in einer Welt in Erwachsenengröße verirrt hatte. Ein einzelner ausgetretener Pfad führte zwischen dicht stehenden Bäumen hindurch, oft versperrt durch niedrig hängende Äste, die wir beiseite schieben mußten. „Keine Schwerter, nicht hacken", flüsterte Livia. „Wir wollen die Bäume nicht wecken."

Es war immer noch unglaublich still, wie auf dem Meeresgrund. Keine Tierlaute, kein Vogelgesang, ja, nicht einmal das Summen von Insekten. In der Luft lag ein schwerer, beißender Moschusgeruch, der an Erde, Vegetation und Wachstum erinnerte. Dann und wann trug eine plötzliche Windböe den unglaublich intensiven Duft irgendeiner nachtblühenden Blume heran. Schimmernde Mondstrahlen fielen zwischen den Bäumen hindurch oder erleuchteten irgendeine natürliche Lichtung, wobei sie irgendwie immer gerade genug Licht boten, damit wir weiter dem Trampelpfad folgen konnten.

„Leben hier Menschen?" fragte Suzie leise.

„Das würde niemand wagen", antwortete Livia genauso leise. „Dies ist ein wilder Ort. Gegen derlei errichten wir Städte."

„Wer beobachtet uns dann?" fragte Suzie.

„Der Wald", meinte Marcellus. „Hernes Leute natürlich auch. Sie wissen um uns, seit wir die Grenze überschritten haben. Sie haben uns nur noch nicht angegriffen, weil sie sich an mich und Livia erinnern und neugierig sind. Sie merken, daß Sie beide anders sind."

Plötzlich bewegten sich ohne Vorwarnung Dinge zwischen den Bäumen. Leise und anmutig huschten sie am Rande unseres Sichtfelds ins Mondlicht und wieder zurück ins Dunkel. Wesen, die uns begleiteten, die vorausflitzten oder sich zurückfallen ließen, aber im großen und ganzen immer Schritt hielten. Dann und wann verharrte etwas in einem Lichtkegel, zeigte sich, quälte uns mit einem flüchtigen Blick. Es waren Bären und Rieseneber, die es beide in den kultivierten Wäldern, die im modernen England noch geblieben waren, schon lange nicht mehr gab. Große Hirsche mit gewaltigen Geweihen und Grauwölfe, lang, schlank und makellos. Rings um uns herum bewegten sich Tiere, trotteten in überirdischer Lautlosigkeit neben uns her, rückten langsam näher, bis ich plötzlich erkannte, daß wir den Trampelpfad verlassen hatten und in eine neue Richtung gedrängt wurden. Ich sah rasch zu Marcellus und Livia hinüber, die aber keineswegs überrascht oder gar verstört wirkten. Suzie hatte ihre Schrotflinte gezogen. Ich bedeutete ihr, ruhig zu bleiben, aber sie behielt die Waffe quer vor sich im Sattel und sah sich mit finsteren Blicken argwöhnisch um.

Vor uns tauchten in der Finsternis blinkende Lichter auf, ein helles, schillerndes Leuchten, das in Mustern tanzte, die zu komplex für menschliche Augen waren; Irrlichter ohne Körper und Substanz, nur lebende Momente hauchzarten Lichts voller mutwilliger Boshaftigkeit und heiterem Wahn. Sie sangen lieblich in einer unmenschlichen Sprache und lockten uns weiter. Vögel begannen zu zwitschern, zu schreien und zu kreischen, aber wieder war es kein Vogelgesang, wie ich ihn je zuvor gehört hatte. Es war ein leichtfüßiges, spöttisches, gefährliches Lärmen, eine eindeutige Warnung, daß wir uns in Feindesland befanden. Einmal sah ich auf einer seltsam geformten, unheimlich hell erleuchteten Lichtung eine Gruppe Elfen in stiller Harmonie tanzen. Elegant befolgten sie strenge Schrittfolgen, die keinerlei oder vielleicht auch derart viel Sinn ergaben, daß der schlichte menschliche Geist sie weder verstehen noch ihre wahre Bedeutung erfassen konnte. Eine Prozession von Dachsen kreuzte unseren Weg und hielt dann inne, um uns mit weisen, wissenden Augen nachzusehen. Ich spürte, wie ringsum die wilden Wälder zum Leben erwachten und uns all die Lebensformen zeigten, an denen wir unwissentlich vorbeigekommen waren und in deren Mitte wir uns bewegt hatten. Leben, das sich bisher vor uns verborgen hatte – bis es für uns zu spät war, umzukehren oder zu fliehen.

Plötzlich wichen die hohen Bäume zu beiden Seiten zurück, und die Pferde blieben abrupt stehen. Lustlos ließen sie die Köpfe hängen, als stünden sie unter Drogen oder seien verhext. Vor uns lag eine riesige, taghell erleuchtete Lichtung. Irrlichter schlugen Purzelbäume, und wir sahen noch andere, seltsamere Gestalten, die ebenfalls nur aus Licht bestanden. Sie schwebten über unseren Köpfen hin und her, groß und anmutig wie fluoreszierende Rochen. Direkt uns gegenüber saß am anderen Ende der Lichtung der alte Gott Herne der Jäger mit all den Monstern seines wilden Hofes.

Marcellus und Livia schwangen sich von ihren Pferden und sahen mich erwartungsvoll an. Ich blickte zu Suzie, und wir stiegen beide ab. Suzie hielt ihre Schrotflinte lässig im Arm, aber irgendwie zielte sie immer direkt auf Herne. Zu viert überquerten wir langsam die große Freifläche, wobei Marcellus und Livia so entspannt vorausgingen, als seien sie auf dem Weg in die Kirche. Vielleicht waren sie das ja auch. Bei jedem Schritt spürte ich wachsame Blicke auf mir ruhen. Wir waren umzingelt. Ich spürte es. Mehr noch, ich wußte, daß wir alle hier an diesem alten, urtümlichen Ort nicht willkommen waren.

Schließlich standen wir vor Herne dem Jäger, und er sah kein bißchen aus wie das kleine, verschrumpelte Etwas, dem ich in der Rattengasse begegnet war. Jener Herne war viele Jahrhunderte älter gewesen, eingefallen, machtlos durch das unaufhaltsame Vorrücken des Menschen und seiner Zivilisation, die sich die weiten, grünen Lande Englands untertan gemacht hatten. Dieser Herne hier war ein Wesen, eine Machtinstanz, ein Naturgott in der Blüte seiner Jahre und in seinem Element. Sein breites, wölfisches Grinsen machte deutlich, daß wir nur durch seine Gnade vor ihn treten durften. Wir waren ihm ausgeliefert. Er war auch hier schon eine gedrungene, häßliche Gestalt, grobknochig und mit der anmutigen Muskulatur eines Tiers, aber sein stämmiger Leib strahlte eine geradezu unerschütterliche Gesundheit und göttliche Macht aus. Große Widderhörner krümmten sich aus der niedrigen Stirn seines großen Löwenhauptes, und in seinen Augen glomm die heiße, fröhliche Bösartigkeit jedes Raubtiers, das je gelebt hatte.

Er trug eine Kraft und Vitalität in sich, die wie ein Schmelzofen glühte, und schon ein kurzer Blick auf ihn verriet, daß er unermüdlich einen ganzen Tag und eine ganze Nacht rennen und am Ende der Jagd immer noch seine Beute mit bloßen Händen zerfetzen konnte. Seine dunkelkupferne Haut war so dicht behaart, daß sie fast bepelzt wirkte, und er besaß Hufe statt Füßen. Er war

Herne, Pan und das Lachen im Wald. Der Pfeifer an den Toren der Morgendämmerung und das Ding mit dem blutverschmierten Maul, das über zahllosen Opfern kauert. Sein unerschütterliches Lächeln zeigte scharfe, massive Zähne, die zum Reißen und Zerfetzen ausgelegt waren. Er roch nach Schweiß, Kot und Moschus, und vor unseren Augen pißte er achtlos zwischen seinen Füßen auf den Boden; der scharfe Uringeruch beunruhigte die Tiere ringsum. Sie regten sich und stampften unruhig mit den Füßen. Ihr Gott markierte sein Revier.

Das war nicht der Herne, den ich kannte oder erwartet hatte, und ich hatte Angst vor ihm. Sein durchdringender Geruch sprach alte, atavistische Instinkte in mir an. Ich wollte gegen ihn kämpfen, vor ihm fliehen oder mich vor ihm verbeugen und ihn anbeten. Ich war fern der Heimat in der Fremde und hatte im Blut, in den Knochen und im Urin, daß ich nie hätte herkommen sollen. Das war Herne, der Geist der Jagd und die Lust der Hatz, die rohe, tierische Kraft, welche die ursprüngliche, rote, wilde Leidenschaft der Natur antreibt, die bluttriefende, grausame Natur. Er war die Wildnis der Wälder und der Triumph der Starken über die Schwachen. Er war alles, was wir hinter uns gelassen hatten, als wir die Wälder gen Zivilisation verließen.

Hatte ich wirklich vorgehabt, herzukommen, um ihn durch Tricks oder Einschüchterung dazu zu bringen, mir einen Gefallen zu tun? Ich mußte verrückt gewesen sein.

Herne der Jäger saß in spöttischer Erhabenheit auf einem großen muschelförmigen Thron aus alten, ausgeblichenen Knochen. Von den Armlehnen des Throns hingen Pelze und Skalps, von denen hier und da noch frisches Blut troff. Es gab auch Verzierungen aus Zähnen und Klauen, Souvenirs und Trophäen zahlloser früherer Jagden. Plötzlich beugte sich Suzie ganz dicht zu mir herüber, um mir ins Ohr zu flüstern, und hätte mich dabei fast zu Tode erschreckt. Ihr Gesichtsausdruck war kalt und beherrscht wie immer, ihre Stimme beruhigend gleichförmig.

„Marcellus und Livia schienen überraschend leicht hierherzufinden", murmelte sie. „Nichts von alldem hier scheint sie zu überraschen oder zu schockieren. Wenn man argwöhnisch wäre, könnte man fast denken, sie seien schon mal hiergewesen. Weißt du, es ist noch nicht zu spät, alles zu erschießen oder in die Luft zu jagen, was sich bewegt, während wir würdevoll, aber schnell einen Abgang machen."

„Ich glaube, es ist schon zu spät, seit wir den Wald betreten haben", sagte ich ruhig. „Laß uns also Mord und Gemetzel als Ultima ratio aufsparen. Außerdem werden wir Hernes Hilfe nicht erringen, indem wir seinen Hofstaat zusammenschießen."

„Wissen Sie, ich bin nicht taub", blaffte Livia. „Zufällig waren mein Mann und ich schon oft hier."

„Oh ja", sagte Marcellus. „Oft. Wir kennen den Gott Herne schon lange, und er uns."

„Wissen Sie, wir wurden nicht wegen geschäftlicher Schulden in die Sklaverei verkauft", erklärte Livia mit wirklich unangenehmem Lächeln. „Es hatte mehr mit der Art unserer Geschäfte zu tun."

„Wir verkauften Sklaven an Herne", sagte Marcellus munter. „Wir kauften sie ganz legal auf dem Markt, dann brachten wir sie her, in den wilden Wald, als Beute für die Wilde Jagd des Gottes. Er liebt es so, menschliche Opfer zu jagen, wissen Sie? Zum Teil aus Rache für das Roden der Wälder zum Bau ihrer Städte, Bauernhöfe und Dörfer, vor allem aber, weil nichts schneller oder verzweifelter rennt als ein gejagter Mensch. Eine Weile lang ging auch alles glatt. Wir bedienten eine Nachfrage zum angemessenen Preis, der Hof genoß seine Jagden, und alle waren glücklich. Nun, außer den Sklaven natürlich, aber die interessieren ja keinen."

„Nur, daß man sie vermißte", fiel ihm Livia ins Wort. „Jemand machte großes Aufheben – irgendein Wichtigtuer steckt ja immer seine Nase in anderer Leute Angelegenheiten, und die Legion griff ein. Sie erwischten uns in flagranti."

„Wir hatten einen Haufen Geld verdient", sagte Marcellus. „Das meiste davon ging für Anwälte drauf, aber das half uns nichts. Ich hielt vor den Richtern ein, wie ich fand, inspiriertes Plädoyer, aber sie hörten mir gar nicht zu. Ich meine, nicht, daß wir je einen Bürger entführt hätten ..."

„Es war ein Wahljahr", konstatierte Livia bitter. „Also nahmen sie uns alles und verkauften uns als Sklaven. Aber dank Ihnen haben wir jetzt die Chance auf Freiheit und Rache."

„Rache", sagte Marcellus. „An all unseren vielen Feinden." Beide lachten.

Sie wandten sich abrupt von uns ab und verbeugten sich tief vor dem Gott Herne. Ich fand es diplomatisch, mich auch zu verbeugen, und selbst Suzie war clever genug, kurz den Kopf zu neigen. Die monströsen Kreaturen, die Hernes Hof bildeten, beobachteten uns aufmerksam, und mir gefiel wirklich nicht, wie sie uns ansahen. Livia bemerkte mein Interesse und übernahm es, verschiedene Höflinge vorzustellen. Ihre Stimme war unverhohlen spöttisch.

Der Kobold in Ketten, eine enorme, gedrungene menschliche Gestalt, war locker drei Meter groß, mit gewaltigen Muskelpaketen und einem Eberkopf. Aus seinem Mund ragten große, gewundene Hauer, und seine tiefliegenden Augen waren klein, wild und blickten irre. Lange Eisenketten spannten sich von einem Eisenkragen, der um seinen dicken Hals lag, um seinen nackten, mißgebildeten Leib. Vor langer Zeit hatten Menschen versucht, ihn in Ketten zu legen, aber es hatte nicht funktioniert. Seine Hände und Unterarme sahen aus, als hätte er sie in Blut getaucht, das so frisch war, daß es noch herabtroff und in der Luft dampfte. Ein halbes Dutzend Männchen mit Schweineköpfen hockte um seine Hufe; grunzend und quiekend rangen sie um den besten Platz. Sie sahen Suzie und mich mit hungrigen, ungeduldigen Augen an und geiferten heftig. Manche von ihnen trugen noch Lumpen und Fetzen aus der Zeit, als sie Menschen gewesen waren, also ehe der Kobold in Ketten sie seinem Willen unterworfen hatte.

Tomias Plattfuß war ganz eindeutig ein Neandertaler. Er war knapp einen Meter fünfzig groß, genauso breit, hatte einen gedrungenen, massigen Körper und ein Gesicht irgendwo zwischen Mensch und Affe. Er besaß ein fliehendes Kinn, und sein Mund bestand lediglich aus einem breiten, lippenlosen Schlitz, doch seine Augen waren seltsam freundlich. Er betrachtete Suzie und mich nachdenklich und kratzte selbstvergessen seinen haarigen, nackten Leib.

Ein Dutzend übergroße Wölfe bezeichnete Livia als Werwölfe, und ich hatte keinen Grund, daran zu zweifeln. In ihren Augen blitzten menschliche Intelligenz und unmenschlicher Appetit. Es gab Leichname, die so frisch aus dem Grab kamen, daß an ihren schmutzigen Gewändern noch dunkle Erde hing. Sie hatten tote weiße Haut, flammende Augen und Krallenhände.

Ich sah Oger, Schreckgespenster, Goblins und andere, noch schlimmere Kreaturen, deren Namen und Wesen aus den Annalen der Menschheit verschwunden waren. Hernes Hof – wild, roh und tödlich. Zur Unterstützung drängten von allen Seiten die wilden Tiere des Waldes heran, am einzigen Ort versammelt, wo es für sie eine Art Waffenstillstand geben konnte. Sie funkelten Suzie und mich an wie Geschworene, denen Herne als Scharfrichter vorsaß. Plötzlich beugte sich der Gott auf seinem Knochenthron vor, und Irrlichter kreisten rasend um sein gehörntes Haupt wie ein lebender Heiligenschein.

„Marcellus und Livia", sprach Herne mit einer Stimme, die warm war wie die Sommersonne und so rauh wie das Meckern einer Ziege. „Es ist eine Weile her, daß ihr unseren Hof mit eurer söldnerischen Anwesenheit beehrt habt. Wir hatten gehört, ihr wärt in jener verdammten Stadt in Ungnade gefallen."

„So war es, wilder Herr", sagte Marcellus glatt. „Aber wir sind denen entschlüpft, die uns als Sklaven halten wollten, und zu Euch gekommen, um unser Vermögen wieder aufzubauen. Meine Frau und ich bringen Euch ein Geschenk – zwei Reisende namens John Taylor und Suzie Shooter. Sie glauben, sie seien hier, um Euch um einen Gefallen zu bitten."

„Sie sind wirklich nicht die hellsten", konstatierte Livia.

„Ich hab's dir doch gleich gesagt", murmelte Suzie. „Wen soll ich zuerst erschießen?"

„Warte noch ein Weilchen", murmelte ich zurück. „Noch besteht eine Chance, daß ich uns da rausquatschen kann."

„Zwei neue Opfer für meine Jagd kann ich immer gebrauchen", sprach Herne träge. „Aber es wird mehr erforderlich sein, damit ich euch wieder wohlgesonnen bin."

„Aber der Mann ist etwas Besonderes", sagte Livia. „Er ist der Sohn dieser alten Hexe Lilith."

Da erhob sich der gesamte Monsterhof wie ein Mann. Herne sprang von seinem Thron auf und brüllte wie ein großer Bär, doch der wilde Laut wurde vom kollektiven Wiehern und Heulen seines Hofes fast übertönt. Von allen Seiten gleichzeitig drängten sie heran, mit ausgestreckten Händen und Klauen und zahnbewehrten Mäulern, und der Haß in ihren lauten Stimmen peitschte die Luft wie ein Lebewesen. Suzie hatte nicht einmal Zeit, mit der Schrotflinte auf ein bestimmtes Ziel anzulegen, ehe die Kreaturen der Wildnis über sie herfielen. Sie entrissen ihr die Schrotflinte und rangen sie nieder, obwohl sie sich heftig wehrte und um sich trat.

Mir erging es nicht besser. Marcellus traf mich mit einem Totschläger fachmännisch hinter dem Ohr, während seine Frau mich noch an Herne verkaufte. Ich lag bereits halb bewußtlos auf den Knien, als der Hof von allen Seiten über mich herfiel. Lange hörte ich nur das Geräusch von Hieben und Tritten und spürte den Schmerz, als Zähne und Klauen mein Fleisch zerrissen, und rasch floß Blut auf den Erdboden rings um mich.

Schließlich verloren sie die Lust an diesem Spiel oder Herne pfiff sie zurück, und zögernd zog sich der Monsterhof zurück; die Höflinge nahmen ihre früheren Positionen rings um die Lichtung wieder ein. Sie keuchten und lachten, und alle hatten entweder Suzies oder mein Blut an ihren Händen. Die Männer mit den Schweineköpfen zogen uns hoch und schleppten uns brutal vor den Thron. Herne saß königlich vor uns und betrachtete zufrieden lächelnd den Schaden, den seine Leute angerichtet hatten. Ich hatte Blut im Gesicht und im Mund, und mir tat alles weh, aber ich bekam bereits wieder einen klaren Kopf. Mich hatten schon Profis verprügelt, und diese Rotte hier war alles andere als das. Sobald ich mich gesammelt hatte, würde ich diesem Waldgott ein paar Tricks zeigen, die er nie wieder vergessen würde. Ich grinste Herne wild an und ignorierte das Blut, das mir dabei aus der aufgeplatzten Lippe aufs Kinn troff, und er wirkte einen Augenblick lang verunsichert. Er hatte einen Fehler gemacht, als er seine Kreaturen mich nicht töten ließ, solange sie Gelegenheit dazu gehabt hatten; ich schwor, ihn und sie seine Torheit bereuen zu lassen.

Dann sah ich hinüber zu Suzie, und alles andere wurde zur Nebensache. Ihre Lederklamotten waren zerfetzt und blutig, und ihr Kopf hing ihr auf die Brust. Nur die Männer mit den Schweineköpfen hielten sie noch aufrecht. Blut troff unaufhörlich aus ihrem zerschlagenen Gesicht. Sie hatten es ihr hart besorgt, denn Suzie Shooter stellte die Gegenwehr erst ein, wenn sie gar nicht mehr konnte. So hing sie wie eine blutige Lumpenpuppe zwischen den Männern mit den Schweineköpfen und antwortete nicht, als ich ihren Namen rief. Marcellus und Livia lachten mich aus, und auch der Hof lachte auf unterschiedlichste Weise. Wie wild kämpfte ich gegen die Hände an, die mich gepackt hielten, aber es waren zu viele, und mein Kopf schmerzte zu sehr, als daß ich mich auf meine üblichen Tricks konzentrieren konnte. Ohnehin kam ich nicht an meine Taschen heran.

Sie schlugen weiter auf mich ein, nur weil sie es konnten, und ich versuchte, nicht zu schreien. Aber natürlich tat ich es doch. Nach einer Weile wurde mir wie durch Watte hindurch klar, daß sie aufgehört hatten und Herne mit mir redete. Ich hob den Kopf und funkelte ihn an.

„Liliths Sohn", sprach Herne in einem Tonfall, der vor Häme nur so troff. „Du kannst dir gar nicht vorstellen, wie froh wir alle sind, dich hier zu haben. Bei uns, in unserer Gewalt. Kein Name ist uns verhaßter als der Liliths, die im Namen der absoluten Freiheit die Stadt Nightside schuf und uns dann daraus verbannte. Weil wir wild sind und die Dinge, mit denen wir spielen, gerne kaputtmachen. Weil wir die Stadt schleifen und die menschliche Zivilisation auslöschen würden, die sie so schätzt. Es gibt die Stadt und die Wildnis, und nur eine von beiden kann triumphieren. Das wußten wir immer schon. Lilith bot allen Freiheit, aber nur zu ihren Bedingungen. Nur wir waren klug genug, den Widerspruch darin zu sehen, also wurden auch nur wir verbannt. Lilith hat uns zur Vergangenheit gemacht, zu etwas, an dem man achtlos vorübergeht, das man ersetzt und vergißt, und dafür werden wir Rache nehmen."

„All das ist mir neu", sagte ich, so deutlich ich konnte. „Aber andererseits haben Mutter und ich uns nie viel unterhalten. Was willst du von mir, Herne?"

„Dir, und damit stellvertretend Lilith, weh tun", sprach Herne. „Du wirst die Beute unserer Wilden Jagd werden, und wir werden dich quer durch die wilden Wälder hetzen und scheuchen, dich Zoll für Zoll verletzen und töten, dich weiterjagen, bis du nicht mehr kannst. Während du vor uns kriechst und um Gnade bettelst, werden wir dich in Stücke reißen. Nur deinen Kopf lassen wir ganz, um ihn deiner Mutter als Zeichen unserer Wertschätzung zu schicken."

„Sie wird mich nicht erkennen", sagte ich. „Mein Tod wird ihr nichts bedeuten."

Herne lachte, und die Monster seines Hofes lachten mit.

„Es geht hier nur um mich", sagte ich. „Du brauchst die Frau nicht dafür. Laß sie gehen ... und ich verspreche dir, ich liefere dir die beste Hatz, die du je erlebt hast."

„Ich denke nicht", sprach Herne lässig. „Sie ist deine Frau, also tun wir dir weh, wenn wir ihr wehtun. Also rennt sie zuerst. Wenn du siehst, was wir ihr Schreckliches angetan haben, wird dir das Grund geben, noch schneller zu rennen."

„Weißt du", sagte Suzie und hob das zerschlagene Gesicht, „langsam werde ich echt sauer, weil jeder glaubt, ich sei Taylors Frau."

Ihr Ellbogen fuhr nach hinten in den Magen eines Schweinemannes, und er kippte laut quiekend um. Sie riß sich von den Händen los, die sie festhielten, und trat einen Schweinemann so brutal in die Eier, daß es ihn tatsächlich vom Boden hochriß. Er krümmte sich und fiel lautlos zu Boden. Sie schnappte sich den nächsten Schweinemann am Kopf und drehte ihn so lange, bis sein Genick laut knackte. Suzie warf den Leichnam beiseite und stürmte auf Herne auf seinem Thron zu. Die Schweinemänner umringten sie und versuchten, sie durch rein zahlenmäßige Überlegenheit in die Knie zu zwingen, doch sie war groß, stark und stolz und ließ sich nicht aufhalten. Ihr flammender Blick war auf Herne fixiert, und sie kämpfte sich Schritt für Schritt auf ihn zu. Ich versuchte nach Kräften, die Hände abzuschütteln, die mich festhielten, aber ich war noch nie so stark gewesen wie Suzie Shooter. Ich war auch nie zuvor so stolz auf sie gewesen wie in diesem Augenblick, in dem ich sah, wie sie gegen eine solche Übermacht kämpfte und sich schlicht weigerte zu fallen. Dann trat der riesige Kobold in Ketten vor, und eine seiner langen Eisenketten zuckte vor und schlang sich um Suzies Hals. Die kalten Glieder zogen sich brutal zusammen und raubten ihr sofort allen Atem und jegliche Kraft, bis sie schließlich auf die Knie fiel und die Schweinemänner sie wieder unter Kontrolle bekamen.

„Wir sollten jetzt wirklich gehen, Fürst Herne", sagte Marcellus etwas ängstlich. „Wir haben Euch ein kostbares Geschenk gemacht und bitten dafür nur um einen Gefallen."

„Ihr findet mich in großzügiger Stimmung", sprach Herne träge. „Was wollt ihr?"

„Macht", sagte Livia mit kalter, ausdrucksloser, bösartiger Stimme. „Macht, um uns an unseren Feinden zu rächen und all denen Angst und Leid zu bringen, die uns zu Fall brachten. Macht uns zu mächtigen Wesen, Fürst Herne, auf daß wir uns Eurem Hof anschließen und wie Ihr Menschen jagen können."

„Wollt ihr das beide?" fragte Herne.

„Ja", sagte Marcellus, dessen Stimme vor Vorfreude troff. „Gebt uns Macht, damit wir uns nie wieder trennen müssen, und wir werden dafür sorgen, daß alle anderen leiden, so wie wir gelitten haben."

„Euer Wille geschehe", sprach Herne, und die verächtliche Erheiterung in seiner Stimme hätte sie wirklich warnen müssen. Sie spürten trotz all des dummen, breiten Grinsens sicher auch etwas und rückten schutzsuchend näher zusammen. Herne lächelte sie an. „Ihr sollt eine Machtinstanz sein, auf ewig vereint, mein Fluch, der über die Menschen und ihre Stadt, die Nightside, kommt."

Er lachte, und wieder lachte sein ganzer Monsterhof mit ihm, ein schreckliches, infernalisches Geräusch. Herne machte eine abrupte Geste, und Marcellus und Livia prallten zusammen. Beide schrien auf, als ihre Körper sich so eng aneinanderpreßten, daß ihre Rippen knackten und brachen. Ihr Fleisch zuckte und wurde flüssig, verschmolz miteinander, vermischte sich. Ihre Gesichter flossen ineinander. Inzwischen schrieen sie mit einer einzigen, schrecklichen Stimme. Allzubald stand eine einzelne, verschmolzene Kreatur vor dem Waldgott, doppelt so groß wie ein Mensch, mit vorstehenden Knochen und zu vielen Gelenken. In ihrem einen Augenpaar flackerte ein schrecklicher, irrer Blick. Die Kreatur versuchte, mit ihrem einen verbliebenen Mund zu sprechen, aber der Schock hatte ihr für den Augenblick die Sprache verschlagen, deshalb quäkte und heulte sie nur mitleiderregend. Sie kippte nach vorn, auf alle viere, weil sie in ihrer vereinten Gestalt das Gleichgewicht nicht halten konnte, und schüttelte unablässig den mißgebildeten Kopf.

„Gehet hin und suchet die Stadt Nightside heim", sprach Herne. „Alle, die leiden, werden sich zu euch hingezogen fühlen, und aus ihrem Schmerz werdet ihr die Macht beziehen, die ihr begehrt. Schmerz, Schrecken und Verzweiflung werden euch stärken, und das Leid, das ihr eurerseits verursacht, sei eure Rache an einer gefühllosen Welt. Mein Geschenk ist, daß ihr nie wieder getrennt sein werdet. Das wolltet ihr ja schließlich."

Er lehnte sich auf seinem Thron zurück und machte eine verächtliche Geste, und die Kreaturen seines Hofes vertrieben die neugeborene Macht von der Lichtung. Diese krabbelte wie von Sinnen heulend und kreischend auf allen vieren davon wie ein Tier, doch ihre lange Qual hatte gerade erst begonnen. Von uns allen dort auf der Lichtung wußte nur ich, daß sie eines Tages Lamento, der Schutzheilige des Leids, heißen und daß ich sie vernichten würde.

Die Zeit liebt Kreise, die sich schließen, über alles.

Der Kobold in Ketten trat plötzlich vor, und aller Augen ruhten sofort auf seiner großen Gestalt. Er zerrte grausam an seiner Kette, und Suzie wurde auf Knien vor Herne geschleift. Sie war für den Augenblick am Ende ihrer Kräfte. Herne sah den Riesen mit dem Eberkopf nachdenklich an und erteilte ihm mit einem Nicken das Wort.

„Wir haben diese Frau für die Jagd", sagte der Kobold in Ketten. Er artikulierte sich in Grunz- und Quieklauten, die ich nur durch Väterchen Chronos' Magie verstand, welche aber trotzdem rauh und häßlich klangen; die Laute eines Wesens, das nie hätte sprechen lernen sollen. „Geben wir den Sohn Lilith. Eintauschen. Wer weiß, was sie uns dafür gibt? Um ihm Folter und Tod zu ersparen."

Ringsum erklang von einigen Höflingen zustimmendes Gebell und Geschrei, aber die meisten blieben stumm und warteten Hernes Reaktion ab. Der Waldgott schüttelte bereits den großen, struppigen Kopf.

„Lilith ist zu stolz, um sich jemandem zu beugen, und koste es ihr eigen Fleisch und Blut. Sie würde nie auch nur ein Quentchen Macht abgeben, egal, was wir ihrem Sohn androhen. Sie würde ihn wahrscheinlich selbst töten, damit wir ihn nicht als Druckmittel gegen sie verwenden können. Nein; uns bleibt nur die Chance, ihr weh zu tun, indem wir etwas vernichten, das ihr gehört. Um unserer Verachtung für ihre Stadt mit ihren Beschränkungen Ausdruck zu verleihen. Eine Chance, zu beweisen, daß wir vernichten können, was sie erschaffen hat, genau wie wir eines Tages ihre ganze verdammte Stadt niederreißen werden."

„Ich würde wirklich nicht darauf setzen, daß sie sich aufregt", sagte ich in meinem vernünftigsten Ton. „Ich komme aus der Zukunft. Ich werde erst in vielen Jahrhunderten geboren. Sie weiß noch nicht einmal, daß es mich gibt."

Der Hof regte sich unruhig, als die Höflinge das zu begreifen versuchten und wieder abwarteten, was Herne tun würde. Abstraktes Denken überstieg ihre Möglichkeiten. Herne rieb sich langsam das bärtige Kinn.

„Ich höre die Wahrheit in deiner Stimme ... doch Vergangenheit, Gegenwart oder Zukunft, du bist und bleibst ihr Sohn. Das wird sie erkennen."

„Na gut", improvisierte ich rasch. „Eins noch – da ich aus der Zukunft stamme, weiß ich, was aus dir werden wird, Herne. Ich kenne deine Zukunft und dein Schicksal, und du mußt wirklich wissen, was dir bevorsteht, wenn du eine Chance haben willst, dem zu entgehen."

Herne dachte darüber nach, während all seine Höflinge einander verwirrt ansahen, dann nickte er den Schweinemännern zu, die mich festhielten, und sie schlugen brutal auf mich ein, so daß ich wieder auf die Knie fiel, die Arme schützend über dem Kopf erhoben. Suzie schrie auf und versuchte, zu mir zu gelangen, aber wieder zog sich die Eisenkette um ihren Hals zusammen, bis sie innehalten und wieder zu Atem kommen mußte. Ich zog mich tief in mich zurück, nur weg von dem Schmerz. Schließlich hörten die Schläge auf, und ich hob langsam den Kopf und sah Herne an. Ich versuchte zu sprechen, aber ich konnte nur mit schlaffen Lippen frisches Blut sabbern. Er lachte mir ins Gesicht.

„Nichts ist so wichtig wie der Schmerz und das Entsetzen, die du von meiner Hand, und weil ich es will, erleiden wirst. Mein wird die Rache sein." Er erhob sich von seinem Thron und hob beide Hände über den gehörnten Kopf. „Die Jagd ist eröffnet! Die Wilde Jagd, althergebracht und nach alter Tradition."

Der gesamte Hof brüllte und wieherte zustimmend, stampfte mit Füßen, Hufen und Pfoten auf den Boden und hob dem Vollmond über der Lichtung Gesichter, Schnauzen und Mäuler entgegen. Ein neuer Hunger, eine Dringlichkeit lag nun in der Luft, heiß und aufregend, und pulsierte wie der Schlag eines riesigen Herzens. Das Jagdfieber brannte in ihrem Blut und in ihren Herzen, und sie spürten schon das blutige Gemetzel, in dem die Jagd gipfeln würde. Sie sahen mich mit brennenden, glücklichen Augen an, und ihr Moschusgestank erfüllte die Luft.

„Wir werden mit der Frau beginnen", sprach Herne und lächelte fast verliebt auf Suzie hinab. „Natürlich keine so große Herausforderung, aber dennoch eine süße, wilde Hatz, um uns Appetit auf den Hauptgang zu machen. Schau dir deine Frau ein letztes Mal an, Sohn Liliths. Wenn du sie oder ihre Überreste das nächste Mal siehst, wirst du sie wahrscheinlich nicht erkennen."

Er lachte mir wieder ins Gesicht und genoß genau wie sein Hof den Gedanken an mein Entsetzen und meine Hilflosigkeit. Aber ich bin John Taylor, und ich bin nie hilflos. Ich verdrängte den Schmerz und die Schwäche aus meinem Kopf und überlegte hektisch. Ich durfte das nicht zulassen. Suzie durfte nicht meinetwegen leiden oder gar getötet werden. Ich hatte geschworen, zu bluten und selbst zu sterben, ehe ich das zuließ, und ich hatte es wörtlich gemeint.

„Was ist los, Herne?" fragte ich laut. „Traust du dir eine echte Jagd nicht zu? Hast du nicht die Eier, Liliths Sohn zu jagen, und mußt dir deshalb erst mal Mut machen, indem du eine Frau jagst?"

Das Lachen verstummte abrupt. Der gesamte Hof sah Herne an. Er trat vor, hob die Hand, um mich zu schlagen, und nun lachte ich ihm mitten ins Gesicht. Plötzlich verunsichert hielt er inne. Ich hätte eigentlich demoralisiert sein müssen. Ich hätte inzwischen seelisch und körperlich ein gebrochener Mann sein müssen. Aber schließlich war ich Liliths Sohn ... und zum ersten Mal beschlich Herne ein Gefühl dafür, was das wirklich bedeutete. Er sah sich unter seinen Höflingen um, um festzustellen, wie sie all das aufnahmen, und sah auch in ihren Blicken wachsende Unsicherheit. Ich hatte eine Saat in ihrem und in seinem Geist gesät, die Unterstellung, er schlüge nur vor, Suzie zu jagen, um den Augenblick aufzuschieben, da er den Mut würde aufbringen müssen, mich zu jagen. Ich hatte vor allen Anwesenden seinen Stolz verletzt und seine Kühnheit in Frage gestellt, und er wußte, er durfte vor seinen Leuten keine Schwäche zeigen – und schon gar nicht vor Liliths Sohn.

„Nun gut", sagte er schließlich und bedeutete den Schweinemännern, mich auf den Knien zu halten, so daß er sein Gesicht ganz dicht vor meines bringen konnte. Ich hatte vergessen, wie klein er war. „Vergiß die Frau. Sie wird hier und jetzt vor deinen Augen sterben, und du wirst lernen, sie um den schnellen, schmerzlosen Tod zu beneiden, wenn wir dich schreiend und blutend durch die wilden Wälder treiben, unterwegs bei jedem Schritt an deiner Haut reißen und zerren, den letzten Tropfen Blut, Leid und Entsetzen aus dir herausquetschen, dich zentimeterweise töten ... bis du nicht mehr rennen kannst – und dann weiden wir dich aus und fressen vor deinen Augen deine Eingeweide."

„Zur Hölle damit", antwortete ich ausdruckslos. „Wenn ihr sie tötet, werde ich nicht rennen. Ich werde einfach hier stehend sterben, nur um dich zu ärgern und dir das Vergnügen der Jagd vorzuenthalten. Nein. Die Sache läuft folgendermaßen: Du kriegst mich an ihrer Statt. Du läßt sie leben, und ich verspreche dir eine Hatz, wie du sie noch nie erlebt hast."

Hernes Gesicht verfinsterte sich. „Du glaubst, du kannst mit mir verhandeln? Du glaubst, du kannst Herne dem Jäger Bedingungen stellen?"

„Natürlich", sagte ich. „Ich bin Liliths Sohn."

Plötzlich lachte er und wandte sich von mir ab, um seinem Hof Befehle zuzubellen. Der Kobold in Ketten ließ Suzie los, und die Eisenkette glitt zu ihm zurück wie eine schimmernde Schlange. Es begann ein großes Hin und Her, und lautes Knurren ertönte, als die verschiedenen Kreaturen sich um Rangfolgen, die vorgeschlagene Jagdroute und andere Fragen, denen zu folgen ich zu müde und zu verletzt war, stritten. Ich brauchte all meine Kraft und all meinen Willen, um auf Knien langsam die Lichtung zu überqueren, bis ich Suzie erreichte. Es schien ewig zu dauern, aber schließlich knieten wir Seite an Seite. Wir lehnten uns Schulter an Schulter aneinander und hielten einander so gegenseitig aufrecht. Die Schweinemänner beobachteten uns aufmerksam, aber niemand hatte ihnen befohlen, etwas anderes zu unternehmen. Also knieten Suzie und ich eine Weile beisammen und trösteten einander mit unserer Anwesenheit, die blutverschmierten Gesichter dicht beieinander.

„Das war keine deiner besten Ideen, Taylor", sagte sie schließlich.

„Da muß ich dir recht geben", antwortete ich und betastete meine Zähne mit der Zungenspitze, um festzustellen, welche locker waren. „Keine Sorge. Ich hole uns hier raus. Tue ich doch immer."

„Mir geht es besser, als es den Anschein hat", sagte Suzie leise. „Werwolfblut, du erinnerst dich? Ich komme schon wieder zu Kräften. Diese Schweine müssen mich nur einen Augenblick aus den Augen lassen, und ..."

„Das werden sie nicht", antwortete ich. „Die machen das nicht zum ersten Mal. Was wolltest du auch tun? Herne mit einem der Dolche in deinen Stiefeln angreifen? Du würdest nicht mal auf drei Meter an ihn herankommen, ehe seine Kreaturen dich zu Fall brächten. Du könntest fliehen; aber sie würden dich kriegen und töten. Irgendwann."

„Ohne dich würde ich nicht fliehen", sagte Suzie.

„Wenn ich alles richtig mache, mußt du nicht fliehen", antwortete ich. „Ich habe einen Plan."

Sie lächelte knapp. „Wie immer, John."

Ich schloß eine Weile die Augen. Ich war noch nie so müde, so zerschlagen gewesen. „Gott, ich fühle mich so mies, Suzie. Tut mir leid, daß ich dich da mit reingezogen habe."

„Hör auf, John." Zum ersten Mal klang sie besorgt. „Wenn du jetzt aufgibst, sind wir beide erledigt."

„Mir geht es gut", antwortete ich und zwang mich, die Augen zu öffnen.

Sie musterte mich, und ihr kühles Gesicht war wie immer gefaßt, als sie das Ausmaß meiner Verletzungen taxierte. „Du hast schon besser ausgesehen, Taylor. Mir gefällt nicht, wie diesmal die Chancen stehen. Du bist nicht in der Lage, vor der Wilden Jagd davonzurennen. Ich glaube, du würdest es nicht mal unbedingt von der Lichtung runterschaffen. Laß mich das besser machen. Wenn der Werwolffaktor erst mal richtig wirkt, kann ich vor allem davonrennen, was sie auf mich hetzen."

„Nein, kannst du nicht", antwortete ich. „Vor jedem anderen vielleicht, aber nicht vor Herne und seinem Hof. Sie leben für die Jagd. Du mußt mich das machen lassen, Suzie. Ich weiß, was ich tue."

Sie sah mich lange an, und ihre Miene war kühl wie immer. „Du mußt das nicht tun, John. Nicht für mich."

„Doch", antwortete ich.

Ich konnte ihr nicht sagen, warum. Ich konnte ihr nicht sagen, daß ich bereit war zu sterben, um sie vor der Zukunft zu retten, die ich für sie gesehen hatte. Ich konnte ihr nicht sagen, daß ich es tun mußte, um mir zu beweisen, daß ich nicht der skrupellose Bastard war, als den mich Tommy Oblivion bezeichnet hatte. Um zu beweisen, daß ich mehr war als meiner Mutter Sohn. Also würde ich rennen und vielleicht sterben, um ihr Leben und meine Seele zu retten.

Außerdem hatte ich einen Plan.

Ich sah mich aufmerksam um, als mir auffiel, daß es auf der Lichtung plötzlich ganz still geworden war. Jedes Tier und auch alle anderen Kreaturen waren dort erstarrt, wo sie standen, denn alle Tiere und sonstigen Wesen beobachteten gebannt, wie Herne der Jäger und der Neandertaler Tomias Plattfuß aufeinander losgingen, einander ohne zu blinzeln ins Gesicht starrten und offenbar keiner von beiden gewillt war, auch nur einen Schritt zurückzuweichen. Es lag eine neue Spannung über der Lichtung, ein Ringen um eine Entscheidung und um die Vorherrschaft. Herne blickte wild und finster drein, Plattfuß wirkte ruhig wie immer, aber den Neandertaler umgab eine uralte Würde und Unerschütterlichkeit, welcher der Waldgott trotz all seiner Macht nichts entgegenzusetzen hatte.

„Ich bin hier der älteste", sagte Tomias Plattfuß mit einer langsamen Stimme, die stetig war wie ein dahinfließender Strom. „Ich war vor dir hier, Herne. Ich wandelte durch dieses Land, diesen Wald, lange bevor es einen Waldgott oder eine der Kräfte, die du um dich versammelt hast, gab. Ich war vor der Nightside hier. Ich allein erinnere mich noch an den Wald, als er wirklich lebte und die Bäume noch mit langsamer, schwerer Stimme sprachen. Ich habe mein gesamtes Volk sterben und verschwinden sehen und wurde Zeuge des Aufstiegs des Menschen. Du kamst nach den Menschen, Waldgott, auch wenn du das gerne vergißt. Ich bin hier der älteste, und ich sage dir, du hast das Wesen der Wilden Jagd vergessen."

„Du bist alt", räumte Herne ein. „Aber mit dem Alter kommt nicht immer Weisheit. Ich befehle hier, nicht du. Ich habe die Wilde Jagd zu etwas gemacht, das man fürchtet und von dem man im ganzen Land nur im Flüsterton spricht. Wagst du es, mir den Befehl über die Jagd streitig zu machen?"

„Du hast der Wilden Jagd neue Kraft und Macht verliehen, indem du sie straffer organisiert hast", sagte Plattfuß ruhig. „Du hast ihre Regeln festgelegt, damit all ihre Teilnehmer mehr Spaß haben. Du kannst diese Regeln jetzt nicht brechen, nur weil dein Stolz verletzt ist. Denn wenn der Meister der Wilden Jagd seine eigenen Regeln bricht, warum sollte sich jemand anderes daran halten? Was für einen Sinn hätte sie dann noch?"

Ringsum erklang unter den Höflingen zustimmendes Knurren und Murmeln. Herne hörte es, ging aber nicht darauf ein.

„Welche Regeln habe ich verletzt?" fragte er. „Welchen Bräuchen handle ich zuwider? Ich sage, diese Jagd findet statt wie immer, und alle Regeln und Bräuche gelten."

„Dann muß die Beute wissen, wohin sie warum rennt", sagte Plattfuß. „Die Beute muß gewinnen können, wenn sie stark, schnell und aufrichtig genug ist. Denn Beute ohne Verstand und Hoffnung wäre in der Tat kümmerlich."

Hernes Blick wurde noch finsterer. „Wenn du mit dem Gedanken spielst, in diese Jagd einzugreifen ..."

„Natürlich nicht", unterbrach ihn der Neandertaler ruhig. „Das wäre nicht regelkonform. Es ist deine Jagd, Herne. Also nenne die Bedingungen, das Ziel und den Preis."

So etwas wie Erheiterung machte sich unter den Höflingen breit, als die Kreaturen sahen, wie unrettbar Tomias den Waldgott in eine Ecke manövriert hatte, aber das leise Lachen erstarb rasch, als Herne in die Runde funkelte. Brüsk wandte er sich von Plattfuß ab und Suzie und mir zu. Er machte eine knappe Geste, und die Schweinemänner rissen uns hoch. Mir ging es immer noch beschissen, aber die kurze Ruhepause hatte meine Beine wieder etwas gekräftigt. Mein Schädel wummerte immer noch, aber ich konnte wieder klar denken. Meine Hände befanden sich ganz in der Nähe meiner Manteltaschen. Ich grinste Herne fies an. Er hätte mich wirklich töten sollen, solange er es gekonnt hatte.

Herne erwiderte mein Lächeln.

„Dies sind die Regeln der Wilden Jagd, Sohn Liliths. Du wirst rennen, und wir werden dich jagen. Du wirst in einer beliebigen Richtung auf jedem Weg deiner Wahl, den du findest, durch den wilden Wald rennen, und wenn du durch irgendein Wunder den Weg aus dem Wald zurück in die Stadt findest, mußt du nur die Stadtgrenze überschreiten, und du wirst leben und nicht mehr verfolgt werden. Um dem Spiel etwas mehr Würze zu verleihen, läufst du nicht nur um dein eigenes Leben, sondern auch um das deiner Frau. Wir werden sie an der Stadtgrenze unter Bewachung stellen. Erreiche sie, und sie ist frei. Ihr werdet dann beide leben. Wenn du sie aber nicht erreichst, wird sie genauso langsam und qualvoll sterben wie du. Denk beim Rennen daran." Sein Lächeln wurde breiter. „Vielleicht sollte ich darauf hinweisen, daß nicht bekannt ist, daß es irgendwer je durch die wilden Wälder geschafft hätte, geschweige denn zurück in die Stadt."

„Aber ich bin nicht einfach irgendwer", sagte ich und erwiderte seinen Blick. „Ich bin John Taylor. Liliths Sohn. Klüger, gerissener und gemeiner, als du je sein wirst."

Er drehte sich um und stapfte davon. Suzie sah mich nachdenklich an.

„Das ist dein toller Plan? Du rennst, und wenn du stirbst, sterbe ich auch? Du siehst beschissen aus, Taylor. Du bist gar nicht imstande, ein Rennen zu laufen."

„Du hast den Bastard doch gehört", sagte ich. „Ich muß rennen. Wenigstens habe ich jetzt eine Chance, uns beide zu retten. Er kennt meine Gabe, meine kleinen Tricks und den Inhalt meiner

Manteltaschen nicht. Ich habe schon Klügere als ihn und seinen ganzen verdammten Hof ausgetrickst. Mach keinen Ärger, Suzie. Laß sie dich zur Stadt zurückbringen. Dort stehen deine Chancen besser. Wenn du eine Gelegenheit zur Flucht siehst, ergreife sie."

„Mir gefällt das alles gar nicht", murrte Suzie. „Hast du nicht gesagt, du könntest es dir in dieser Zeit nicht erlauben, deine Gabe einzusetzen?"

„Zum Teufel damit", sagte ich. „Über die Folgen eines Einsatzes meiner Gabe mache ich mir Gedanken, wenn ich die Jagd überlebt habe."

„Wenn du stirbst", antwortete Suzie langsam, „werde ich dich rächen, John. Ich werde sie alle töten. Ich werde in deinem Namen den wilden Wald und alles darin niederbrennen."

„Ich weiß", sagte ich.

Herne rief meinen Namen, und ich sah mich um. Alle Monster seines Hofes hatten ein langes Spalier gebildet. Sie grinsten, geiferten und stampften und zeigten mir ihre Klauen und Zähne. Einige von ihnen hatten Knüppel. Herne, der vom Kobold in Ketten und Tomias Plattfuß flankiert auf seinem Thron saß, machte eine große Geste.

„So beginnt die Jagd. Es ist Zeit für den Spießrutenlauf, John Taylor, Liliths Sohn. Lauf zwischen deinen Feinden hindurch. Sie werden dich nicht töten, noch nicht, aber sie werden genug Blut vergießen, daß du auf der Flucht eine eindeutige Blutspur hinterläßt. Wenn du den Spießrutenlauf beendet hast, stehst du Richtung Nightside. Unsere Starthilfe für dich."

Unwillkürlich erbebte ich. Sie würden mir übel zusetzen, noch lange, bevor ich das andere Ende erreichte. Also ...

„Tolle Starthilfe", sagte ich. „Ich finde den Weg schon."

Ich kehrte dem wartenden Spalier den Rücken und rannte in die entgegengesetzte Richtung, von der mondbeschienenen Lichtung in die Finsternis des wartenden Waldes. Hinter mir hörte ich erzürnte Rufe und Geheul und grinste. Wenn in einem Spiel die Regeln gegen einen stehen, muß man die Regeln ändern. Ich war immer schon ein leidenschaftlicher Querdenker.

Ich stürzte durch die Düsternis zwischen den hohen Bäumen und ließ die Helligkeit der Lichtung hinter mir. Über die Richtung würde ich mir später Sorgen machen; zunächst mußte ich nur eine gewisse Distanz zwischen mich und meine Verfolger legen. Ich rannte gleichmäßig, legte ein gutes Tempo vor und achtete darauf, nach Möglichkeit Kraft und Atem zu sparen. Momentan lief ich auf Adrenalin, aber ich wußte, das würde nicht ewig so gehen. Mir tat alles weh, aber ich hatte einen klaren Kopf. Hinter mir hörte ich die Jagd beginnen, hörte den Zorn und den Blutdurst in den lauten Stimmen der Jäger. Ich grinste. Ein ärgerlicher Gegner war schon die halbe Miete. Ich hoffte, sie würden ihre Wut nicht an Suzie auslassen ... nein. Ich verdrängte den Gedanken. Suzie konnte auf sich aufpassen. Ich mußte mich auf meine eigenen Probleme konzentrieren.

Also rannte ich in dem Wissen, daß sie schneller waren, und vertraute darauf, daß meine Geistesschärfe, meine Gabe und meine reine Sturheit mich retten würden. Ich hatte schlimmere Gegner als diese besiegt und es ihnen noch unter die Nase gerieben. Die Waldluft war kühl und erfrischend, und ich holte beim Rennen tief Luft. Meine Beine fühlten sich kräftig an. Meine Arme taten weh, also verschränkte ich sie vor der Brust. Das Licht reichte aus, um zu sehen, wo ich hinrannte, und die Bäume standen so dicht beieinander, daß die Jagd mich nicht in Masse würde angreifen können. Ich hörte sie, sie kam bereits näher. Ich versuchte, mich zu erinnern, wie weit es zurück in die Stadt war, aber wir waren hergeritten. Nein. Ich konnte es mir nicht erlauben, daran zu denken. Ich mußte mich aufs Hier und Jetzt konzentrieren.

Ich kramte in meinen Manteltaschen und fand eine Einwegtaschenlampe. Als ich sie einschaltete, warf sie Licht vor mich, warm, gelb und tröstlich. Dann schaltete ich sie aus, denn ich wollte keine Aufmerksamkeit erregen. Meine Augen hatten sich ganz gut an das Dämmerlicht gewöhnt. Aber sie mochte mir vielleicht später noch nützlich sein, und ich war froh, sie zu haben. Ich steckte die Einwegtaschenlampe weg und ließ die Finger über andere nützliche Dinge in meinen Taschen wandern. Sie hätten mich wirklich gründlich durchsuchen sollen, aber das taten Menschen, nicht Tiere. Vielleicht war es ihnen auch egal, weil sie sich auf ihre große zahlenmäßige Überlegenheit und ihre Wildheit verließen. Vielleicht sahen sie mich nicht als Bedrohung an. Ich grinste fies. Das würde ich ändern.

Ich wurde langsamer, weil mir die Luft wegblieb. Ich hatte gehofft, ich würde länger durchhalten, aber die Prügel hatten mich wirklich fertiggemacht. Ich rannte weiter und ignorierte das Seitenstechen. Rings um mich herum ragten hohe Bäume auf, und ich wählte bewußt die schmalsten Pfade, damit man mich nur im Gänsemarsch verfolgen konnte. Soviel zum Thema zahlenmäßige Überlegenheit. Ständig versperrten mir knorrige Äste den Weg, und ich mußte mich darunter hindurchducken oder daran vorbeischlängeln. Dicke Wurzeln ragten aus dem Boden und drohten ständig, mich zu Fall zu bringen, was mich ebenfalls verlangsamte. Der feste Boden war hart und unnachgiebig unter meinen Füßen, und jeder Schritt vibrierte in meinen Beinen nach.

Dicht hinter mir schallte plötzlich ein gellender, schriller Schrei durch die Nacht, und etwas Schweres brach durchs Geäst. Die Geräusche wurden lauter, kamen näher. Etwas hatte mich gewittert. Zeit, wieder die Regeln zu brechen, meine Vorteile zu nutzen, von denen sie nichts wußten. Ich setzte meine Gabe ein. Sollten meine Feinde mich doch finden; die Jagd würde alles erledigen, was sie mir auf den Hals hetzten. Die gegenwärtige oder zukünftige Lilith hingegen … war ein Problem für ein andermal.

Es dauerte nur einen Augenblick, bis meine Gabe herausgefunden hatte, in welcher Richtung die Stadt lag. Ich änderte den Kurs und fuhr meine Gabe dann sofort wieder herunter. Es war zu verwirrend, im wilden Wald klar zu sehen. Bei dem kurzen Blick durch mein drittes Auge hatte ich Geister und Phantome erblickt, die panisch Wege entlangliefen, die es nicht mehr gab, und alte, gewaltige Wesen, die vor Urzeiten im Wald gelebt hatten, aber nun weitergezogen waren, zu anderen Orten und in andere Welten. Ich sah Dinge, die ich nicht begriff und nicht zu verstehen hoffen durfte, Mächte und Kräfte, die noch immer in der Nacht wandelten, uralt und schrecklich, jenseits des menschlichen Begriffsvermögens. Ich glaube, einige davon sahen mich auch.

Ich rannte weiter und glitt, so leise ich konnte, zwischen den hohen Bäumen hindurch, umkurvte Hernes Lichtung und eilte in Richtung Stadt weiter. Demzufolge, was ich mit meiner Gabe gesehen hatte, war der Weg noch weit. Ich wurde langsamer, bis ich nur noch joggte, um Luft zu sparen. Ich schnappte mir Moos und Blätter von den Bäumen, an denen ich vorbeikam, und zerrieb sie auf meinem Mantel und der nackten Haut, um meinen Geruch zu überdecken. Ich mochte ein Stadtkind sein, aber ich war weit herumgekommen. Ein paar Tricks kannte auch ich.

Jetzt hörte ich Tiere zu beiden Seiten von mir rennen, schnell und ungehindert. Sie atmeten nicht einmal schwer, die Bastarde. Ich blieb abrupt stehen, atmete durch die Nase, um keinen Lärm zu machen, und sah mich vorsichtig um. Zwischen den Bäumen huschten Wölfe umher, ihr grauer Pelz schimmerte im spärlichen Mondlicht. Echte Wölfe, ihrer Größe nach zu urteilen, keine Werwölfe, aber deswegen nicht weniger gefährlich. Sie kamen zögerlich zum Stehen, als sie bemerkten, daß ich stehengeblieben war, und liefen vor mir umher und um mich herum. Ich kauerte mich in den tiefsten Schatten, den ich fand. Graue Schnauzen hoben sich in die Luft und versuchten, meine Witterung aufzunehmen. Ich blieb ganz ruhig. Kein Lüftchen regte sich in der eisigen Nachtluft. Die Wölfe sammelten sich zu meiner Linken, die Schnauzen am Boden, und suchten nach Spuren. Ich hörte zu meiner Rechten neue Geräusche und wandte langsam den Kopf. Ein halbes Dutzend große Eber kam laut schnüffelnd durch den Wald auf mich zu, grunzend und die gewaltigen Häupter schwenkend, und auf ihren bösartig gekrümmten Hauern schimmerte das Mondlicht. Also Feinde links und rechts von mir. Perfekt.

Ich rannte schnurgerade los und machte dabei ganz bewußt soviel Lärm wie möglich. Die Wölfe und Eber stürmten los, alle wild darauf, mich zuerst zu erwischen. Ich wartete bis zum letzten Augenblick, dann blieb ich abrupt stehen und warf mich zu Boden. Während ich mit den Armen überm Kopf dalag, prallten die Wölfe und Eber aufeinander. Von diesem unerwarteten Angriff verwirrt, gingen sie blindwütig aufeinander los. Geheul, Gebrüll und Schmerzenslaute erfüllten die Nachtluft, und die Wölfe und Eber vergaßen mich in ihrer Entrüstung über den Angriff vollkommen. Sie zerfleischten einander in einem wilden Durcheinander, während ich mich vorsichtig erhob und leise in die Schatten schlüpfte.

Ich sah den Bären nicht einmal kommen. Plötzlich ragte er direkt vor mir im Dämmerlicht auf, eine große, dunkle, baumlange Silhouette, die sich gegen den Nachthimmel abzeichnete. Eine große Klauentatze schoß auf mich zu, das Mondlicht schimmerte auf den bösartigen Krallen, und dann wischte er mich völlig beiläufig beiseite. Es war, als habe mich ein Rammbock getroffen. Ich flog durch die Luft und schlug hart auf, ehe ich weiterrollte, bis ich schließlich gegen einen Baumstamm prallte. Durch den Aufprall blieb mir die Luft weg. Meine Schulter brannte, und es fühlte sich an, als hätte ich mir die Hälfte meiner Rippen zumindest angebrochen. Ich richtete mich halb auf und lehnte mich gegen den Baumstamm, während ich darum rang, wieder zu Atem zu kommen. Der Bär kam bereits schnaubend und brummend auf mich zu. Wieder schlug er zu, und ich konnte nur ausweichen, indem ich mich zur Seite warf. Seine bösartigen Krallen rissen ein großes Stück Holz aus dem Baum. Ich kam auf die Beine und rettete mich auf die andere Seite des Baums. Der Bär hielt verwirrt inne, weil er mich nicht mehr sah, und wieder rannte ich los. Ich spürte, wie frisches Blut von der Schulterverletzung durch den Klauenhieb an meinem linken Arm herunterrann, und meine gesamte linke Seite war ein einziger Schmerz.

Die Wölfe waren wieder hinter mir her. Sie flogen mit leuchtenden Augen geistergrau durch die Mondlichtstrahlen. Sie rannten wie der Wind, zu viele, um sie zu zählen. Sie überholten mich, dann schnitten sie mir den Weg ab. Ich schnappte mir einen Beutel Pfeffer aus der Manteltasche, riß ihn auf und warf ihnen die ganze Packung in die Gesichter. Sie drehten durch, als ihre empfindlichen Nasen und Augen plötzlich brannten, und fielen jaulend und kläffend zurück, schnappten nach Luft und nach einander, weil sie sich nur noch auf ihre schrecklichen Schmerzen konzentrieren konnten. Ich rannte mitten durch sie hindurch. Manche schnappten und bissen aus Reflex nach mir, und ich schrie unwillkürlich auf, als neuer Schmerz in mir aufflammte, dann war ich an ihnen vorbei und rannte schwer atmend weiter in die Nacht. Ich biß keuchend die Zähen zusammen, um den Schmerz zu unterdrücken.

Jetzt mußte ich mich zwingen, nicht stehenzubleiben, mein gutes Tempo beizubehalten. Ich durfte nicht ausruhen oder mich um meine Wunden kümmern. Ich hinterließ eine eindeutige Blutspur. Ich hörte die Jagd, die hinter mir vielstimmig schrie. Mein Atem ging stoßweise, und meine gesamte Brust tat weh. Verdammt, ich war nicht in Form. Ich hatte mich zu sehr daran gewöhnt zu kämpfen, statt um mein Leben zu rennen. Ich stürzte weiter durch Schatten und Mondlicht, brach durchs Geäst und prallte manchmal gegen Bäume, die ich nicht rechtzeitig gesehen hatte, immer in der Richtung, die mir meine Gabe gewiesen hatte.

Die Wilde Jagd war hinter mir her.

Ich rannte über eine Lichtung, und eine ganze Gruppe von Elfen sah mir desinteressiert nach. Sie bewegte sich langsam in seltsamen Formationen, zog dabei blaue Ektoplasmafäden hinter sich her und schuf so ein komplexes, leuchtendes Netz. Ich flehte sie nicht um Hilfe an. Elfen waren andere immer schon scheißegal gewesen.

Der gesamte Wald schien nun von Geheul und Geschrei erfüllt zu sein, als wären alle Lebewesen der Nacht wach und auf meiner Spur. Lange verschüttete Instinkte ließen mir das Blut in den Adern gefrieren und meine Nackenhaare sich aufrichten. Alte, atavistische Instinkte aus der Morgenröte der Menschheit, als Menschsein noch bedeutete, gejagt zu werden. Ich grinste wild. Seither hatten sich die Dinge geändert, und ich würde ihnen zeigen, wie sehr. Ihnen allen. Ich rannte nach Luft ringend weiter und ignorierte den Schmerz – Haß, Verzweiflung und verbissene

Sturheit trieben mich weiter, lange nachdem mich Erschöpfung in die Knie hätte zwingen sollen.

Auf der nächsten Lichtung, die ich erreichte, wartete der Kobold in Ketten auf mich, umringt von seinen Schweinemännern. Stolz und aufrecht stand er im schimmernden, milchigen Licht, und sein großer Eberkopf sah mir genau entgegen, als ich taumelnd am Rande der Lichtung zum Stehen kam. Die Eisenketten des Kobolds rasselten laut, als er einen großen Hammer vor sich hin und her schwenkte. Der dicke Holzstiel war locker einen Meter zwanzig lang, und der Kopf der Waffe bestand aus einem massiven Eisenklotz, klebrig und mit altem, geronnenem Blut und Haaren verschmiert. Mir wäre es wahrscheinlich schwergefallen, das Ding auch nur anzuheben, aber er schwenkte es lässig hin und her, als wiege es gar nichts. Der Riese lächelte mich um seine gewaltigen Hauer herum an und grunzte laut, ein tiefes, zufriedenes Geräusch. Die Schweinemänner drängten sich um seine Beine und grunzten und quiekten mit ihm wie Schweine, die darauf warteten, daß man ihnen die Küchenabfälle in den Trog schüttete; nur der Wille ihres Herrn hielt sie zurück. Sie alle sahen mich hungrig an, und in ihren Augen war nichts mehr von den Menschen, die sie einst gewesen waren, zu erkennen. Der Kobold in Ketten trat vor, und die Schweinemänner stoben auseinander, machten ihm Platz. Ich blieb stehen. Er wußte, ich würde nicht fliehen. Der Rest der Jagd war zu dicht hinter mir. Ich mußte die Lichtung überqueren.

Dennoch glaube ich, er war ein bißchen schockiert, als ich direkt auf ihn zukam. Er schwang den großen Hammer und grunzte gierig, während er darauf wartete, daß ich in seine Reichweite kam. Ich grinste ihn an, was ihn, wie ich glaube, noch mehr erschütterte. Er war nur Beute gewohnt, die schrie, schluchzte und um Gnade winselte. Er beschloß, nicht weiter zu warten, und stapfte auf mich zu, wobei er den großen Hammer mit beiden Händen über den Kopf hob. Die Schweinemänner fielen zurück, um ihm Platz zu machen, und quiekten hysterisch. Ich wandte meinen ältesten Trick an, den, der Kugeln aus Schußwaffen entfernt, um ihnen alle Luft aus den Lungen zu rauben. Die Schweinemänner fielen wie ein Mann um und schlugen wie ein Haufen haarige Säcke auf dem Boden auf. Der Kobold in Ketten taumelte zurück und ließ seinen Hammer fallen, als sei er ihm plötzlich doch zu schwer geworden. Dann brach er in die Knie, und seine großen Eberaugen glotzten dämlich. Ich ging direkt an ihm vorbei und drehte mich nicht einmal um, als ich auch ihn zu Boden gehen hörte.

Aber das Rasseln seiner Eisenketten brachte mich auf eine neue Idee, und ich blieb stehen und sah mich um. Die Ketten würden gute Waffen abgeben, und ich konnte jeden Vorteil gebrauchen. Ich ging zurück, kniete neben dem Kobold in Ketten nieder und zog an einer der langen Eisenketten, aber sie war fest an seinem Kragen gesichert. Das galt für alle Ketten. Ich hätte vor Enttäuschung heulen können. Taumelnd kam ich auf die Beine und trat dem Kobold in Ketten in die Rippen.

Der Kobold in Ketten erhob sich. Torkelnd kam er auf die Beine, schnaubte und grunzte und schüttelte den Eberkopf, während er seine große Lunge wieder mit Luft füllte. Ich schlug ihm mit aller Kraft in den Bauch, aber ich tat mir nur selbst an der Hand weh. Er griff nach seinem Hammer, und ich trat ihm in die Eier, so fest ich konnte. Ein zweites Mal entwich alle Luft aus der Lunge des Kobolds, und er kniff die Schweinsäuglein zu, als er wieder in die Knie brach und seinen Hammer komplett vergaß. Ich rannte abermals los.

Die Jagd war mir immer noch dicht auf den Fersen. Kreaturen und Tiere flitzten heran, mal von der einen, mal von der anderen Seite, um nach mir zu schnappen, zu schlagen und an mir zu zerren. Sie versuchten nicht einmal, mich zu Fall zu bringen – noch nicht. Sie trugen nur dazu bei, mich zu verletzen und zu hetzen, und genossen die Jagd. Manchen von ihnen wich ich aus, nach manchen schlug ich, aber sie alle zeichneten mich. Ich versuchte nicht einmal mehr aufzuschreien, sondern konzentrierte mich ausschließlich aufs Weiterrennen. Ich war todmüde und taumelte und torkelte mehr, als daß ich rannte; mein zerfetzter Trenchcoat war blutgetränkt. Blut und Schweiß mischten sich, als sie mir übers Gesicht rannen, und hinterließen den Geschmack von Kupfer und Salz in meinem Mund. Mein linker Arm hing fast nutzlos an meiner Seite, von der Schulter bis zum Handgelenk aufgerissen von etwas, das ich nicht einmal hatte kommen sehen. Rings um mich herum erscholl Gelächter im Wald. Ich hatte solche Schmerzen, daß sie jedesmal aufflammten, wenn ich fest auftrat, aber ich behielt einen klaren Kopf. Überall sonst hätten mich solche Tantalusqualen, so viel erlittener Schaden schon lange in die Knie gezwungen, aber ich rannte nicht nur für mich. Ich rannte für Suzie.

Die Wilde Jagd war rings um mich, ihre Mitglieder schossen abwechselnd heran, um mir noch etwas mehr wehzutun, gerade genug, um mich voranzutreiben. An der Spitze der Jagd ritt links vor mir auf seinem prachtvollen Mondhengst Herne der Jäger. Lachend sah er seine Beute leiden. Sein Pferd war aus reinem Mondlicht, ein prächtiges Lichtwesen, das Herne mühelos dahintrug. Ein Rudel Werwölfe folgte ihm auf den Fersen und heulte mit enervierend menschlichen Stimmen.

Ich hatte keine Ahnung, wie lange ich gerannt, wie weit ich gekommen war oder wie weit es noch war. Mir kam es vor, als sei ich immer schon gerannt, wie in einem dieser Alpträume, in denen man ewig flieht und nie irgendwo ankommt. Jetzt torkelte ich nach Luft ringend dahin, setzte mühsam einen Fuß vor den anderen. Jeder Atemzug schmerzte in meiner Brust, meinen Seiten und meinem Rücken. Ich spürte meine Hände und Füße nicht mehr. Ich schlug nicht mehr nach den Tieren, die mich angriffen, sondern sparte meine Kräfte.

Ich hatte einen Plan.

Herne der Jäger lenkte seinen Mondhengst schließlich genau vor mich und versperrte mir den Weg, so daß ich stehenbleiben mußte. Ich kam abrupt zum Stehen und keuchte so, daß ich nichts anderes mehr hören konnte. Aber ich sah ihn lachen. Hörte schließlich doch wieder, wie sich der Rest der Jagd um mich versammelte. Herne beugte sich über die Schulter seines Reittiers, um mich anzusprechen, und ich wollte nichts mehr, als ihm das Lächeln aus dem Gesicht prügeln. Finstere Schatten erfüllten die Wälder ringsum, wogten ruhelos durcheinander, gierten nach dem Todesstoß, an dem sie nur Hernes Wille hinderte. Er beugte sich weit vor, brachte sein Gesicht dicht vor meines, damit ich ihn auch ja hörte.

„Gut gerannt für einen Sterblichen. Du hast uns zu unserer großen Erheiterung eine gute Jagd geliefert. Aber jetzt ist es aus. Die Jagd endet, wie sie immer endet und immer enden wird, mit dem langsamen, grausamen Tod der Beute. Achte darauf, laut zu schreien, dann kann dich deine Frau vielleicht hören und das Schicksal erahnen, das auch ihr blüht."

„Sie ist nicht meine Frau", murmelte ich mit schlaffen, blutigen Lippen. „Suzie kommt ganz gut alleine klar. Vielleicht ja auch mit dir."

Herne lachte mir ins Gesicht. „Stirb nun, Sohn Liliths, allein und in Pein, und wisse, daß alles, was du getan und erduldet hast, umsonst war. Deine Frau wird genauso leiden und sterben wie du. Nachdem wir unseren Spaß mit ihr hatten."

Er beugte sich noch weiter vor, um mir die letzten Worte direkt ins Gesicht zu speien, und war endlich nahe genug, daß ich ihn mit beiden blutigen Händen packen und einfach von seinem leuchtenden Mondhengst reißen konnte. Er verlor das Gleichgewicht, glitt hilflos vom Pferderücken, und ich warf ihn zu Boden. Ich schlug ihm einmal in die Fresse, nur weil es mir guttat, dann packte ich mit letzter Kraft den magischen Zügel des Mondhengstes und zog mich auf seinen Rücken. Der Hengst stieg, schlug aus und warf den Kopf hin und her, aber ich hielt den Zügel fest, und als ich das Haupt des Gauls in Richtung der Stadt drehte, hatte die Kreatur keine andere Wahl mehr, als mich dort hinzubringen. Ich trieb ihn gnadenlos an, immer schneller, und wir jagten durch den wilden Wald wie ein Traum von Bewegung, wanden uns mühelos zwischen den Bäumen hindurch, ohne je langsamer zu werden oder gar anzuhalten, während ich mich mit aller Kraft, die mir noch verblieben war, festhielt.

Hinter mir hörte ich das enttäuschte Heulen der Wilden Jagd und Hernes Schreie der Wut und Beschämung, und ich lachte atemlos.

Ich drängte den Mondhengst zu noch höherem Tempo, denn die Jagd kam uns nach. Wir flohen durch die Nacht, wobei die dröhnenden Hufe den Boden kaum zu berühren schienen. Die gesamte Wilde Jagd war hinter mir her, aber wir hatten einen großen Vorsprung. Ich beugte mich tief über den Hals des Mondhengstes, schrecklich müde, aber meine Hände hielten den ihn kontrollierenden magischen Zügel so fest, daß nur der Tod ihren Griff hätte lösen können. Ich hatte Millimeter vor der Niederlage eine zweite Chance ergriffen, und ich eilte heim – in die Stadt, in die Nightside, zu Suzie Shooter.

Zu beiden Seiten rasten die hohen Bäume an mir vorbei, wirkten substanzlos wie ein Traum, kamen und gingen unfaßbar schnell. Noch immer folgte uns die Wilde Jagd – bis plötzlich die hohen Bäume hinter mir zurückblieben und der Mondhengst über die offene Steppe dahinjagte. Langsam hob ich den schmerzenden Kopf und sah vor mir die Lichter der Stadt schimmern. Ich riskierte einen Blick zurück. All die Monster von Hernes Hof quollen aus dem Wald hervor, so erfüllt vom Blutdurst der Jagd, daß sie sogar die Sicherheit des wilden Waldes aufgaben, um mich zu jagen. Herne sah ich nicht. Vielleicht hatte er zu Fuß Probleme, mitzuhalten. Ich grinste, dann hustete ich, und frisches Blut lief mir übers Kinn. Verdammt. Kein gutes Zeichen. Mir war furchtbar schwindlig, und ich spürte kaum mehr den Mondhengst unter mir. Zum ersten Mal fragte ich mich, ob ich noch genug Kraft hatte, um bis zur Stadtgrenze durchzuhalten. Aber letztlich gelang es mir, weil ich es mußte. Suzie Shooter erwartete mich.

Der Mondhengst donnerte dahin, schoß durch die Steppe wie ein Lichtblitz, und die Stadt mit ihren Lichtern wuchs beständig vor mir. Fast ohne es zu merken, hatten wir die Stadtgrenze überquert, waren plötzlich umgeben von Straßen und Gebäuden, Stein und Pflaster, und der Mondhengst kam abrupt zum Stehen. Er kam aus dem wilden Wald und würde keinen Schritt weitergehen,

Zügel hin oder her. Lange saß ich einfach da. Ich hatte es geschafft. Der Gedanke wiederholte sich langsam in meinem Kopf. Ich sah hinab auf meine Hände, feucht von meinem eigenen Blut, die dennoch den magischen Zügel noch immer so fest umklammert hielten, daß die Knöchel weiß hervortraten. Ich zwang meine Finger, sich zu öffnen, ließ den Zügel los, glitt seitlich vom Hengst und ging zu Boden. Sofort drehte sich der Mondhengst um und raste wieder über die Stadtgrenze, durch die Steppe und zurück in den wilden Wald, wo er hingehörte. Langsam setzte ich mich auf und sah ihm nach, hell und strahlend wie ein Sonnenuntergang. Nickend saß ich da, die gebrochenen, blutigen Hände in meinem Schoß. Die gesamte Vorderseite meines Trenchcoats war zerfetzt, blutverschmiert und dreckig, aber ich war so todmüde, daß ich die meisten Verletzungen nicht einmal spürte. Ich schien keine Kraft mehr zu haben, um irgend etwas zu tun, und das machte mir auf eine abstrakte Weise Sorgen, aber ich hatte es zurück in die Stadt geschafft, und nur das zählte. Ich sah unbeeindruckt, wie Herne der Jäger über die Steppe heraneilte. Außerhalb des Waldes wirkte er so viel kleiner, so viel weniger beeindruckend. Der Rest seines Monsterhofes folgte ihm, schien aber Abstand zu halten. Langsam lächelte ich. Sollten sie doch kommen. Alle. Ich hatte ihn besiegt. Suzie war in Sicherheit.

Mir war kalt, so kalt. Ich begann zu zittern und konnte nicht mehr aufhören. Ich fragte mich, ob ich gerade starb.

Schritte kamen näher, aber ich hatte nicht mehr genug Kraft, um mich umzusehen. Dann kniete Suzie Shooter neben mir, frei und ohne Bewachung. Ich versuchte, sie anzulächeln. Sie sah mich an und gab einen leisen, schockierten Laut von sich.

„Oh Gott, John. Was haben die mit dir gemacht?"

„Es ist halb so wild", sagte ich, oder wollte ich zumindest sagen. Weiteres Blut floß über mein Kinn, als meine Lippe wieder aufplatzte. Es war nur ein kleiner Schmerz nach so vielen schlimmeren, aber es war der Tropfen, der das Faß zum Überlaufen brachte, und ich begann zu weinen. Nur vor Schock und Müdigkeit. Ich hatte alles gegeben, und nun war nichts mehr übrig. Mein ganzer

Leib zitterte und bebte jetzt vor reiner Erschöpfung. Suzie nahm mich in die Arme und hielt mich fest. So schlecht ich mich auch fühlte, ich wußte, was es für sie bedeutete, das über sich zu bringen. Sie wiegte mich langsam, und mein Kopf ruhte an ihrer lederbekleideten Schulter, während sie beruhigende, besänftigende Laute von sich gab.

„Ist schon gut, John. Es ist vorbei. Ich bin frei, und du kommst wieder in Ordnung. Wir suchen dir einen Hexer, der dich wieder zusammenflickt."

„Ich dachte, du stündest hier unter Bewachung", sagte ich langsam und deutlich.

Sie schnaubte laut. „Ich habe sie erledigt, sobald ich mich wieder in der Sicherheit der Stadt befand. Jetzt kann uns niemand mehr wehtun."

„Ich wußte, du kannst auf dich aufpassen", sagte ich. „Aber ich konnte keinen … Irrtum riskieren."

Suzie rümpfte die Nase. „Diese verdammten Schweinemänner. Du würdest nicht glauben, wie oft sie mich auf dem Weg hierher begrapscht haben. Gestunken haben sie auch. Ich konnte sie gar nicht schnell genug töten. Vielleicht grillen wir ja später?"

„Klingt gut", sagte ich. „Mir ist kalt, Suzie. So kalt."

Sie umarmte mich fester, aber ich spürte es kaum. „Halt durch, John. Halt durch."

„Liebe findet …"

„Zuletzt ihr Stündlein?" fragte Suzie und legte ihre Wange an meine Stirn.

„Vielleicht", sagte ich. „Wenn wir nur mehr Zeit gehabt hätten …"

„Wir werden noch für so manches Zeit haben …"

„Nein. Ich glaube nicht. Ich sterbe, Suzie. Ich wünschte …"

Sie sagte etwas, aber mein Schädel dröhnte so, daß ich es nicht verstand. Ich sah mich selbst bluten, aber alles versank in Finsternis, als mir die Welt langsam entglitt. Ich war zum Sterben bereit, wenn es bedeutete, daß die Zukunft, die ich für Suzie und die Nightside gesehen hatte, vielleicht doch nicht eintreten würde.

„Ich habe dich gerettet", sagte ich.

„Ich wußte, daß du das tun würdest", antwortete sie. „Ich wußte, sie würden dich niemals kriegen."

Das hatte ich nicht gemeint, aber egal.

Dann spürte ich, wie sie den gesamten Körper anspannte und dabei ruckartig aufblickte. Durch eine reine Willensanstrengung drängte ich die Finsternis zurück und hob den Kopf, um mich umzusehen. Vor uns stand jenseits der Stadtgrenze mit vor Zorn gerötetem Kopf Herne der Jäger. Sein Hof hatte sich hinter ihm verteilt, hielt aber respektvoll Abstand. Herne hüpfte vor Zorn tatsächlich vor mir auf und ab, halb wahnsinnig, weil er verloren hatte.

„Du hast geschummelt!" schrie er mich an, und Speichel flog durch die Luft, wie um die Wucht seiner Worte zu unterstreichen. „Du hast den Spießrutenlauf umgangen! Du hast Tricks und Magie eingesetzt! Du hast meinen kostbaren Mondhengst gestohlen! Betrüger! Betrüger!"

Ich grinste ihn an, auch wenn es wehtat. „Ich habe dir doch gesagt, ich bin schlauer als du. Wichtig ist nur, daß ich gewonnen habe. Ich bin hier angekommen. Du und dein ganzer verdammter Hof, ihr konntet mich nicht aufhalten. Ich habe dich besiegt, Herne, also hau ab und such dir jemanden, der kleiner ist als du."

„Du hast mich nicht besiegt! Niemand besiegt mich! Du hast geschummelt!" Inzwischen weinte Herne fast, so erregt war er, und sein Hof hinter ihm wurde unruhig. Er schüttelte eine knorrige Faust in meine Richtung. „Niemand gewinnt ohne meine Zustimmung. Du bist tot, hörst du? Ich hole dich da raus und schleife dich wieder in die Wälder, und dann, und dann ... tue ich dir ganz schreckliche Dinge an!"

Tomias Plattfuß trat vor, und Herne drehte sich um, um ihn böse anzufunkeln. Der Neandertaler stand ruhig vor dem Waldgott, und seine Stimme war kühl und unaufgeregt. „Du kannst sie nicht weiter verfolgen, Herne. Sie sind jetzt in der Stadt und außerhalb deines Einflußbereichs. Nach den Regeln deiner eigenen Jagd sind sie vor dir sicher."

„Ich bin der Gott der wilden Orte! Des Sturms und der Blitze! Ich bin der Ruhm der Jagd, der rennende Wolf und das Geweih des brunftigen Hirschs! Ich bin die Macht des wilden Waldes, und ich werde bekommen, was mein ist!"

„Er ist gut und tapfer gerannt", sagte Plattfuß, und hinter ihm grunzten und knurrten tatsächlich einige Höflinge zustimmend. „Er hat gewonnen, Herne. Laß es gut sein."

„Niemals!"

„Wenn du das tust", sagte Plattfuß langsam, „dann tu es allein."

„Dann eben allein!" spie Herne, kehrte ihnen allen den Rücken zu und drehte sich nicht einmal um, als Tomias Plattfuß sich wieder dem Hof anschloß und sie alle gemeinsam wieder die Steppe überquerten, zurück in den wilden Wald, wo sie hingehörten. Langsam beugte Herne sich vor, als prüfe er die Stärke einer unsichtbaren, unspürbaren Barriere, und seine Widderhörner bebten vor Vorfreude. Sein Blick war wild, starr und mehr als nur ein wenig wahnsinnig.

Suzie legte mich vorsichtig ab und trat zwischen Herne und mich. Man hatte ihr die Schrotflinte abgenommen, also zog sie ihre beiden langen Messer aus den Stiefeln. Aufrecht und stolz stand sie da, und es sah aus, als bräuchte es die ganze verdammte Welt, um sie zu Fall zu bringen. Herne sah sie listig an und legte den verfilzten Kopf leicht schief wie ein Vogel.

„Du kannst mich nicht aufhalten. Ich bin ein Gott."

„Du wärst nicht der erste Gott, den ich töte", sagte Suzie Shooter. „Jetzt bist du in meinem Revier."

Es hätte ein Bluff sein können, aber wie ich Suzie kannte, war es keiner – jedenfalls tat es mir gut, sie so voller Verachtung und Selbstvertrauen sprechen zu hören. Ich stellte fest, daß ich verdammt sein wollte, wenn ich da sitzenblieb und sie sich der Gefahr allein stellen ließ. Ich stemmte mich auf ein Knie und kam dann auf die Beine. Wacklig stellte ich mich neben Suzie. Ich schwankte, aber ich stand. Wenn ich starb, dann stehend.

„Sohn Liliths", flüsterte Herne. „Kind der Stadt und der verhaßten Zivilisation. Alle Wälder und alles Wilde willst du ausmerzen. Ich werde dich töten, und wenn es meine ewige Verdammnis bedeutet."

Er trat vor, und Suzie und ich machten uns darauf gefaßt, den Zorn des Waldgottes zu spüren zu bekommen. Da tauchte aus dem Nichts ein dunkelhaariger Mann in einer langen, fließenden Robe mit einem langen Holzstab auf und trat zwischen uns und Herne. Suzie zuckte tatsächlich ein wenig zusammen, und ich mußte ihren Arm ergreifen, um nicht umzufallen. Herne wich nicht zurück, sondern fauchte den Neuankömmling unsicher an, der seinen Stab vor ihm in den Boden stieß. Da stak er allein und aufrecht und zitterte leicht.

„Ich bin der Dornenfürst", sagte der Neuankömmling. „Der jüngst eingesetzte Aufseher der Nightside. Du solltest nicht hier sein, Herne der Jäger."

„Von wem eingesetzt?" blaffte Herne. „Von diesem neuen Gott, dem Christus? Du riechst nach ihm. Ich war vor ihm hier, und ich werde in den Wäldern herrschen, wenn er schon längst vergessen ist."

„Nein", sagte der Dornenfürst. „Er ist gekommen, und nichts wird je wieder sein, wie es war. Mir ist gegeben alle Macht über die Nightside, um auf die Einhaltung von Pakten zu achten. Du hast die Regeln der Wilden Jagd ersonnen und bist an sie gebunden. Du hast der Jagd deine Macht gegeben, um sie so bedeutend zu machen, wie sie heute ist, und damit hat sie Autorität über dich. Du kannst hier nicht herein."

„Nein! Nein! Ich lasse mich nicht um meine Beute betrügen. Ich werde mich rächen. Ich werde mich an seinem Herzen und an deinem laben."

Herne packte den aufragenden Stab des Dornenfürsten, um ihn aus dem Boden zu reißen und vielleicht als Waffe zu verwenden; doch sobald er ihn berührte, bebte die Erde, gleißendes Licht erstrahlte, und der Waldgott schrie vor Schmerz, Schock und Entsetzen verzweifelt auf. Zuckend fiel er zu Boden, rollte sich in Fötushaltung zusammen und schluchzte zu Füßen des Dornenfürsten, der traurig auf ihn hinabsah.

„Das hast du dir selbst zuzuschreiben, Herne. Du gehörst jetzt aus eigenem Antrieb zur Stadt, bist abgeschnitten von den Wäldern und den wilden Orten, nur noch ein Bruchteil deiner selbst, von nun an und für alle Zeit."

„Ich will heim", piepste Herne wie ein kleines Kind.

„Das geht nicht mehr", sagte der Dornenfürst. „Du wolltest in die Stadt, und nun gehörst du hierher."

„Aber was soll ich tun?"

„Gehe hin und tue Buße. Bis du vielleicht irgendwann lernst, deinen Frieden mit der kommenden Zivilisation zu machen."

Herne fauchte in einem Anflug seines alten Trotzes zum Dornenfürsten empor, dann kroch der gebrochene Gott kleiner und sehr geschmälert an ihm vorbei und verschwand in den Straßen der Stadt.

Ich sah ihm nach, dann fand ich mich plötzlich auf dem Boden liegend wieder. Ich konnte mich nicht an einen Sturz erinnern. Ich war müde und orientierungslos, und alles schien ganz weit weg zu sein. Ich hörte, wie Suzie immer verzweifelter meinen Namen rief, hatte aber nicht die Kraft, ihr zu antworten. Sie packte mich an der Schulter und versuchte, mich aufzurichten, aber mein Körper war nur noch Ballast, und ich konnte ihr nicht helfen. Ich dachte: „So also fühlt sich sterben an. Halb so wild. Vielleicht finde ich jetzt endlich etwas Ruhe."

Dann kniete der Dornenfürst neben mir nieder. Er hatte ein freundliches, bärtiges Gesicht. Er legte mir die Hand auf die Brust, und es war, als gebe er meinem gesamten Körper Starthilfe. Kraft und Lebensenergie durchzuckten mich wie ein elektrischer Schock, vertrieben den Schmerz und die Müdigkeit, und ich saß kerzengerade da und schrie vor Schreck und Freude laut auf. Suzie ließ sich in die Hocke fallen und quiekte hörbar vor Überraschung. Plötzlich lachte ich, so froh war ich zu leben. Ich rappelte mich auf, zog Suzie mit hoch und drückte sie an mich. Ihr Körper begann sich zu verspannen, also ließ ich sie los. Manche Wunder dauern länger als andere.

Ich sah an mir herunter. Mein Trenchcoat war weiterhin völlig zerfetzt und wurde fast nur noch von geronnenem Blut zusammengehalten, aber all meine Wunden waren verschwunden, geheilt, als hätte es sie nie gegeben. Ich war wieder gesund. Ich sah den Dornenfürsten verständnislos an, und er lächelte und deutete eine Verbeugung an wie ein Bühnenzauberer, der einen gelungenen Trick unterstreichen will.

„Ich bin der Aufseher, und meine Aufgabe und mein Vorrecht bestehen darin, Dinge zu richten, wo Böses geschah. Wie geht es Ihnen?"

„Einfach wunderbar! Als könnte ich es mit der ganzen verdammten Welt aufnehmen." Ich blickte auf meinen zerlumpten Mantel hinab. „Ich nehme nicht an ..."

Er schüttelte entschieden den Kopf. „Ich bin der Aufseher, kein Schneider."

Lächelnd wandte ich mich zu Suzie um, und sie erwiderte mein Lächeln. Die Kratzer und blauen Flecken waren aus ihrem Gesicht verschwunden, doch die Narben blieben. „Du solltest mehr lächeln", sagte ich. „Es steht dir."

„Nö", antwortete sie. „Das schadet meinem Ruf."

Wir sahen wieder den Dornenfürsten an, der sich bedeutungsvoll räusperte. „Mir ist zu Ohren gekommen, Sie wollten weiter zurück in der Zeit reisen, bis an den Anfang der Nightside. Stimmt das?"

„Ja", sagte ich. „Woher wissen ..."

„Ich weiß, was ich wissen muß. Berufskrankheit. Schließlich bin ich hier, um zu helfen. Darum geht es doch bei der christlichen Kirche. Darum zu helfen, seinen Nächsten zu lieben und andere zu lehren, Verantwortung für ihre Taten zu übernehmen."

„Selbst an einem solchen Ort?" fragte Suzie.

„Besonders an einem solchen Ort", sagte der Dornenfürst.

Er rammte seinen langen Holzstab wieder in den Boden, und die gesamte Welt raste davon, als wir wieder in den Zeitstrom fielen, der uns ins Gestern riß.

Engel, Dämonen und Mami — 11

Diesmal fühlte es sich nicht an, als fielen wir durch die Zeit, sondern vielmehr, als würden wir mit einem Katapult hindurchgeschossen. Ein Regenbogen zerbarst um uns herum, durchbrochen von explodierenden Galaxien und den ersten Schreien neugeborener Sterne, während ringsum das Geschrei und Geheul von Dingen von außerhalb erklang, die in Sprachen, die älter waren als die Welten, „Laßt uns ein! Laßt uns ein!" jammerten. Suzie Shooter und ich fielen schließlich aus dem Zeitfluß wieder in die Zeit zurück, wir schlugen in die Welt ein wie eine Revolverkugel. Schwer atmend wie Neugeborene sahen wir uns um. Wir hatten uns zwischen den Bäumen am Rand eines großen Waldes materialisiert und blickten auf eine weite, offene Lichtung. Der klare Nachthimmel war voller alltäglicher Sterne, und der Vollmond war nicht größer, als er sein sollte. Wo oder wann immer wir auch sein mochten, die Nightside war noch nicht entstanden.

Doch die Lichtung, die da so weit und offen vor uns lag, daß die gegenüberliegende Seite praktisch den Horizont bildete, war eindeutig nicht natürlichen Ursprungs. Ihr Saum war zu gerade, zu scharf gezogen, schnitt durch einige der Baumstämme am Rand wie ein Rasiermesser, so daß halbe Bäume mit offenem Inneren stehenblieben, aus denen Harz wie Blut hervorquoll. Die Lichtung selbst bestand nur aus dunkler Erde, kahl und unauffällig. Sie war definitiv nicht auf natürlichem Wege entstanden; noch immer blitzte, funkelte und knisterte ungeformte Magie in der Luft, die letzten Restentladungen eines gewaltigen Werkes. Jemand hatte im Handumdrehen mehrere Hektar Wald verschwinden lassen, und ich hatte eine ziemlich klare Vorstellung davon, wer das gewesen war.

Der Wald um und hinter uns war finster und bedrohlich, mit gewaltigen Bäumen, die hoch aufragten und dann ein verflochtenes Blätterdach bildeten, das wie die kunstvoll gestaltete Decke einer natürlichen Kathedrale der Nacht anmutete. Kein Windhauch regte sich in der kühlen Luft, in der schwer der schwüle Geruch langsamen Wachstums lag. Ich konnte die gewaltige grüne Macht des träumenden Waldes beinahe körperlich spüren. Jahrtausende hatte er hier gestanden, ohne je von Menschenhand oder den Äxten der Menschen berührt zu werden. Dies war das alte, das uralte Britannien, der dunkle Schoß, dem wir alle entstammten.

Plötzlich rannte ich wieder zwischen den Bäumen hindurch, und in meinem Rücken heulten Herne und seine Wilde Jagd triumphierend. Schreckliche Erinnerungen an Schmerz und Schrecken durchfluteten mich, und ich schwankte. Ich mußte mich am nächsten Baum abstützen und mich dagegenlehnen, weil meine Knie nachzugeben drohten. Ich zitterte am ganzen Leib und spürte mein Herz schmerzlich in der Brust rasen. Niemand hatte mich je so tief verletzt, mich so vollkommen verängstigt wie Herne und sein Monsterhof. Ich hatte gewonnen, aber er hatte mich gezeichnet. Vielleicht für immer. Ich zwang mich, langsam und tief zu atmen, weigerte mich, dem nachzugeben. Eine meiner größten Stärken war schon immer die Weigerung gewesen, mich irgendwem oder irgend etwas geschlagen zu geben, nicht einmal mir selbst. Langsam hob ich den Kopf. Schweiß troff mir von der Stirn, und Suzie Shooter trat dicht neben mich und legte mir tröstend die Hand auf die Schulter. Das kam so völlig unerwartet, daß ich alles andere vergaß, trotzdem achtete ich sorgsam darauf, nicht zu reagieren oder mich gar zu schnell umzudrehen. Ich wollte sie nicht erschrecken. Langsam sah ich mich um, und unsere Blicke begegneten einander. Ihr Gesicht war kalt und beherrscht wie immer, doch wir wußten beide, wie sehr sie das anstrengte.

Dann gelang ihr ein kleines Lächeln, und als sie sah, daß ich wieder ich selbst war, nahm sie die Hand weg und blickte über die Lichtung. Die Geste hatte stattgefunden und war vorbei, aber aus solch kleinen Schritten entstehen Wunder.

„Wie weit sind wir diesmal in die Vergangenheit zurückgereist?" fragte Suzie in ihrem üblichen ruhigen Tonfall. „Was für ein Jahr ist dies?"

„Ich weiß nicht", antwortete ich und sah statt der Lichtung immer noch sie an. „Aber es fühlte sich deutlich weiter als ein paar hundert Jahre an. Wenn ich raten müßte, würde ich Jahr… Jahrtausende sagen. Ich glaube, wir sind in einer Zeit, in der es noch keine Städte, keine Ortschaften, keine Siedlungen gibt …"

Suzie schaute finster. „Eisenzeit?"

„Noch früher. Ich glaube, wir haben eine Zeit erreicht, in der es noch nicht einmal Menschen gibt, wie wir sie kennen. Horch."

Lauschend standen wir dicht beieinander. Der mächtige Wald war voller Geräusche des Lebens – von Vögeln, Säugetieren und anderen Wesen, deren Laute die Nacht erfüllten. Die Geräusche von Jägern und ihrer Beute, hoch in der Luft und unten am Boden, die manchmal schnaubend und grunzend durchs Unterholz brachen. Langsam drehten wir uns um und schauten zurück in den Wald, und als unsere Augen sich an die Düsternis gewöhnt hatten, sahen wir Dinge, die uns aus sicherer Entfernung beobachteten, sich vorsichtig durch die Schatten bewegen. Suzie zog eine Magnesiumfackel aus ihrer Lederjacke, entzündete sie und warf sie ein Stück vor uns zwischen die Bäume. Das grellrote Licht blendete uns kurz, und ringsum hörten wir, wie sich die Tiere des Waldes in die Sicherheit der Finsternis zurückzogen. Aber jetzt waren da auch andere Geräusche, neue Bewegungen. Suzie zog ihre Schrotflinte aus dem Rückenholster, wo sie während der Reise im Zeitstrom wundersamerweise wieder aufgetaucht war.

Das Licht der Fackel erstarb bereits, aber ich konnte mit etwas Mühe seltsame Gestalten ausmachen, die sich ganz am Rand des Lichtkreises bewegten, große, mächtige Wesen, die unheimlich zwischen den Bäumen schwebten. Ich spürte sie mehr, als daß ich sie sah. Ihre Umrisse waren riesig, fremdartig, fast abstrakt; und doch wußte ich, daß sie mehr hierher gehörten als ich. Es waren Mächte und Kräfte, altes Leben in einem alten Land, noch kaum stofflich, Leben in seiner ursprünglichsten Form.

„Was zur Hölle ist das?" flüsterte Suzie. „Ich kann sie kaum erkennen, als seien sie nur gerade so eben da ... so sieht nichts Lebendes aus ... es ist, als hätten sie noch nicht entschieden, was sie sind."

„Haben sie wahrscheinlich auch nicht", sagte ich genauso leise. Ich wollte wirklich nicht die Aufmerksamkeit so wilder, unfokussierter Wesen erregen. „Das sind die ersten Träume und Alpträume dieses Landes, die an Gestalt und Form gewonnen haben. Ich glaube, mit der Zeit ... werden diese Gestalten sich schließlich als Elfen, Goblins und all die anderen Fabelwesen des wilden Waldes ausdefinieren. Manche werden wie Herne zu Göttern werden. All das wird natürlich mit dem Aufstieg des Menschen einhergehen. Ich denke, diese Dinge brauchen vielleicht den Glauben und die Phantasie des Menschen, um eine feste Gestalt und ein Wesen zu erlangen. Die Ängste und Bedürfnisse der Menschheit werden diesen Wesen und Kräften feste Gestalt verleihen, und bald werden sie vergessen, daß sie je etwas anderes waren. Sie werden dem Menschen auflauern und ihm dienen, ebenso wie er sie anbeten und vernichten wird ..."

„Na gut, jetzt wird's echt unheimlich", sagte Suzie.

Das letzte Licht der Fackel flackerte und erlosch, und die alte, tiefe Finsternis des Waldes kehrte zurück. Ich sah die abstrakten Kräfte nicht mehr, konnte sie nicht einmal spüren, und obwohl ich die Ohren spitzte, hörte ich nur die natürlichen Laute der Vögel und Säugetiere, die ihren nächtlichen Geschäften nachgingen. Zögernd drehte ich mich um und sah wieder hinaus auf die Lichtung. Auch Suzie wandte sich um und folgte meinem Blick, steckte aber die Schrotflinte nicht weg. Mondlicht erleuchtete taghell die gewaltige Lichtung, doch obgleich die Freifläche ruhig war und keine Geräusche aus dieser Richtung ertönten, lag ein Gefühl der Erwartung in der Luft, als werde sich gleich der Vorhang für ein brandneues Stück heben.

„Das war Lilith", sagte ich. „So wie es sich anfühlt, ist das gerade erst passiert. Hier wird sie ihre Nightside erschaffen und errichten. In der Nähe ist zweifellos ein Fluß, der eines Tages Themse heißen wird. Menschen werden hierherkommen und eine Stadt namens London erbauen ... ich frage mich, wie Liliths Schöpfung aussehen wird, ehe der Mensch in sie eindringt und sie nach seinem Bilde umbaut."

„Wie viele Lebewesen vernichtete Lilith, als sie diese Lichtung schuf?" fragte Suzie unerwartet. „Wie viele Tiere wurden im Nu ausgelöscht, wie viele alte Bäume haben sich in Luft aufgelöst, um ihrem Zweck zu dienen? Mir ist das ja eigentlich egal, aber du kannst darauf wetten, daß sie sich noch weniger darum geschert hat."

„Ja", sagte ich. „Das klingt ganz nach meiner lieben Mami. Ihr war immer schon egal, wem sie wehtun mußte, um ihre Ziele zu erreichen."

„Warum hat sie nicht sofort die Nightside erschaffen?" fragte Suzie, argwöhnisch wie immer. „Warum nur die Lichtung? Wartet sie auf etwas?"

Ich dachte darüber nach. „Vielleicht wartet sie ... auf Publikum."

Suzie sah mich scharf an. „Auf uns?"

„Das ist mal ein beunruhigender Gedanke ... nein. Woher sollte sie wissen, daß wir kommen?"

Suzie zuckte die Achseln. „Sie ist deine Mutter. Sie ist Lilith. Wer weiß schon, was sie woher weiß?" Sie sah mich finster an, als ihr ein weiterer Gedanke kam. „Wir sind nur hier, weil der Dornenfürst seine Macht eingesetzt hat, um uns herzuschicken. Wie sollen wir in unsere Zeit zurückgelangen, vorausgesetzt, wir überleben, was auch immer als nächstes an Widerwärtigkeiten passiert?"

„Gute Frage", sagte ich. „Ich wünschte, ich hätte auch eine gute Antwort darauf. Laß uns abwarten, ob wir überleben, und dann darüber nachdenken. Wir haben so schon mehr als genug Sorgen." Dann war es an mir, sie nachdenklich anzusehen, als mir etwas Neues einfiel. „Suzie, ... ich glaube, wir müssen reden. Über uns. Jetzt."

Suzie erwiderte ruhig meinen Blick und wich keinen Zentimeter zurück. „Ja?"

„Ja. Es sieht aus, als würden wir was auch immer als nächstes kommt nicht überleben. Das wußte ich immer schon. Deshalb wollte ich dich auf diesen Fall nicht mitnehmen. Aber hier sind wir, und die Dinge zwischen uns haben sich verändert. Wenn wir also je etwas sagen wollen, etwas Wichtiges, dann ist jetzt der Zeitpunkt. Weil wir vielleicht keine weitere Gelegenheit mehr bekommen."

„Wir sind Freunde", antwortete Suzie mit ihrer kalten, beherrschten Stimme. „Reicht das nicht?"

„Ich weiß nicht", sagte ich. „Reicht es?"

„Du bist mir näher ... als jeder andere", antwortete Suzie langsam. „Ich hätte nie gedacht, daß ich jemanden so nah an mich heranlassen würde. Du ... bist mir wichtig, John. Aber dennoch ... könnte ich nicht mir dir zusammen sein. Im Bett. Manche Narben gehen zu tief, als daß sie je heilen könnten."

„Darüber reden wir doch gar nicht", sagte ich sanft. „Es geht um uns. Es ist wirklich ein Wunder, daß wir es überhaupt so weit geschafft haben."

Sie dachte lange über meine Worte nach, mit ihrem vernarbten Gesicht, ihrem einen, kalten blauen Auge und dem unnachgiebigen Mund. Ich glaube, sie wußte gar nicht, daß sie dabei ihre Schrotflinte an die Brust drückte wie einen Geliebten oder ein Kind. Als sie schließlich sprach, war ihre Stimme kalt wie immer. „Mein neues Gesicht ist dir egal? Mir war mein Aussehen nie wichtig, aber ... ich weiß, wie ich aussehen muß. Das Äußere entspricht endlich dem Inneren."

„Du hast es selbst gesagt, Suzie", sagte ich so lässig ich konnte. „Wir Monster müssen zusammenhalten."

Langsam und sehr vorsichtig beugte ich mich vor, und Suzie sah mich an wie ein wildes Tier, jederzeit bereit, sich umzudrehen und zu fliehen. Als unsere Gesichter einander so nahe waren, daß ich ihren Atem an meinen Lippen spüren konnte, und sie sich immer noch nicht bewegt hatte, küßte ich sie sanft auf die vernarbte Wange. Die Hände behielt ich bei mir. Das wulstige Narbengewebe ihrer Wange war hart und unnachgiebig. Ich zog mich zurück, sah ihr ins kalte blaue Auge und küßte sie dann ganz sanft auf den Mund. Ihre Lippen bewegten sich kaum unter meinen, aber sie zuckte nicht zurück. Schließlich legte sie langsam die Arme um mich. Sie hielt mich nur leicht fest, als wolle sie sich jeden Augenblick lösen. Ich nahm meinen Mund von ihrem, preßte meine Wange an ihr vernarbtes Gesicht und legte genauso sanft die Arme um sie. Sie hielt mich, solange sie es ertrug, dann ließ sie mich los und trat zurück. Ich ließ auch los. Ich wußte, es war sinnlos, ihr nachgehen zu wollen. Mir war klar, daß sie immer noch die Schrotflinte in der Hand hatte, auch wenn es ihr nicht bewußt war. Sie sah mich mit ihrem kalten Auge und dem kühlen Gesichtsausdruck an und nickte kurz.

„Du weißt, ich liebe dich, oder?" fragte ich.

„Ja, sicher", sagte sie. „Du bist mir wichtig, John. So wichtig, wie ein Mensch nur sein kann."

Dann fuhren wir beide herum. Der ganze Wald war verstummt, und ein neues Gefühl lag in der Luft. Einen kurzen Augenblick lang war alles so still, daß ich meinen eigenen keuchenden Atem hörte, meinen Herzschlag spürte. Suzie und ich sahen hinaus auf die Lichtung, denn die Freifläche zog unsere Aufmerksamkeit an, als seien wir wilde Tiere, die einen kommenden Sturm spürten. Ein Laut ertönte. Ein Geräusch in der Luft, das aber nicht durch eine Luftbewegung entstand – es kam von überall und nirgends. Es erfüllte die gesamte Welt, erfüllte meinen Geist, und es war widernatürlich. Es war ein Geburtsschrei, ein Todesschrei, eine Empfindung, eine Erfahrung, eine Ekstase jenseits des menschlichen Erkenntnis- und Verständnisrahmens. Es wurde immer schriller und lauter, durchdringender und unmenschlicher, bis

Suzie und ich uns die Ohren zuhalten mußten, um auf diese Weise zu versuchen, es auszublenden. Immer noch wurde das Geräusch schriller, immer noch lauter, bis es unerträglich wurde; und dennoch schwoll es weiter an. Schließlich verließ es gnädigerweise den menschlichen Hörbereich, und Suzie und ich standen zitternd und bebend da, keuchten und schüttelten die Köpfe, als wollten wir etwas herausschütteln. Ich hörte nichts mehr, auch nicht, als Suzie mich ansprach, und wir sahen wieder hinaus auf die Lichtung. Etwas würde geschehen. Wir spürten es. Wir konnten das Geräusch noch fühlen, in unseren Knochen und in unseren Seelen.

Dann war Lilith plötzlich da, sie stand am Rande der Lichtung vor den Bäumen, nur vielleicht sechs Meter von dem Ort entfernt, von dem aus Suzie und ich das Geschehen beobachteten. Das Geräusch verstummte. Lilith hatte ihren großen Auftritt gehabt. Sie stand da und starrte konzentriert hinaus auf die Lichtung, die sie geschaffen hatte, und ihre dunklen Augen waren auf einen Punkt gerichtet, ohne zu blinzeln. Leise zogen Suzie und ich uns tiefer ins Waldesdunkel zurück, verbargen uns in den tiefsten Schatten. Lilith nur zu sehen bedeutete, Angst vor ihr zu haben. Vor der Macht, die in ihr brannte wie sämtliche Sterne in allen Galaxien. Sie mochte als Adams Frau geschaffen worden sein, doch sie war seither weit gekommen.

Sie war nicht einfach aufgetaucht. Es war, als hätte sich Lilith mit schierer Willenskraft der Wirklichkeit direkt eingeprägt, sie mit sich gezeichnet. Sie war jetzt da, weil sie es so wollte, und irgendwie wirkte sie realer als alles andere in der stofflichen Welt. Sie sah ... ziemlich genauso aus, wie ich sie von unserer letzten Begegnung in Erinnerung hatte. Im Strangefellows, am Ende meines letzten Falles. Unmittelbar bevor alles zum Teufel ging.

Sie war zu groß und fast widernatürlich schlank, die Linien ihres nackten Leibes waren so sanft, daß sie fast stromlinienförmig wirkte, so als habe man sie effizienter machen wollen. Ihr Haar und ihre Augen waren pechschwarz, mit ihnen und ihrer blassen, farblosen Haut erinnerte sie stark an eine Schwarzweißphotographie. Ihr Gesicht war kantig und spitz mit hohen Wangenknochen und einer Hakennase, ihr dunkler Mund schmallippig und viel zu groß, und ein finsteres Feuer, das alles verbrennen konnte, erfüllte ihre Augen. Der über ihr Gesicht huschende Ausdruck war in keiner Weise menschlich. Sie wirkte ... wild, elementar und unfertig. Sie war nackt und hatte keinen Nabel.

Ich dachte an den Mann, den man den Irren nannte und der die Welt und alles darin deutlicher gesehen hatte als die meisten anderen – er hatte gesagt, die Lilith, die wir sähen und erlebten, sei nur eine begrenzte Projektion von etwas viel Größeren und Komplexerem. Wir sahen nur, was zu sehen wir ertragen konnten. Er hatte auch gesagt, der Mensch Lilith sei in Wirklichkeit nur eine glorifizierte Handpuppe, die sie von weitem manipulierte.

Lilith. Mutter. Monster.

Ich erwähnte es Suzie gegenüber, und sie nickte. „Egal. Wenn sie real ist, kann ich sie töten."

Wir flüsterten beide, aber ich glaube, nicht einmal ein Donnerschlag hätte Liliths Konzentration stören können. Was auch immer sie auf der Lichtung sah, war noch nicht da. Sie sprach ein Wort, und es traf die Luft wie ein Hammerschlag. Sein Klang erfüllte die Welt, sein Nachhall verbreitete sich und berührte alles. Es war ein Wort aus einer Sprache, die ich nicht kannte und auch nie zu verstehen hoffen durfte, nicht einmal mit Hilfe der Magie von Väterchen Chronos; es war ein altes Wort aus einer alten Sprache, vielleicht aus der Ursprache, aus der sich alle anderen entwickelt hatten. Ich verstand genug von seiner Bedeutung, um froh zu sein, daß ich nicht mehr verstand.

Auf Drängen dieses schrecklichen Wortes öffnete sich die Welt und gebar Monster. Schreckliche Kreaturen stampften, hüpften und glitten zwischen den Bäumen hinter Lilith hervor. Die Wesen überragten Lilith und glitschten an ihren Füßen vorbei, groß, furchtbar und absolut widerwärtig, selbst für die Begriffe der Nightside. In ihnen fand sich jede verbotene Kombination von Säugetier, Echse und Insekt, bösartig und unglaublich häßlich. Gewaltige Muskeln schwollen wie Krebsgeschwüre unter eitrigem

Fleisch. Finstere, gepanzerte Wesen huschten auf gebrochenen Beinen umher, während ihre komplexen Mundöffnungen sich unter zu vielen Augen hektisch öffneten und schlossen. Große, spindeldürre Kreaturen auf drei Beinen kamen zwischen den Bäumen hervorgeschlurft und wedelten mit langen Tentakeln wie mit neunschwänzigen Katzen. Immer mehr brachen aus der dunklen Erde der Lichtung hervor. Große weiße Würmer mit Reihen von menschlichen Armen und Händen, deren verrottende Leiber walgroß waren und deren Köpfen auf den langen, gezahnten Rückgraten schnappende Mäuler zierten. Gestalten mit Fledermausflügeln stießen mit raubtierhafter Anmut aus dem Nachthimmel herab, und schreckliche Formen zogen über denselben Himmel, verdunkelten die Sterne und schossen über das Antlitz des Vollmonds.

Der Gestank von Blut, Abfällen und von Schwefel erfüllte die Luft. Lilith betrachtete all ihre Geschöpfe und lächelte.

Plötzlich bemerkte ich, daß Suzie ihre Schrotflinte auf die Gruppe gerichtet hatte und das Feuer eröffnen wollte. Schnell drückte ich die Läufe nach unten, dann mußte ich regelrecht mit ihr ringen, damit sie sie unten behielt. Ich wußte, es hatte keinen Sinn zu versuchen, ihr die Waffe abzunehmen. Schließlich hörte Suzie auf, sich zu wehren und funkelte mich schwer atmend an.

„Laß mich sie erschießen! Sie müssen schon aus Prinzip erschossen werden!"

„Das sehe ich auch so", sagte ich und erwiderte ihr Funkeln. „Aber wir können es uns noch nicht leisten aufzufallen. Ich bin recht sicher, daß den meisten dieser Dinger eine Schrotladung ohnehin nichts anhaben könnte."

Sie nickte zögernd, und ich ließ vorsichtig die Waffe los. „Ich habe verfluchte und geweihte Munition geladen", sagte sie etwas eingeschnappt.

„Dennoch. Ich weiß, was das für Kreaturen sind, Suzie. Nachdem Lilith aus Eden verbannt worden war, fuhr sie hinab in die Hölle und schlief dort mit sämtlichen Dämonen, und irgendwann gebar sie all die Monster, welche die Menschheit heimsuchen. Diese Wesen da draußen ... sind ihre Kinder."

„Wie kannst du dir da sicher sein?" fragte Suzie.

„Ich spüre es", sagte ich. „Ich weiß es, so wie ich meinen eigenen Namen kenne. Diese Dinger werden zu den Mächten und Herrschaftsgewalten unserer Zeit werden, und ihre vielen Nachkommen werden zu Vampiren, Werwölfen, Ghulen und all den anderen Raubtieren der Nightside heranwachsen."

„Ich habe ein paar echt heftige Granaten."

„Nein, Suzie."

Sie schniefte, dann funkelte sie die Monster an, die sich rings um Lilith herum erhoben und wieder zu Boden fielen. „So", brummte sie schließlich. „Liliths Kinder. Deine Halbgeschwister. Sie sind das Publikum, auf das sie gewartet hat."

Lilith betrachtete die sich windende, pulsierende Menge vor ihren Augen, und ihr breites Lächeln war ebenso kalt und undurchschaubar wie der Rest von ihr. Sie hätte alles denken können, absolut alles. Schließlich machte sie eine knappe, erbarmungslose Geste, und die Menge teilte sich, wich zu beiden Seiten zurück, während Lilith sich mit gerunzelter Stirn konzentrierte und ein weiteres Wort sprach. Selbst ihre monströsen Kinder krümmten sich bei dessen Klang, und ich spürte, wie die Wirklichkeit selbst erzitterte und erbebte, als Lilith ihr ihren Willen aufzwang. Der ganze finstere Wald ächzte und stöhnte, ein Lebewesen, das Schmerzen litt, und dann gebar Lilith in einem schrecklichen Augenblick aus reiner Willensanstrengung und Entschlossenheit die Nightside.

Plötzlich erfüllte eine Großstadt die Lichtung von einem Rand zum anderen, strahlend hell wie die Sonne, gewaltig und kunstfertig, eine einzigartige Schöpfung voller Wunder und Schönheit. Sie war eine Vision aus hohen, funkelnden Türmen und gewaltigen, schimmernden Kuppeln, schmalen natürlichen Gehwegen und wahnsinnig eleganten Palästen – eine glorreiche ideale Stadt, ein gestaltgewordener Traum aus Stein und Holz, Marmor und Metall, prächtig wie die Städte unserer Phantasie, wenn wir von exotischen Orten träumen. All ihre Formen waren geschwungen, glatt und abgerundet, fast organisch, die Gebäude wogten wie die Wellen einer künstlichen See hin und her, und bei keinem davon stimmten die Proportionen. Die Stadt, die Lilith geschaffen hatte, war unmenschlich schön und dennoch makelbehaftet, genau wie sie selbst.

„Das ... ist ganz und gar nicht, was ich erwartet hatte", sagte Suzie. „Es ist wunderschön. Eine Stadt des Lichtes und der Pracht. Wie konnte etwas so Wunderschönes zu der verderbten Stadt unserer Zeit werden?"

„Das da vor uns ist keine Stadt", antwortete ich. „Es ist ein Ideal. Niemand lebt darin. Das könnte niemand. Es ist einfach ein Konstrukt, ein steriler, unveränderlicher Ort, den man betrachten und bewundern, aber nicht bewohnen soll, auch wenn das Lilith noch nicht klar ist. Der Großteil davon ist unproportioniert, nichts davon gehört zusammen, und so wie diese Türme aussehen, bleiben sie nur stehen, weil Lilith daran glaubt. Die Straßen führen wahrscheinlich nirgends hin, und ich bezweifle, daß sie Platz für die alltäglichen Seiten des Stadtlebens vorgesehen hat, wie etwa freie Ein- und Ausgänge, Kanalisation und Durchgangsstraßen. Nein ... das ist eine Sackgasse, ein schöner Friedhof. Spürst du nicht die Kälte? Das ist nur Liliths Vorstellung von einer Stadt, eine der Wirklichkeit aufgezwungene Phantasie. Kein Wunder, daß die Menschheit sie irgendwann einreißt und neu erbaut."

„Ein Ideal", sagte Suzie langsam. „Wie der menschliche Körper, den sie sich gegeben hat?"

„Gut beobachtet", antwortete ich.

„Aber ... worauf gründet diese Stadt?" fragte Suzie und legte die Stirn in tiefe Falten. „Noch gibt es keine Menschenstädte, die sie inspirieren könnten."

„Auch gut beobachtet. Ich wußte nicht, daß du das draufhast, Suzie. Ich schätze ... dies könnte ein stoffliches Abbild von Orten sein, die sie kennt. Der Himmel, die Hölle, Eden. Eine weltliche Version eines spirituellen Ideals. Die Urstadt, die nur in unserer Phantasie existiert, ein Ausblick auf einen verheißenen, besseren

Ort ... weißt du, wir begeben uns hier in ganz schön philosophische Untiefen, Suzie."

„Ja", sagte Suzie. „In solchen Gewässern kann man leicht ertrinken."

„Sieh dir die Sterne an", antwortete ich unvermittelt, „und den Mond, der auf die Nightside herabscheint. Sie sind noch unverändert, der normale, unbeeinflußte Nachthimmel, den wir schon gesehen haben, ehe Lilith kam. Da oben hat sich nichts verändert. Das sind nicht der Mond und die Sterne, die wir über der Nightside zu sehen gewohnt sind."

„Ja und?" fragte Suzie.

„Nun, ich denke, unsere Nightside existiert nicht unbedingt an dem Ort und in der Zeit, wo wir sie immer vermuteten."

Ich hätte den Gedanken noch weitergesponnen, doch plötzlich drehte sich Lilith um und wandte sich an ihre versammelten Nachkommen. Ihre Stimme erhob sich in der widernatürlichen Stille, kräftig, fest, sonor und nur teilweise menschlich. Oder weiblich. Sie sprach in jener alten, uralten Sprache, die älter war als die Menschheit. Ich verstand jedes Wort.

„Man hat mir den Trost Edens vorenthalten, doch ich habe mir eine neue Heimstatt geschaffen, hier in der stofflichen Welt. Einen Ort, an dem jeder frei sein kann von der Tyrannei des Himmels und der Hölle. Mein Geschenk an euch alle und an die, die nach euch kommen werden."

Die Monster schrien mit verschiedensten unangenehmen Stimmen auf, priesen Lilith, verbeugten sich vor ihr und taten ihr schön. Langsam lächelte ich. Sie hatten nicht zugehört. Die Stadt war niemals nur für sie gedacht gewesen. Je länger ich über ihre Worte nachdachte, desto klarer wurde mir endlich alles.

„Du machst wieder so ein finsteres Gesicht", sagte Suzie. „Was ist jetzt schon wieder los?"

„Freiheit von Himmel und Hölle", antwortete ich langsam. „Freiheit von Belohnung oder Strafe oder den Folgen des eigenen Tuns. Wenn es kein Gut und kein Böse gibt, bedeuten Taten gar nichts. Wenn man sich nicht mehr zwischen Gut und Böse entscheiden muß, wenn alles egal ist, was man tut, was kann das Leben dann noch für einen Sinn oder Zweck haben?"

„Das ist mir zu hoch", sagte Suzie. „Ich denke nicht soviel über Gut und Böse nach."

„Das war mir aufgefallen", antwortete ich. „Aber selbst du unterscheidest zwischen Freund und Feind. Zwischen denen, die du schätzt, und den anderen. Du begreifst, daß dein Tun Folgen hat. Überleg doch mal. Warum ist die Tugend ihr eigener Lohn? Weil sie ansonsten keine Tugend wäre. Wenn man nur das Richtige täte, weil man wüßte, daß man dann in den Himmel kommt, oder das Böse vermiede, weil man wüßte, daß man sonst in der Hölle landet, gäbe es kein Gut und kein Böse mehr. Man muß das Richtige tun, weil man daran glaubt, nicht weil man dafür belohnt oder bestraft wird. Deshalb hat es nie einen konkreten Beweis für das wahre Wesen des Himmels oder der Hölle gegeben, nicht einmal in der Nightside. Wir verfügen über Willensfreiheit, um uns zwischen Gut und Böse entscheiden zu können. Man muß sich aus ganz persönlichen Gründen für eine Seite entscheiden, um seinem Leben Sinn und Zweck zu verleihen. Ansonsten wäre alles umsonst. Das Dasein wäre bedeutungslos."

„Deshalb wird Lilith in der Zukunft die Nightside zerstören", sagte Suzie und nickte fast widerwillig langsam. „Weil Gut und Böse sowie deren Folgen sich einzuschleichen pflegen, wo immer Menschen versammelt sind. Sie wird zerstören, wozu die Nightside geworden ist, weil sie nur so die Reinheit ihrer ursprünglichen Vision wiederherstellen kann. Indem sie alle Lebewesen entfernt oder vernichtet, die ihre Stadt besudelt haben, indem sie diese bewohnten."

„Ja", antwortete ich. „Das klingt nach Mutter."

Suzie sah Lilith nachdenklich an, die hoch aufgerichtet und stolz vor ihren gräßlichen Kindern stand. „Die Nightside zu erschaffen hat sie angeblich geschwächt", sagte Suzie bedeutungsschwer. „Wenn ich nahe genug herankäme, um ihr beide Läufe in die Nasenlöcher zu schieben ..."

„So schwach sieht sie gar nicht aus", antwortete ich fest.

Abrupt schritt Lilith in die glorreiche Stadt, die sie geschaffen hatte, um sie ihren Kindern zu zeigen. Ihre Brut schlurfte, glitt und stampfte hinterdrein und erfüllte die Nacht mit einem Jubelgesang aus ihren vielen schrecklichen Kehlen. Suzie und ich sahen ihnen nach und waren froh, sie von hinten zu sehen. Schon ihr Anblick tat uns in den Augen weh und drehte uns den Magen um. Menschliche Augen waren für solch spirituelle Häßlichkeit nicht geschaffen.

Da tauchten direkt vor uns plötzlich zwei Engel auf.

Es war offensichtlich, daß der eine von Oben und der andere von Unten kam. Plötzlich standen sie vor uns, zwei große, idealisierte menschliche Gestalten mit gewaltigen Flügeln auf dem Rücken. Der eine bestand ganz aus Licht, der andere aus Finsternis. Ihre Gesichter konnten wir nicht sehen. Aber es gab keinen Zweifel: Sie waren Engel. Ich spürte es in der Seele. Ein Teil von mir wollte niederknien und das Haupt vor ihnen beugen, aber ich tat es nicht. Ich war John Taylor. Suzie hatte schon auf sie angelegt. Sie hatte es auch noch nie so mit dem Verbeugen. Ich mußte lächeln. Die Engel sahen einander an. Wir waren nicht, was sie erwartet hatten.

„Als seien die Dinge noch nicht kompliziert genug", sagte ich, „mischen sich Himmel und Hölle jetzt auch noch direkt ein. Wunderbar."

„Verdammte Engel", knurrte Suzie. „Schläger aus dem Leben nach dem Tode. Ich sollte euch die Schwungfedern ausreißen. Was wollt ihr?"

„Euch", sagte der Engel des Lichts. Seine Worte klangen in meinem Kopf wie Silberglöckchen.

„Wir wollen, daß ihr Lilith aufhaltet. Wir können euch helfen", ergänzte der schwarze Engel. Seine Worte stanken in meinem Kopf wie brennendes Fleisch.

„Ich bin Gabriel."

„Ich bin Baphomet."

„Wir sehen nicht wirklich so aus", sagte Gabriel. „Wir haben diese Bilder in euren Köpfen gefunden."

„Angenehme Fiktionen", ergänzte Baphomet.

„Sie sollen unsere Anwesenheit angenehmer für euch gestalten."

„Aber nicht zu angenehm. Wir sind der fleischgewordene Wille des Himmels und der Hölle, und wir haben in dieser Frage Entscheidungsgewalt."

„Ihr werdet uns gehorchen", sagte Gabriel.

„Wetten, daß nicht?" fragte Suzie.

„Wir stehen nicht auf das G-Wort", sagte ich.

Die Engel sahen einander an. Das lief eindeutig unerwartet. „Diese neue Stadt hätte nie geschaffen werden dürfen", sagte Gabriel. „Die stoffliche Welt ist auf so etwas nicht vorbereitet. Es wird ... das Gleichgewicht stören. Sie darf nicht gedeihen."

„Man muß Lilith aufhalten", ergänzte Baphomet. „Wir sind hier, um euch dabei zu helfen."

„Warum?" fragte ich. „Ich würde wirklich gern die offizielle Begründung dafür hören."

„Wir können es euch nicht verraten", sagte Gabriel. „Wir wissen es nicht. Wir erfahren immer nur, was wir wissen müssen, wenn man uns auf die stoffliche Welt losläßt. Es steht uns nicht zu, Entscheidungen zu treffen oder Meinungen zu haben. Wir setzen nur den Willen des Himmels und der Hölle um."

„Wir sind hier, um zu tun, was getan werden muß", ergänzte Baphomet, „und wir werden dafür sorgen, daß es geschieht, koste es, was es wolle."

Ich kannte derart eingeschränktes Denken schon aus der Zeit des Engelskrieges. Engel beider Häuser litten immer sehr, wenn sie stofflich wurden. Sie waren immer noch unaussprechlich mächtig, und ihr Wesen allein machte sie unerschütterlich zielbewußt, aber man konnte nicht mit ihnen streiten oder diskutieren. Selbst wenn sich die Umstände so stark verändert hatten, daß ihr ursprüngliches Ziel eindeutig irrelevant geworden war. Engel waren spirituelle Kommandosoldaten. Wenn es galt, eine Stadt zu zerstören oder die Erstgeborenen einer Generation zu töten, schickte man die Engel. Beides stand natürlich noch aus.

„Wenn ihr Lilith ausgeschaltet sehen wollt, warum macht ihr es dann nicht selbst?" fragte Suzie.

„Wir können nicht einfach in ihre Stadt marschieren und sie vernichten", sagte Gabriel. „Lilith hat sie so geschaffen, daß allein die Stadt zu betreten alle Boten des Himmels und der Hölle furchtbar schwächt."

„Dann würde sie uns vernichten", ergänzte Baphomet. „Sie haßt alle Boten der Autorität, egal ob von Oben oder von Unten."

„Wir fürchten die Vernichtung nicht", sagte Gabriel. „Nur das Scheitern unserer Mission. Ihr könnt uns helfen."

„Ihr müßt uns helfen."

Beide Engel hatten an sich nicht viel Persönlichkeit. Das würde wahrscheinlich noch kommen, nach Jahrhunderten der Interaktion mit den Menschen. Für den Augenblick waren sie eher wie eingeschaltete Maschinen, die programmiert waren, eine widerliche, aber notwendige Aufgabe auszuführen. Mir fiel auf, daß der lichte und der schwarze Engel mehr miteinander gemein hatten, als sie sich wohl selbst eingestanden hätten.

„Wenn ihr die Stadt nicht betreten könnt, ohne vernichtet zu werden, was nützt ihr uns dann?" fragte Suzie direkt wie immer.

„Wir können Lilith nicht aufhalten", sagte Gabriel ruhig. „Aber wir können es euch ermöglichen."

„Wie?" fragte ich.

„Selbst mit unserer Hilfe könntet ihr sie nicht vernichten", sagte Baphomet. „Sie ward einzigartig mächtig geschaffen, also ist sie es auch. Selbst hier in der stofflichen Welt. Aber zusammen könnten wir sie so schwächen und entkräften, daß sie in Zukunft viel weniger Unheil anrichten könnte."

„Warum?" fragte ich.

„Wir verstehen, daß dir das wichtig ist", sagte Gabriel. „Uns ist es unwichtig zu wissen, warum."

„Wir können euch ermächtigen", ergänzte Baphomet. „Euch mächtig genug machen, um mit Lilith anzustellen, was sie verdient."

„Wie?" fragte ich abermals.

„Indem wir in euch fahren", sagte Gabriel.

Suzie und ich sahen die Engel an, dann einander, dann traten wir ein Stückchen zurück, um uns ungestört zu beraten. Wir fühlten uns beide unter ihrem unerbittlichen Blick aus diesen ausdruckslosen Gesichtern unwohl. Das unauslöschliche Licht und die undurchdringliche Schwärze ihrer Gestalten zehrten an den Augen wie an der Seele. Etwas an den Engeln sorgte dafür, daß wir jedes ihrer Worte für bare Münze nehmen wollten, ohne nachzudenken. Aber daß sie nicht lügen konnten, bedeutete nicht, daß sie die ganze Wahrheit kannten.

„Wir können Lilith nicht vernichten", sagte Suzie zögernd. „Was auch immer geschieht. Denn wenn sie hier und jetzt stirbt, kann sie dich nicht gebären, John."

„Der Gedanke ist mir auch schon gekommen", sagte ich. „Aber wenn wir ihre Macht ernsthaft vermindern könnten, solange sie noch verletzlich ist ... könnten wir daheim in unserer eigenen Zeit vielleicht mit ihr fertig werden. Wir wissen, daß in der Vergangenheit etwas geschehen ist, das sie geschwächt hat, weil sich ihre eigenen Geschöpfe schon bald zusammenrotten werden, um Lilith aus der Nightside zu verbannen. Vielleicht wird unser Tun hier und jetzt das ermöglichen."

„Wir ziehen wieder Zirkelschlüsse", sagte Suzie. „Ich hasse Zeitreisen. Ich kriege davon Kopfweh."

„Aber ... wenn wir lernen können, wie man sie schwächt", sagte ich, „können wir es vielleicht wiederholen, wenn wir wieder in unserer eigenen Zeit sind."

„Falls wir wieder in unsere eigene Zeit kommen." Suzie dachte eine Weile darüber nach, dann nickte sie zögernd. „Du meinst, wir könnten sie erneut schwächen und verhindern, daß sie in der Zukunft die Nightside zerstört. Gut. Klingt wie ein Plan. Nur ‚daß ich um nichts in der Welt einen Engel oder sonstwen in mich hineinfahren lasse. Ein Körper, eine Stimme, keine Ausnahmen."

Wir kehrten zu den Engeln zurück. „Erklärt genau, wie ihr euch das vorstellt", sagte ich, „und seid wirklich, wirklich überzeugend, wenn ihr uns klarmacht, warum das nötig ist."

„Wir werden euch nicht kontrollieren", sagte Gabriel. „Wir werden lediglich in euch fahren und euch Macht verleihen."

„Einer von uns in jedem von euch", ergänzte Baphomet. „Euer Menschsein wird unsere Macht in Liliths Stadt tragen, und gemeinsam bringen wir sie dann zu Fall."

„Ihr werdet uns ermöglichen, unsere Mission auszuführen. Danach werden wir eure Leiber verlassen und euch dahin zurückbringen, wo ihr hingehört."

„Woher wissen wir, daß ihr Wort haltet?" fragte Suzie.

„Warum sollten wir in einem Menschenleib bleiben wollen?" konterte Baphomet. „Wir sind Geist. Ihr seid Fleisch."

„Zu bleiben liefe unseren Befehlen zuwider", sagte Gabriel. „In vielerlei Hinsicht aber sind wir unsere Befehle."

Ich seufzte tief. „Ich weiß, ich werde es bereuen, aber ..."

„Aber?" fragte Suzie.

„Du willst doch heim, oder?"

Sie schaute finster. „Du überredest mich immer zu den übelsten Dingen, Taylor."

Nun war es an mir, sie unsicher anzusehen. „Kommst du damit klar, Suzie? Einen Engel ... in dir zu haben?"

Sie schüttelte den Kopf. „Du suchst dir die seltsamsten Augenblicke aus, um sensibel zu werden. Entspann dich, John. Selbst ich kenne den Unterschied zwischen spirituellem und körperlichem Eindringen. Ich komme schon klar. Ich glaube, ... irgendwie gefällt mir die Idee, daß ein Engel in mir festsitzt und tun muß, was ich ihm sage. Mit der Geschichte könnte ich mir daheim monatelang jeden Tag ein Abendessen auswärts verdienen ..."

„Na gut", sagte ich zu Gabriel und Baphomet. „Abgemacht. Baphomet, du nimmst mich."

Selbst in diesem Augenblick war ich entschlossen, Suzie soviel Schmerz und Trauma wie möglich zu ersparen. Außerdem gefiel mir die Idee eines Engels aus der Hölle in Flintensuzies Körper nicht so recht. Manche Ehen werden definitiv nicht im Himmel geschlossen.

„Sowieso", sagte der dunkle Engel. „Wir sind kompatibler."

Ich war nicht ganz sicher, wie ich das verstehen sollte. Ohne Vorwarnung traten beide Engel vor und in uns hinein wie Schwimmer, die in tiefes Wasser springen. Suzie und ich schrien auf, eher überrascht als erschrocken, und das war's auch schon. Baphomet war in meinem Geist wie eine plötzliche Idee, eine vergessene Erinnerung, ein Impuls aus einem Bereich, den ich normalerweise mit aller Macht unterdrückte. Mit dem Engel kam Macht. Es war, als sei ich an die Energie angeschlossen, die das Universum antrieb. Ich sah kilometerweit, hörte jedes nächtliche Geräusch, und jeder Lufthauch auf meiner Haut war wie eine Liebkosung. Plötzlich hatte ich noch weitere Sinne, und alle Welten in, über und jenseits der Welt entfalteten sich rings um mich herum. Ich war wissenstrunken, bebte vor Energie. Ich fühlte mich, als könne ich mit bloßen Händen die gesamte stoffliche Welt zerfetzen. Als könnte ich jeden Feind zermalmen oder mit einem Blick in die Flucht schlagen. Ich wußte, ich konnte sterbenden Sonnen neues Leben einhauchen, die Planeten sich schneller drehen lassen, den Tanz des Lebens und des Todes, der Erlösung und der Verdammnis tanzen.

Ich war noch immer ich, aber ich war auch mehr. Ich lachte laut, genau wie Suzie. Wir sahen einander an. Wir gleißten so hell, daß unsere Haut taghell leuchtete, und auf dem Rücken hatten wir gewaltige Schwingen. Unsere Augen waren voller Glanz, und Heiligenscheine aus knisternder statischer Energie funkelten über unseren Köpfen. Die Welt gehörte uns, wir konnten mit ihr tun, was uns gefiel.

Langsam erinnerten wir uns, warum wir uns darauf eingelassen hatten und was wir tun mußten. Die langsame, unerschütterliche Entschlossenheit der Engel pulsierte in uns, stärker als jeder Instinkt, gewisser als jede Entscheidung. Suzie und ich drehten uns synchron um und betraten die Stadt, die Lilith geschaffen hatte. Sobald ich mich bewegte, fühlte ich mich wieder mehr wie ich selbst. Zu handeln half mir, mich zu konzentrieren. Suzie und ich erstrahlten in einem Licht, das heller und echter als alles war, was die Stadt hervorbringen konnte, und die Erde barst unter unserem spirituellen Gewicht und tat sich auf. Die hohen Türme und mächtigen Gebäude wirkten in unserem Licht irgendwie schäbig.

Es dauerte nicht lange, bis man unsere Anwesenheit bemerkte. Wir waren ungebetene Gäste, die ersten, die diese Stadt je betreten hatten. Der Reihe nach kamen Liliths Kinder die Straßen entlangmarschiert, -gehüpft und -geglitten, um sich uns entgegenzustellen. Manche beobachteten uns aus Gassen heraus, manche flogen über unsere Köpfe hinweg und stießen Warnrufe aus, aber schließlich versperrte uns eine Ansammlung von ihnen den Weg, und wir blieben stehen. Die Monster schrien schockiert und zornig auf, als sie die Engel sahen, die wir in uns trugen. Ihre Stimmen waren rauh und brutal, wenn wir sie denn überhaupt verstanden, und sie bedrohten uns, lachten über uns und verlangten, daß wir uns ergeben oder gehen. Wie Tierschreie in einer neuen Sorte Dschungel.

„Tretet beiseite", sagte ich, und meine Stimme erfüllte die Luft wie Blitz und Donnerhall.

„Tretet beiseite", sagte auch Suzie, und rings um uns herum erzitterten und erbebten die Gebäude.

Die Kreaturen drangen auf uns ein, griffen von allen Seiten mit Zähnen, Klauen und widerhakenbewehrten Reißtentakeln an. Sie haßten uns für das, was wir waren. Weil wir es gewagt hatten, den Ort zu betreten, von dem Lilith ihnen versichert hatte, daß sie dort sicher seien vor äußeren Einflüssen. Groß und monströs, schnell und mit Macht gingen sie auf uns los, fleischgewordener Tod und Zerstörung, Haß, Trotz und bittere Bösartigkeit, die Gestalt und Kreatur geworden war. Sie hatten keine Chance.

Suzie und ich sahen sie mit Augen an, die von der Macht der Engel erfüllt waren, und einige der Kreaturen schmolzen allein unter dem Druck unseres Blicks dahin, nicht stark oder nicht sicher genug in ihrem Sein, um unserem gestärkten Willen standzuhalten. Das Fleisch löste sich von ihren Knochen wie Schlamm und platschte zu Boden. Andere verschwanden einfach, von unserer überwältigenden Entschlossenheit aus der stofflichen Welt verbannt. Aber die meisten wichen nicht zurück, sondern kämpften. Mit Klauen und Haken hieben sie um sich; ringsum schnappten Mäuler nach uns, während widerhakenbewehrte Tentakel uns zu umschlingen oder zu zerfetzen suchten. Doch wir blieben unverletzt. Wir standen über dem Spektakel. Wir packten Liliths Kreaturen mit unseren starken Händen und rissen sie in Stücke. Unsere Fäuste durchschlugen das härteste Fleisch und zerschmetterten die dicksten Panzer. Wir zermalmten Schädel, schlugen Brustkörbe ein und rissen Arme, Beine und Tentakel aus. Weitere Kreaturen kamen aus allen Richtungen gleichzeitig angerannt, ergossen sich aus jeder angrenzenden Straße, brachen aus den umliegenden Gassen hervor. Wir waren um das Hundertfache unterlegen, ja, um das Tausendfache, überall lebende Alpträume und Tötungsmaschinen aus widernatürlichem Fleisch und Blut in jeder Form und Gestalt, welche die Finsternis ersinnen konnte.

Aber Suzie und ich trugen Engel in uns, und wir waren stark, so stark.

Die Straße unter unseren Füßen tat sich auf, als schreckliche Dinge aus der Erde unter der Stadt hervorbrachen. Sie wickelten sich um unsere Beine und versuchten, uns hinabzuziehen. Wesen mit Fledermausflügeln stießen aus dem Nachthimmel herab, um uns zu zerreißen und zu zerfetzen oder zu packen und zu verschleppen. Suzie und ich kämpften gegen sie alle, und unsere Finger sanken tief in nachgiebiges Fleisch. Wir hoben Kreaturen hoch und schleuderten sie von uns, und sie krachten gegen elegante Wände und brachten hohe Gebäude zum Einsturz. Wir schritten unaufhaltsam voran, und nichts konnte uns standhalten. Überall türmten sich die Toten, und die Verwundeten krochen fluchend, weinend und nach ihrer Mutter schreiend davon. Wo immer wir unseren Blick oder unsere Hände hinlenkten, barsten oder verblaßten monströse Gestalten, und manche platschten wie blutiger Schlamm auf die Straßen. Schließlich machten die Überlebenden kehrt und flohen, verschwanden wieder ins Stadtzentrum, zurück ins finstere Herz der Nightside, wo Lilith auf uns wartete. Suzie und ich wateten durch die Toten und Sterbenden, die zerfleischten

Kreaturen und gesplitterten Panzer und ignorierten die Verwundeten und Weinenden. Ihretwegen waren wir nicht gekommen.

Aber dennoch lächelten wir ob unseres Werkes und wußten, es war gerecht und gut. Ich rede mir gern ein, daß dies die Gedanken des Engels waren, die Zufriedenheit meines Engels, aber ich bin mir bis heute nicht sicher. Ich wollte diese gräßlichen Wesen töten, die Monster, welche dieselbe Mutter hatten wie ich. Ich wollte nicht glauben, daß ich etwas mit ihnen gemein hatte, aber so war es, so war es. Engel hin oder her, was ich damals tat, machte mich zu einem ebensolchen Monster wie die, welche ich tötete.

Wir folgten den fliehenden Kreaturen bis ins Herz der Nightside, und da erwartete uns Lilith auf einem fahlen Thron. Ihre überlebende Brut kauerte und drängte sich um den Thronsitz und zu ihren bleichen Füßen. Lilith sah ihre Kinder nicht an. Alle Macht ihres finsteren Blickes konzentrierte sich auf Suzie und mich. Die Gebäude ringsum waren sehr hoch, unfaßbar wuchtig und beeindruckend, und ich konnte nicht erkennen, woraus sie bestanden. Sie existierten einfach, Lilith hatte sie erdacht und kraft ihres Willens der Wirklichkeit eingeprägt, an diesem Ort, der keiner war, einem Ort, der in der wahren Welt verborgen lag wie ein Parasit tief in den Eingeweiden eines Menschen.

Lilith sah unerschüttert zu, wie Suzie und ich ohne Eile den Hof betraten und uns ihrem Thron näherten. Ein Dutzend Sorten Blut und Gekröse troff von unseren Händen. Liliths Blick war fest, ihr dunkler Mund bewegte sich nicht, während sich ihre verwundeten Nachkommen ruhelos um ihre Beine drängten und nach Rache schrien. Suzie und ich blieben in respektvollem Abstand vor ihr stehen, und Lilith machte mit einer langfingrigen Hand eine knappe Geste. Der Lärm ringsum verstummte. Eine weitere Geste, und die Kreaturen verzogen sich, verschmolzen mit den finsteren Schatten der umliegenden Straßen und Gassen. Bis nur noch Lilith, Suzie und ich übrig waren.

„Ich sehe Engel in euch", sprach Lilith ruhig. Ihre Worte erreichten mich klar und deutlich, vielleicht, weil Baphomet sie filterte. „Ihr tragt die Beschränkungen des Himmels und der

Hölle in euch. Ich hätte wissen müssen, daß sie einen Weg finden würden, sich in mein perfektes Paradies einzuschleichen. Ich wollte nur eine Welt, in der ich spielen kann, ganz für mich allein. Ein neuer Anfang, dachte ich, aber nein; selbst hier müssen wir den alten Wegen folgen. Nun, ich frage mich, wer von euch die Schlange und wer der Apfel ist. Obwohl ich den Unterschied zwischen Himmel und Hölle noch nie so besonders groß fand. Beide sind so selbstsicher, so eingeschränkt, so ... phantasielos. Nur voller Schläger, die entschlossen sind, alle zu zwingen, bei ihrem deprimierenden kleinen Spiel mitzuspielen.

Aber egal. Ihr kommt zu spät. Ich habe ein neues Reich erschaffen, getrennt von euren beiden, und was ich hier getan habe, kann nur ich ungeschehen machen. Ihr habt nicht mehr die Macht, mich zu irgend etwas zu zwingen. Das ureigenste Wesen dieser Stadt beschränkt und begrenzt euch, ich hingegen ... habe diesen Körper wirklich sehr mächtig geschaffen."

Ich spürte Baphomet vor Zorn über ihre Worte in mir kochen und brodeln, verzweifelt versuchte er, seine Macht zu entfesseln und sein Programm abzuspulen. Aber noch hatte ich das Sagen und hielt ihn zurück. Ich hatte Fragen und mußte so einiges erfahren.

„Warum ist dem Himmel und der Hölle dieser Ort so wichtig?" fragte ich, und meine Stimme klang für mich ganz normal. „Warum empfinden sie deine kleine Stadt als so gefährlich?"

Lilith zog eine perfekte dunkle Braue hoch. „Da spricht nicht der Engel. Du bist ... ein Mensch, oder? Ich habe deinesgleichen in Visionen gesehen. Was führt dich so viele Jahre vor deiner Zeit hierher?"

„Finden sie die Idee der Willensfreiheit so bedrohlich?" hakte ich nach. „Warum haben sie solche Angst vor einem Ort, an dem Freiheit mehr ist als nur ein Wort?"

„Dein Denken ist sehr eingeschränkt", sagte der Engel Gabriel mit Suzies Lippen. Mit ihrem Mund und mit ihrer Stimme. „Lilith und ihre Stadt sind uns egal. Uns geht es um die Kreaturen und Kräfte, die diese Freiheit von jeglicher Verantwortung eines Tages hervorbringen wird. Sie werden schrecklicher und mächtiger sein als alles, womit es die rechtmäßigen Bewohner dieser Welt je zu tun bekommen sollten. Wir müssen die Menschheit vor solchen Bedrohungen schützen, wenn sie eine faire Chance haben soll. Im Gegensatz zu Lilith denken wir langfristig. Ihr geht es immer nur um das Hier und Jetzt."

„Das Hier und Jetzt ist sicher", antwortete Lilith ruhig. „Alles andere sind Spekulationen."

„Wir müssen sie vernichten", sagte Baphomet plötzlich; er zwang die Wörter über meine Lippen.

„Das war nicht abgemacht", widersprach Gabriel durch Suzies Mund.

„Lilith ist hier und uns ausgeliefert", sagte Baphomet. „Eine bessere Gelegenheit bekommen wir vielleicht nie mehr."

„Unsere Befehle ... sind wichtiger als jede Vor-Ort-Abmachung", stimmte Gabriel zu. „Wir müssen die Ausgestoßene vernichten, solange wir Gelegenheit dazu haben."

Einfach so kündigten die Engel unsere Abmachung auf. Mit all ihrer Macht und Willenskraft schoben sie Suzie und mich beiseite, drängten uns in unseren eigenen Hinterkopf, damit sie unsere Körper übernehmen und ihre Mission ausführen konnten. Sie sollten Lilith aufhalten, nicht vernichten; aber ihr Wesen zwang sie dazu, die Gelegenheit zu nutzen, eine so berüchtigte Feindin des Himmels und der Hölle loszuwerden. Lilith regte sich nicht. Ich spürte ihre Schwäche, ihre geschwundene Kraft, weil sie so viel von sich in die Erschaffung der Nightside gegeben hatte. Ich hätte mich zurücklehnen und die Engel sie töten lassen können. Ich hätte sie in dem Wissen sterben sehen können, daß es die Sicherheit der Nightside in der Zukunft garantieren würde, auch wenn es vielleicht meinen eigenen Tod bedeutete, weil ich nicht geboren werden würde. Das hätte ich tun können. Aber letztlich mußte ich etwas unternehmen. Nicht nur für mich, sondern auch für sie. Ich konnte sie nicht wegen etwas sterben lassen, was sie noch nicht getan hatte und vielleicht auch nie tun würde. Die

Menschheit brauchte ihre Chance, sie aber auch. Solche Entscheidungen machen einen zum Menschen.

Also drängte ich in meinem Kopf nach vorn und überraschte Baphomet. Ich zwang meine Hand, nach Suzie zu greifen, und sie streckte zuckend die Hand nach meiner aus. Gemeinsam eroberten wir Stück für Stück unsere Körper zurück. Die Engel tobten bei jedem Schritt auf diesem Weg, aber sie konnten nichts tun. Ich lächelte Lilith an und sprach wieder mit meiner eigenen Stimme.

„Ich muß an die Hoffnung glauben", sagte ich zu ihr. „Für dich und für mich."

„Du kannst unserer Autorität nicht trotzen", flüsterte eine Stimme in meinem Hinterkopf. „Ohne uns bist du machtlos."

„Ich übe nur den mir gegebenen freien Willen aus", sagte ich. „Ihr beide macht mehr Ärger, als ihr wert seid."

„Widersetze dich uns, und Himmel und Hölle werden dir für den Rest deines Lebens im Nacken sitzen und dir an die Kehle gehen."

„Stellt euch an", sagte ich. „Ihr konntet nur durch unseren freien Willen und unsere Zustimmung in uns fahren. Ihr habt die Abmachung gebrochen. Dies ist die Nightside, wo ihr keinerlei Autorität besitzt. Also raus."

Und so warfen Suzie und ich Gabriel und Baphomet einfach aus uns heraus. Sie wurden panisch und mit ihren großen Schwingen schlagend in den Nachthimmel emporgeschleudert, dann schossen sie weiter empor wie lebende Feuerwerkskörper und flohen aus der Stadt, ehe Lilith sie umbrachte. Sie durften nicht riskieren, vernichtet zu werden, ehe sie berichtet hatten, was an jenem spirituellen blinden Fleck geschehen war.

Die Macht der Engel zu verlieren war, als werde mir das Herz herausgerissen. Es fühlte sich so klein an, wieder nur ein Mensch zu sein.

Suzie ließ wortlos meine Hand los. Ich nickte verständnisvoll. Dann sahen wir beide zu Lilith, die noch immer königlich auf ihrem fahlen Thron saß. Nachdenklich betrachtete sie uns.

„So", sprach sie schließlich. „Endlich allein. Ich dachte schon, sie würden niemals gehen. Ihr seid also Menschen. Nicht ganz das, was ich erwartet hatte."

„Wie wir werden die Menschen sein", sagte ich. „Wir kommen aus der Zukunft."

„Das dachte ich mir schon", antwortete Lilith. „Ohne die Tarnung durch die Engel trieft ihr geradezu vor Zeit. Jahrtausende würde ich sagen. Warum seid ihr von so weit hergekommen, sprecht eine Sprache, die ihr nicht verstehen solltet, und wißt Dinge, die euch verborgen sein sollten?"

Suzie und ich sahen einander an und fragten uns, wie wir es wohl ausdrücken sollten. Es gab einfach keine diplomatische Formulierung ...

„Ich neide euch eure Zeitreise", sagte Lilith. „Sie ist eins der wenigen Dinge, die ich nie werde erleben können. Ich mußte mich eurer Wirklichkeit so fest aufprägen, um hier existieren zu können ... und nicht einmal ich wage es, das ungeschehen zu machen. Sagt – aus welchem schrecklichen Grund seid ihr aus so ferner Zukunft hergekommen, um meine Kinder zu ermorden und meine schöne Stadt zu zerstören?"

„Wir sind hier, um zu verhindern, daß du in ferner Zukunft selbst die Nightside zerstörst", sagte ich.

„Die Nightside?" Lilith legte den Kopf schief wie ein Vogel, dann lächelte sie. „Ein guter Name. Aber warum sollte ich mein Reich zerstören wollen, nachdem ich so viel von mir in seine Erschaffung investiert habe?"

„Das weiß scheinbar niemand so genau", sagte ich. „Offenbar hat es mit mir zu tun. Ich bin dein Sohn – oder werde es sein."

Lilith sah mich lange mit undurchdringlicher Miene an. „Mein Sohn", sprach sie schließlich. „Fleisch von meinem Fleisch, geboren aus meinem Schoß? Gezeugt von einem menschlichen Vater? Faszinierend ... weißt du, du hattest diese Engel mich wirklich vernichten lassen sollen."

„Was?" fragte ich.

Spur in die Vergangenheit

„Ich habe zuviel von mir in diesen Ort investiert, um mich jetzt aufhalten oder ablenken zu lassen. Weder von Boten der großen Tyrannen des Himmels und der Hölle noch von einem unerwarteten Nachfahren aus einer Zukunft, die vielleicht nie eintreten wird. Die Nightside wird sein, wie ich sie haben will, hier und in allen möglichen Zukünften. Ich werde tun, was ich tun werde, und weder Autoritäten noch Beschränkungen anerkennen. Deshalb ward ich schließlich aus Eden verbannt. Du magst mein Sohn sein, aber eigentlich bist du nur eine unerwartete und unwillkommene Komplikation."

„Du mußt mir zuhören!" sagte ich und trat vor.

„Nein, muß ich nicht", sagte Lilith.

Plötzlich erhob sie sich von ihrem Thron und stürmte unmenschlich schnell heran, um mein Gesicht in beide Hände zu nehmen. Ich schrie vor Schock, Schmerz und Entsetzen auf. Ihre Berührung war kalt wie Stahl, kalt wie der Tod, und die endlose Kälte in ihr sog mir die gesamte Lebensenergie aus. Ich umklammerte mit beiden Händen ihre Handgelenke, aber meine menschliche Kraft war nichts gegen die ihre. Sie lächelte, als sie mir das Leben entzog und in sich aufnahm. Lächelte mit ihren dunklen Lippen und den geheimnisvollen, rätselhaften Augen.

„Ich habe dir das Leben geschenkt, und jetzt nehme ich es zurück", sagte Lilith. „Du wirst mich wieder erstarken lassen, mein Sohn."

Ich spürte nur noch die Kälte, und mein Augenlicht verblaßte bereits, doch dann war plötzlich Suzie Shooter da. Sie schob Lilith die Schrotflinte mitten ins Gesicht und verpaßte ihr beide Läufe. Der Schock der gesegneten und verfluchten Munition aus so kurzer Distanz schleuderte Lilith zurück und riß ihre Hände von meinem Gesicht. Ich fiel auf die Knie und spürte nicht einmal, wie sie auf den Boden krachten. Lilith schrie vor Wut, ihr Gesicht war unverletzt, brannte aber vor Zorn. Suzie kniete neben mir nieder und legte mir den Arm um die Schultern, damit ich nicht ganz umfiel. Sie sagte etwas, aber ich hörte es nicht. Ich hörte gar nichts. Mir war kalt, und ich fühlte mich distanziert, als entglitte mir Stück für Stück das Leben. Ich hatte nur einen Gedanken: Es tut mir leid, Suzie, ... daß ich dir das schon wieder antun muß.

Sie schüttelte mich grob, dann funkelte sie Lilith an. Ein Teil meines Gehörs kam zurück, auch wenn ich Suzies Arm um meine Schultern immer noch nicht spüren konnte.

„Wie konntest du, du Schlampe?! Er ist dein Sohn!"

„Es war ganz leicht", sagte Lilith. „Ich habe schließlich so viele Kinder."

Sie winkte mit einer blassen, herrischen Hand, und von allen Seiten kamen wieder Monster angekrochen, brachen und schlurften aus den Straßen und Gassen hervor, aus denen heraus sie uns beobachtet hatten. Es waren etliche, auch nachdem Suzie und ich so viele getötet hatten, mehr als genug, um mit zwei törichten Menschen fertig zu werden. Ich bemühte mich, den Kopf oben zu halten, und sah hilflos zu, wie die Monster Suzie und mich langsam umzingelten und dabei auf ihre jeweils unterschiedliche, aber immer schreckliche Weise lachten. Ungeheuerlich häßliche und mächtige Gestalten, Monster aus den finstersten Gruben der Schöpfung. Manche von ihnen schrien mit schrecklichen Stimmen, die ich dennoch irgendwie verstehen konnte, und prahlten mit den Greueltaten, die sie wegen der Vernichtung ihrer Geschwister und einfach, weil sie es konnten, an Suzie und mir begehen würden. Sie versprachen uns Folter und Schrecken und einen so qualvollen Tod, daß wir darum betteln würden, ehe sie schließlich beschlossen, uns gehen zu lassen. Sie würden uns immer wieder wehtun, bis wir es nicht mehr aushielten; und dann würden sie uns zeigen, was Schmerz wirklich war.

Ich dachte: „Nicht Suzie ... lieber sterbe ich, ehe ich das zulasse ..."

Sie zog ein Messer mit schmaler Klinge aus ihrem Stiefelschaft und machte einen langen, oberflächlichen Schnitt an der Innenseite ihres linken Handgelenks. Ich gaffte sie schafsdumm an, und sie preßte das aufgeschlitzte Handgelenk gegen meinen offenen Mund. Ihr Blut floß über meine Lippen, und ich schluckte automatisch.

„Werwolfsblut", erklärte Suzie, deren Gesicht dicht vor meinem schwebte, mit scharfer, drängender Stimme, die durch den Nebel in meinem Hirn schnitt. „Das verschafft uns etwas Zeit. Ich kann uns nicht retten, John, und diesmal wird keine Kavallerie kommen. Nur du kannst uns retten. Also werde ich gegen sie kämpfen, so lange ich kann, um dir Zeit für einen letzten Coup zu verschaffen. Ein Wunder wäre nicht schlecht, falls du zufällig eins im Ärmel hast."

Sie steckte das Messer wieder weg und erhob sich, um sich den herandrängenden Monstern zu stellen. Sie hielt ihre Schrotflinte entspannt wie immer und lächelte Lilith höhnisch an, die wieder auf ihrem Thron Platz genommen hatte. Suzie Shooter, die Flintensuzie, stand aufrecht und trotzig da, als die Monster herbeiströmten, und ich glaube, ich habe im Leben nie etwas Tapfereres gesehen.

Vielleicht war es das Werwolfsblut, oder vielleicht war es ihr Glaube an mich – jedenfalls stand auch ich auf und sah Lilith an. Zum ersten Mal wirkte sie überrascht und unsicher. Sie öffnete den Mund, um etwas zu sagen, aber ich lachte ihr ins Gesicht. Mit meinen letzten Kraftreserven zwang ich mein inneres, drittes, heimliches Auge, sich zu öffnen, mein einziges magisches Erbe von meiner Mami; und ich nutzte meine Gabe, um das mystische Familienband zwischen mir und Lilith aufzuspüren. Genau dasselbe Band, das sie genutzt hatte, um mir das Leben auszusaugen. Es war das Leichteste auf der Welt, dieses Band zurückzuverfolgen, ihre Lebensenergie zu packen und ihr einfach zu entreißen. Sie schrie schockiert auf und zuckte auf ihrem Thron, als die Kraft aus ihr heraus, und in mich hineinfloß.

Die Monster unterbrachen ihren Vormarsch bei Liliths entsetztem Aufschrei und sahen sich verwirrt um. Ich drückte den Rücken durch, und meine Beine erstarkten wieder. Noch immer rauschte Energie aus Lilith heraus und in mich hinein, so sehr sie sich auch dagegen wehrte. Suzie grinste mich an, ihr eines blaues Auge leuchtete. Wieder schrie Lilith vor Wut und Entsetzen auf und stürzte vorwärts von ihrem Thron, so daß sie unelegant vor mir auf dem Boden lag. Ihre monströsen Kinder schwiegen jetzt und sahen schockiert, wie ihre mächtige Mutter zu Fall kam. Ich lächelte auf meine hilflos zuckende Mutter hinab, und als ich sprach, war meine Stimme ganz genauso kalt wie ihre.

„Eines Tages", sagte ich zu ihr, „werden sich all deine kostbaren Monster versammeln und sich gegen dich wenden, um dich aus deiner eigenen Schöpfung zu verbannen. Wenn es soweit ist, denke daran, daß ich es ermöglicht habe, indem ich dich hier und jetzt schwächte. Sie werden dich verstoßen, weil die einzige Freiheit, an die du tief in dir drinnen glaubst, jene ist, die du anderen gewährst. Du könntest nie einem anderen erlauben, wirklich frei zu sein, frei von dir. Weil er dann eines Tages mächtig genug werden könnte, um Autorität über dich zu erlangen ... du wirst alles verlieren, weil du nie nett zu anderen sein konntest."

Sie sah zu mir auf, und ihre Augen waren dunkler als die Nacht. „Wir sehen uns wieder."

„Ja, Mutter", sagte ich. „Das werden wir. Aber erst in Jahrtausenden. Zu meiner Zeit, in meinem Revier. Doch hier ist ein kleines Souvenir."

Ich trat ihr ins Gesicht. Sie fiel um, und ich kehrte ihr den Rükken. Ich sah Suzie an, und sie grinste und stieß siegesbewußt eine Faust in die Luft. Ich grinste zurück, und mit der Macht, die ich Lilith geraubt hatte, brach ich die Herrschaft der Zeit über Suzie und mich, und wir schossen durch die Geschichte bis zurück in die Zukunft – und in die Nightside, in die wir gehörten.

Epilog 12

Wieder im Strangefellows, der ältesten Bar der Welt.

Suzie fragte: „Was nun?"

Ich antwortete: „Wir stellen eine Armee zusammen aus allen Mächten, Wesen und wichtigen Persönlichkeiten der ganzen verdammten Nightside und machen eine Truppe daraus, die ich Lilith auf den Hals hetzen kann. Ich werde meine Gabe einsetzen, um sie aufzuspüren, und dann ... tun wir, was wir tun müssen, um sie zu vernichten. Weil uns jetzt ansonsten nichts mehr bleibt."

„Auch wenn sie deine Mutter ist?"

„Das war sie nie", nuschelte ich. „Nicht in irgendeiner Hinsicht, die von Bedeutung wäre."

„Selbst mit einer Armee im Rücken könnten wir weite Teile der Nightside verwüsten, wenn wir uns mit ihr anlegen."

„Wenn wir nichts unternehmen, wird sie das ohnehin tun", sagte ich. „Ich habe gesehen, was passiert, wenn wir sie nicht aufhalten, und alles wäre besser als das."

Ich sah ihr nicht ins vernarbte Gesicht. Ich dachte nicht daran, wie sie halbtot und halb wahnsinnig durch die Zeit zurückkehrte, um mich zu töten, den rechten Unterarm durch die sprechende Pistole ersetzt.

„Was, wenn die anderen nicht mitmachen wollen?"

„Ich bringe sie schon dazu."

„Damit du am Ende wirst wie deine Mutter?"

Ich seufzte und wandte den Blick ab. „Ich bin müde, Suzie. Ich will ... das muß alles ein Ende haben."

„Sollte eine Höllenschlacht werden." Flintensuzie schob die Daumen hinter die Patronengurte, die sich über ihrer Brust kreuzten. „Ich kann's kaum erwarten."

Ich lächelte sie liebevoll an. „Ich wette, du nimmst diese Schrotflinte sogar mit ins Bett, oder?"

Sie sah mich mit kalter, ruhiger Miene an. „Vielleicht findest du es eines Tages heraus. Liebster."

Demnächst ...

Das Ende der Nightside?

Simon R. Green
Geschichten aus der Nightside 6

Schärfer als der Schlange Zahn

978-3-86762-051-2

Oder erst ihr Anfang?

Ab Mai im Handel!

Geschichten aus der Nightside

In der neuen Reihe **origin** veröffentlicht Feder&Schwert phantastische Romane, die sich dem Alltäglichen verweigern.

origin ist originär: ursprünglich, grundlegend neu und eigenständig.

origin ist originell: schöpferisch, eigenartig, urwüchsig und nicht selten komisch.

origin ist original: deutsche Erstveröffentlichungen aus dem Phantastik-Genre von unverbrauchten, aufregenden Autoren.

Aufregend anders!

Auerochsen durchstreifen die Wälder Südniedersachsens. Im Spreewald und in Berlin machen slawische Fabelwesen Jagd auf Zuhälter. Uralte Geheimbünde versuchen, die himmlischen Heerscharen auf den Plan zu rufen. Anzeichen für einen aufkommenden Sturm ...

Drei sehr unterschiedliche Männer geraten in den Mittelpunkt dieser Entwicklungen:

Ronny von Freiseneck, von Beruf Sohn und Lebenskünstler, der sich plötzlich in einer ebenso faszinierenden wie tödlichen Parallelgesellschaft zurechtfinden muß.

Thor Bronski, Berliner Privatdetektiv, der eigentlich nur einen weiteren Adelssproß in den Schoß seiner Familie zurückbringen wollte, sich aber unerwartet mit einem Magier anlegen muß.

Oberst Hermann Braun, Chef einer Bundeswehr-Spezialeinheit und Mitglied des Deutschen Ordens, der nie damit gerechnet hätte, einmal gegen keinen Geringeren als einen Gott bestehen zu müssen.

Sie alle sind Teil eines Spiels, das im Konstantinopel der Kreuzfahrer seinen Anfang nimmt – und dessen geheimnisvolle Drahtzieher beschlossen haben, es in den ersten Tagen des neuen Millenniums zu Ende zu bringen ... so oder so.

origin

origin

Fairwater, das Venedig Marylands mit seinen dunklen Flüßchen und steinernen Brücken, ist eine Stadt, die Sie auf keiner Karte finden werden. Ihre Bewohner bewahren die Erinnerungen an längst verlorene Zeiten und halten an ihren Träumen fest, doch finstere Kräfte wirken deren Verwirklichung entgegen. Wie ein Hofstaat scharen sich die Hauptfiguren dieses Spiels um den rätselhaften Cosmo van Bergen, den Herrscher über das mysteriöse Netzwerk von Fabriken, die Fairwaters kleinen Talkessel durchwuchern. Birgt seine Tochter Stella, die schlafende Prinzessin, den Schlüssel zum Geheimnis der Stadt – oder ist es Marvin, der in einer von sprechenden Tieren bevölkerten Traumwelt lebt? Der alte Stadtstreicher Sam? Oder gar Lucia, das Kindermädchen? Jeder hat seinen Teil zu erzählen, und jeder hat etwas zu verbergen ...

München 1865. Ein magisches Manuskript von ultimativer Zerstörungskraft ist verschwunden. Der britische Agent Delacroix soll die Schrift aufspüren und zurückbringen, wobei ihm zwei junge bayerische Offiziere sowie ein Magiewissenschaftler hilfreich zur Seite stehen.

Doch auch andere, finsterere Kräfte, sind auf der Jagd nach dem Artefakt. Sie alle streben nach der Macht des Manuskripts, um die Welt in ein Abbild ihrer eigenen grausamen Phantasien zu verwandeln.

Nichts von all dem ahnt Miss Corrisande Jarrencourt, eine junge Dame, die in München nur einen wohlsituierten Ehemann sucht. Ins Geschehen hineingezogen, muß sie feststellen, daß es auf dieser Welt Dinge gibt, von deren Existenz sie bis dahin nichts ahnte ...

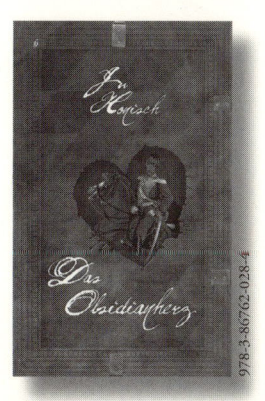

— originär, originell, original —

Tanya Huff bei Feder&Schwert:

Die Chroniken der Hüter

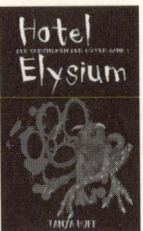

Hotel Elysium
978-3-935282-88-8

Auf Teufel Komm raus
978-3-935282-89-5

Hüte sich wer kann
978-3-935282-90-1

Die Tony-Reihe

Rauch und Schatten
978-3-937255-80-4

Rauch und Spiegel
978-3-937255-96-5

Rauch und Asche
978-3-937255-97-2

Die Chronik des Blutes

Blutzoll
978-3-937255-22-4

Blutspur
978-3-937255-82-8

Blutlinien
978-3-937255-23-1

Blutpakt
978-3-937255-83-5

Blutschuld
978-3-86762-024-6

Blutbank
978-3-86762-041-3

Skurril. Witzig. Spannend.

978-3-937255-14-9

Sookie Stackhouse ist Kellnerin in einem kleinen Diner im Süden der USA und hat ein Problem. Dies sind jedoch nicht die Vampire und Werwölfe, die überall herumstreunen, denn die Wesen der Nacht gehören seit der Erfindung synthetischen Blutes zum Alltagsbild. Sookie hingegen quält ein gänzlich anderer Umstand. Sie ist Telepathin – und was auf den ersten Blick gut klingt, ist in Wahrheit eher ein Ärgernis.

> Die Romanreihe zur TV-Erfolgsserie *True Blood*, mit Oscar-Preisträgerin Anna Paquin, als etwas naive Kellnerin Sookie Stackhouse.

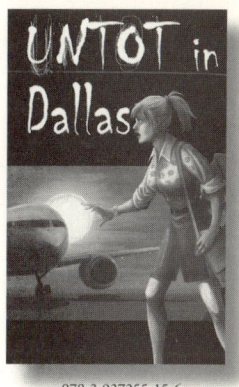

Sookie hört fortwährend die Gedanken anderer und antwortet auf Fragen, die ihr niemand offen gestellt hat, sondern die nur in den Köpfen ihrer Mitmenschen vorhanden waren – und sie weiß oft mehr, als ihr lieb ist.

978-3-937255-15-6

Welch ein Segen, als sie Bill kennenlernt. Er ist groß, düster, gutaussehend – und Sookie hört kein Wort von dem, was er denkt.

Die Geschichten, in die Sookie und Bill im Fortgang der Reihe verwickelt werden, sind eine wundervolle Mischung aus Mystery und Phantastik, in der auch mit spannenden Krimianteilen und einem guten Schuß Erotik nicht gespart wird.

978-3-937255-16-3

DIE SOOKIE STACKHOUSE-REIHE

Hörbücher bei Feder&Schwert

Hardboiled und extra cool...
...so klingt die Nightside.

Simon R. Green
Geschichten aus der Nightside 1

Die dunkle Seite der Nacht

Ab dem zweiten Quartal 2009 im Handel!

www.feder-und-schwert.com